# EL FANTASMA DE LA ÓPERA

**ALMA** CLÁSICOS ILUSTRADOS

# GASTON LEROUX

# EL FANTASMA DE LA ÓPERA

*Ilustraciones de*
David Chapoulet

Edición revisada y actualizada

Título original: *Le Fantôme de l'Opéra*

© de esta edición:
Editorial Alma
Anders Producciones S.L., 2019
www.editorialalma.com

[Instagram] @almaeditorial
[Facebook] @Almaeditorial

© Traducción: Babel 2000 S.A.

© Ilustraciones: David Chapoulet

Diseño de la colección: lookatcia.com
Diseño de cubierta: lookatcia.com
Maquetación y revisión: LocTeam, S.L.

ISBN: 978-84-17430-61-0
Depósito legal: B13197-2019

Impreso en España
Printed in Spain

Este libro contiene papel de color natural de alta calidad que no amarillea (deterioro por oxidación) con el paso del tiempo y proviene de bosques gestionados de manera sostenible.

# ÍNDICE

A mi viejo amigo Jo quien, sin tener nada de fantasma, no deja de ser, como Erik, un Ángel de la música.

Con todo mi afecto,

GASTON LEROUX

# PREFACIO

El fantasma de la Ópera existió. No fue, como se creyó durante mucho tiempo, una inspiración de artistas, una superstición de directores de escena, la grotesca creación de los cerebros excitados de aquellas damiselas del cuerpo de baile, de sus madres, de las acomodadoras, de los encargados del vestuario y de la portería.

Sí que existió en carne y hueso, a pesar de que adoptara toda la apariencia de un verdadero fantasma, es decir, de una sombra.

Desde el preciso momento en que empecé a cotejar los archivos de la Academia Nacional de Música me sorprendió la asombrosa coincidencia entre los fenómenos atribuidos al fantasma y el más misterioso, el más fantástico de los dramas; no tardé mucho en pensar que quizá éste se podría explicar racionalmente a través de aquéllos. Los acontecimientos tan sólo distan unos treinta años, y no sería nada difícil encontrar incluso hoy, en el *foyer*, a personas mayores muy respetables cuya palabra jamás podríamos poner en duda que recuerdan, como si la cosa hubiera sucedido ayer mismo, las circunstancias misteriosas y trágicas acerca del rapto de Christine Daaé, la desaparición del vizconde de Chagny y la muerte de su hermano mayor, el conde Philippe, cuyo cuerpo fue hallado a orillas del lago que se extiende bajo la Ópera, del lado de la calle Scribe. Sin embargo, hasta ahora, ninguno de estos testigos creyó oportuno mezclar en esta horrible aventura al personaje más bien legendario del fantasma de la Ópera.

La verdad tardó en llegar a mi cabeza, alterada por una investigación que a cada momento tropezaba con acontecimientos que, a primera vista, podían considerarse sobrenaturales, y más de una vez estuve a punto de abandonar una labor en la que me agotaba persiguiendo una imagen vaga, sin alcanzarla jamás. Por fin obtuve la prueba de que mis presentimientos no me habían engañado, y fui recompensado por todos mis esfuerzos el día en que me cercioré de que el fantasma de la Ópera había sido algo más que una sombra.

Ese día había pasado largas horas leyendo las *Memorias de un director*, obra ligera del excesivamente escéptico Moncharmin, quien durante su paso por la Ópera no había llegado a entender nada de la conducta tenebrosa del fantasma, y se burló de él todo lo que pudo en el preciso momento en que era la primera víctima de la curiosa operación financiera que se desarrollaba en el interior del «sobre mágico».

Desesperado, acababa de abandonar la biblioteca cuando me encontré al amable administrador de nuestra Academia Nacional charlando en un rellano con un viejecillo vivaz y pulcro, a quien me presentó alegremente. El administrador estaba al corriente de mis investigaciones y sabía con qué impaciencia había intentado descubrir el paradero del juez de instrucción del famoso caso Chagny, el señor Faure. Se ignoraba qué había sido de él, si estaba vivo o muerto. Resultó que, a su vuelta de Canadá, en donde había pasado quince años, su primera gestión en París había sido solicitar un pase de favor a la secretaría de la Ópera. Aquel viejecillo era el señor Faure en persona.

El juez y yo pasamos juntos buena parte de la tarde y me contó todo el caso Chagny tal como él lo había entendido. A falta de pruebas, se había visto obligado a llegar a una conclusión basada en la locura del vizconde y en la muerte accidental del hermano mayor, pero seguía convencido de que un drama terrible se había producido entre los dos hermanos a causa de Christine Daaé. No supo decirme qué había sido de ella ni del vizconde. Por supuesto que, cuando le hablé del fantasma, se limitó a reír.

También él era conocedor de las extrañas manifestaciones que entonces parecían atestiguar la existencia de un ser excepcional que hubiera elegido por morada uno de los rincones más misteriosos de la Ópera, y también sabía la historia del «sobre»; pero en todo ello no había visto nada que mereciera la atención de un magistrado encargado de instruir el caso Chagny, y apenas escuchó por unos instantes la declaración de un testigo que espontáneamente se había presentado para afirmar que en una ocasión se había encontrado con el fantasma. Ese personaje, el testigo, no era otro que aquél al que todo París llamaba «el Persa», y que era bien conocido por todos los abonados a la Ópera. El juez lo tomó por un iluminado.

Podéis imaginaros hasta qué punto me interesó la historia del Persa. Si es que aún estaba a tiempo, quise encontrar a ese valioso testigo. Llevado por mi buena fortuna, conseguí descubrirlo en su pequeño apartamento de la calle de Rivoli, que no había abandonado desde aquella época y en el que moriría cinco meses después de mi visita.

Al principio desconfié de él, pero cuando me hubo contado personalmente, con un candor infantil, todo lo que sabía del fantasma, y me hubo explicado con todo detalle las pruebas de su existencia y, sobre todo, la extraña correspondencia de Christine Daaé, que revelaba con diáfana claridad su espantoso destino, ya no me fue posible dudar. ¡No, no! El fantasma no era un mito.

Sé muy bien que se me ha reprochado que toda esa correspondencia podía no ser auténtica, y que muy probablemente la podía haber inventado un hombre cuya imaginación, desde luego, se había alimentado de las historias más seductoras. Pero, por fortuna, me fue posible encontrar muestras manuscritas de Christine fuera del citado paquete de cartas, lo que me permitió desarrollar un estudio comparativo que disipó todas mis dudas.

También me documenté sobre el Persa y pude apreciar que era un hombre honrado, incapaz de maquinar nada que hubiera podido confundir a la justicia.

Ésa es la opinión de las personas más importantes que estuvieron implicadas en mayor o menor grado en el caso Chagny, que fueron amigas de la familia y a las cuales presenté todas las pruebas y expuse mis deducciones.

Recibí de ellas los más sinceros agradecimientos, y al respecto me permito reproducir aquí algunas líneas que me dirigió el general D.:

Señor:

No puedo por menos que animarlo a publicar los resultados de su investigación. Me acuerdo perfectamente de que, algunas semanas antes de la desaparición de la gran cantante Christine Daaé y del drama que enlutó a todo el barrio de Saint-Germain, se hablaba mucho del fantasma en el *foyer* de la danza; creo firmemente que no se dejó de hablar de él hasta después de cerrarse ese caso que acaparó todos los pensamientos. Pero si, según pienso después de haberle oído a usted, es posible explicar el drama por medio del fantasma, le ruego, señor, que volvamos a hablar de él. Por misterioso que éste pueda parecer en un principio, siempre será más creíble que esa historia oscura por medio de la cual gente malintencionada quiso ver cómo se destrozaban hasta la muerte dos hermanos que se habían adorado toda la vida.

Con mis mayores respetos, etc.

Por último, expediente en mano, volví a recorrer el vasto dominio del fantasma, el formidable monumento que había convertido en su imperio y todo lo que mis ojos habían visto. Todo lo que mi ingenio había descubierto, corroboraba admirablemente los documentos del Persa, cuando un hallazgo maravilloso vino a coronar mis trabajos de forma definitiva.

Como se recordará, excavando en el subsuelo de la Ópera para enterrar allí las voces fonografiadas de los artistas, los picos de los obreros pusieron recientemente al descubierto un cadáver. Pues bien, pude comprobar enseguida que era ¡el cadáver del fantasma de la Ópera! Hice que el propio administrador tocara con la mano esa prueba, y ahora me es indiferente que los periódicos cuenten que allí se encontró una de las víctimas de la Comuna.

Los desventurados que fueron aniquilados durante la Comuna en los sótanos de la Ópera no están enterrados allí; yo diré dónde pueden encontrarse sus esqueletos: no muy lejos de la inmensa cripta en la que, durante el asedio, habían acumulado todo tipo de provisiones. Me lancé sobre esa pista precisamente buscando los restos del fantasma de la Ópera, al que no habría encontrado de no ser por la insólita casualidad del enterramiento de las voces vivas.

Pero volveremos a hablar de este cadáver y de lo que conviene hacer con él; ahora me interesa terminar este prólogo, muy necesario, agradeciendo a las comparsas excesivamente modestas, como el comisario de policía Mifroid (en otro tiempo, encargado de las primeras investigaciones tras la desaparición de Christine Daaé), así como también el antiguo secretario señor Rémy, el antiguo administrador señor Mercier, el antiguo profesor de canto señor Gabriel y, muy especialmente, la señora baronesa de Castelot-Barbezac, que fue en otro tiempo «la pequeña Meg» (de lo que no se avergüenza), la estrella más encantadora de nuestro admirable cuerpo de baile, la hija mayor de la honorable señora Giry (antigua acomodadora, ya fallecida, del palco del fantasma), que me fueron de gran utilidad, y gracias a las cuales voy a poder revivir, junto con el lector, estas horas de puro amor y de espanto hasta en sus más mínimos detalles.[1]

---

1    Yo sería ingrato si no diera igualmente las gracias en el umbral de esta espantosa y verídica historia a la actual dirección de la Ópera, que se prestó a colaborar tan amablemente en todas mis investigaciones, y en particular al señor Messager; también, al muy simpático administrador señor Gabion y al muy amable arquitecto encargado de la buena conservación del monumento, quien no vaciló en cederme los planos de Charles Garnier, a pesar de estar seguro de que no se los devolvería.

     Por último, me queda reconocer públicamente la generosidad de mi amigo y antiguo colaborador, el señor J. L. Croze, quien me ha permitido rebuscar en su admirable biblioteca teatral y tomar prestadas ediciones únicas, de las que posee un gran número. *G. L.*

# CAPÍTULO I

## ¿Es el fantasma?

La noche en la que los señores Debienne y Poligny, directores dimisionarios de la Ópera, daban su última sesión de gala con ocasión de su cese, el camerino de la Sorelli, una de las primeras figuras de la danza, se vio súbitamente invadido por media docena de damiselas del cuerpo de baile que subían de escena tras haber «danzado» *Polyeucte*. Se precipitaron en el camerino con gran alboroto, unas dando rienda suelta a risas excesivas y poco naturales, y otras lanzando gritos de terror.

La Sorelli, que deseaba estar sola un instante para concentrarse en el discurso que debía pronunciar después en el *foyer* ante los señores Debienne y Poligny, vio con sobresalto que se arrojaba sobre ella todo ese grupo alocado. Se volvió hacia sus compañeras y se inquietó al comprobar la tumultuosa expresión que manifestaban. Fue la pequeña Jammes (que tenía la nariz preferida de Grévin, con sus ojos de nomeolvides, sus mejillas de rosa y su cuello de lirio) quien explicó en tres palabras, con una voz temblorosa que ahogaba la angustia:

—¡Es el fantasma!

Y cerró la puerta con llave. El camerino de la Sorelli era de una elegancia oficial y banal. Un espejo psiqué, un diván, un tocador y unos armarios constituían todo el mobiliario necesario. En las paredes había algunos grabados, recuerdos de la madre que había conocido los hermosos días de la antigua

Ópera en la calle Le Peletier. Había retratos de Vestris, Gardel, Dupont, Bigottini. Aquel camerino les parecía un palacio a las chiquillas del cuerpo de baile que ocupaban las habitaciones comunes donde pasaban el tiempo cantando, peleándose, pegando a los peluqueros y a las vestidoras, y bebiendo vasitos de casis o de cerveza, o incluso de ron, hasta que el avisador tocaba la campana.

La Sorelli era muy supersticiosa. Al oír hablar del fantasma a la pequeña Jammes, se estremeció y dijo:

—¡Mira que eres tonta!

Como era la primera en creer en los fantasmas en general y en el de la Ópera en particular, quiso ser informada inmediatamente.

—¿Lo has visto? —preguntó.

—Como la veo a usted —contestó gimiendo la pequeña Jammes, la cual, sin poder aguantarse sobre sus piernas, se dejó caer en una silla.

De inmediato, la pequeña Giry de ojos color ciruela, cabellos como tinta, tez color bistre, con su pobre piel recubriendo apenas sus huesecitos, añadió:

—Sí, es él, y es muy feo.

—¡Oh, sí! —exclamó el coro de bailarinas.

Y se pusieron a hablar todas a la vez. El fantasma se les había aparecido bajo el aspecto de un señor vestido con frac negro que se había alzado de repente ante ellas, en el pasillo, sin que pudiera saberse de dónde venía. Su aparición había sido tan súbita que parecía haber salido del muro.

—¡Bah! —dijo una de ellas, que había logrado conservar la sangre fría—, vosotras veis fantasmas por todas partes.

La verdad era que desde hacía algunos meses en la Ópera no se hablaba de otro tema que del fantasma de frac negro que se paseaba como una sombra de arriba abajo por el edificio, que no dirigía la palabra a nadie, con el que nadie osaba hablar y que, además, se desvanecía nada más ser visto sin que pudiera saberse por dónde ni cómo. No hacía ningún ruido al andar, como corresponde a un verdadero fantasma. Al principio todos se habían reído y burlado de aquella aparición vestida como un hombre de mundo o como un enterrador, pero la leyenda del fantasma enseguida había adquirido proporciones colosales en el cuerpo de baile. Todas las bailarinas pretendían haberse tropezado más o menos veces con ese ser sobrenatural y haber sido víctimas de sus maleficios. Las que reían más fuerte no eran ni mucho menos las que estaban más tranquilas. Cuando el espectro no se dejaba ver, señalaba su presencia o su paso con manifestaciones jocosas o funestas de las que le hacía responsable la superstición casi general. ¿Había que lamentar un accidente? ¿Una compañera había gastado una broma a una de las señoritas del cuerpo de baile? ¿Se había perdido una cajita de colorete? ¡Todo era culpa del fantasma, del fantasma de la Ópera!

En realidad, ¿quién lo había visto? La Ópera está llena de fracs negros que no son de fantasmas. Pero éste tenía una particularidad que no todos los fracs tienen: vestía a un esqueleto.

Al menos, así lo afirmaban aquellas señoritas.

Y, naturalmente, tenía una calavera.

¿Iba en serio todo aquello? Lo cierto es que la imagen del esqueleto había surgido de la descripción que había hecho del fantasma Joseph Buquet, jefe de los tramoyistas, que decía haberlo visto. Había dado con él, no podemos decir que «se había dado de narices», pues el fantasma no las tenía, con el misterioso personaje en la escalerilla cercana a la rampa, que llevaba directamente a los «sótanos». Había podido contemplarlo sólo un segundo, ya que el fantasma había huido, pero de esa visión conservaba un recuerdo imborrable.

He aquí lo que Joseph Buquet dijo del fantasma a todo el que quiso oírle: «Es de una delgadez extrema y su vestimenta negra flota sobre un armazón esquelético. Sus ojos son tan profundos que en ellos no se distinguen bien las pupilas inmóviles. En resumen, no se ven más que dos grandes huecos negros como en los cráneos de los muertos. Su piel, que está tensa sobre los huesos como el parche de un tambor, no es blanca, sino desagradablemente amarilla. Tiene tan poca nariz que resulta invisible de perfil, y la ausencia de nariz es algo terrible de ver. Sobre la frente le caen tres o cuatro largas mechas de pelo oscuro, que por detrás de las orejas hacen de cabellera.»

Joseph Buquet había perseguido en vano a esta aparición. Se esfumó como por arte de magia y él no pudo encontrar su rastro.

El jefe de los tramoyistas era un hombre serio, ordenado, de imaginación lenta, y en aquel momento se encontraba sobrio. Se escucharon sus palabras con estupor e interés, y enseguida hubo gente explicando que también ellos se habían encontrado con un frac con una calavera.

Al principio, las personas sensatas que no hicieron caso de esta historia afirmaron que Joseph Buquet había sido víctima de una broma de alguno de sus subordinados. Pero después se produjeron incidentes tan extraños y tan inexplicables uno tras otro que hasta los más incrédulos comenzaron a preocuparse.

Es sabido que un teniente de bomberos es, ante todo, valiente. No teme a nada y menos aún al fuego. Pues bien, el teniente de bomberos en cuestión,[2] que había ido a dar una vuelta de vigilancia por los sótanos y que, al parecer, se había aventurado algo más lejos que de costumbre, había aparecido de repente en el escenario, pálido, asustado, tembloroso, con los ojos fuera de las órbitas, y casi se había desvanecido en los brazos de la noble madre de la pequeña Jammes. ¿Por qué? ¡Porque había visto avanzar hacia él, a la altura de su mirada, pero sin cuerpo, una cabeza de fuego! Y repito, un teniente de bomberos no teme al fuego. El teniente de bomberos se llamaba Papin.

Los miembros del cuerpo de baile quedaron consternados. Primero, esa cabeza de fuego no respondía lo más mínimo a la descripción del fantasma que había hecho Joseph Buquet. Se interrogó a conciencia al bombero y también se interrogó de nuevo al jefe de los tramoyistas, después de lo cual las señoritas quedaron convencidas de que el fantasma tenía varias cabezas que cambiaba según le convenía. Naturalmente, enseguida imaginaron que corrían el mayor de los peligros. Desde el momento en que un teniente de bomberos no vacilaba en desmayarse, corifeos y «ratas» podían recurrir a infinidad de excusas para disimular el terror que les hacía huir a toda velocidad con sus patitas al pasar ante algún agujero oscuro de un corredor mal iluminado.

Esta situación llegó al extremo de que, para proteger en lo posible al monumento entregado a tan horribles maleficios, la Sorelli misma, rodeada

---

2   Tomo la anécdota, igualmente auténtica, del mismo señor Pedro Gailhard, antiguo director de la Ópera.

de todas las bailarinas y seguida incluso por la prole de las clases inferiores en maillot, al día siguiente de que el teniente de bomberos contase su historia, había colocado sobre la mesa que se encuentra en el vestíbulo al lado del patio de la administración, una herradura que cualquiera que entrara en la Ópera, siempre que no se tratara de un mero espectador, debía tocar antes de poner el pie en el primer peldaño de la escalera. Y debía hacerlo so pena de convertirse en presa del poder oculto que se había adueñado del edificio, desde los sótanos hasta el desván.

La herradura, como el resto de esta historia, no la he inventado yo, y hoy todavía puede verse sobre la mesa del vestíbulo, al lado de la portería, al entrar en la Ópera por el patio de la administración.

Todo esto nos da rápidamente una clara imagen del estado de ánimo de dichas señoritas la tarde en la que entramos con ellas en el camerino de la Sorelli.

—¡Es el fantasma! —había gritado la pequeña Jammes.

La inquietud de las bailarinas no hizo más que aumentar. Ahora reinaba en el camerino un silencio angustioso. No se oía más que el jadear de las respiraciones. Por fin Jammes, arrojándose al rincón más apartado de la pared, mostrando un verdadero temor, musitó esta sola palabra:

—¡Escuchad!

A todas les pareció oír un roce tras la puerta, aunque ningún ruido de pasos. Era como si una ligera seda se deslizara por el panel; después, nada. La Sorelli intentó mostrarse menos pusilánime que sus compañeras, se acercó a la puerta y preguntó con voz tenue:

—¿Quién está ahí?

Pero nadie le respondió.

Entonces, sintiendo que todos los ojos estaban fijos en ella, que observaban hasta sus más mínimos gestos, se vio obligada a mostrarse valiente y dijo con voz muy fuerte:

—¿Hay alguien detrás de la puerta?

—¡Oh, sí! ¡Claro que sí! —intervino esa pequeña ciruela pasa de Meg Giry, que retuvo heroicamente a la Sorelli asiéndola por su falda de gasa—. ¡Sobre todo, no abra! ¡Por Dios, no abra!

Pero la Sorelli, armada con un estilete que no dejaba jamás, se atrevió a girar la llave en la cerradura y abrió la puerta mientras las bailarinas retrocedían hasta el tocador y Meg Giry suspiraba:

—¡Mamá, mamá!

La Sorelli echó con valentía un vistazo al corredor. Estaba desierto; una mariposa de fuego, en su cárcel de cristal, arrojaba un resplandor rojo y turbio entre las tinieblas sin llegar a disiparlas. La bailarina volvió a cerrar con rapidez la puerta, lanzando un profundo suspiro.

—¡No, no hay nadie! —dijo.

—Sin embargo, ¡nosotras lo hemos visto! —afirmó de nuevo Jammes mientras con pequeños pasos temerosos volvía a ocupar su sitio al lado de la Sorelli—. Debe estar por algún lado, por ahí, merodeando. Yo no vuelvo a vestirme. Deberíamos bajar todas juntas al *foyer*, enseguida, para el «saludo», y así volveríamos a subir juntas.

En ese momento la niña tocó piadosamente su dedito de coral, que estaba destinado a conjurar la mala suerte. Y la Sorelli, con la rosada punta de la uña de su pulgar derecho, dibujó furtivamente una cruz de san Andrés sobre el anillo de madera que llevaba en el dedo anular de su mano izquierda.

«La Sorelli —escribió un célebre cronista— es una bailarina alta, de rostro serio y voluptuoso, de cintura flexible como la rama de un sauce. Se dice de ella que es "una hermosa criatura". Sus cabellos rubios, puros como el oro, coronan una frente mate bajo la que se engastan unos ojos color esmeralda. Su cabeza se balancea suavemente como una joya sobre un cuello largo, elegante y orgulloso. Cuando baila tiene un movimiento de caderas que provoca en todo su cuerpo un estremecimiento de inefable languidez. Cuando levanta los brazos para hacer una pirueta, marcando todo el dibujo del vestido, la inclinación del cuerpo hace resaltar la cadera de esta deliciosa mujer, que parece un cuadro como para saltarse la tapa de los sesos.»

Hablando de sesera, parece comprobado que la Sorelli no la tenía, pero nadie se lo reprochaba.

Entonces les dijo a las pequeñas bailarinas:

—Hijas mías, os tenéis que reponer. ¿El fantasma? ¡Lo más probable es que nadie lo haya visto nunca!

—¡Sí, sí! Nosotras lo hemos visto. Lo hemos visto antes —volvieron a decir las chiquillas—. Llevaba una calavera e iba vestido de frac, igual que la tarde en que se le apareció a Joseph Buquet.

—¡Y Gabriel también lo vio! —continuó Jammes—. ¡Ayer mismo! Ayer por la tarde, en pleno día.

—¿Gabriel, el maestro de canto?

—Claro que sí. ¿No lo sabía usted?

—¿E iba vestido de frac en pleno día?

—¿Quién? ¿Gabriel?

—No, mujer, el fantasma.

—Claro que iba vestido de frac —afirmó Jammes—. El mismo Gabriel me lo dijo. Precisamente por eso lo reconoció. Ocurrió así: Gabriel estaba en el despacho del administrador y de repente se abrió la puerta. Era el Persa. Ya sabéis hasta qué punto el Persa es «gafe».

—¡Desde luego! —respondieron a coro las pequeñas bailarinas que, tan pronto como evocaron la imagen del Persa, le hicieron los cuernos al Destino con el índice y el meñique extendidos, mientras que el dedo medio y el anular permanecían plegados sobre la palma retenidos por el pulgar.

—¡Ya sabéis que Gabriel es supersticioso! —continuó Jammes—. Pero siempre es educado y cuando ve al Persa se contenta con meter tranquilamente la mano en el bolsillo y tocar sus llaves. Pues bien, justo cuando la puerta se abrió ante el Persa, Gabriel dio un salto desde el sillón donde se encontraba sentado hasta la cerradura del armario, para tocar hierro. Al hacer ese movimiento se desgarró con un clavo todo un faldón de su abrigo. Se apresuró para salir, y entonces fue a dar con la frente contra una percha y se hizo un enorme chichón; luego, retrocediendo bruscamente, se despellejó el brazo en el biombo que está al lado del piano; quiso apoyarse en el piano, pero con tan mala suerte que la tapa cayó sobre sus manos y le aplastó los dedos; salió como un loco del despacho y, finalmente, calculó tan mal al bajar la escalera, que tropezó y cayó rodando por todos los peldaños del primer piso. Yo pasaba precisamente por allí en aquel momento acompañada por mi mamá. Nos precipitamos a levantarlo: estaba lleno de magulladuras y tenía tanta sangre en la cara que nos asustamos. Pero enseguida nos sonrió y exclamó: «¡Gracias, Dios mío, por haberme librado de ésta por tan poco!». Entonces le preguntamos qué le ocurría y nos explicó que el motivo de su temor era haber visto al fantasma detrás del Persa. ¡El fantasma con la calavera según lo había descrito Joseph Buquet!

Un murmullo apagado saludó el final de la historia, que Jammes contó muy sofocada por aturullarse al decirla de un tirón, tan aprisa como si la hubiera perseguido el fantasma. Después se produjo otro silencio que interrumpió a media voz la pequeña Giry mientras la Sorelli se limaba las uñas profundamente emocionada.

—Joseph Buquet haría mejor callándose —afirmó la ciruela.

—¿Por qué tiene que callarse? —le preguntaron.

—Es lo que opina mamá —replicó Meg en voz muy baja mirando a su alrededor, como si tuviera miedo de ser escuchada por otros oídos distintos de los que se hallaban allí presentes.

—¿Y por qué dice eso tu madre?

—¡Chitón! ¡Mamá dice que al fantasma no le gusta que se le moleste!

—¿Por qué dice eso tu madre?

—Porque... porque... por nada.

Esta voluntaria reticencia tuvo la consecuencia de exacerbar la curiosidad de aquellas señoritas, que se apretujaron alrededor de la pequeña Giry y le suplicaron que se explicase. Allí estaban todas, codo con codo, inclinadas en un mismo movimiento de súplica y temor. Se comunicaban unas a otras el miedo sintiendo con ello un agudo placer que las helaba.

—¡He jurado no decir nada! —dijo de nuevo Meg con un suspiro.

Pero las otras la apremiaron insistentemente y prometieron guardar el secreto hasta el punto de que Meg, que ardía en deseos de contar lo que sabía, comenzó a hablar con la mirada fija en la puerta.

—Bueno, es por lo del palco.

—¿Qué palco?

—¡El palco del fantasma!

—¿El fantasma tiene un palco?

Ante la idea de que el fantasma tuviera un palco, las bailarinas no pudieron contener la funesta alegría de su asombro. Lanzaron pequeños suspiros y dijeron:

—¡Oh, Dios mío! Cuenta, cuenta.

—¡Más bajo! —ordenó Meg—. Es el palco del primer piso, el número 5, ya lo conocéis, el primero al lado del proscenio de la izquierda.

—¡No es posible!

—Tal como lo digo. Mamá es la acomodadora. Pero ¿me juráis de verdad que no contaréis nada?

—Sí, claro.

—Pues bien, se trata del palco del fantasma. Nadie ha entrado en él desde hace más de un mes, excepto él mismo, claro está. Y se ha ordenado a la administración que no lo alquile nunca a nadie.

—¿Es verdad que allí va el fantasma?

—Pues claro.

—¡Entonces, alguien va a ese palco!

—No. Va el fantasma, y allí no hay nadie.

Las pequeñas bailarinas se miraron. Si el fantasma iba al palco, se le tenía que ver porque llevaba un frac negro y una calavera. Es lo que le hicieron comprender a Meg, pero ésta les replicó:

—¡Precisamente, no se ve al fantasma! Y no tiene ni frac negro ni cabeza. Todo lo que se ha contado sobre su calavera y su cabeza de fuego no son más que tonterías. No hay nada que sea cierto. Sólo se le oye cuando está en el palco. Mamá no lo ha visto nunca, pero lo ha oído. ¡Mamá lo sabe muy bien, porque es ella quien le da el programa!

La Sorelli creyó que debía intervenir:

—Pequeña Giry, te burlas de nosotras.

Entonces la pequeña Giry se echó a llorar.

—Habría hecho mejor callándome. ¡Si mamá se entera! Puedo aseguraros que Joseph Buquet hace mal en meterse en asuntos que no le incumben. Eso le traerá alguna desgracia, como decía mamá precisamente ayer por la tarde.

En ese momento se oyeron pasos fuertes y apresurados en el corredor y una voz sofocada que gritaba:

—¡Cécile, Cécile! ¿Estás ahí?

—Es la voz de mamá —dijo Jammes—. ¿Qué pasa?

Y abrió la puerta. Una honorable dama, vestida como un granadero de Pomerania, se precipitó en el camerino y, gimiendo, se dejó caer en un sillón. Sus ojos giraban enloquecidos y conferían un aspecto lúgubre a su rostro, de color ladrillo cocido.

—¡Qué desgracia! —exclamó—. ¡Qué desgracia!

—¿Qué? ¿Qué ocurre?

—Joseph Buquet.

—¿Qué pasa con Joseph Buquet?

—¡Joseph Buquet ha muerto!

El camerino se llenó de exclamaciones, de expresiones de sorpresa, de confusas preguntas impregnadas de miedo.

—Sí, acaban de encontrarlo ahorcado en el tercer sótano. ¡Pero lo más terrible —continuó, jadeando, la pobre y honorable dama—, lo más terrible es que los tramoyistas que han encontrado su cuerpo aseguran que alrededor del cadáver se oía una especie de ruido que parecía un canto fúnebre!

—¡Es el fantasma! —dejó escapar la pequeña Giry, pero se repuso inmediatamente y se llevó los puños a la boca—: ¡No, no, no he dicho nada!

A su alrededor todas las compañeras, aterrorizadas, repetían en voz baja:

—¡Seguro que es el fantasma!

La Sorelli estaba pálida.

—No podré hacer mi saludo —dijo.

La madre de Jammes dio su opinión mientras vaciaba un vasito de licor que reposaba sobre una mesa: el fantasma estaba metido en ese asunto.

Lo cierto es que nunca se supo muy bien cómo murió Joseph Buquet. La investigación sumarial no dio ningún resultado, aparte del suicidio natural. En *Memorias de un director,* el señor Moncharmin, que era uno de los dos directores que sucedieron a los señores Debienne y Poligny, explica así el incidente del ahorcado:

«Un enojoso incidente vino a perturbar la pequeña fiesta que los señores Debienne y Poligny daban para celebrar su despedida. Estaba yo en el despacho de la dirección cuando de repente vi entrar a Mercier, el administrador.

Estaba excitadísimo y me contó que acababan de descubrir el cuerpo de un tramoyista ahorcado en el tercer sótano del escenario, entre un portante y un decorado de *El rey de Lahore.* Yo exclamé: "¡Vamos a descolgarlo!". ¡Pero en el tiempo que tardé en bajar corriendo la escalera y hacer descender la escala del portante, la cuerda del ahorcado había desaparecido!»

He aquí un acontecimiento que el señor Moncharmin considera natural. Se encuentra a un hombre colgado de una cuerda, se le va a descolgar y la cuerda se esfuma. ¡Oh! El señor Moncharmin encontró una explicación muy simple, escuchadla: «Era la hora de la danza y los corifeos y las "ratas" habían tomado rápidamente precauciones contra el mal de ojo». Punto, eso es todo. Imaginaos a los miembros del *ballet* bajando la escala del portante y repartiéndose la cuerda del ahorcado en menos tiempo que se tarda en decirlo. Eso no es serio. Por el contrario, cuando pienso en el lugar exacto donde se encontró el cuerpo, en el tercer sótano del escenario, imagino que en alguna parte alguien tenía interés en que la cuerda desapareciera una vez hecho el trabajo, y más tarde veremos que hice bien en suponerlo así.

La siniestra nueva se difundió enseguida por todos los rincones de la Ópera, en la que Joseph Buquet era muy querido. Los palcos se vaciaron y las pequeñas bailarinas, agrupadas alrededor de la Sorelli como corderos asustados en torno al pastor, tomaron el camino del *foyer* a través de los corredores y de las escaleras mal alumbradas, trotando tan deprisa como les permitían sus rosadas piernecitas.

# CAPÍTULO II

## LA NUEVA MARGARITA

n el primer rellano la Sorelli se topó con el conde de Chagny, que subía. El conde, por lo general muy tranquilo, mostraba esta vez una gran agitación.

—Iba a buscarla —dijo el conde saludando a la joven con galantería—. ¡Ah, Sorelli! ¡Qué hermosa velada! ¡Y qué triunfo el de Christine Daaé!

—¡No es posible! —protestó Meg Giry—. ¡Si hace seis meses cantaba como un loro! Pero déjenos pasar, mi querido conde —dijo la chiquilla con una reverencia revoltosa—, vamos buscando noticias sobre un pobre hombre al que han ahorcado.

En aquel momento pasaba muy excitado el administrador, que se detuvo bruscamente al oír la conversación.

—¡Cómo! ¿Ya lo saben ustedes, señoritas? —dijo con tono bastante rudo—. Pues bien, no hablen de ello, y sobre todo que no se enteren los señores Debienne y Poligny. Les causaría demasiado trastorno en su último día.

Todo el mundo se encaminó hacia el *foyer* de la danza, que ya estaba atestado de gente.

El conde de Chagny tenía razón: no hubo jamás gala comparable a aquélla; los privilegiados que asistieron todavía hoy hablan de ella a sus hijos y nietos con recuerdo emocionado. Pensad que Gounod, Reyer, Saint-Saëns, Massenet, Guiraud y Delibes subieron por turnos al atril del director de la orquesta y ellos mismos dirigieron la ejecución de sus obras. Entre otros intérpretes tuvieron a Faure y a la Krauss, y en esta velada fue cuando se reveló ante el estupefacto y embriagado público de París el arte de Christine Daaé, cuyo misterioso destino daré a conocer en esta obra.

Gounod había dirigido *La marcha fúnebre de una marioneta;* Reyer, su bella obertura de *Sigurd;* Saint-Saëns, la *Danza macabra* y *Ensoñación oriental;* Massenet, una *Marcha húngara* inédita; Giraud, su *Carnaval;* Delibes, el vals lento de *Sylvia* y los *pizzicati* de *Copelia.* Las señoritas Krauss y Denise Bloch habían cantado: la primera, el bolero de las *Vísperas sicilianas;* la segunda, el brindis de *Lucrecia Borgia.*

Pero el mayor triunfo lo obtuvo Christine Daaé, que había comenzado con algunos pasajes de *Romeo y Julieta.* Era la primera vez que la joven artista cantaba esta obra de Gounod que, además, aún no se había llevado a la Ópera y que la Ópera Cómica acababa de reponer mucho después de que la señora Carvalho la estrenase en el antiguo Teatro Lírico. ¡Ah! Hay que compadecer a aquéllos que no oyeron a Christine Daaé en el papel de Julieta, que no conocieron su ingenua gracia, que no se estremecieron con los acentos de su seráfica voz, que no sintieron volar sus almas junto a la suya sobre las tumbas de los amantes de Verona: «¡Señor! ¡Señor! ¡Señor! ¡Perdónanos!».

Pues bien, todo esto no fue nada en comparación con los acentos sobrehumanos que dejó sonar en el acto de la prisión y en el trío final de *Fausto,* que cantó en sustitución de la Carlotta, que se hallaba indispuesta. ¡Jamás se había oído ni visto nada igual!

Era «una Margarita nueva» lo que interpretaba la Daaé, una Margarita de un esplendor, de un fulgor aún insospechados.

La sala entera había estallado en mil clamores de inenarrable emoción por una Christine que sollozaba y desfallecía en los brazos de sus compañeros. Hubo que llevarla a su camerino. Parecía como si hubiese entregado su alma. El gran crítico P. de St. V. fijó el inolvidable recuerdo de este minuto maravilloso en una crónica que tituló con justicia «La nueva Margarita». Como gran artista que era, el crítico simplemente reveló que esta bella y dulce niña había aportado aquella tarde algo más que su arte: su corazón. Ningún amigo de la Ópera ignoraba que el corazón de Christine permanecía tan puro como era a sus quince años, y P. de St. V. declaraba que «para comprender lo que acababa de suceder con Daaé, ¡es necesario imaginar que se había enamorado por primera vez! Quizá soy un poco indiscreto —añadía—, pero sólo el amor es capaz de realizar un milagro así, una transformación tan fulgurante. Cuando hace dos años oímos a Christine Daaé en el recital del Conservatorio, nos dio grandes esperanzas. ¿Pero de dónde proviene la sublime actuación de hoy? ¡Si no desciende del cielo en alas del amor, tendré que pensar que asciende del infierno y que Christine, como el maestro cantor Ofterdingen, hizo un pacto con el diablo! Quien no haya oído cantar a Christine Daaé el trío final de *Fausto* no conoce *Fausto:* ¡no se podrá superar esa exaltación de la voz y esa sagrada embriaguez de un alma pura!».

Sin embargo, algunos abonados protestaron. ¿Cómo se les podía haber ocultado tanto tiempo semejante tesoro? Christine Daaé había sido hasta entonces un Siebel aceptable al lado de esa Margarita materialmente demasiado espléndida que era la Carlotta. ¡Había sido necesaria la ausencia incomprensible e inexplicable de la Carlotta en esta velada de gala para que a bote pronto la pequeña Daaé pudiera dar muestra de lo que era capaz, en una parte del programa reservada a la diva española! ¿Y por qué, privados de la Carlotta, los señores Debienne y Poligny se habían dirigido a la Daaé? ¿Conocían acaso su genio oculto? Y si lo conocían, ¿por qué motivo lo escondían? ¿Por qué también ella lo ocultaba? Curiosamente, no se le conocía ningún profesor. Ella había declarado en varias ocasiones que en adelante trabajaría completamente sola. Todo eso resultaba muy inexplicable.

El conde de Chagny, de pie en su palco, había asistido a este delirio y había compartido los estruendosos bravos.

El conde de Chagny (Philippe-Georges-Marie) tenía entonces exactamente cuarenta y un años. Era un gran señor y un hombre atractivo. De talla más que mediana, rostro agradable a pesar de la frente dura y unos ojos un poco fríos, hacía gala de una educación refinada con las mujeres y era un poco altanero con los hombres, que no siempre le perdonaban sus éxitos mundanos. Tenía un corazón excelente y una conciencia honrada. Tras la muerte del viejo conde Philibert, se había convertido en jefe de una de las más ilustres y antiguas familias de Francia, cuyos títulos de nobleza se remontaban a Luis el Testarudo. La fortuna de los Chagny era considerable y cuando murió el viejo conde, que era viudo, no fue tarea fácil para Philippe administrar un patrimonio tan enorme. Sus dos hermanas y su hermano Raoul no quisieron saber nada de la herencia ni oír hablar de reparto, y lo dejaron todo en manos de Philippe, como si el derecho de primogenitura no hubiera dejado de existir. Cuando se casaron las dos hermanas (lo hicieron el mismo día), tomaron su parte de manos del hermano no como algo que les perteneciera, sino como una dote, por la que le expresaron su agradecimiento.

La condesa de Chagny (de soltera, Moerogis de la Martynière) había muerto al dar a luz a Raoul, nacido veinte años después que su hermano mayor. Raoul tenía doce años cuando murió el viejo conde. Philippe se ocupó activamente de la educación del niño. En esta labor recibió la admirable ayuda, primero, de sus hermanas, y luego, de una anciana tía, viuda de un marino, que vivía en Brest y que inició al joven Raoul en el gusto por las cosas de la mar. El joven entró en la tripulación del Borda, salió entre los primeros números y llevó a cabo tranquilamente su vuelta al mundo. Gracias a poderosas influencias, acababa de ser designado para formar parte de la expedición oficial del Réquin, que tenía la misión de buscar en los hielos polares a los supervivientes de la expedición del Artois, del que no se tenían noticias desde hacía tres años. Mientras tanto, disfrutaba de un largo permiso de seis meses y las viudas ricas del barrio noble, viendo a este hermoso joven que parecía tan frágil, le compadecían por los rudos trabajos que le esperaban.

La timidez de este marino, casi estoy tentado de decir su inocencia, era notable. Parecía haberse soltado de las faldas de sus hermanas el día anterior. De hecho, mimado por ellas y por su anciana tía, había conservado de esta educación puramente femenina unos modales casi cándidos, rastros de un encanto que hasta entonces nada había podido empañar. En esa época tenía poco más de veintiún años y aparentaba dieciocho. Llevaba un bigotito rubio, tenía los ojos azules y su tez era de niña.

Philippe consentía mucho a Raoul. En principio se sentía muy orgulloso de él y preveía con gozo una carrera gloriosa para su hermano menor en la misma marina donde uno de sus antepasados, el famoso Chagny de la Roche, había ostentado el rango de almirante. Aprovechaba los permisos del joven para enseñarle París, pues éste casi desconocía del todo lo que esa ciudad puede ofrecer de alegría lujosa y de placer artístico.

El conde consideraba que a la edad de Raoul no era muy recomendable mantener una prudencia excesiva. Philippe tenía un carácter muy equilibrado, ponderado tanto en sus trabajos como en sus placeres, siempre de modales perfectos, y era incapaz de dar un mal ejemplo a su hermano. Lo llevaba con él a todas partes. Le enseñó incluso el *foyer* de la danza. Sé de sobra que se decía que el conde tenía «buenísimas relaciones» con la Sorelli, pero ¿acaso podía considerarse un crimen que un joven, que se había mantenido soltero y que por lo tanto disponía de mucho tiempo, especialmente desde que se habían aposentado sus hermanas, pasara una o dos horas después de cenar en compañía de una bailarina que, aunque evidentemente no era excesivamente espiritual, tenía los ojos más bellos del mundo? Además, hay sitios donde un verdadero parisino, cuando posee el título de conde de Chagny, debe dejarse ver, y en esta época el *foyer* de la danza de la Ópera era uno de estos sitios.

Quizá Philippe no habría llevado a su hermano a los bastidores de la Academia Nacional de Música si éste no hubiera sido el primero en pedírselo en varias ocasiones, con una dulce obstinación que el conde recordaría más tarde.

Philippe, después de haber aplaudido aquella noche a la Daaé, se había vuelto hacia Raoul y lo había visto tan pálido que se había asustado.

—¿No ve usted que esa mujer se encuentra mal? —había dicho Raoul.

En efecto, en el escenario tuvieron que sostener a Christine Daaé.

—Eres tú el que va a desmayarse —dijo el conde inclinándose hacia Raoul —. ¿Qué te pasa?

Pero Raoul ya se había puesto en pie.

—Vamos —dijo con voz temblorosa.

—¿Adónde quieres ir, Raoul? —preguntó el conde, asombrado ante el estado en que se encontraba su hermano menor.

—¡Vayamos a ver qué pasa! ¡Es la primera vez que canta así!

El conde observó con curiosidad a su hermano y en la comisura de sus labios una ligera sonrisa se dibujó.

—¡Bah! —y añadió enseguida—: ¡Vamos, vamos!

Parecía estar encantado.

Enseguida se encontraron en la entrada de los abonados, que estaba abarrotada. A la espera de poder entrar en el escenario, Raoul desgarraba sus guantes con un gesto inconsciente. Philippe, que era comprensivo, no se burló de su impaciencia. Pero ya estaba resignado. Ahora sabía por qué Raoul estaba distraído cuando se le hablaba y también por qué parecía sentir un vivo placer encauzando todas las conversaciones hacia la Ópera.

Penetraron en el escenario.

Una masa de fracs se dirigía apresuradamente hacia el *foyer* de la danza o hacia los camerinos de los artistas. Con los gritos de tramoyistas se mezclaban las alocuciones vehementes de los jefes de servicio. Los figurantes del último cuadro que abandonan el escenario, los «viejos verdes» que empujan, un bastidor que pasa, un decorado que baja del telar, un practicable que sujetan a martillazos, el eterno «sitio del teatro» que resuena en los oídos como la amenaza de alguna catástrofe nueva para vuestra chistera o de una sólida carga contra vuestros riñones: tales cosas suceden habitualmente en los entreactos y nunca dejan de turbar a un novato como el joven del bigotito rubio, de ojos azules y tez de niña que, con toda la rapidez que permitía la aglomeración, atravesaba el escenario en el que Christine Daaé acababa de triunfar y bajo el que Joseph Buquet acababa de morir.

La confusión no había sido nunca tan completa como en esta noche, pero Raoul no había sido nunca menos tímido. Con el hombro apartaba a empujones todos los obstáculos, sin ocuparse de lo que se decía a su alrededor, sin atender a las palabras asustadas de los tramoyistas. Tan sólo le preocupaba el deseo de ver a aquélla cuya voz mágica le había arrancado el corazón. Sí, sentía claramente que su pobre corazón todavía por estrenar ya no le pertenecía. Había intentado defenderlo desde el día en que Christine, a la que conocía de pequeña, había reaparecido ante él. Sintió en su presencia una emoción muy dulce que quiso rechazar mediante la reflexión, ya que se había hecho el juramento, tanto se respetaba a sí mismo y a su fe, de que no amaría más que a la que fuera su mujer, y ni por un momento podía imaginar casarse con una cantante. Pero a la dulce emoción le había seguido una sensación atroz. ¿Sensación? ¿Sentimiento? Había en ello algo físico y algo moral. El pecho le dolía como si se lo hubieran abierto para arrancarle el corazón. ¡Sentía ahí un hueco horrible, un vacío real que ya sólo podría rellenar el corazón de ella! Éstos son acontecimientos de una psicología particular que, al parecer, no pueden entender más que los que han sido heridos en el amor por ese golpe extraño que en lenguaje común se llama «un flechazo».

Al conde Philippe le resultaba difícil seguirlo. Y seguía sonriendo.

Al fondo del escenario, pasada la doble puerta que se abre a los escalones que conducen al *foyer* y que llevan a los palcos de la izquierda de la planta baja, Raoul tuvo que detenerse ante la pequeña tropa de «ratas» que, recién bajadas de su granero, obstruían el pasillo por el que pretendía pasar. Más de un comentario burlón fue pronunciado por pequeños labios pintados, a los que él no respondió. Por fin consiguió pasar y se sumergió en la oscuridad de un corredor invadido por el estruendo de las exclamaciones que proferían los admiradores entusiastas. Un nombre destacaba sobre todos los rumores: ¡Daaé, Daaé! El conde, detrás de Raoul, se decía: «El muy bribón conoce el camino», y se preguntaba cómo lo había aprendido. Él nunca lo había llevado al camerino de Christine. Por lo tanto, había que suponer que había ido solo mientras el conde se quedaba charlando en el *foyer* con la Sorelli, ya que a menudo ella le rogaba que permaneciera a su lado hasta el momento de salir a escena, y lo dejaba con tiránica manía al cuidado de las pequeñas polainas, que bajaba de su camerino y con las que garantizaba el lustre de sus zapatillas de raso y la limpieza del maillot color carne. La Sorelli tenía una excusa: había perdido a su madre.

El conde, retrasando la visita que debía hacer a la Sorelli, seguía la galería que conducía al camerino de la Daaé y comprobaba que aquel corredor nunca había sido tan frecuentado como aquella noche en la que todo el teatro parecía trastornado por el éxito de la artista, y también por su desvanecimiento. La hermosa niña aún no se había recuperado y habían ido a buscar al médico del teatro, que llegó mientras tanto empujando a los grupos de gente seguido por Raoul, que le pisaba los talones.

De este modo, el médico y el enamorado se encontraron al mismo tiempo al lado de Christine, que recibió del uno los primeros cuidados y abrió los ojos en brazos del otro. El conde, junto con otros muchos, se había quedado en el umbral de la puerta, ante la cual se sofocaba de calor.

—¿No cree, doctor, que estos señores deberían «desalojar» el camerino? —preguntó Raoul con increíble audacia—. No se puede respirar aquí dentro.

—Tiene usted toda la razón —afirmó el doctor, y puso a todos en la puerta excepto a Raoul y a la doncella.

Ésta contemplaba a Raoul con los ojos agrandados por el más sincero de los asombros. Jamás lo había visto.

Sin embargo, ella no se atrevió a preguntar nada.

El doctor pensó que si el joven actuaba así era, evidentemente, porque tenía derecho a hacerlo. Por eso el vizconde permaneció en el camerino presenciando cómo la Daaé volvía a la vida, mientras los dos directores, Debienne y Poligny, que habían acudido para expresar su admiración a su pupila, se veían rechazados al pasillo con sus trajes oscuros. El conde de Chagny, expulsado al corredor como los demás, se reía a carcajadas.

—¡Ah, el muy bribón! ¡El muy bribón! Y añadía para sí: «Para que te fíes de esos jovenzuelos que adoptan aires de niñitas». Estaba radiante y concluyó diciendo:

—¡Es un Chagny!

Y se encaminó al camerino de la Sorelli; pero ésta bajaba hacia el *foyer* con su pequeño rebaño temblando de miedo, y el conde se la encontró en el camino, como ya se ha dicho.

En el camerino, Christine Daaé había dejado escapar un profundo suspiro al cual respondió un gemido. Volvió la cabeza, vio a Raoul y se estremeció. Miró al doctor, al que sonrió, después a su criada y por último a Raoul.

—¡Señor! —preguntó a este último con una voz que era tan sólo un suspiro—. ¿Quién es usted?

—Señorita —respondió el joven al tiempo que se arrodillaba para depositar un ardiente beso en la mano de la diva—, señorita, soy el niño que fue a recoger su chal del mar.

Christine volvió a mirar al doctor y a la doncella, y los tres se echaron a reír. Raoul se levantó muy sonrojado.

—Señorita, puesto que le place no reconocerme, quisiera decirle algo en privado, algo muy importante.

—Cuando me encuentre mejor, ¿le parece bien, señor? —y su voz temblaba—. Es usted muy amable...

—Pero es necesario que se vaya... —añadió el doctor con su mejor sonrisa—. Déjeme usted que atienda a la señorita.

—¡No estoy enferma! —exclamó de repente Christine con una energía tan extraña como inesperada.

Y se levantó, pasándose una mano por los párpados con gesto rápido.

—¡Se lo agradezco, doctor! Necesito estar sola. Váyanse todos, por favor, déjenme. Estoy muy nerviosa esta noche...

El médico quiso presentar alguna protesta, pero ante la agitación de la joven estimó que el mejor remedio para su estado era no contradecirla. Salió junto con Raoul, quien se encontró en el pasillo completamente desamparado. El doctor le dijo:

—No la reconozco esta noche... normalmente es tan dulce... lo dejó allí.

Raoul se quedó solo. Toda aquella zona del teatro se encontraba ahora desierta. La ceremonia de despedida debía haber empezado en el *foyer* de la Ópera. Raoul pensó que quizá iría la Daaé y esperó sumido en la soledad y el silencio. Incluso se escondió en la sombra propicia del quicio de una puerta. Seguía sintiendo aquel horrible dolor en el corazón. Precisamente de eso quería hablarle a la Daaé sin demora. De repente, el camerino se abrió y vio a la criada que salía completamente sola llevando unos paquetes. Se interpuso en su camino y le pidió noticias de su ama. Ella le contestó riendo que estaba bien, pero que no debía molestarla porque quería estar sola, y se escapó. Una idea atravesó el cerebro abrasado de Raoul. ¡Pues claro, la Daaé quería estar sola para él! ¿Acaso no le había dicho que quería conversar en privado? Ésa era la razón por la que había despedido a los demás.

Respirando con dificultad, se acercó al camerino y, con la oreja pegada a la puerta para escuchar lo que iban a contestarle, se dispuso a llamar. Pero su mano se detuvo. Acababa de percibir en el camerino una voz de hombre que decía con entonación particularmente autoritaria:

—¡Christine, es preciso que me ames!

Y la voz de Christine, dolorida, que se adivinaba entrecortada por las lágrimas, respondía temblorosa:

—¿Cómo puede decirme eso? ¡A mí, que no canto más que para usted!

Raoul se apoyó en un tablón, tal fue su sufrimiento. Su corazón, que creía haber perdido para siempre, había vuelto a su pecho y latía con estruendo. El corredor entero retumbaba y los oídos de Raoul estaban como aturdidos. Seguramente, si su corazón seguía haciendo tanto ruido iban a oírlo, iban a abrir la puerta y el joven sería vergonzosamente expulsado. ¡Qué papel para un Chagny! ¡Escuchar detrás de una puerta! Se apretó el corazón con ambas manos para hacerlo callar. Pero un corazón no es el hocico de un perro, y aunque se sujete del morro a un perro que ladra sin parar, siempre se lo oye gruñir.

La voz del hombre prosiguió:

—Debes estar muy cansada, ¿verdad?

—¡Oh! Esta noche le he entregado mi alma y estoy muerta.

—Tu alma es muy bella, hija mía —siguió diciendo la voz grave del hombre—, y te lo agradezco. No ha habido emperador que recibiera un regalo como éste. ¡Los ángeles han llorado esta noche!

Después de esas palabras, de que esta noche han llorado los ángeles, el conde ya no oyó más. Sin embargo, no se fue, pero como temía ser sorprendido, se ocultó en un rincón sombrío decidido a esperar a que aquel hombre abandonase el camerino. En un mismo instante acababa de conocer el amor y el odio. Sabía a quién amaba. Quería saber a quién odiaba. Ante su gran estupor, la puerta se abrió y Christine Daaé salió sola, envuelta en pieles y escondido el rostro bajo un encaje. Cerró la puerta, pero Raoul observó que no echaba la llave. Pasó ante él, pero ni siquiera la siguió con la mirada porque la tenía fija en la puerta, que no se volvía a abrir. Entonces, al ver que el corredor estaba de nuevo desierto, lo cruzó. Abrió la puerta del camerino y la cerró inmediatamente tras de sí. Raoul se encontraba en la más absoluta oscuridad; habían apagado el gas.

—¿Hay alguien aquí? —dijo con voz vibrante—. ¿Por qué se esconde?

Mientras decía estas palabras, seguía apoyado en la puerta, cerrada.

Oscuridad y silencio. Raoul no oía más que el ruido de su propia respiración. Seguramente no se daba cuenta de que la indiscreción de su conducta sobrepasaba todo lo imaginable.

—¡Sólo saldrá usted de aquí cuando yo lo permita! —exclamó el joven—. ¡Si no me contesta, es usted un cobarde! ¡Pero yo sabré descubrirlo! encendió una cerilla. La llama iluminó el lugar. ¡No había nadie en el camerino! Raoul, después de cerrar cuidadosamente la puerta con llave, encendió los globos y las lámparas. Penetró en el tocador, abrió los armarios, buscó, tanteó con sus manos húmedas las paredes. ¡Nada!

—¡Ah! ¿Es que me estoy volviendo loco? —dijo en voz alta.

Permaneció así diez minutos escuchando el silbido del gas en medio de la paz del camerino abandonado; enamorado como estaba, ni siquiera pensó en llevarse una cinta que le hubiera reconfortado con el perfume de su amada. Salió sin saber qué hacía ni adónde iba. En un momento de su incoherente deambular, un aire gélido lo golpeó en la cara. Se encontraba al pie de una estrecha escalera por la que bajaba, detrás de él, un cortejo de obreros inclinados sobre una especie de camilla cubierta por un paño blanco.

—¿La salida, por favor? —preguntó a uno de ellos.

—La está viendo, delante de usted —le contestaron—. La puerta está abierta, pero déjenos pasar.

—¿Qué es eso? —preguntó maquinalmente señalando la camilla.

El obrero respondió:

—Eso es Joseph Buquet, al que se ha encontrado ahorcado en el tercer sótano, entre un bastidor y un decorado de *El rey de Lahore*.

Raoul se hizo a un lado ante el cortejo, saludó y salió.

# CAPÍTULO III

Mientras tanto se celebraba la ceremonia de despedida.

Ya he dicho que esta magnífica fiesta se daba en honor a los señores Debienne y Poligny con ocasión de su marcha de la Ópera, que habían querido morir, como decimos hoy, a lo grande.

En la realización de este programa ideal y fúnebre los habían ayudado todos aquéllos que, por aquel entonces, desempeñaban un papel en la sociedad y en las artes de París.

Toda esa gente se había reunido en el *foyer* de la Ópera, donde la Sorelli, con una copa de champán en la mano y un breve discurso preparado para ser pronunciado, esperaba a los directores dimisionarios. Tras ella se apretujaban sus jóvenes y viejas compañeras del cuerpo de baile; unas comentando en voz baja los acontecimientos del día y otras haciendo discretas señas de complicidad a sus amigos que, en tropel parlanchín, rodeaban ya el bufé que se había levantado sobre el suelo en pendiente, entre la danza guerrera y la danza campestre del señor Boulenger.

Algunas bailarinas se habían vestido ya con las ropas de calle, la mayoría llevaba aún sus faldas de gasa ligera, pero todas habían creído su deber adoptar un tono de circunstancia. Tan sólo la pequeña Jammes, cuyas quince primaveras parecían haberle hecho olvidar en su despreocupación (feliz edad) al fantasma y la muerte de Joseph Buquet, no cesaba de cacarear, de cuchichear, de saltar, de hacer diabluras, hasta el punto de que, al aparecer los señores Debienne y Poligny en las escalinatas del salón, fue severamente llamada al orden por la Sorelli, que estaba impaciente.

Todo el mundo comprobó que los directores dimisionarios tenían aspecto alegre, lo que en provincias no le habría parecido natural a nadie, pero en París se consideró de muy buen gusto. Quien no haya aprendido a ocultar su pena bajo una máscara de alegría y a simular algo de tristeza, aburrimiento o indiferencia ante su íntima alegría, no será nunca un parisino. Si sabéis que uno de vuestros amigos está preocupado, no intentéis consolarlo; os dirá que ya lo está. Pero, si le ha sucedido algo agradable, guardaos de felicitarle por ello; consideraría tan natural su buena suerte que se extrañaría de que se hablase de ella. En París se vive siempre en un baile de máscaras, y no es en el *foyer* de la Ópera donde personajes tan «enterados» como los señores Debienne y Poligny habrían cometido el error de mostrar su tristeza, que era real. Comenzaban ya a sonreír a la Sorelli, que empezaba a despachar su discurso de compromiso, cuando una exclamación de aquella loquilla de Jammes vino a truncar la sonrisa de los señores directores de una forma tan brutal que la expresión de desolación y de espanto que se escondía debajo apareció en ellos ante los ojos de todos:

—¡El fantasma de la Ópera!

Jammes había soltado esta frase con un tono de inefable terror mientras su dedo señalaba entre la muchedumbre de fracs a un rostro tan pálido, tan lúgubre y tan espantoso, con los agujeros negros de los arcos supraciliares tan profundos, que aquella calavera así señalada obtuvo de inmediato un éxito loco.

—¡El fantasma de la Ópera! ¡El fantasma de la Ópera!

La gente reía, se empujaba y quería ofrecer de beber al fantasma de la Ópera, ¡pero había desaparecido! Se había deslizado entre los asistentes y lo buscaron en vano, mientras dos ancianos señores intentaban calmar a la pequeña Jammes y la pequeña Giry lanzaba gorjeos de pavo real.

La Sorelli estaba furiosa: no había podido terminar su discurso. Los señores Debienne y Poligny la habían abrazado, le habían dado las gracias y

habían escapado tan aprisa como el mismo fantasma. Nadie se extrañó, puesto que se sabía que debían asistir a una ceremonia similar en el piso superior, en el *foyer* del canto, y que al final sus amigos íntimos serían recibidos por última vez en el gran vestíbulo del despacho de dirección, en donde les aguardaba una cena.

Aquí es donde volvemos a encontrarlos junto con los nuevos directores, los señores Armand Moncharmin y Firmin Richard. Los primeros apenas conocían a los segundos, pero aquéllos se presentaron con grandes demostraciones de amistad y éstos les respondieron con mil cumplidos. De este modo, los invitados que habían temido una velada más aburrida se mostraron enseguida muy risueños. La cena fue casi alegre y, llegado el momento de los brindis, el señor comisario del gobierno fue tan extraordinariamente hábil en mezclar la gloria del pasado con los éxitos del futuro que enseguida reinó la mayor cordialidad entre los convidados. El traspaso de los poderes de dirección se había efectuado la víspera de la forma más simple posible, y los asuntos que quedaban por arreglar entre la antigua y la nueva dirección ya se habían solucionado bajo la presidencia del comisario del gobierno, con tal afán de entendimiento por ambas partes que realmente no podía resultar extraño encontrar en esta velada memorable cuatro caras de directores tan sonrientes.

Los señores Debienne y Poligny habían entregado ya las dos llaves minúsculas, las llaves maestras que franqueaban las múltiples puertas de la Academia Nacional de Música (varios miles) a los señores Armand Moncharmin y Firmin Richard. Las llavecitas, objeto de curiosidad general, pasaban con presteza de mano en mano cuando la atención de algunos fue atraída al descubrir de pronto, en el extremo de la mesa, aquella figura extraña, pálida y cadavérica de ojos hundidos que ya había aparecido en el *foyer* de la danza y que había sido interpelada por la pequeña Jammes como «¡El fantasma de la Ópera!».

Se encontraba allí como el más normal de los convidados, salvo que no comía ni bebía.

Los que habían empezado a mirarlo con una sonrisa habían acabado por volver la cabeza; hasta ese punto la visión de aquel individuo llenaba inmediatamente el espíritu con las cavilaciones[3] más fúnebres. Nadie volvió a hacer las bromas del *foyer*, nadie gritó «¡El fantasma de la Ópera!».

Él no había pronunciado una sola palabra y ni sus vecinos habrían podido fijar el momento preciso en que había venido a sentarse allí, pero cada uno pensó que los muertos, que a veces van a sentarse a la mesa de los vivos, no podían tener un aspecto más macabro. Los amigos de los señores Firmin Richard y Armand Moncharmin creyeron que este invitado descarnado era un íntimo de los señores Debienne y Poligny, mientras que los amigos de Debienne y Poligny pensaron que aquel ser pertenecía a la clientela de los señores Richard y Moncharmin. Por eso ningún requerimiento de explicación, ninguna reflexión desagradable, ningún comentario de mal gusto amenazó con ofender a aquel huésped de ultratumba. Algunos invitados que estaban al corriente de la leyenda del fantasma y que conocían la descripción que había dado el jefe de los tramoyistas —aunque ignoraban la muerte de Joseph Buquet— creían, en el fondo, que el hombre que estaba en el extremo de la mesa podría pasar perfectamente por la viva imagen del personaje creado, según ellos, por la incorregible superstición del personal de la Ópera. Sin embargo, según la leyenda el fantasma carecía de nariz y este personaje la tenía, pero el señor Moncharmin afirma en sus *Memorias* que la nariz del convidado era transparente. «Su nariz —dice— era larga, fina y transparente», y yo añadiría que podía tratarse de una nariz postiza. El señor Moncharmin pudo tomar por transparencia lo que no era más que brillo. Todo el mundo sabe que la ciencia fabrica admirables narices postizas falsas para los que se han visto privados de ella por la naturaleza o por alguna operación. De hecho, ¿habría venido el fantasma a participar aquella noche en el banquete de los directores de no haber sido invitado? ¿Podemos asegurar que esta presencia era la del fantasma mismo de la Ópera? ¿Quién se atrevería a decirlo? Si hablo aquí de este incidente no es porque pretenda ni por un segundo hacer creer o intentar hacer creer al lector que el fantasma habría sido capaz de audacia tan soberbia, sino porque, en definitiva, la cosa es muy posible.

---

3   *Nota del editor:* tiene el mismo sentido que *pensamientos;* término empleado en pocsía.

Y ésta es, al parecer, razón suficiente. El señor Armand Moncharmin, siempre en sus *Memorias,* dice textualmente en el capítulo XI: «Cuando pienso en aquella primera velada no me es posible deslindar la confidencia que nos hicieron los señores Debienne y Poligny en su despacho sobre la presencia en la cena de aquel fantasmagórico personaje al que ninguno de nosotros conocía».

Esto es lo que pasó exactamente:

Los señores Debienne y Poligny, colocados en el centro de la mesa, todavía no habían visto al hombre de la calavera, cuando de repente éste comenzó a hablar.

—Las «ratas» tienen razón —dijo—. Quizá la muerte del pobre Buquet no es tan natural como parece.

Debienne y Poligny se sobresaltaron.

—¿Buquet ha muerto? —exclamaron.

—Sí —respondió tranquilamente el hombre o la sombra de hombre—. Lo han encontrado ahorcado esta noche en el tercer sótano, entre un portante y un decorado de *El rey de Lahore.*

Los dos directores, o mejor exdirectores, se levantaron instantáneamente con la mirada fija en su interlocutor. Estaban más alterados de lo que cabía, es decir, más de lo que cabe estarlo ante la noticia del ahorcamiento de un jefe de tramoyistas. Se miraron entre sí. Se habían puesto más blancos que el mantel. Finalmente, Debienne hizo una señal a los señores Richard y Moncharmin, Poligny pronunció algunas palabras de excusa dirigidas a los invitados y los cuatro pasaron al despacho de los directores. Cedo la palabra al señor Moncharmin:

«Parecía que los señores Debienne y Poligny se agitaban por momentos cada vez más —cuenta en sus *Memorias*—, y nos dio la impresión de que tenían que decirnos algo que les preocupaba mucho.

»Primero nos preguntaron si conocíamos al individuo que, sentado en el extremo de la mesa, les había comunicado la muerte de Joseph Buquet, y ante nuestra respuesta negativa se mostraron todavía más turbados. Tomaron de nuestras manos las llaves maestras, las observaron un instante, movieron la cabeza y después nos aconsejaron poner cerraduras

nuevas con la máxima discreción posible en los pisos, despachos y objetos que quisiéramos mantener herméticamente cerrados. Resultaban tan ridículos diciéndonos aquello que rompimos a reír y les preguntamos si había ladrones en la Ópera. Nos respondieron que había algo peor: un fantasma. Nos pusimos a reír de nuevo, convencidos de que nos estaban gastando una broma como culminación de esa fiesta íntima. Pero, a petición suya, recuperamos nuestro posado serio decididos a complacerlos en aquella especie de juego. Nos dijeron que jamás nos habrían hablado del fantasma de no haber recibido la orden formal del propio fantasma de aconsejarnos que nos mostráramos amables con él y que le concediéramos todo lo que nos pidiera. Sin embargo, ansiosos por abandonar un lugar donde aquella sombra tiránica reinaba a sus anchas y de verse de pronto libres de ella, habían esperado hasta el último momento para explicarnos tan extraña aventura, ya que con seguridad nuestros espíritus escépticos no estarían preparados para semejante revelación. Pero el anuncio de la muerte de Joseph Buquet les había recordado amargamente que, cada vez que habían desobedecido los deseos del fantasma, algún hecho fantástico o funesto se había encargado de recordarles rápidamente su sentimiento de dependencia.

»Yo miraba a Richard mientras escuchaba estas inesperadas palabras, pronunciadas con el tono de la más secreta e importante confidencia. En sus tiempos de estudiante, Richard era conocido por su reputación de bromista, es decir, que no ignoraba ninguna de las mil y una maneras de burlarse de los demás, y los porteros del bulevar Saint Michel podrían contar muchas anécdotas sobre él. Además, parecía disfrutar enormemente de la ocasión que le brindaban. No se perdía ni un detalle a pesar de que el conjunto resultara algo macabro a causa de la muerte de Buquet. Movía la cabeza con ademán de tristeza y su aspecto, a medida que hablaban los demás, se volvía compungido como el de un hombre que lamentase amargamente todo este asunto de la Ópera, ahora que se enteraba de que albergaba a un fantasma. Yo no podía hacer otra cosa que imitar servilmente esa actitud desesperada; sin embargo, a pesar de todos nuestros esfuerzos, al final no pudimos evitar una carcajada ante las mismas narices de los señores

Debienne y Poligny, los cuales, al vernos pasar sin transición del estado de ánimo más sombrío a la alegría más insolente, reaccionaron como si creyeran que nos habíamos vuelto locos.

»Dado que la farsa se prolongaba en exceso, Richard preguntó medio en serio medio en broma:

»—Pero, en resumidas cuentas, ¿qué es exactamente lo que quiere ese fantasma?

»El señor Poligny fue a su despacho y volvió con una copia del pliego de condiciones.

»El pliego de condiciones comenzaba con estas palabras: "La dirección de la Ópera estará obligada a dar a las representaciones de la Academia Nacional de Música el esplendor que conviene a la primera escena lírica francesa", y terminaba en el artículo 98 en los siguientes términos:

»"El presente privilegio podrá ser retirado:

»1.º Si el director contraviene las disposiciones estipuladas en el pliego de condiciones."

»Y seguían las disposiciones.

»Aquella copia del pliego de condiciones —dice el señor Moncharmin— estaba escrita en tinta de color negro y era completamente idéntica a la que nosotros poseíamos.

»Sin embargo, vimos que la copia que nos presentaba el señor Poligny llevaba al final un párrafo añadido, escrito en tinta roja con una letra insólita y atormentada, como si hubiera sido trazada a golpes de cabezas de cerillas; la letra de un niño que aún no ha cesado de hacer palotes y todavía no sabe unir las letras. Este añadido, que alargaba de forma tan extraña el artículo 98, decía textualmente:

»"5.º Si el director retrasa más de quince días la mensualidad que debe al fantasma de la Ópera, mensualidad fijada hasta nueva orden en 20.000 francos, es decir, 240.000 francos al año."

»El señor Poligny nos mostró con gesto dudoso esta cláusula suprema, que en verdad no esperábamos.

»—¿Eso es todo? ¿No quiere nada más? —preguntó Richard con la mayor sangre fría.

»—Sí —replicó Poligny.

»Volvió a hojear el pliego de condiciones y leyó:

»"Art. 63. El gran proscenio, a la derecha de los primeros palcos, quedará reservado en todas las representaciones para el jefe del Estado.

»La platea n.º 20, los lunes, y el palco n.º 30 del primer piso, los miércoles y viernes, estarán a disposición del ministro.

»El palco n.º 27 del segundo piso estará reservado cada día para uso de los prefectos del Sena y de la policía."

»Al final de este artículo, el señor Poligny nos enseñó una línea trazada con tinta roja que había sido añadida:

»"El palco n.º 5 del primer piso se pondrá en todas las representaciones a disposición del fantasma de la Ópera."

»Ante esta última jugada no nos quedó más remedio que levantarnos y dar un apretón de manos efusivamente a nuestros dos predecesores mientras los felicitábamos por haber ideado aquella encantadora broma que demostraba que seguía viva la vieja alegría francesa. Richard creyó incluso su deber añadir que ahora comprendía por qué los señores Debienne y Poligny abandonaban la dirección de la Academia Nacional de Música. No se podía trabajar con un fantasma tan exigente.

»—Evidentemente —replicó sin apenas pestañear el señor Poligny—, 240.000 francos no se encuentran bajo la herradura de un caballo. ¿Han considerado ustedes lo que cuesta no alquilar el palco n.º 5 del primer piso, reservado para el fantasma en cada una de las representaciones? Eso sin tener en cuenta que nos hemos visto obligados a reembolsar el abono. ¡Es horrible! ¡Realmente no trabajamos para mantener a ningún fantasma! ¡Preferimos irnos!

»—Sí —repitió el señor Debienne—, preferimos irnos. ¡Vámonos! —Y se puso en pie.

»Richard dijo:

»—Pero, en fin, me parece que han sido ustedes demasiado condescendientes con ese fantasma. Si yo tuviera un fantasma tan molesto como ése, no dudaría en hacerlo detener.

»—Pero, ¿dónde? ¿Y cómo? —exclamaron—. Jamás lo hemos visto.

»—¿Ni siquiera cuando va a su palco?

»—Jamás lo hemos visto en su palco.

»—Entonces, alquílenlo.

»—¡Alquilar el palco del fantasma de la Ópera! Bien, señores, inténtenlo ustedes.

»Después de eso salimos los cuatro del despacho de dirección. Richard y yo jamás nos habíamos "reído tanto".»

# CAPÍTULO IV

## EL PALCO N.º 5

A rmand Moncharmin escribió unas memorias tan voluminosas que, particularmente en lo que se refiere al largo periodo de su codirección, cabría preguntarse si en algún momento encontró tiempo para ocuparse de la Ópera de otra forma que no fuera la de contar lo que en ella ocurría. El señor Moncharmin no sabía ni una nota de música, pero tuteaba al ministro de Instrucción Pública y de Bellas Artes, había hecho un poco de periodismo de calle y disfrutaba de una fortuna considerable. Por último, era un hombre encantador que no carecía de inteligencia, puesto que, decidido a gestionar la Ópera, había sabido escoger a un codirector útil y acudió directamente a Firmin Richard.

Firmin Richard era un músico distinguido y un hombre de mundo. He aquí el retrato que nos da la *Revue des Théâtres* en el momento de su toma de posesión:

«El señor Firmin Richard tiene aproximadamente cincuenta años, es de alta estatura y de constitución robusta, sin ser obeso. Posee prestancia y distinción; de color subido, el pelo abundante, un poco corto y cortado a cepillo, la barba acorde con el pelo; su fisionomía tiene algo un poco triste que modera su mirada franca y directa, y muestra una sonrisa encantadora.

»El señor Firmin Richard es un músico muy distinguido. Es un hábil armonista, un sabio contrapuntista y la grandeza es la característica principal de su composición. Ha publicado música de cámara muy apreciada por los aficionados, música para piano, sonatas y fugas llenas de originalidad, además de un volumen de melodías. Finalmente, *La muerte de Hércules,* ejecutada en los conciertos del Conservatorio, arroja un soplo épico que hace pensar en Gluck, uno de los maestros venerados por el señor Firmin Richard. De todas maneras, aunque admire a Gluck, no admira menos a Piccini; el señor Richard disfruta de todo lo que encuentra. Lleno de admiración por Piccini, se inclina ante Meyerbeer, se deleita con Cimarosa y nadie mejor que él aprecia el inimitable genio de Weber. Por último, por lo que respecta a Wagner, el señor Richard no está lejos de pretender que es él, Richard, el primero y quizá el único que lo comprende en Francia.»

Aquí finalizo mi cita, de la que creo que se desprende con suficiente claridad que, dado que el señor Firmin Richard amaba casi toda la música y a todos los músicos, era deber de todos los músicos amar al señor Firmin Richard. Para concluir este rápido retrato, digamos que el señor Richard era lo que se ha dado en llamar un ser autoritario, es decir, que tenía un mal carácter.

Los primeros días que los dos directores pasaron en la Ópera transcurrieron dominados por la alegría de sentirse los amos de una empresa tan amplia y hermosa. Sin duda ya habían olvidado la curiosa y extraña historia del fantasma cuando se produjo un incidente que les probó que, si se trataba de una farsa, ésta aún no había terminado.

Aquella mañana el señor Firmin Richard llegó a su despacho a las once. Su secretario, el señor Rémy, le mostró media docena de cartas que no había abierto porque llevaban la mención «personal». Una de las cartas atrajo enseguida la atención del señor Richard, no sólo porque lo escrito en el sobre estaba en tinta roja, sino también porque le pareció haber visto ya esa letra en alguna parte. No tuvo que pensar demasiado: se trataba de la letra con la que habían completado el pliego de condiciones de forma tan extraña. Enseguida reconoció su aspecto tosco y casi infantil. La abrió y leyó:

Mi querido director, le pido perdón por venir a molestarlo en estos momentos tan preciosos en los que decide la suerte de los mejores artistas de la Ópera, en los que renueva importantes contratos y en los que celebra otros nuevos. Todo ello con una visión tan segura, una comprensión del teatro, una ciencia del público y de sus gustos, una autoridad que ha estado muy cerca de pasmar a mi vieja experiencia. Estoy al corriente de lo que acaba de hacer para la Carlotta, la Sorelli y la pequeña Jammes, y para algunas otras en las que ha adivinado admirables cualidades, talento o genio. (Sabe usted muy bien a quién me refiero cuando escribo estas palabras. Evidentemente no se trata de la Carlotta, que canta como una jeringa y que nunca debió haber abandonado los Ambassadeurs ni el café Jacquin; ni de la Sorelli, cuyo éxito se debe sólo a la carrocería; ni de la pequeña Jammes, que baila como una vaca en un prado. Y tampoco me refiero a Christine Daaé, cuyo genio es evidente, pero a la que usted, con celo envidioso, deja al margen de todo estreno importante.) Pero, claro, usted es libre de gestionar su pequeño negocio como le plazca, ¿no es cierto? De todas formas, desearía aprovechar el hecho de que aún no haya puesto a Christine Daaé de patitas en la calle para oírla esta noche en el papel de Siebel, ya que el de Margarita, después del triunfo del otro día, le está vedado. También le ruego que no disponga de mi palco ni hoy ni los días siguientes, pues no terminaré mi carta sin confesarle hasta qué punto me he visto desagradablemente sorprendido al llegar a la Ópera en estos últimos tiempos y enterarme de que mi palco se había alquilado en la taquilla por órdenes suyas.

En un principio no he protestado porque soy enemigo del escándalo, luego porque supuse que sus predecesores, los señores Debienne y Poligny, que siempre se comportaron de forma encantadora conmigo, se habían descuidado de hablarle de mis pequeñas manías antes de su partida. Pero acabo de recibir la respuesta de los señores Debienne y Poligny a mi petición de explicaciones, respuesta que me prueba que están ustedes al corriente de mi pliego de condiciones y que, por consiguiente, se burlan de mí de forma ofensiva. ¡Si quieren que vivamos en paz, el camino más apropiado no es el de empezar por quitarme el palco! Con ayuda de estas pequeñas observaciones, le ruego que me considere, señor director, como a su más humilde y obediente servidor.

Firmado: F. de la Ópera

Esta carta iba acompañada de un extracto de la sección de correspondencia de la *Revue des Théâtres,* en la que se leía lo siguiente:

F. de la Ó.: R. y M. no tienen excusa. Los hemos advertido y entregado
su pliego de condiciones. Saludos.

En cuanto el señor Firmin Richard terminó la lectura, se abrió la puerta del despacho y el señor Moncharmin se encaminó hacia él, llevando en la mano una carta idéntica a la que había recibido su colega. Se miraron, y se echaron a reír a carcajadas.

—La broma continúa —dijo el señor Richard—. ¡Pero ya no tiene gracia!

—¿Qué significa esto? —preguntó el señor Moncharmin—. ¿Acaso creen que porque han sido directores de la Ópera vamos a concederles un palco a perpetuidad?

Pues, tanto para el primero como para el segundo, la doble carta era, sin duda, el fruto de la colaboración bromista entre sus predecesores.

—¡No estoy de humor para dejarme tomar el pelo! —dijo Firmin Richard.

—¡Son inofensivos! —observó Armand Moncharmin.

—¿Qué querrán en realidad? ¿Un palco para esta noche?

El señor Firmin Richard dio la orden a su secretario de reservar el palco n.º 5 del primer piso a los señores Debienne y Poligny, si es que no estaba vendido ya.

No lo estaba. La reserva se les envió de inmediato. Los señores Debienne y Poligny vivían el primero al final de la calle Scribe y del bulevar de Capucines, y el segundo en la calle Auber. Las dos cartas del fantasma de la Ópera se habían echado al buzón del bulevar de Capucines. Moncharmin fue el primero en percatarse al mirar los sobres.

—¡Ya lo ves! —dijo Richard.

Se encogieron de hombros y lamentaron que gente de esa edad todavía se divirtiera con juegos tan inocentes.

—¡Por lo menos podían haber sido educados! —observó Moncharmin—. ¿Has visto cómo nos tratan al hablar de la Carlotta, la Sorelli y la pequeña Jammes?

—Mira, querido amigo, esa gente está enferma de envidia. Cuando pienso que han llegado incluso a pagar un espacio en la sección de correspondencia de la *Revue des Théâtres*... ¿Es que no tienen otra cosa que hacer?

—A propósito —añadió Moncharmin—, parecen interesarse mucho por la pequeña Christine Daaé.

—¡Sabes tan bien como yo que esa muchacha tiene fama de prudente! —respondió Richard.

—¡Se ha ganado tan rápidamente la fama...! —replicó Moncharmin—. ¿Acaso no tengo yo fama de ser entendido en música? Pues no conozco la diferencia entre la clave de sol y la de fa.

—Tranquilízate, nunca has tenido esa fama —declaró Richard.

En este punto, Firmin Richard dio al ujier la orden de hacer pasar a los artistas que, desde hacía dos horas, se paseaban por el gran corredor de la administración esperando a que se abriera la puerta de la dirección, tras la cual les esperaba la gloria, el dinero... o el despido.

El día transcurrió entre discusiones, conversaciones, firmas y rupturas de contratos; por eso les ruego que crean que aquella noche, la del 25 de enero; nuestros dos directores, cansados por una dura jornada de iras, intrigas, recomendaciones, amenazas y manifestaciones de amor o de odio, se acostaron temprano sin sentir siquiera la curiosidad de ir a echar un vistazo al palco n.º 5 para saber si los señores Debienne y Poligny encontraban de su gusto el espectáculo. La Ópera no se había cerrado desde la marcha de la antigua dirección, y el señor Richard había continuado con las pocas obras necesarias en curso, sin interrumpir las representaciones.

A la mañana siguiente los señores Richard y Moncharmin encontraron en su correo una carta de agradecimiento del fantasma, que decía así:

> Mi querido director:
>
> Gracias. Encantadora velada. Daaé, exquisita. Cuiden los coros. La Carlotta, magnífico y banal instrumento. Le escribiré pronto acerca de los 240.000 francos; exactamente, 233.424 francos con 70 céntimos, teniendo en cuenta que los señores Debienne y Poligny me han hecho llegar los 6.575 francos con 30 céntimos que representan los diez primeros

días de mi pensión de este año, dado que sus privilegios finalizaron el 10 por la noche.

Su servidor,

F. de la Ó.

Por otro lado, recibieron una carta de los señores Debienne y Poligni:

Señores:

Les agradecemos su amable atención, pero comprenderán fácilmente que la perspectiva de volver a oír *Fausto,* por muy agradable que sea para los antiguos directores de la Ópera, no puede hacernos olvidar que no tenemos ningún derecho a ocupar el palco n.º 5 del primer piso, que pertenece exclusivamente a aquél del que tuvimos ocasión de hablar al releer con ustedes, por última vez, el pliego de condiciones, último párrafo del artículo 63.

Les rogamos que acepten nuestro agradecimiento, señores, etc.

—¡Bueno, estos tipos ya empiezan a fastidiarme! —declaró violentamente Firmin Richard, rompiendo la carta de los señores Debienne y Poligny.

Aquella noche se vendió el palco n.º 5.

Al llegar a su despacho a la mañana siguiente, los señores Richard y Moncharmin encontraron un informe del inspector sobre lo ocurrido la noche anterior en el palco n.º 5 del primer piso. He aquí el pasaje esencial del informe, que es breve:

«Me he visto en la necesidad —escribe el inspector— de recurrir esta noche —el inspector había escrito su declaración la víspera por la noche— a un guardia municipal para hacer evacuar por dos veces, al principio y a la mitad del segundo acto, el palco n.º 5. Los ocupantes, que habían llegado al comienzo del segundo acto, provocaban un verdadero escándalo con sus risas y comentarios ridículos. A su alrededor se oían quejas y en la sala la gente empezaba a protestar cuando la acomodadora vino en mi busca. Entré en el palco y expresé las correspondientes advertencias. Aquellas personas no parecían estar en su sano juicio y me dieron excusas estúpidas.

Les advertí que, si se repetía el escándalo, me vería obligado a hacer evacuar el palco. Aún no había terminado de salir cuando volví a oír sus risas
y las protestas de la sala. Regresé en compañía de un guardia municipal,
que les hizo salir. Protestaron, siempre entre risas, y declararon que no se
irían si no se les devolvía el dinero. Finalmente se calmaron y los dejé volver al palco; al momento volvieron a empezar las risas, y esta vez los expul-
sé definitivamente.»

—¡Que traigan al inspector! —gritó Richard a su secretario, que ya había
leído el informe y lo había subrayado con un lápiz azul.

El secretario, señor Rémy (veinticuatro años, bigote fino, elegante,
distinguido, muy buena presencia), que llevaba una levita entallada, obli-
gatoria para el trabajo en aquella época, era un hombre inteligente pero
tímido ante su jefe. Ganaba 2.400 francos de sueldo anual, pagados por el
director. Su trabajo consistía en revisar los periódicos, contestar las cartas,
distribuir los palcos y pases de favor, concertar las citas, conversar con los
que hacen antesala, visitar a las artistas enfermas, buscar las suplentes y
coordinar a los jefes de personal; pero ante todo era el cerrojo del despacho
del director, aunque no recibiera por ello ningún tipo de compensación y
pudiera ser despedido de la noche a la mañana, ya que su puesto no estaba
reconocido por la administración. El secretario, que ya había mandado a
buscar al inspector, dio la orden de hacerlo pasar.

El inspector entró un poco inquieto.

—Explíquenos qué ha pasado —dijo Richard con brusquedad.

El inspector farfulló inmediatamente e hizo alusión al informe.

—Pero bueno, esas personas, ¿de qué se reían? —preguntó Moncharmin.

—Señor director, parecían haber cenado bien y estar más predispues-
tos a reír que a escuchar buena música. Nada más llegar y entrar en el palco
llamaron a la acomodadora, que les preguntó qué ocurría. Entonces le dijeron: «Mire usted, en el palco no hay nadie, ¿no es cierto?». «No» —respondió
la acomodadora—. «Pues bien —afirmaron—, nada más entrar hemos oído
una voz que ha dicho que hay alguien.»

El señor Moncharmin no pudo mirar a Richard sin sonreír, pero éste no
sonreía en lo más mínimo. Tantas veces había sido ya objeto de este tipo de

bromas que no le fue difícil reconocer en el relato, que de la manera más ingenua del mundo le presentaba el inspector, todas las características de una de esas bromas crueles que divierten al principio a aquéllos a quienes van dirigidas, pero que luego terminan por enfurecerlos.

El señor inspector, para ganarse la simpatía de Moncharmin, que sonreía, había creído que su obligación era sonreír también. Inoportuna sonrisa. La mirada de Richard fulminó al empleado, quien adoptó de inmediato una expresión compungida.

—Pero, bueno, cuando llegó esa gente —preguntó rugiendo el terrible Richard—, ¿no había nadie en el palco?

—Nadie, señor director, ¡nadie! Ni en el palco de la derecha, ni en el de la izquierda. Se lo juro. Pongo las manos en el fuego. Esto demuestra que se trata de una broma.

—¿Y qué dijo la acomodadora?

—¡Oh! Para la acomodadora todo es muy sencillo; dice que es el fantasma de la Ópera. ¡Vaya!

El inspector rio burlón. Pero se dio cuenta de que había vuelto a equivocarse, puesto que nada más pronunciar estas palabras la expresión de Richard pasó de sombría a furiosa.

—¡Que busquen a la acomodadora! —ordenó—. ¡Inmediatamente! ¡Que me la traigan! ¡Y que echen a toda esa gente!

El inspector quiso protestar, pero Richard le cerró la boca con un temible: «¡Cállese!». Después, cuando los labios del desafortunado inspector parecieron cerrarse para siempre, el director le ordenó que volviera a hablar.

—¿Qué es eso del «fantasma de la Ópera»? —se decidió a preguntar con un gruñido.

Pero ahora el inspector era incapaz de pronunciar una palabra. Dio a entender con un gesto desesperado que no sabía nada, o más bien que no quería saber nada.

—¿Ha visto usted al fantasma de la Ópera?

Con un enérgico movimiento de cabeza, el inspector negó haberlo visto jamás.

—¡Peor para usted! —declaró fríamente Richard.

El inspector abrió unos ojos enormes, unos ojos que se salían de las órbitas, para preguntar por qué el director había pronunciado aquel amenazante «¡Peor para usted!».

—¡Porque voy a ajustarles las cuentas a todos aquellos que no lo hayan visto! —explicó el director—. Dado que está en todas partes, no es admisible que no se lo vea en ninguna. ¡Me gusta que la gente cumpla con su obligación!

# CAPÍTULO V

## Continuación de «El palco n.º 5»

na vez dicho esto, el señor Richard dejó de ocuparse del inspector y trató diversos asuntos con su administrador, que acababa de entrar. El inspector pensó que ya podía irse y, discretamente, de espaldas, se acercaba ya a la puerta cuando el señor Richard, al darse cuenta de la maniobra, paralizó al desafortunado mediante un estruendoso: «¡No se mueva!».

Gracias a la diligencia del señor, Rémy habían ido a buscar a la acomodadora, que era portera en la calle de Provence, a dos pasos de la Ópera. No tardó en entrar.

—¿Cómo se llama usted?

—Mamá Giry. Me conoce bien, señor director. ¡Soy la madre de la pequeña Giry, es decir, la pequeña Meg!

Lo dijo con un tono rudo y solemne que por un momento impresionó al señor Richard. Éste miró a mamá Giry: chal suelto, zapatos gastados, viejo vestido de tafetán, sombrero color hollín. Era evidente, por la actitud del director, que éste no conocía en absoluto o no recordaba haber conocido a mamá Giry, «ni siquiera a la pequeña Meg». Pero el orgullo de mamá Giry era tal que esta célebre acomodadora (mucho me temo que su nombre dio lugar a la palabra *giries,* bien conocida en la jerga de entre bastidores; por ejemplo, si una artista reprocha a una compañera sus chismes, sus cotilleos, le dirá: «Eso es propio de *giries*») imaginaba que todo el mundo la conocía.

—¡No la conozco! —terminó por decir el director—. Pero, señora Giry, esto no impide que quiera saber qué sucedió anoche para que usted y el inspector se vieran obligados a recurrir a un guardia municipal.

—Precisamente quería yo verlo, señor director, y hablarle para que no le ocurran a usted las mismas desgracias que a los señores Debienne y Poligny. Tampoco ellos, al principio, querían escucharme...

—No le pregunto nada de todo eso. ¡Le pregunto qué ocurrió anoche!

Mamá Giry enrojeció de indignación. Jamás le habían hablado en semejante tono. Se levantó como para marcharse, recogiendo ya los pliegues de su falda y agitando con dignidad las plumas de su sombrero color hollín, pero, cambiando de parecer, volvió a sentarse y dijo con voz altiva:

—¡Ocurrió que están molestando al fantasma!

En este punto, al ver que Richard iba a estallar, Moncharmin intervino y dirigió el interrogatorio, del que resultó que mamá Giry encontraba perfectamente natural que se oyera una voz diciendo que había gente en un palco donde no había nadie. No podía explicarse este fenómeno, que no era nuevo para ella, más que por la intervención del fantasma. Nadie había podido ver al fantasma en el palco, pero todo el mundo había podido oírlo. Ella sí lo había oído a menudo, y se le podía dar crédito porque no mentía jamás. Podían preguntar a los señores Debienne y Poligny y a todos los que la conocían, y también al señor Isidore Saack, a quien el fantasma había roto una pierna.

—¿Ah, sí? —interrumpió Moncharmin—. ¿El fantasma le rompió la pierna al pobre Isidore Saack?

Mamá Giry abrió de par en par unos ojos en los que se leía su extrañeza ante tal desconocimiento. Finalmente, consintió en informar a aquellos dos pobres inocentes. La cosa había ocurrido en tiempos de los señores Debienne y Poligny, siempre en el palco n.º 5, y también durante una representación del *Fausto*.

Mamá Giry tosió, aclaró su voz... empezó... Se diría que se preparaba para cantar toda la partitura de Gounod.

—Pues bien, señor, aquella noche se encontraban en primera fila el señor Maniera y su señora, los lapidarios de la calle Mogador; detrás de la señora Maniera estaba su amigo íntimo, el señor Isidore Saack. Cantaba

Mefistófeles (mamá Giry se puso a cantar): «Vos que os hacéis la dormida», y entonces el señor Maniera oyó en su oído derecho (su mujer se encontraba a su izquierda) una voz que le dijo: «¡Ja, ja! ¡No es Julie la que se hace la dormida!» (su esposa se llama precisamente Julie). El señor Maniera se volvió hacia la derecha para ver quién le hablaba así. ¡Nadie! Se frotó las orejas y se dijo a sí mismo: «¿Estaré soñando?». En aquel momento Mefistófeles continuaba con su canto. Pero, ¿no estaré aburriendo a los señores directores?

—¡No, no! Continúe.

—Son ustedes muy amables (mamá Giry hizo una mueca). Pues bien, Mefistófeles continuaba su canción (mamá Giry cantó): «Catalina, a la que adoro, ¿por qué negar al amante que os implora un beso tan dulce?», e inmediatamente el señor Maniera oyó, siempre en su oído derecho, la voz que le dijo: «¡Ja, ja! No sería Julie la que negase un beso a Isidore». Se volvió bruscamente, pero esta vez hacia el lado de su esposa e Isidore, y ¿qué fue lo que vio?: a Isidore que había tomado por detrás la mano de su esposa y llenaba de besos el pequeño hueco de su guante. Tal como les cuento, señores míos (mamá Giry cubrió de besos el trozo de brazo que dejaba al desnudo su guante de seda). Entonces, como pueden suponer, las cosas no quedaron así. ¡Zas! ¡Zas! El señor Maniera, que era alto y fuerte como usted, señor Richard, soltó un par de bofetadas al señor Isidore Saack, que era delgado y débil como el señor Moncharmin, y espero no faltarle al respeto que le debo. Fue un escándalo. En la sala gritaban: «¡Basta! ¡Basta! ¡Va a matarlo!». Finalmente, el señor Saack pudo escapar.

—Así que el fantasma no le rompió la pierna —comentó Moncharmin, mostrándose un poco ofendido de que su físico le causara a mamá Giry tan mediocre impresión.

—Se la rompió, señor —replicó mamá Giry con voz dura (ya que había entendido muy bien el tono hiriente)—. Se la rompió en la escalinata grande que él bajaba con demasiada prisa, señor. ¡Y tan mal que tardará en subirla de nuevo, ya lo creo!

—¿Fue el fantasma quien le contó a usted lo que pronunció en el oído derecho del señor Manicra? —preguntó el señor Moncharmin, con una seriedad que le parecía de lo más cómica.

—No, señor. Me lo contó el mismo señor Maniera. Así.

—Pero, ¿ha hablado usted con el fantasma, mi querida señora?

—Como hablo ahora con usted, mi querido señor.

—Y cuando le habla el fantasma, ¿qué le dice?

—¡Pues bien, me dice que le lleve una silla!

Con estas palabras, pronunciadas solemnemente, el rostro de mamá Giry se tornó como el mármol, un mármol amarillo veteado por estrías rojas como el de las columnas que sostienen la escalinata principal de la Ópera y al que llaman mármol sarrancolin.

Esta vez Richard se echó a reír coreado por Moncharmin y por el secretario Rémy; pero, escarmentado por la experiencia, el inspector no se rio. Apoyado en la pared, mientras manoseaba febrilmente sus llaves en el bolsillo, se preguntaba cómo iba a terminar aquella historia. Además, cuanto más «altanero» era el tono de mamá Giry, más temía la cólera del director. Pero ante la hilaridad de los directores, la señora se atrevió a volverse amenazadora, ¡amenazadora de verdad!

—¡En lugar de reírse del fantasma —exclamó mamá Giry indignada—, sería mejor que hicieran ustedes como el señor Poligny, quien se dio cuenta por sí mismo!

—¿Se dio cuenta de qué? —preguntó Moncharmin, que nunca se había divertido tanto.

—¡Del fantasma! ¿De quién va a ser? ¡Miren ustedes…! —de repente se calmó, ya que consideró que el momento era grave, y prosiguió—: ¡Miren ustedes! Me acuerdo como si fuera ayer. En aquella ocasión tocaban *La judía*. El señor Poligny quiso asistir él solo a la representación, en el palco del fantasma. La señora Krauss había obtenido un éxito loco. Acababa de cantar, como ustedes saben, la parte del segundo acto (mamá Giry cantó a media voz): «Cerca de aquel que amo quiero vivir y morir, y ni la misma muerte nos puede desunir».

—¡Bien, bien! Me acuerdo… —reconoció el señor Moncharmin con una sonrisa desalentadora.

Pero mamá Giry continuó a media voz, haciendo balancear la pluma de su sombrero color hollín:

—«¡Partamos, partamos! Aquí, en los cielos, ahora la misma suerte nos espera a los dos.»

—¡Sí, sí! Lo sabemos —repitió Richard, impaciente de nuevo—. Y entonces, ¿qué pasó?

—Entonces siguió el momento en el que Leopoldo exclama: «¡Huyamos!», ¿no es cierto?, y cuando Eleazar los detuvo preguntándoles: «¿Adónde corréis?». Pues bien, precisamente en ese momento el señor Poligny, al que yo observaba desde el fondo de un palco de al lado que había quedado libre, se levantó de golpe y salió rígido como una estatua. No tuve tiempo más que para preguntarle, como Eleazar, «¿Adónde va usted?». Pero no me contestó y estaba más pálido que un muerto. Lo vi bajar la escalera, pero no se rompió la pierna. Sin embargo, caminaba como en un sueño, como en un mal sueño, y ni siquiera encontraba el camino; él que alardeaba de conocer bien la Ópera.

Así habló mamá Giry, y calló para comprobar el efecto que había producido. La historia de Poligny había hecho bajar la cabeza a Moncharmin.

—Nada de todo esto me explica en qué circunstancias y cómo el fantasma de la Ópera le pidió a usted una silla —insistió el director mirando fijamente a mamá Giry como si estuvieran los dos solos.

—Pues bien, a partir de aquella noche, ya que desde aquel entonces dejaron por fin tranquilo al fantasma y ya no intentaron sacarlo de su palco, los señores Debienne y Poligny dieron órdenes para que se lo reservasen en todas las funciones. En cuanto llegaba, me pedía su silla...

—¡Uy, uy, uy! ¿Un fantasma que pide una silla? ¿Es acaso una mujer su fantasma? —preguntó Moncharmin.

—No, el fantasma es un hombre.

—¿Cómo lo sabe usted?

—Tiene voz de hombre. ¡Oh!, una voz muy suave de hombre. Le contaré cómo ocurren las cosas: Cuando viene a la Ópera, suele llegar hacia la mitad del primer acto y da tres golpecitos secos en la puerta del palco n.º 5. ¡Imagínense ustedes lo intrigada que estuve la primera vez que oí esos tres golpes, pues sabía perfectamente que aún no había nadie en el palco! Abro la puerta. Escucho. Miro. ¡Nadie! Y después oigo de pronto una voz que me dice: «Señora Jules —ése era el nombre de mi difunto marido—, una silla, por favor». Con su permiso, señor director, me quedé como un tomate. Pero la voz continuó: «¡No se asuste, señora Jules, soy yo, el fantasma de la Ópera!». Miré hacia el lugar de donde procedía esa voz, que era tan amable y tan «acogedora» que casi no me infundía miedo. La voz, señor director, estaba sentada en la primera butaca de la primera fila, a la derecha. Aunque no viera a nadie allí, habría podido jurar que alguien me hablaba, y le aseguro que era alguien muy educado.

—¿Estaba ocupado el palco situado a la derecha del palco n.º 5? —preguntó Moncharmin.

—No. El palco n.º 7, al igual que el palco n.º 3 a la izquierda, no estaba aún ocupado. La ópera acababa de empezar.

—¿Y qué hizo usted?

—Pues bien, le llevé la silla. Evidentemente, no era para él para quien pedía una banqueta, sino que era para su dama. Pero a ella no la he oído ni visto jamás.

¿Qué? ¿Cómo? ¡Ahora resultaba que el fantasma tenía una mujer! Las miradas de los señores Moncharmin y Richard pasaron de mamá Giry al inspector, que agitaba los brazos detrás de la acomodadora con la intención de hacer recaer sobre él la atención de los directores. Con aire desolado se golpeaba la frente con el índice para darles a entender que mamá Giry estaba completamente loca, pantomima que convenció definitivamente a Richard de prescindir de un inspector que mantenía a su servicio a una alucinada. La buena mujer continuaba dedicada por entero a su fantasma, alabando ahora su generosidad.

—Al final del espectáculo me da siempre una moneda de cuarenta sueldos, a veces incluso de cien, y otras hasta de diez francos cuando ha pasado varios días sin venir. Desgraciadamente, desde que han empezado a importunarlo no me da absolutamente nada.

—Perdón, mi querida señora (nuevo aleteo de la pluma del sombrero color hollín ante tan persistente familiaridad), perdón, pero ¿cómo se las arregla el fantasma para darle sus cuarenta sueldos? —interrogó Moncharmin, que había nacido curioso.

—¡Bah! Los deja sobre la mesita del palco. Los encuentro allí junto al programa que siempre le llevo. Hay tardes en las que encuentro incluso flores en mi palco, una rosa que puede haber caído del escote de su dama. Estoy segura de que alguna vez viene con una señora porque un día olvidaron un abanico.

—¡Ajá! ¿Conque el fantasma olvidó un abanico? ¿Qué hizo usted con él?

—Pues se lo devolví la vez siguiente.

Aquí se dejó oír la voz del inspector:

—No ha seguido usted el reglamento, señora Giry. Le pondré una multa.

—¡Cállese usted, imbécil! —le gritó Firmin Richard, con voz de bajo.

—¡Le llevó usted el abanico! ¿Y entonces...?

—Entonces se lo llevaron, señor director; no volví a encontrarlo al final del espectáculo. La prueba está en que dejaron en su lugar una caja de bombones ingleses, de ésos que me gustan tanto, señor director. Es una de las amabilidades del fantasma.

—Está bien, señora Giry... Puede usted retirarse.

Después de que mamá Giry hubo saludado respetuosamente a los dos directores, no sin cierta dignidad que jamás la abandonaba, éstos comunicaron al inspector que estaban decididos a prescindir de los servicios de esa vieja loca y lo despacharon también a él.

Cuando el señor inspector se hubo retirado, tras conversar sobre su dedicación a la empresa, los directores ordenaron al administrador que preparara la cuenta del señor inspector. Una vez que estuvieron solos, el señor Richard y el señor Moncharmin tuvieron la misma idea: ir a dar una vuelta por el palco n.º 5.

Y hasta allí los seguiremos.

# CAPÍTULO VI

## EL VIOLÍN ENCANTADO

hristine Daaé, víctima de intrigas a las que nos referiremos más tarde, durante un tiempo no volvió a cosechar otro triunfo como el de la famosa velada de gala. Sin embargo, a partir de ésta había tenido la ocasión de hacerse oír en la ciudad, en casa de la duquesa de Zúrich, donde cantó los más bellos fragmentos de su repertorio. Así es como el gran crítico X. Y. Z., que se encontraba entre los invitados notables, se expresó al respecto:

«Cuando se oye cantar a Christine Daaé en *Hamlet,* uno se pregunta si Shakespeare ha venido de los Campos Elíseos para hacerle ensayar Ofelia. También es cierto que, cuando ciñe la diadema de estrellas de la reina de la noche, Mozart, por su parte, seguro que abandona las moradas eternas para venir a escucharla. Pero no, no tiene por qué molestarse, puesto que la voz aguda y vibrante de la mágica intérprete de su *Flauta mágica* sube al cielo y lo escala con notable soltura, al igual que ha sabido ascender sin esfuerzo desde su choza en la aldea de Skotelof al palacio de oro y mármol construido por Garnier.»

Pero después de la velada de la duquesa de Zúrich, Christine ya no volvió a cantar en público. El hecho fue que por esa época rechazó cualquier invitación y cualquier contrato. Sin dar pretexto plausible alguno, renunció a aparecer en una fiesta de caridad a la que anteriormente había prometido su ayuda. Actuó como si no fuera ya dueña de su destino, como si tuviera miedo de un nuevo triunfo.

Supo que, para complacer a su hermano, el conde de Chagny había realizado gestiones muy activas en su favor con el señor Richard. Ella le escribió para darle las gracias y para rogarle que no volviera a hablar de ella a sus directores. ¿Cuáles podían ser las razones de una actitud tan extraña? Unos pretendían que todo ello ocultaba un orgullo desbocado, otros vieron en ello una modestia divina. Pero no se es tan modesto cuando se está en el teatro. En realidad, no sé si debería escribir simplemente esta palabra: terror. Sí, creo que Christine Daaé tenía por aquel entonces miedo de lo que acababa de ocurrirle y que estaba tan estupefacta como todo el mundo a su alrededor. ¿Estupefacta? ¡Vamos! Tengo aquí una carta de Christine (colección del Persa) que se refiere a los acontecimientos de esa época. Pues bien, después de haberla releído, no escribiré nunca que Christine estaba estupefacta, ni siquiera asustada por su triunfo, sino horrorizada. Sí, sí, horrorizada. «¡Ya no me reconozco a mí misma!», decía.

¡La pobre, pura y dulce niña! No se dejaba ver por ninguna parte, y el vizconde de Chagny intentó en vano cruzarse en su camino. Le escribió para pedirle permiso para visitarla en su casa, y ya había perdido la esperanza de recibir una respuesta cuando una mañana ella le hizo llegar la siguiente nota:

> Señor, no he olvidado al niño que fue a buscar mi chal al mar. No puedo evitar escribirle esto, hoy que parto para Perros, llevada por un deber sagrado. Mañana es el aniversario de la muerte de mi pobre papá, a quien usted conoció y apreciaba. Está enterrado allí, con su violín, en el cementerio que rodea la pequeña iglesia, al pie de la ladera, donde, siendo aún muy niños, tanto jugamos; al borde de aquella carretera donde, ya un poco más crecidos, nos dijimos adiós por última vez.

En cuanto recibió esta nota de Christine Daaé, el vizconde de Chagny se precipitó sobre una guía de ferrocarriles, se vistió a toda prisa, escribió algunas líneas que el mayordomo entregaría a su hermano y se subió rápidamente a un coche que, por cierto, lo dejó en el andén de la estación de Montparnasse demasiado tarde para coger el tren de la mañana con el que contaba.

Raoul pasó un día angustioso y no recuperó el gusto por la vida hasta la tarde, cuando se vio instalado en su vagón. A lo largo de todo el viaje releyó la nota de Christine, aspiró su perfume y resucitó la imagen de sus años jóvenes. Pasó toda la noche en el tren sumido en un sueño inquietante que tenía como principio y fin a Christine Daaé. Comenzaba a despuntar el día cuando se apeó en Lannion. Corrió hacia la diligencia de Perros-Guirec, en la que fue el único viajero. Interrogó al conductor. Supo que la víspera, por la noche, una joven que parecía parisina había hecho que la llevaran a Perros y se había apeado en la posada del Sol Poniente. No podía tratarse más que de Christine, que había venido sola. Raoul dejó escapar un profundo suspiro. En aquella soledad iba a poder hablar con Christine con plena tranquilidad. La amaba tanto que no podía ni respirar sin ella. Este joven que había dado la vuelta al mundo era puro como una virgen que no hubiera dejado jamás la casa de su madre.

A medida que se iba acercando a ella, recordaba con devoción la historia de la pequeña cantante sueca. El gran público todavía ignora muchos de esos detalles.

Había una vez, en una pequeña aldea de los alrededores de Upsala, un campesino que vivía allí con su familia cultivando la tierra durante la semana y cantando en el coro los domingos. Este campesino tenía una hija pequeña a la que enseñó a descifrar el alfabeto musical mucho antes de que aprendiera a leer. Papá Daaé era, quizá sin darse cuenta muy bien, un gran músico. Tocaba el violín y estaba considerado como el mejor músico de pueblo de toda Escandinavia. Su reputación se extendía por los alrededores y la gente siempre acudía a él para que hiciese bailar a las parejas en las bodas y las fiestas. La señora Daaé, paralítica, murió cuando Christine tenía seis años. Inmediatamente el padre, que no quería más que a su hija y a su música, vendió las pocas tierras que tenía y se marchó a Upsala en busca de gloria y fama. No encontró más que miseria.

Entonces volvió al campo yendo de feria en feria, tocando sus melodías escandinavas mientras su hija, que no le abandonaba jamás, lo escuchaba con éxtasis o lo acompañaba cantando. Un día, en la feria de Limby, el profesor Valérius los oyó y se los llevó a Gotemburgo. Aseguraba que el padre era el mejor violinista del mundo y que la hija tenía pasta de gran artista. Se procedió a la educación y a la instrucción de la niña.

Ella deslumbraba a todos en todas partes por su belleza, su gracia y su afán de esmero y de bien hacer. Su evolución fue rápida. Mientras tanto, el profesor Valérius y su mujer se vieron obligados a instalarse en Francia. Se llevaron con ellos al señor Daaé y a Christine. La señora Valérius trataba a Christine como a su hija. En cuanto al buen hombre, comenzaba ya a languidecer añorando su tierra. En París no salía jamás. Vivía en una especie de sueño que se entretenía con su violín. Durante horas enteras se encerraba en su habitación con su hija y se los oía tocar el violín y cantar con mucha dulzura. A veces, la señora Valérius los escuchaba detrás de la puerta, dejaba escapar un profundo suspiro, se enjugaba una lágrima y volvía a marcharse de puntillas. También ella tenía nostalgia de su cielo escandinavo.

El señor Daaé parecía recuperar las fuerzas tan sólo en verano, cuando toda la familia iba a pasar las vacaciones a Perros-Guirec, en un rincón de Bretaña que los parisinos prácticamente desconocían por aquel entonces. Le gustaba mucho el mar de esta comarca, en el que, según decía, reencontraba el mismo color de su tierra; a menudo, en la playa, tocaba sus baladas más dolientes pretendiendo que el mar callara para escucharlas. Además, tanto le había suplicado a la señora Valérius, que ésta había cedido a otro capricho del viejo violinista de pueblo.

En la época de los «perdones», de las fiestas de los pueblos y de los bailes, partía durante ocho días como antaño, con su violín y con derecho a llevarse a su hija. Nadie se cansaba de escucharlos. Derramaban armonía para todo el año en las aldeas más pequeñas y dormían por las noches en granjas, rehusando la cama del albergue, apretándose en la paja uno contra otro como en los tiempos de su miseria en Suecia. Sin embargo, bastante bien vestidos, rehusaban los sueldos que les ofrecían y no pedían nada, y la gente a su alrededor no entendía nada de la conducta de aquel violinista, que recorría los caminos con esa hermosa niña, que cantaba tan bien que uno creía escuchar a un ángel de paraíso. Eran seguidos de pueblo en pueblo.

Un día, un muchacho de la ciudad que se encontraba en la región con su institutriz obligó a ésta a recorrer un largo camino porque no se decidía a abandonar a aquella niña cuya voz tan dulce y tan pura parecía haberlo encadenado. Así llegaron al borde de una cala que aún se llama Trestraou. Por aquellos tiempos no había en aquel lugar más que el cielo, el mar y la playa dorada. Soplaba un fuerte viento que arrastró el chal de Christine al mar. Ésta lanzó un grito y estiró los brazos, pero el chal se encontraba ya lejos, sobre las olas. Entonces oyó una voz que le decía:

—No se preocupe, señorita, yo iré a buscar su chal al mar.

Y vio a un niño que corría, corría pese a las protestas indignadas de una buena mujer toda vestida de negro. El niño penetró en el mar, vestido, y le trajo su chal. ¡Tanto el niño como el chal se encontraban en lamentable estado! La mujer de negro no podía calmarse, pero Christine se rio con ganas y besó al pequeño. Era el vizconde Raoul de Chagny, que por entonces vivía con su tía en Lannion. Durante el verano volvieron a verse y a jugar juntos casi todos los días. Debido a la solicitud de la tía y a la intervención del profesor Valérius, el bueno de Daaé accedió a darle clases de violín al joven vizconde. De este modo, Raoul aprendió a apreciar las mismas melodías que habían encantado la infancia de Christine.

Tenían aproximadamente el mismo tipo de alma soñadora y tranquila. No gustaban más que de los cuentos de viejos condes bretones, y su juego preferido consistía en ir a buscar esos cuentos en los umbrales de las puertas, como si fueran mendigos. «Señora, o querido señor, ¿no sabe usted alguna historia para contarnos, por favor?» Y rara vez no se les «daba» algo. ¿Qué vieja bretona no ha visto, aunque sólo sea una vez en su vida, bailar a las *korrigans* sobre los brezos, al claro de luna?

Pero su gran fiesta era cuando, hacia el crepúsculo, en la inmensa paz de la tarde, después de la puesta del sol en el mar, el padre Daaé venía a sentarse a su lado al borde del camino y les contaba en voz baja, como si temiera asustar a los fantasmas que invocaba, las hermosas, dulces o terribles leyendas de los países del Norte. Unas veces eran bellas como los cuentos de Andersen, otras tristes como los cantos del gran poeta Runeberg. Cuando él callaba, los dos jóvenes pedían: «¡Otra!».

Había una historia que comenzaba así: «Un rey estaba sentado en una barquita sobre una de esas aguas tranquilas y profundas que se abren, al igual que un ojo brillante, en medio de los montes de Noruega».

Y otra decía: «La pequeña Lotte pensaba en todo y en nada al mismo tiempo. Pájaro de estío, planeaba entre los dorados rayos del sol llevando en sus rubios rizos su corona primaveral. Su alma era tan clara y tan azul como su mirada. Mimaba a su madre y era fiel a su muñeca, cuidaba enormemente su vestido, sus zapatos rojos y su violín, pero por encima de todas las cosas le agradaba escuchar, adormeciéndose, al Ángel de la música».

Mientras el buen hombre decía estas cosas, Raoul miraba los ojos azules y la cabellera dorada de Christine. Y Christine pensaba que la pequeña Lotte era muy feliz por poder escuchar al Ángel de la música mientras se dormía. No había cuentos narrados por Daaé en los que no interviniese el Ángel de la música, y los niños le pedían explicaciones interminables acerca de él. Christine estaba convencida de que todos los grandes músicos, todos los grandes artistas, recibían por lo menos una vez en su vida la visita del Ángel de la música. Alguna vez el Ángel se había inclinado sobre sus cunas, como le sucedió a la pequeña Lotte; por eso existen pequeños prodigios que a los seis años tocan el violín mejor que hombres de cincuenta, lo cual, me diréis, es algo absolutamente extraordinario. A veces el Ángel viene mucho más tarde porque los niños no son buenos y no quieren aprender el método y descuidan las escalas. Otras veces el Ángel no acude nunca porque no se tiene el corazón puro ni la conciencia tranquila. Jamás se ve al Ángel, pero se deja oír por las almas predestinadas. Con frecuencia llega cuando menos lo esperan, cuando están tristes y desanimadas. Entonces el oído percibe de pronto armonías celestiales y una voz divina de la que se acuerdan toda la vida. Las personas que han sido visitadas por el Ángel quedan como inflamadas. Vibran con un temblor que el resto de los mortales ignora. Gozan del privilegio de no poder tocar un instrumento o abrir la boca para cantar sin producir sonidos que, dada su belleza, llenan de vergüenza a todos los demás sonidos humanos.

La gente que no sabe que el Ángel ha visitado a estas personas dice de ellas que son geniales.

La pequeña Christine preguntaba a su padre si él había oído al Ángel. Pero el señor Daaé movía la cabeza tristemente, luego miraba a la niña con brillante mirada y le decía:

—¡Tú, hija mía, tú lo oirás un día! Cuando esté en el cielo, te lo enviaré un día; te lo prometo.

Por aquella época el señor Daaé empezaba a toser. Llegó el otoño que separó a Raoul de Christine.

Volvieron a verse tres años más tarde, cuando ya eran adolescentes. Esto ocurrió también en Perros, y Raoul conservó de ese reencuentro tal impresión que lo acompañó toda su vida. El profesor Valérius había muerto, pero la señora Valérius se había quedado en Francia, donde sus intereses la retenían, con el buen Daaé y su hija, que continuaban cantando y tocando el violín arrastrando en su sueño a su querida protectora, que parecía no vivir más que de música. El joven había ido a Perros por casualidad y también por casualidad entró en la casa que antaño habitaba su amiguita. Primero vio al viejo Daaé, que se levantó de la silla con lágrimas en los ojos y lo abrazó, diciéndole que habían guardado de él un fiel recuerdo. De hecho, no había pasado ni un día sin que Christine hablara de Raoul. El viejo continuaba hablando cuando la puerta se abrió y, encantadora y presurosa, la joven entró llevando té humeante en una bandeja. Reconoció a Raoul y dejó la bandeja. Una ligera llama se extendió sobre su rostro encantador. Se mantenía vacilante, callada, mientras el padre los miraba a los dos. Raoul se acercó a la joven y la abrazó al tiempo que le daba un beso, que ella no evitó. Le hizo algunas preguntas, cumplió muy bien su papel de anfitriona, volvió a coger la bandeja y abandonó la habitación. Después fue a refugiarse en un banco en la soledad del jardín. Experimentaba sentimientos que por primera vez agitaban su corazón adolescente. Raoul vino a su encuentro y charlaron con cierto pudor hasta la noche. Habían cambiado completamente, ya no reconocían a sus personajes, que parecían haber adquirido una importancia considerable. Eran tan prudentes como diplomáticos y se contaban cosas que no tenían nada que ver con sus nacientes sentimientos. Cuando se separaron al borde de la carretera, Raoul dijo a Christine, mientras depositaba un correctísimo beso en su mano temblorosa:

—¡Señorita, no la olvidaré nunca! —y se marchó lamentando estas palabras, consciente de que Christine Daaé no podría ser la esposa del vizconde de Chagny.

En cuanto a Christine, fue a buscar a su padre y le dijo:

—¿No te parece que Raoul ya no es tan amable como antes? ¡Ya no lo quiero!

E intentó no pensar más en él. Lo lograba con bastante dificultad y se volcó en su arte, que ocupaba todo su tiempo. Sus progresos eran maravillosos. Los que la escuchaban predecían que sería la artista más importante del mundo. Pero llegó el día en que murió su padre y, de golpe, ella pareció perder con él su voz, su alma y su genio. Todavía le quedaba talento suficiente para ingresar en el Conservatorio, pero sólo el suficiente. No destacó jamás, siguió las clases sin entusiasmo y obtuvo un premio simplemente para complacer a la anciana señora Valérius, con la que seguía viviendo. La primera vez que Raoul había visto a Christine en la Ópera había quedado prendado por la belleza de la joven y por la evocación de las dulces imágenes de antaño, pero sorprendido ante su falta de genio. Parecía ajena a todo. Él volvió para escucharla. La siguió por los corredores, la esperó detrás de un montante e intentó llamar su atención. Más de una vez la acompañó hasta la puerta de su camerino, pero ella no lo veía. En realidad, parecía no ver a nadie. Era la viva imagen de la indiferencia. Raoul sufrió por ello, porque era bella; él era tímido y no se atrevía a confesarse a sí mismo que la amaba. Además, ocurrió el imprevisto de la velada de gala: los cielos desgarrados, una voz de ángel que se dejaba oír en la tierra para embeleso de los hombres y consumación de su corazón.

Y también estaba aquella voz de hombre detrás de la puerta: «¡Es preciso que me ames!». Y nadie en el camerino...

¿Por qué se había reído cuando, en el momento en que ella abría los ojos, él había dicho: «Soy el niño que fue a recoger su chal del mar»? ¿Por qué no lo había reconocido? ¿Y por qué le había escrito?

¡Oh, qué larga era esta costa, qué larga! Aquí estaba el cruce de tres caminos... Y aquí la colina desierta, los brezales helados, el paisaje inmóvil bajo el cielo blanco. Los cristales tintineaban, se rompían en los oídos.

¡Qué ruido hacía esa diligencia que iba tan despacio! Reconocía las casuchas, las cercas, las landas, los árboles del camino. Ésta era la última curva de la carretera, después descenderían bruscamente y llegarían al mar, a la gran bahía de Perros.

Así que ella se había apeado en la posada de Sol Poniente. ¡Bueno, no había otra! Además, se estaba muy bien allí. Recordaba que en otros tiempos se contaban allí historias maravillosas.

¡Cómo latía su corazón! ¿Qué le diría cuando lo viera?

La tía Tricard fue la primera persona a quien vio al entrar en la vieja sala ahumada de la posada. Ella lo reconoció y él la saludó. Le preguntó qué le había traído hasta allí. Él se ruborizó y le dijo que, al ir a Lannion por negocios, decidió «acercarse hasta allí para saludarla». Ella insistió en servirle el desayuno, pero él dijo: «Dentro de un rato». Parecía esperar algo o a alguien. La puerta se abrió. Él se puso en pie. No se había equivocado: ¡era ella! Él quería decir algo, pero se contuvo. Ella permanecía ante él sonriendo, nada sorprendida. Su rostro estaba fresco y rosado como una fresa silvestre. Sin duda estaba agitada por haber caminado al aire libre. Su seno, en el que latía un corazón sincero, se agitaba suavemente. Sus ojos, claros espejos de pálido azul, como el color de los lagos que sueñan, inmóviles, allá en el norte del mundo, le traían tranquilamente el reflejo de su alma cándida. El abrigo de pieles estaba entreabierto, descubriendo una cintura estilizada, la armoniosa línea de su joven cuerpo lleno de gracia. Raoul y Christine se miraron largamente. La anciana Tricard sonrió y se retiró con discreción. Finalmente, habló Christine:

—Ha venido usted y no me extraña lo más mínimo. Tenía el presentimiento de que le encontraría aquí, en este albergue, al volver de misa. Alguien me lo dijo allá. Sí, me habían anunciado su llegada.

—¿Quién? —preguntó Raoul, tomando entre las suyas la pequeña mano de Christine, que ésta no retiró.

—Pues mi pobre papá, que está muerto.

Hubo un largo silencio entre los dos jóvenes.

Luego Raoul reanudó la conversación:

—¿Acaso su padre le ha dicho que la amo y que no puedo vivir sin usted?

Christine se ruborizó profundamente y apartó la cabeza. Después, dijo con voz temblorosa:

—¿A mí? ¡Está usted loco, amigo mío!

Y se echó a reír para, como suele decirse, darse un respiro.

—No se ría, Christine, esto es muy serio.

Ella replicó con voz temblorosa:

—No le he hecho venir para que me dijera estas cosas.

—Usted me ha «hecho venir», Christine. ¿Adivinó que su carta no me dejaría indiferente y que yo acudiría a Perros? ¿Cómo pudo pensar eso si no sabía que la amo?

—Pensé que se acordaría de los juegos de nuestra infancia, en los que participaba mi padre tan a menudo. En realidad, no sé muy bien qué es lo que pensé. Tal vez hice mal en escribirle. Su aparición, tan súbita, el otro día en el camerino me llevó lejos, muy lejos en el pasado, y le escribí como la niña que era yo entonces y que habría sido feliz de volver a tener a su lado, en un momento de tristeza y soledad, a su pequeño camarada.

Por un instante guardaron silencio. Había algo en la actitud de Christine que Raoul no encontraba natural, a pesar de que no le era posible precisarlo. Sin embargo, no la percibía hostil. Lo contrario es lo que confirmaba de sobra la ternura desolada de sus ojos. Pero, ¿por qué esta ternura iba acompañada de desolación? Eso es lo que necesitaba saber y lo que ya empezaba a irritar al joven.

—El día que me vio usted en su camerino, ¿fue la primera vez que se fijó en mí, Christine?

Ella no sabía mentir y dijo:

—¡No! Lo había visto ya varias veces en el palco de su hermano. Luego, también en el escenario.

—¡Lo sospechaba! —dijo Raoul mordiéndose los labios—. Pero entonces, ¿por qué, cuando me vio en su camerino arrodillado, haciéndole recordar que había recogido su chal del mar, por qué me contestó como si no me conociera y se echó a reír?

El tono de estas preguntas era tan brusco que Christine miró a Raoul asombrada y no le contestó. El propio joven quedó sorprendido ante la situación que acaba de provocar en el mismo instante en que había decidido decirle a Christine palabras de ternura, amor y sumisión. Un marido, un amante que tiene todos los derechos, no hablaría de otra forma a su mujer o a su querida si lo hubiera ofendido. Pero, irritado por su propia torpeza y sintiéndose estúpido, no vio más salida a esta ridícula situación que adoptar la decisión de mostrarse odioso.

—¡No me contesta usted! —exclamó Raoul, rencoroso y desdichado—. Pues bien, voy a contestar yo por usted. Había en el camerino alguien que la molestaba. ¡Alguien en cuya presencia no quería revelar que podía usted interesarse por una persona que no fuera él!

—Si alguien me molestaba, amigo mío —lo interrumpió Christine con tono glacial—, si alguien me estorbaba aquella noche, debía ser usted, pues es a usted a quien rechacé.

—¡Sí, para quedarse con el otro...!

—¿Qué dice usted, señor? —exclamó la joven estremeciéndose—. ¿Y de qué otro se trata?

—De aquél a quien usted dijo: «¡Yo no canto más que para usted! ¡Esta noche le he entregado mi alma y estoy muerta!».

Christine agarró el brazo de Raoul y lo apretó con una fuerza insospechada en una criatura tan frágil.

—¿Entonces escuchaba detrás de la puerta?

—¡Sí! Porque la amo. Y lo oí todo.

—¿Oyó qué?

En ese momento la joven, que extrañamente se había vuelto a calmar, soltó el brazo de Raoul.

—Él le dijo: «Es preciso que me ames».

Al oír estas palabras, una palidez cadavérica se extendió por el rostro de Christine, sus ojos se oscurecieron. Vacilaba, estaba a punto de caerse. Raoul se precipitó hacia ella y le tendió los brazos, pero Christine ya había vencido el desfallecimiento pasajero y susurró en voz baja, apenas perceptible:

—¡Dígalo! ¡Dígalo todo! ¡Diga todo lo que oyó!

Raoul la miró vacilante, no comprendía nada de lo que pasaba.

—¡Hable ya! ¿No ve que me está haciendo sufrir?

—También oí lo que él le contestó después de que usted le confesara que le había entregado su alma: «Tu alma es extraordinariamente bella, hija mía, y te lo agradezco. No ha habido emperador que haya recibido un regalo como éste. ¡Esta noche han llorado los ángeles!».

Christine se llevó una mano al corazón. Clavó la mirada en Raoul con emoción indescriptible. Era una mirada tan aguda, tan fija, que parece la de alguien que ha perdido el juicio. Raoul se asustó, pero de pronto los ojos de Christine se humedecieron y por sus mejillas de marfil se deslizaron dos perlas, dos pesadas lágrimas.

—¡Christine!

—¡Raoul!

El joven quiere tomarla en sus brazos, pero ella se desprende de sus manos y huye con gran confusión.

Mientras Christine permanecía encerrada en su habitación, Raoul no dejaba de hacerse mil reproches por su brutalidad pero, por otra parte, los celos recorrían sus venas encendidas. ¿Por qué había mostrado la joven semejante emoción al saber que habían descubierto su secreto? ¡Tenía que ser muy importante! A pesar de lo que había oído, Raoul no dudaba de la pureza de Christine. Sabía que su conducta era intachable, y no era tan novato como para no comprender que a veces una artista está obligada a oír proposiciones amorosas. Lo cierto es que Christine había contestado que le había entregado su alma, pero era evidente que se refería tan sólo al canto y a la música. ¿Evidente? Entonces, ¿por qué esa turbación hacía un momento? ¡Dios mío, qué desgraciado se sentía Raoul! Si hubiera podido atrapar al hombre, la voz de hombre, le habría pedido explicaciones concretas.

¿Por qué había huido Christine? ¿Por qué no bajaba?

Rechazó el desayuno. Estaba abatido y su dolor era grande al ver que, lejos de la joven sueca, se desvanecían aquellas horas que había imaginado tan dulces. ¿Por qué no venía a recorrer con él la región que encerraba tantos recuerdos comunes? ¿Por qué, ya que parecía no tener nada que hacer en Perros y de hecho no hacía nada, no volvía inmediatamente a París? Se había enterado de que por la mañana había ordenado la celebración de una misa por el descanso del alma de su padre y que había pasado largas horas rezando en la pequeña iglesia y ante la tumba del músico.

Triste y desalentado, Raoul se dirigió hacia el cementerio que rodeaba la iglesia. Empujó la puerta. Vagó solitario entre las tumbas descifrando las inscripciones, pero al llegar detrás del ábside vio inmediatamente un esplendoroso ramo de flores que descansaba sobre una lápida de granito y que, desbordándola, caía en la tierra blanca. Las flores llenaban de perfume aquel helado rincón del invierno bretón. Eran milagrosas rosas rojas que parecían haber brotado de la nieve aquella misma mañana. Era un poco de vida entre los muertos, ya que la muerte estaba presente por todas partes. También la vida se desprendía de la tierra que había arrojado su exceso de cadáveres. Esqueletos y calaveras se apilaban a centenares contra el muro de la iglesia, retenidos únicamente por una fina alambrada que dejaba al descubierto todo el macabro edificio. Las calaveras, amontonadas, alineadas como ladrillos, sujetas en los intervalos por huesos fuertes y limpiamente blanqueados, parecían formar el primer fundamento sobre el que se habían levantado las paredes de la sacristía. La puerta de esa sacristía se abría en medio de aquel osario, como sucede en muchas viejas iglesias bretonas.

Raoul rezó por el señor Daaé; luego, tristemente impresionado por esas sonrisas eternas que tienen las bocas de las calaveras, salió del cementerio, subió la colina y se sentó al borde de la landa que domina el mar. El viento se agitaba malignamente por los arenales, aullando bajo la pobre y tímida luz del día. La luz fue cediendo, desapareció y se convirtió tan sólo en una raya lívida en el horizonte. Entonces calló el viento. Había llegado la noche. Raoul se encontraba cercado por sombras heladas, pero no sentía el frío. Todo su pensamiento vagaba por la colina desierta y desolada, llena de recuerdos. Allí, en aquel lugar, había venido a menudo a la caída de la tarde con la pequeña Christine para ver danzar a las *korrigans* justo cuando salía la luna. Por lo que a él se refiere jamás las había visto, aunque tenía buena vista. Pero Christine, aun siendo un poco miope, pretendía haber visto a muchas. Él sonrió ante este recuerdo y luego se estremeció de repente. Una silueta, una silueta muy concreta que había llegado hasta allí sin que ningún ruido la anunciara, una silueta de pie, a su lado, decía:

—¿Cree que las *korrigans* vendrán esta noche?

Era Christine. Él quiso hablar, pero ella le tapó la boca con su mano enguantada.

—¡Escúcheme, Raoul, estoy decidida a decirle algo grave, muy grave!

Su voz temblaba. Él esperó. Ella volvió a hablar, con ahogo.

—¿Se acuerda, Raoul, de la leyenda del Ángel de la música?

—¡Claro que me acuerdo! —dijo él—. Me parece incluso que fue aquí donde su padre nos la contó por primera vez.

—Fue también aquí donde me dijo: «Cuando esté en el cielo, te lo enviaré». Pues bien, Raoul, mi padre está en el cielo y yo he recibido la visita del Ángel de la música.

—No lo dudo —contestó el joven con gravedad. Creía que su amiga, en un arrebato piadoso, estaba mezclando el recuerdo de su padre con el esplendor de su último triunfo.

Christine se mostró ligeramente extrañada ante la sangre fría con la que el vizconde de Chagny se enteraba de que había recibido la visita del Ángel de la música.

—¿Cómo se lo explica, Raoul? —dijo, inclinando su pálido rostro tan cerca del joven que éste pudo pensar que Christine iba a darle un beso, aunque ella, a pesar de la oscuridad, sólo quería leer en sus ojos.

—Creo —le respondió él— que una criatura humana no canta como usted cantó la otra noche sin que se dé un milagro, sin que el cielo haya intervenido. No existe en la tierra maestro alguno que pueda enseñar semejantes tonalidades. Usted ha oído al Ángel de la música, Christine.

—Sí —se limitó ella a decir—, en mi camerino. Es allí donde me da sus lecciones diarias.

El tono con el que dijo esto fue tan penetrante y tan particular que Raoul la miró inquieto, como se mira a una persona que dice una monstruosidad o que se aferra a alguna loca visión en la que cree con todas las fuerzas de su pobre cerebro enfermo. Ahora se había echado hacia atrás e, inmóvil, no era más que un poco de sombra en la noche.

—¿En su camerino? —repitió él como un estúpido eco.

—Sí, es allí donde lo oigo, y no he sido la única en oírlo.

—¿Quién más lo ha oído entonces, Christine?

—Usted, amigo mío.

—¿Yo? ¿Yo he oído al Ángel de la música?

—Sí, la otra noche. Era él quien hablaba cuando usted escuchaba detrás la puerta de mi camerino. Fue él quien me dijo: «Es preciso que me ames». Pero yo creía ser la única que oía su voz. Imagine, pues, mi sorpresa, cuando esta mañana me he enterado de que usted también podía oírlo...

Raoul soltó una carcajada. Enseguida la noche se disipó en la colina desierta y los primeros rayos de luna envolvieron a los jóvenes. Christine se había vuelto hacia Raoul con aire hostil. Sus ojos, por lo general tan dulces, relampagueaban.

—¿De qué se ríe tanto? ¿Cree acaso haber oído la voz de un hombre?

—¡Exacto! —exclamó el joven, cuyas ideas comenzaban a confundirse ante la actitud agresiva de Christine.

—¡Usted, Raoul! ¡Usted me dice eso! ¡Un amigo de la infancia! ¡Un amigo de mi padre! No lo reconozco. Pero, ¿qué se ha creído usted? Soy una joven honesta, señor vizconde de Chagny, y no me encierro con voces de hombre en mi camerino. ¡Si hubiera abierto la puerta, habría visto que allí no había nadie!

—¡Es cierto! Cuando usted salió, abrí la puerta y no encontré a nadie en el camerino...

—Ya lo ve... ¿Entonces?

El vizconde hizo acopio de todo su valor.

—¡Entonces, Christine, creo que alguien se burla de usted!

Ella lanzó un grito y huyó. Él corrió tras ella, pero la muchacha, dominada por una irritación feroz, lo detuvo con un enérgico:

—¡Déjeme! ¡Déjeme!

Y desapareció. Raoul volvió al albergue muy abatido, muy descorazonado y muy triste.

Se enteró de que Christine acababa de subir a su habitación y que había anunciado que no bajaría a cenar. El joven preguntó si estaba enferma. La buena posadera le contestó de forma ambigua que, de encontrarse mal, no era nada grave y, como creía en los enfados de los enamorados, se alejó encogiéndose de hombros y diciendo en voz baja que era una lástima ver a dos jóvenes desperdiciando en vanas discusiones las pocas horas de felicidad que el buen Dios les permitía pasar en la tierra. Raoul cenó solo en un rincón del atrio y, como podéis imaginar, con un ánimo bien triste. Más tarde, en su habitación, intentó leer y luego, en la cama, intentó dormir. De la habitación de al lado no salía ningún ruido. ¿Qué hacía Christine? ¿Dormía? Y si no dormía, ¿en qué pensaba? Y él, ¿en qué pensaba? ¿Acaso era capaz de decirlo? La extraña conversación que había tenido con Christine lo había turbado por completo. Pensaba menos en Christine que acerca de Christine, y ese «acerca» era tan difuso, tan nebuloso, tan incomprensible, que sentía un singular y angustioso malestar.

Así pasaban muy lentas las horas. Serían más o menos las once y media de la noche cuando oyó con claridad pasos en la habitación de al lado. Eran pasos ligeros, furtivos. ¿Entonces Christine no se había acostado? Sin pensar en lo que hacía, el joven se vistió a tientas cuidando de no hacer el menor ruido. Y esperó, dispuesto a todo. ¿Dispuesto a qué? ¿Acaso lo sabía? El corazón le dio un vuelco cuando oyó que la puerta de Christine giraba lentamente sobre sus goznes. ¿Adónde iba a estas horas en las que todo dormía en Perros? Entreabrió cuidadosamente la puerta y al claro de luna pudo ver la silueta blanca de Christine que se deslizaba con precaución por el corredor. Alcanzó la escalera, bajó y él, desde arriba, se inclinó sobre la barandilla. De repente oyó dos voces que hablaban rápidamente. Alcanzó a oír algo: «No pierda la llave». Era la voz de la posadera. Abajo, abrieron la puerta que daba a la rada, la volvieron a cerrar y todo quedó en calma. Raoul se dirigió inmediatamente a su habitación, corrió hacia la ventana y la abrió. La blanca silueta de Christine destacaba en el muelle, desierto.

El primer piso de la posada del Sol Poniente no era muy alto, y un árbol que tendía sus ramas a los brazos impacientes de Raoul le permitió llegar afuera sin que la posadera pudiera sospechar su ausencia. Así pues, grande fue el estupor de la buena mujer, a la mañana siguiente, cuando le trajeron al joven casi helado, más muerto que vivo, y cuando se enteró de que lo habían encontrado tendido en las escaleras del altar de la pequeña iglesia de Perros. Corrió a dar la noticia a Christine, que bajó al instante y, ayudada por la posadera, prodigó al joven sus cuidados inquietos. Éste no tardó en abrir los ojos y volvió completamente a la vida al ver a su lado el encantador rostro de su amiga.

¿Qué había sucedido? Unas semanas más tarde el comisario Mifroid, cuando el drama de la Ópera exigió la intervención de la policía, tuvo ocasión de interrogar al vizconde de Chagny sobre los sucesos de la noche de Perros, y he aquí de qué forma se transcribieron en las hojas del sumario (signatura 150):

«Pregunta: ¿La señorita Daaé lo vio bajar de su habitación por el curioso camino que usted eligió?

»Respuesta: No, señor, no. Sin embargo, la alcancé sin cuidar de silenciar el ruido de mis pasos. Entonces no quería más que una cosa: que se diera la vuelta, me viera y me reconociera. Me decía a mí mismo que mi persecución era absolutamente incorrecta y que aquel tipo de espionaje era indigno de mí. Pero ella no pareció oírme y, de hecho, actuó como si yo no estuviera allí. Abandonó con tranquilidad el muelle y después, de repente, subió con celeridad por el camino. El reloj de la iglesia acababa de dar las doce menos cuarto y me pareció que el sonido de las campanas le hacía forzar la marcha, ya que se dispuso a correr hasta llegar a la puerta del cementerio.

»P.: ¿Estaba abierta la puerta del cementerio?

»R.: Sí, señor. Eso me sorprendió, pero no pareció extrañar en lo más mínimo a la señorita Daaé.

»P.: ¿No había nadie en el cementerio?

»R.: No había nadie. Si hubiera habido alguien, lo habría visto. La luz de la luna deslumbraba y al reflejar sus rayos sobre la nieve que recubría la tierra hacía la noche aún más clara.

»P.: ¿No es posible que hubiera alguien escondido detrás de las tumbas?

»R.: No, señor. Son unas lápidas miserables que desaparecen bajo la nieve y cuyas cruces se alzan a ras de suelo. Las únicas sombras eran las de las cruces y las de nosotros dos. La iglesia resplandecía de luz. Jamás he visto semejante luz nocturna. Era todo muy hermoso, muy transparente y muy frío. Jamás había ido de noche a un cementerio e ignoraba que fuera posible una luz semejante, "una luz que no pesa nada".

»P.: ¿Es usted supersticioso?

»R.: No, señor, soy creyente.

»P.: ¿En qué estado de ánimo se encontraba?

»R.: Muy sereno y tranquilo, se lo aseguro. En verdad, al principio la insólita salida de la señorita Daaé me turbó profundamente. Pero en cuanto vi que la joven entraba en el cementerio, pensé que iba a cumplir alguna promesa sobre la tumba de su padre, y eso me pareció tan natural que recobré toda mi calma. Sólo me extrañaba que todavía no hubiera oído mis pasos, ya que la nieve crujía bajo mis pies. Pero sin duda debía estar absorta por su devoción. Por eso, decidí no molestarla y, cuando llegó a la tumba de su padre, me quedé algunos pasos atrás. Se arrodilló en la nieve, hizo la señal de la cruz y empezó a rezar. En aquel momento dieron las doce de la noche. Aún resonaba en mis oídos la última campanada cuando vi a Christine alzar la cabeza. Su mirada se clavó en la bóveda celeste y sus brazos se tendieron hacia el astro de la noche. Me dio la impresión de que estaba en éxtasis, y aún me preguntaba cuál había sido la causa súbita y desencadenante de ese éxtasis cuando yo mismo levanté la cabeza, lancé a mi alrededor una mirada perdida y todo mi ser se abrió hacia lo invisible, lo invisible que tocaba música para nosotros. ¡Y qué música! ¡Ya la conocíamos! Christine y yo la habíamos oído en nuestra juventud. Pero jamás había surgido un arte tan divino del violín del señor Daaé. En aquel instante no pude dejar de recordar todo lo que Christine me había explicado acerca del Ángel de la música, y no supe qué pensar de aquellos sonidos inolvidables que, si es que no bajaban del cielo, no permitían adivinar su origen en la tierra. Allí no había instrumento alguno ni mano alguna para guiar el arco. ¡Recordaba esa admirable melodía! Se trataba de *La resurrección de Lázaro,* que el viejo Daaé nos tocaba en sus horas de tristeza y devoción. Si es que existía el Ángel de Christine, no lo habría hecho mejor aquella noche con el violín del viejo músico de pueblo. La invocación de Jesús nos apartaba de la tierra y en verdad esperaba incluso que se alzase la losa de la tumba del padre de Christine. También se me ocurrió que Daaé había sido enterrado con su violín y, sinceramente, en aquellos momentos fúnebres y esplendorosos, en el fondo de aquel perdido cementerio de provincias, al lado de las calaveras de los muertos que nos sonreían

con sus mandíbulas inmóviles, no sé hasta dónde llegó mi imaginación ni dónde se detuvo. Pero la música se extinguió y volví a recobrar mis sentidos. Me pareció oír un ruido en el lugar donde estaban las calaveras del osario.

»P.: ¡Ajá! ¿Oyó un ruido procedente del osario?

»R.: Sí. Me pareció que las calaveras se reían con sarcasmo y no pude evitar un escalofrío.

»P.: ¿Acaso no pensó que, detrás del osario, podía esconderse precisamente el músico celeste que acababa de embelesarlo?

»R.: Pensé tanto en eso que no pude pensar en otra cosa, señor comisario, hasta el punto de que olvidé seguir a la señorita Daaé, que se había levantado y se acercaba tranquilamente a la puerta del cementerio. Ella, por su parte, estaba tan absorta que no me sorprende que no me viera. Permanecí sin moverme, con los ojos fijos en el osario, decidido a llegar hasta el final de esta increíble aventura y aclararlo todo hasta el último detalle.

»P.: ¿Qué ocurrió entonces para que lo encontraran por la mañana, medio muerto, en los escalones del altar mayor?

»R.: ¡Oh! Ocurrió todo muy rápido... Una calavera rodó hasta mis pies... luego otra... y otra... Era como si yo fuera el centro de aquel fúnebre juego de bolos. Pensé que un falso movimiento había destruido la armonía del montón de huesos tras el cual se ocultaba nuestro músico. Esta hipótesis me pareció del todo razonable cuando vi una sombra deslizarse de pronto por la pared resplandeciente de la sacristía. Me precipité tras ella. La sombra, escabulléndose por la puerta, ya había entrado en la iglesia. Yo llevaba alas, la sombra una capa. Fui lo bastante rápido como para asir una punta de la capa. En aquel momento, la sombra y yo estábamos justo ante el altar mayor y los rayos de la luna caían a pico delante de nosotros a través de la gran vidriera del ábside. Como yo no la soltaba, la sombra se volvió hacia mí y se entreabrió la capa con la que se envolvía. Vi, señor juez, como le veo a usted, una espantosa calavera que clavaba en mí una mirada en la que ardían los fuegos del infierno. Creí vérmelas con el propio Satán y, ante esa aparición de ultratumba, mi corazón, a pesar de todo su valor, desfalleció y ya no recuerdo nada más hasta el momento en que me desperté en mi pequeña habitación de la posada del Sol Poniente.

# CAPÍTULO VII

## UNA VISITA AL PALCO N.º 5

A bandonamos a los señores Firmin Richard y Armand Moncharmin en el momento en que decidieron visitar el palco n.º 5 del primer piso.

Dejaron atrás la larga escalera que va desde el vestíbulo de la administración hasta el escenario y sus dependencias. Atravesaron el escenario, entraron en el teatro por la puerta de los abonados, después, en la sala, tomaron el primer pasillo a la izquierda. Se deslizaron a través de las primeras filas de butacas de la orquesta y contemplaron el palco n.º 5 del primer piso. Se veía mal porque estaba sumido en una semioscuridad y porque unas enormes fundas colgaban del terciopelo rojo de los pasamanos.

En aquel momento estaban prácticamente solos en el inmenso agujero tenebroso y los rodeaba un profundo silencio. Era la hora tranquila en la que los tramoyistas van a tomar una copa.

El equipo había abandonado el escenario durante un tiempo, dejando un decorado a medio instalar. Algunos rayos de luz (una luz pálida, siniestra, que parecía robada a un astro moribundo) se insinuaban a través de una abertura hasta una vieja torre que alzaba sus almenas de cartón sobre el escenario. Las cosas adoptaban formas extrañas en aquella noche ficticia, o mejor dicho en aquel día engañoso. Encima de los asientos de la orquesta, la tela que los recubría parecía un mar enfurecido cuyas olas glaucas se hubieran inmovilizado al instante por una orden secreta del gigante de las tormentas que, como todos sabemos, se llama Adamástor. Los señores Moncharmin y Richard eran los náufragos en esta agitación inmóvil de un mar de tela pintada. Avanzaban hacia los palcos de la izquierda a grandes brazadas, como marineros que han abandonado su barco e intentan ganar la orilla. Las ocho grandes columnas de cartón pulido se alzaban en la sombra, como otros tantos pilares prodigiosos destinados a sostener el acantilado amenazador, crujiente y ventrudo, cuyos soportes estaban representados por las líneas circulares, paralelas y oscilantes de los palcos de los pisos primero, segundo y tercero. En lo alto, en lo más alto del acantilado, perdidas en el cielo de cobre, obra de Lenepveu, unas figuras hacían muecas, reían sarcásticamente, se burlaban de la inquietud de los señores Moncharmin y Richard. Sin embargo, eran figuras que suelen estar muy serias. Se llamaban Isis, Anfítrite, Hebe, Flora, Pandora, Psique, Tetis, Pomona, Dafne, Clitia, Galatea y Aretusa. Sí, la propia Aretusa y Pandora, a la que todo el mundo conoce a causa de su caja, miraban a los dos nuevos directores de la Ópera, que habían conseguido aferrarse a un pecio y que, desde allí, contemplaban en silencio el primer palco n.º 5. Ya he dicho que estaban inquietos. Al menos, me lo imagino. El mismo señor Moncharmin confiesa que se encontraba impresionado. Dice textualmente: «Aquel "columpio" (¡vaya estilo!) del fantasma de la Ópera al que nos habían hecho subir tan amablemente desde que sucedimos a los señores Poligny y Debienne, había terminado sin duda alguna por turbar mis facultades imaginativas, y me parece que también las visuales (¿acaso era el escenario ideal en el que nos movíamos, en medio de un increíble silencio, lo que nos impresionó hasta ese punto?, ¿fuimos acaso juguetes de una especie de alucinación provocada por la semioscuridad de la sala y la penumbra que inundaba el palco n.º 5?), porque vi, y también Richard la vio al mismo tiempo, una silueta en el palco n.º 5. Richard no dijo nada; yo tampoco. Pero nos cogimos de la mano con un mismo gesto. Después, esperamos así unos minutos, sin movernos, con los ojos siempre fijos en el mismo punto, pero la silueta había desaparecido. Entonces salimos y, en el corredor, intercambiamos nuestras impresiones y hablamos de la silueta. Lo peor fue que la imagen que yo tenía de la silueta no se parecía en lo más mínimo a la de Richard. Yo había visto algo parecido a una calavera inclinada sobre la barandilla del palco, mientras que Richard observó una forma de mujer vieja que recordaba a la de mamá Giry. Así comprendimos que habíamos sido víctimas de una ilusión y, sin dudarlo más, corrimos sin tardanza y riendo como locos al primer palco n.º 5, en el que entramos y en el que ya no encontramos silueta alguna».

Ahora estábamos en el palco n.º 5.

Es un palco como todos los demás palcos del primer piso. En realidad, nada lo diferencia de los contiguos.

Moncharmin y Richard, burlándose ostensiblemente y riéndose el uno del otro, movían los muebles del palco, levantaban las fundas y las butacas, y examinaban en particular aquel en el que la voz tenía la costumbre de sentarse. Pero comprobaron que se trataba de un simple sillón que no tenía nada de mágico. En resumen, ese palco era uno de los más normales, con su tapicería roja, sus sillones, su alfombra y su pasamanos de terciopelo rojo. Tras haber examinado la alfombra con toda la seriedad del mundo y no haber encontrado allí ni en ninguna otra parte nada especial, bajaron a la platea, al palco situado debajo del n.º 5. En el palco de platea n.º 5, que está justo en el rincón de la primera salida a la izquierda de las butacas de la orquesta, no encontraron tampoco nada que mereciese ser señalado.

—Toda esa gente se burla de nosotros —terminó exclamando Firmin Richard—. El sábado se representa *Fausto*, ¡y nosotros dos asistiremos a la representación en el palco n.º 5!

# CAPÍTULO VIII

### DONDE LOS SEÑORES FIRMIN RICHARD Y ARMAND MONCHARMIN TIENEN LA AUDACIA DE REPRESENTAR *FAUSTO* EN UNA SALA «MALDITA» Y DEL ESPANTOSO ESPECTÁCULO QUE TUVO LUGAR EN LA ÓPERA

El sábado por la mañana, cuando los directores llegaron a su despacho, encontraron una doble carta firmada por el fantasma de la Ópera que rezaba así:

Estimados directores:

¿Me han declarado acaso la guerra?

Si quieren reencontrar la paz, éste es mi ultimátum. Consta de las cuatro condiciones siguientes:

1.º Han de devolverme mi palco, y quiero que se ponga a mi libre disposición a partir de este momento;

2.º El papel de «Margarita» lo cantará esta noche Christine Daaé. No se preocupen de la Carlotta, que estará enferma;

3.º Exijo los buenos y leales servicios de la señora Giry, mi acomodadora, a la que reincorporarán inmediatamente en sus funciones;

4.º Espero que, mediante una carta entregada a la señora Giry, quien me la hará llegar, me comuniquen que ustedes aceptan, como hicieron sus predecesores, el pliego de condiciones referente a mi pago mensual. Les informaré más adelante de cómo habrá de efectuarse.

De lo contrario, esta noche representarán *Fausto* en una sala maldita. A buen entendedor... ¡Saludos!

F. de la Ó.

—¡Empieza a fastidiarme este tipo; a fastidiarme realmente en serio! —gritó Richard, mientras levantaba los puños en señal de venganza y los dejaba caer con estruendo sobre la mesa de su despacho.

Entre tanto llegó Mercier, el administrador.

—Lachenal querría ver a uno de los señores —dijo—. Parece que el asunto es urgente; el buen hombre está muy alterado.

—¿Quién es ese Lachenal? —preguntó Richard.

—Es el jefe de sus caballerizos.

—¿Cómo que el jefe de mis caballerizos?

—Claro, señor —explicó Mercier—, en la Ópera hay varios caballerizos y el señor Lachenal es su jefe.

—¿Y qué hace?

—Se encarga de la dirección de las cuadras.

—¿Qué cuadras?

—Pues las suyas, señor. Las cuadras de la Ópera.

—¿Pero es que hay cuadras en la Ópera? ¡La verdad es que no sabía nada! ¿Y dónde están?

—En los bajos, del lado de la Rotonda. Es un servicio muy importante, tenemos doce caballos.

—¡Doce caballos! ¿Y para qué, Dios mío?

—Pues para los desfiles de *La judía,* de *El profeta,* etcétera. Se necesitan caballos amaestrados y «que sepan de tablas». Los caballerizos se encargan de amaestrarlos. El señor Lachenal es muy hábil. Es el antiguo director de las cuadras de Franconi.

—Muy bien... Pero ¿qué quiere?

—No lo sé... Jamás lo había visto en semejante estado.

—¡Hágalo pasar!

El señor Lachenal hizo su entrada. Llevaba una fusta en la mano y se golpeaba nerviosamente una de sus botas.

—Buenos días, señor Lachenal —dijo Richard, impresionado. ¿A qué debemos el honor de su visita?

—Señor director, vengo a pedirle que ponga de patitas en la calle a toda la cuadra.

—¿Cómo? ¿Quiere que despida a nuestros queridos caballos?

—No se trata de los caballos, sino de los palafreneros.

—¿Cuántos palafreneros tiene usted, señor Lachenal?

—¡Seis!

—¡Seis palafreneros! Bastaría con dos.

—Se trata de «plazas» —lo interrumpió Mercier— que fueron creadas e impuestas por el subsecretario de Bellas Artes. Los ocupan hombres protegidos por el gobierno, y me atrevo a sugerir...

—¡El gobierno no me importa! —afirmó Richard con una gran energía—. No necesitamos a más de cuatro palafreneros para doce caballos.

—¡Once! —rectificó el jefe de caballerizos.

—¡Doce! —repitió Richard.

—¡Once! —repitió Lachenal.

—¡Ah! El señor administrador me había informado de que tenía usted doce caballos.

—¡Tenía doce, pero no me quedan más que once desde que nos han robado a César!

El señor Lachenal se da un fuerte fustazo en la bota.

—¡Nos han robado a César! —exclamó el administrador—. ¿César, el caballo blanco de *El profeta*?

—No hay más que un César —declaró en tono seco el jefe de caballerizos—. Estuve diez años con Franconi y he visto muchos caballos en mi vida. ¡Pues bien, como César no hay ninguno! Y nos lo han robado.

—¿Cómo ha sido?

—¡No lo sé! ¡Nadie sabe nada! Ésta es la razón de mi visita. Por eso vengo a pedirle que ponga en la calle a todos los de la cuadra.

—¿Y qué dicen sus palafreneros?

—Tonterías... Unos acusan a los figurantes... otros pretenden que es el portero de la administración.

—¿El portero de la administración? ¡Respondo de él como de mí mismo! —protestó Mercier.

—¡Pero, bueno, señor jefe de caballerizos —exclamó Richard—, debe de tener usted alguna idea!

—Sí, señor. ¿Que si tengo una? ¡Tengo una! —declaró Lachenal—. Y voy a decírsela. No me cabe la menor duda —el señor jefe de caballerizos se acercó a los directores y les susurró en la oreja—: ¡Ha sido el fantasma quien ha dado el golpe!

Richard se sobresaltó.

—¡Ah! ¡Conque usted también! ¡Usted también!

—¿Cómo que yo también? Es lo más natural...

—¡Pero qué dice usted, señor Lachenal! ¡Pero qué dice usted, señor jefe de caballerizos!

—Digo lo que pienso, después de lo que he visto...

—¿Qué ha visto, señor Lachenal?

—¡Vi, como le estoy viendo a usted, una sombra negra que montaba un caballo blanco que se parecía a César como dos gotas de agua!

—¿Y no corrió tras ese caballo blanco y esa sombra negra?

—Corrí y grité, señor director, pero desaparecieron con una rapidez desconcertante y se perdieron en la oscuridad de la galería.

El señor Richard se levantó y dijo:

—Está bien, señor Lachenal. Puede usted retirarse. Presentaremos una denuncia contra el fantasma.

—¿Y despedirá a mis palafreneros?

—¡Desde luego! ¡Adiós, señor!

El señor Lachenal saludó y salió.

Richard echaba chispas.

—¡Prepare el finiquito de ese imbécil!

—¡Se trata de un amigo del señor comisario del gobierno! —se atrevió a decir Mercier.

—Y toma el aperitivo en el Tortoni con Lagréné, Scholl y Pertuiset, el matador de leones —añadió Moncharmin—. ¡Nos vamos a poner a toda la prensa en contra! Explicará la historia del fantasma y todo el mundo se divertirá a costa nuestra. ¡Si hacemos el ridículo, podemos considerarnos muertos!

—Está bien. No hablemos más... —concedió Richard, que ya estaba pensando en otra cosa.

En aquel momento se abrió la puerta, que sin duda no estaba vigilada entonces por su cancerbero habitual, y vieron entrar en tromba a mamá Giry con una carta en la mano y decir precipitadamente:

—Perdón, mil excusas, señores, pero esta mañana he recibido una carta del fantasma de la Ópera. Me dice que me presente a ustedes, que sin duda tienen algo que...

No acabó de decir la frase. Vio el rostro de Firmin Richard, que tenía un aspecto terrible. El honorable director de la Ópera estaba a punto de explotar. El furor que lo agitaba sólo se traducía de momento por el color escarlata de su rostro furibundo y por el brillo de sus ojos relampagueantes. No dijo nada. No podía hablar. Pero, de pronto, inició un gesto. Primero fue el brazo izquierdo, con el que cogió a mamá Giry y le hizo describir una media vuelta tan inesperada, una pirueta tan rápida que ésta lanzó un grito desesperado. Después fue el pie derecho; el pie derecho del mismo honorable director el que imprimió su huella en el tafetán negro de una falda que jamás en aquel lugar había sufrido ultraje parecido.

El hecho se produjo de forma tan inesperada que mamá Giry, cuando se encontró en la galería, estaba aún medio aturdida y parecía no entender nada. Pero, de pronto, comprendió, y la Ópera resonó con sus gritos indignados, con sus enfurecidas frases, con sus amenazas de muerte. Fueron necesarios tres mozos para hacerla bajar hasta el patio de la administración y dos guardias para llevarla a la calle.

Aproximadamente a la misma hora, la Carlotta, que vivía en una pequeña mansión del barrio de Saint-Honoré, llamaba a su camarera y se hacía traer el correo a la cama. Entre las cartas encontró una que decía lo siguiente:

> Si canta esta noche, tenga cuidado de que no le ocurra una gran desgracia en el momento mismo en que empiece a cantar... una desgracia peor que la muerte.

Esta amenaza estaba escrita en tinta roja, con una letra de palotes y trazo vacilante.

Después de haber leído la carta, a la Carlotta se le quitó el apetito para desayunar. Rechazó la bandeja en la que la camarera le ofrecía un chocolate humeante. Se sentó en la cama y se puso a pensar profundamente. No era la primera carta de este tipo que recibía, pero jamás había leído una tan amenazadora.

En aquel momento la Carlotta se creía el blanco de mil intrigas y solía contar que tenía un enemigo secreto que había jurado su desgracia. Aseguraba que se tramaba contra ella un malvado complot, una desgracia que se produciría el día menos pensado; pero ella no era una mujer fácil de intimidar, añadía.

Lo cierto es que, si había algún tipo de complot, era el que la Carlotta montaba contra la pobre Christine, que no estaba al caso de los hechos. La Carlotta no había perdonado a Christine el triunfo que ésta había obtenido al sustituirla de improviso.

Cuando supo la extraordinaria acogida que había tenido su suplente, la Carlotta se sintió instantáneamente curada de un conato de bronquitis y de un acceso de rabia contra la administración, y abandonó todo proyecto de abandonar su puesto. Desde entonces se dedicó a trabajar con todas sus fuerzas para «ahogar» a su rival, obligando a influyentes amigos a presionar a los directores para que no volviesen a dar a Christine la oportunidad de volver a triunfar. Aquellos periódicos que habían comenzado a alabar el talento de Christine ya no se ocuparon más que de ensalzar la gloria de la Carlotta. Por último, incluso en el teatro mismo, la célebre diva emitía los comentarios más ultrajantes acerca de Christine e intentaba causarle miles de pequeños disgustos.

La Carlotta no tenía ni corazón ni alma. ¡No era más que un instrumento! Aunque, hay que reconocerlo, era un instrumento maravilloso. Su repertorio abarcaba todo lo que puede tentar la ambición de una gran artista, tanto en lo que respecta a los maestros alemanes como a los italianos o franceses. Hasta ese día jamás se había oído desafinar a la Carlotta ni había carecido del volumen de voz necesario para traducir cualquier pasaje de su inmenso repertorio. En resumen, el instrumento se hallaba siempre tenso, poderoso y admirablemente afinado. Pero nadie habría podido decirle a la Carlotta lo que Rossini le dijo a la Kraus, después de haber cantado para él en alemán «Sombríos bosques»: «Canta usted con el alma, hija mía, y qué hermosa es su alma».

¿Dónde estaba tu alma, Carlotta, cuando bailabas en los tugurios de Barcelona? ¿Dónde, cuando, más tarde, cantabas en aquellos tristes tablados tus cínicas coplillas de bacante de *music-hall*? ¿Dónde, cuando, ante los maestros reunidos en casa de alguno de tus amantes, hacías resonar ese instrumento dócil, cuya única virtud consistía en cantar el sublime amor y la más baja orgía con la misma indiferente perfección? ¡Carlotta, si alguna vez tuviste un alma y la perdiste entonces, la habrías recobrado al convertirte en Julieta, cuando fuiste Elvira, Ofelia y Margarita! Otras antes que tú ascendieron desde más abajo que tú, pero el arte, respaldado por el amor, las purificó.

En realidad, cuando pienso en todas las pequeñeces y villanías que Christine Daaé tuvo que soportar en aquella época por culpa de la Carlotta, no puedo contener mi cólera y no me extraña que mi indignación se traduzca en opiniones un tanto abstractas sobre el arte en general, y el canto en particular, que desde luego los admiradores de la Carlotta no encontrarán de su agrado.

Cuando la Carlotta terminó de pensar en la amenaza que encerraba la carta que acababa de recibir, se levantó.

—¡Ya veremos! —se dijo, y pronunció en español unos cuantos improperios con gran resolución.

Lo primero que vio al acercarse a la ventana fue un coche fúnebre. El coche fúnebre y la carta la persuadieron de que aquella noche corría un gran peligro. Reunió en casa a algunos de sus amigos, los informó de que en la representación de la noche sería víctima de un complot organizado por Christine Daaé y declaró que había que parar los pies a la pequeña llenando la sala con sus admiradores, los de la Carlotta. Eran suficientes, ¿no? Contaba con que ellos estuvieran preparados para cualquier eventualidad y para hacer callar a los perturbadores en el caso de que, como ella temía, organizaran un escándalo.

El secretario particular del señor Richard, que había ido a informarse sobre la salud de la diva, volvió con la seguridad de que se encontraba mejor que nunca y de que, «aunque estuviera agonizando», esa misma noche cantaría el papel de Margarita. Como el secretario, de parte de su jefe, había recomendado a la diva que no cometiera ninguna imprudencia, que no saliera de casa y que se guardase de las corrientes de aire, la Carlotta no pudo evitar asociar esas recomendaciones excepcionales e inesperadas con las amenazas escritas en la carta.

Eran las cinco cuando recibió otra carta anónima con la misma letra que la primera. Era breve. Decía simplemente:

> Está usted constipada. Si es razonable, comprenderá que es una locura querer cantar esta noche.

La Carlotta soltó una carcajada, se encogió de hombros, los cuales eran magníficos, y lanzó dos o tres notas que le devolvieron la confianza.

Sus amigos fueron fieles a la promesa que le habían hecho. Aquella noche comparecieron todos en la Ópera, pero buscaron en vano a los feroces conspiradores que debían estar a su alrededor y a quienes debían oponerse. Con excepción de algunos profanos, algunos honrados burgueses cuya plácida figura no reflejaba otro deseo que el de volver a escuchar una música que desde hacía tiempo había conquistado su aprobación, no había allí más que los habituales, cuyos elegantes modales, pacíficos y correctos, alejaban toda idea de una manifestación. Lo único anormal era la presencia de los señores Richard y Moncharmin en el palco n.º 5. Los amigos de la Carlotta creyeron que quizá los directores habían sospechado el proyectado escándalo y habían decidido acudir a la sala para paralizarlo en el momento mismo en que estallase. Pero, como ya saben ustedes, se trataba de una hipótesis injustificada: los señores Richard y Moncharmin no pensaban más que en su fantasma.

> ¿Nada? En vano interrogo en ardiente espera
> a la naturaleza y al creador.
> ¡Ninguna voz en mi oído desliza
> una palabra de consuelo!

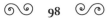

El célebre barítono Carolus Fonta apenas había terminado de lanzar la primera llamada del doctor Fausto a las potencias del infierno, cuando el señor Firmin Richard, que se había sentado en la misma silla que el fantasma (la silla de la derecha, en la primera fila) se inclinó con el mejor humor del mundo hacia su socio y le dijo:

—¿Y tú? ¿Alguna voz te ha dicho ya alguna palabra al oído?

—¡Esperemos! No nos precipitemos —contestó Armand Moncharmin con el mismo tono de broma—. La representación acaba de empezar y sabes muy bien que el fantasma no suele llegar hasta la mitad del primer acto.

El primer acto transcurrió sin incidentes, lo que no extrañó lo más mínimo a los amigos de la Carlotta, ya que Margarita no cantaba en ese acto. En cuanto a los dos directores, se miraron sonriendo cuando bajó el telón.

—¡El primero ha terminado! —dijo Moncharmin.

—Sí. El fantasma se retrasa —declaró Firmin Richard.

Siempre bromeando, Moncharmin insistió:

—En realidad, la sala no está demasiado mal esta noche para ser una sala maldita.

Richard se dignó sonreír. Señaló a su colaborador una señora gorda, bastante vulgar, vestida de negro, que estaba sentada en una butaca en el centro de la sala, entre dos hombres de aspecto tosco con sus levitas de paño de frac.

—¿Quién es esa gente? —preguntó Moncharmin.

—Esa gente, mi querido amigo, es mi portera, su hermano y su marido.

—¿Les has dado entradas?

—¡Claro! Mi portera no había venido nunca a la Ópera, ésta es su primera vez. Y como a partir de ahora va a venir todas las noches, he querido que estuviera bien situada antes de pasarse el rato acomodando a los demás.

Moncharmin pidió explicaciones y Richard lo informó de que había convencido a su portera, en la que tenía mucha confianza, para que ocupara por algún tiempo el puesto de la señora Giry.

—Hablando de mamá Giry —dijo Moncharmin—, ¿ya sabes que va a presentar una denuncia contra ti?

—¿A quién? ¿Al fantasma?

¡El fantasma! Moncharmin casi lo había olvidado.

Además, el misterioso personaje no hacía nada para que los directores volvieran a recordarlo.

De repente, la puerta de su palco se abrió bruscamente y dejó paso al aterrorizado administrador.

—¿Qué sucede? —preguntaron los dos a la vez, estupefactos al verlo en semejante lugar y en aquel momento.

—Sucede —dijo el administrador— que los amigos de Christine Daaé han montado un complot contra la Carlotta. Y ésta se ha puesto furiosa.

—¿Qué historia es ésa? —dijo Richard frunciendo el ceño. Pero el telón se estaba alzando y el director hizo un gesto al administrador para que se retirara.

Cuando éste hubo abandonado el palco, Moncharmin se inclinó hacia Richard y le dijo al oído:

—¿Es decir, que la Daaé tiene amigos? —preguntó.

—Sí —dijo Richard—. Los tiene.

—¿Quiénes?

Richard indicó con la mirada un primer palco en el que no había más que dos hombres.

—¿El conde de Chagny?

—Sí, él me la recomendó... tan calurosamente que, si no supiera que es amigo de la Sorelli...

—¡Vaya, vaya! —murmuró Moncharmin—. ¿Y quién es ese joven tan pálido sentado a su lado?

—Es su hermano, el vizconde.

—Estaría mejor en la cama. Tiene aspecto de estar enfermo.

Alegres cantos resonaban en escena. Era la embriaguez hecha música, el triunfo de la bebida:

Vino o cerveza,

cerveza o vino,

¡que mi vaso

siempre esté lleno!

Estudiantes, burgueses, soldados, muchachas y matronas con el corazón alegre se agitaban ante la taberna con la efigie del dios Baco. Siebel hizo su entrada.

Christine Daaé estaba encantadora disfrazada de hombre. Su fresca juventud y su gracia melancólica seducían a primera vista. Inmediatamente, los partidarios de la Carlotta se imaginaron que iba a ser recibida con una ovación que les confirmaría las intenciones de sus amigos. Por otra parte, esa ovación indiscreta habría sido de una torpeza insigne. No se produjo.

Por el contrario, cuando Margarita atravesó la escena y hubo cantado los dos únicos versos de su papel en este segundo acto: «¡No, señores, no soy doncella ni hermosa, y no necesito que se me dé la mano!», estruendosos bravos acogieron a la Carlotta. Fueron tan imprevistos y tan inútiles que los que no estaban al corriente de nada se miraban preguntándose qué pasaba. Y el acto terminó sin ningún incidente. Todo el mundo se decía entonces: «Evidentemente, será en el próximo acto». Algunos que, al parecer, estaban mejor informados que los demás afirmaban que el escándalo iba a iniciarse en «La copa del rey de Thule», y se precipitaron hacia la entrada de los abonados para advertir a la Carlotta.

Los directores abandonaron el palco durante este entreacto para informarse del complot del que les había hablado el administrador, pero volvieron enseguida a su sitio encogiendo los hombros y considerando que todo ese asunto era una tontería. Lo primero que vieron al entrar en el palco fue una caja de bombones ingleses encima del tablero del pasamanos. ¿Quién la había traído? Preguntaron a las acomodadoras, pero nadie pudo decirles nada. Volviéndose de nuevo hacia el pasamanos, vieron esta vez, al lado de la caja de bombones ingleses, unos gemelos. Se miraron. No tenían ganas de reír. Todo lo que la señora Giry les había dicho retornaba a su memoria... y además... les parecía que soplaba a su alrededor una extraña corriente de aire... Se sentaron en silencio, realmente impresionados.

La escena representaba el jardín de Margarita: «Proclamadle mi amor, llevadle mis votos...».

Mientras cantaba estos dos primeros versos con su ramo de rosas y lilas en la mano, Christine, al levantar la cabeza, vio en su palco al vizconde de Chagny y, a partir de aquel instante, a todos les pareció que su voz era menos segura, menos pura, menos cristalina que de costumbre. Algo desconocido ensordecía, dificultaba su canto... Había en ella temblor y miedo.

—Extraña muchacha... —hizo notar prácticamente en voz alta un amigo de la Carlotta, situado en la platea—. La noche pasada estaba divina y hoy, aquí la tienes, le tiembla la voz. ¡Falta de experiencia! ¡Falta de método!

> Es en vos en quien confío,
> hablad vos por mí.

El vizconde escondió la cabeza entre las manos. Lloraba. Detrás de él, el conde se mordía con violencia la punta del bigote, alzaba los hombros y fruncía las cejas. Si hubiera que entender sus sentimientos íntimos por tantos signos exteriores, el conde, siempre tan correcto y tan frío, debía estar furioso. Lo estaba. Había visto regresar a su hermano de un rápido y misterioso viaje en un estado de salud alarmante. Las explicaciones que había obtenido no tuvieron sin duda la virtud de tranquilizar al conde, quien, deseoso de saber a qué atenerse, había pedido una entrevista a Christine Daaé. Ésta había tenido la audacia de contestarle que no podía recibirlo, ni a él ni a su hermano. Creyó que se trataba de una abominable maquinación. No perdonaba a Christine que hiciera sufrir a Raoul, pero, sobre todo, no perdonaba a Raoul que sufriera por Christine. ¡Ah! Había sido un tonto al interesarse durante un tiempo por aquella joven, cuyo triunfo de una noche seguía siendo incomprensible para todos.

> Que la flor sobre su boca
> pueda al menos estampar
> un dulce beso.

—¡Pequeña zorra, bah! —gruñó el conde. Se preguntó qué se proponía aquella mujer... qué podía esperar... Era pura; decían que no tenía amigo ni protector de ningún tipo... ¡Aquel ángel del norte debía ser una buena bribona!

Por su parte, Raoul, con el rostro resguardado detrás de sus manos, como una cortina que ocultaba sus lágrimas de niño, solamente pensaba en la carta que había recibido a su llegada a París, adonde Christine había vuelto antes que él, huyendo de Perros como un maleante:

> Mi querido amiguito de antaño, es necesario que tenga el valor de no volver a verme, de no volver a hablarme... Si me ama un poco, haga esto por mí, por mí, que no lo olvidaré jamás... mi querido Raoul. Sobre todo, no entre nunca en mi camerino. De ello depende mi vida. De ello depende la suya.
>
> Su pequeña Christine

Un estruendoso aplauso... La Carlotta hizo su entrada.

El acto del jardín se desarrolló con sus habituales peripecias.

Cuando Margarita terminó de cantar el aria del rey de Thule recibió un gran aplauso. También lo obtuvo cuando terminó la canción de las joyas.

> ¡Ah! Cuánto rio al verme
> tan bella en este espejo...

Entonces, segura de sí misma, segura de sus amigos que estaban en la sala, segura de su voz y de su éxito, no temiendo a nada, Carlotta se entregó por entero, con ardor, con entusiasmo, con embriaguez. Su actuación no tuvo ya contención ni pudor. Ya no era Margarita, era Carmen. Se la aplaudió más aún y su dúo con Fausto parecía reservarle un nuevo éxito, cuando de pronto ocurrió... algo espantoso.

Fausto se había arrodillado:

> Déjame, déjame contemplar tu rostro
> bajo la pálida claridad
> con la que el astro de la noche, como en una nube,
> acaricia tu beldad.

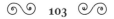

Y Margarita contestaba:

¡Oh silencio! ¡Oh dicha!
¡Inefable misterio!
¡Embriagadora languidez!
¡Escucho... y comprendo a esta voz solitaria
que canta en mi corazón!

En aquel momento... justo en aquel momento... se produjo algo... ya lo he dicho, algo espantoso...

La sala entera se puso en pie en un único movimiento. En su palco, los dos directores no pudieron contener una exclamación de horror. Espectadores y espectadoras se miraban pidiéndose los unos a los otros la explicación de un fenómeno tan inesperado. El rostro de la Carlotta reflejaba el dolor más atroz, sus ojos parecían presos de la locura. La pobre mujer se había levantado, con la boca aún entreabierta tras pronunciar: «esta voz solitaria que canta en mi corazón». Pero aquella boca ya no cantaba... no se atrevía a pronunciar una sola palabra, un solo sonido...

Aquella boca creada para la armonía, aquel instrumento ágil que jamás había fallado, órgano magnífico, generador de los más bellos sonidos, de los acordes más difíciles, de las modulaciones más suaves, de los ritmos más ardientes, sublime mecánica humana a la que para ser divina sólo le faltaba el fuego del cielo, el único capaz de otorgar la verdadera emoción y elevar las almas... aquella boca había dejado escapar... De aquella boca se había escapado... ¡un gallo!

¡Ah! ¡Un gallo horrible, repugnante, plumoso, venenoso, espigado, espumeante y chillón!

¿Por dónde había entrado? ¿Cómo se había agazapado en su lengua? Con las patas encogidas para saltar más alto y más lejos, subrepticiamente había salido de su laringe y... ¡quiquiriquí! ¡Quiquiriquí, quiquiriquí! ¡Qué terrible quiquiriquí!

Me refiero, como os podéis imaginar, a un gallo en sentido figurado. No se veía, pero se le oía. ¡Quiquiriquí!

La sala quedó anonadada. Nunca un ave de los más ruidosos corrales había desgarrado la noche con un quiquiriquí tan asqueroso, y lo peor era que nadie lo esperaba.

La Carlotta no daba crédito a su garganta ni a sus oídos. Un rayo cayendo a sus pies le habría extrañado menos que aquel gallo chillón que acababa de salir de su garganta.

Y no la habría deshonrado, aunque es sabido que un gallo escondido en la lengua deshonra siempre a una cantante. Las hay que incluso mueren a causa de la impresión.

¡Dios mío! ¡Quién lo hubiera creído! Cantaba tan tranquila: «Y comprendo a esta voz solitaria que canta en mi corazón» sin esfuerzo, como siempre, con la misma facilidad con que se dice: «Buenos días, señora, ¿cómo está usted?».

Cómo negar que ciertas cantantes presuntuosas no saben medir sus fuerzas y que, en su orgullo, con la débil voz que el cielo les ha otorgado quieren alcanzar efectos excepcionales y notas que les están prohibidas desde que vinieron al mundo. Es entonces cuando el cielo las castiga sin que ellas lo sepan poniéndoles un gallo en la boca; un gallo que hace ¡quiquiriquí! Todo el mundo sabe esto. Pero nadie habría admitido que una Carlotta, que tenía por lo menos dos octavas en la voz, soltara un gallo a esas alturas.

No podían olvidarse sus estridentes sobreagudos, sus inauditos *staccati* en *La flauta mágica*. Se acordaban de *Don Giovanni*, en la que ella era Elvira y en la que alcanzó el más estrepitoso triunfo una noche al dar el si bemol que no podía dar su compañera doña Ana. Entonces, ¿qué significaba en realidad esto, al final de aquella tranquila, apacible y pequeñita «voz solitaria que canta en mi corazón»?

No era natural. Tenía que haber un sortilegio. Aquel gallo olía a quemado. ¡Pobre, miserable, desesperada, aniquilada Carlotta!

En la sala el rumor iba en aumento. Si semejante aventura le hubiera ocurrido a otra cantante, ¡la habrían silbado! Pero con la Carlotta, cuyo perfecto instrumento era conocido de todos, no había irritación, sino consternación y espanto. ¡Lo mismo debieron sentir los hombres que asistieron a la catástrofe que rompió los brazos a la *Venus de Milo*! Por lo menos aquéllos pudieron ver el golpe que rompía la estatua… y comprender. Pero, ¿aquí? ¡Aquel gallo era incomprensible!

Pasaron algunos segundos durante los que todo el público se preguntaba si realmente la Carlotta había oído cómo salía de su propia boca aquella nota. ¿Era en realidad una nota, aquel sonido? ¿Podía llamarse aquello un sonido? Un sonido aún es música, pero ella intentó persuadirse de que aquel ruido infernal no había existido, de que, simplemente, había sufrido por un instante una ilusión de su oído y no una criminal traición de su órgano vocal…

Con mirada perdida buscó algo a su alrededor, como para encontrar un refugio, una protección, o más bien la seguridad espontánea de la inocencia de su voz. Se había llevado a la garganta los dedos crispados en un gesto de defensa y de protesta. ¡No, no! ¡Aquel quiquiriquí no era suyo! El mismo Carolus Fonta parecía tener la misma opinión, pues la contemplaba con una expresión de estupefacción infantil inenarrable y gigantesca. En última instancia, él estaba junto a ella. No la había abandonado ni un momento. ¡Quizá pudiera decirle cómo había ocurrido aquello! ¡No, él tampoco podía! Sus ojos se clavaban estúpidamente en la boca de la Carlotta como los ojos de los niños en el inagotable sombrero del prestidigitador. ¿Cómo cabía un quiquiriquí tan grande en una boca tan pequeña?

Todo ello, el gallo, la emoción, el rumor aterrado de la sala, la confusión del escenario y entre bastidores (en los corredores algunos comparsas mostraban rostros desencajados), todo lo que describo con detalle no duró más de unos segundos.

Fueron unos segundos horribles que parecieron interminables, sobre todo a los dos directores, allá arriba, en el palco n.º 5. Moncharmin y Richard estaban muy pálidos. Este episodio inaudito, que seguía siendo inexplicable, los llenaba de una angustia tanto más misteriosa cuanto que, desde hacía un instante, se hallaban bajo la influencia directa del fantasma.

Habían sentido su aliento. Algunos pelos de la cabeza de Moncharmin se habían erizado bajo aquel soplo… Y Richard se pasaba el pañuelo por la frente sudorosa... Sí, estaba allí... a su alrededor... detrás de ellos, al lado de ellos, lo sentían sin verlo... Oían su respiración... ¡y tan cerca de ellos, tan cerca! Se sabe cuando alguien está presente... Pues bien, ¡ahora lo sabían! Estaban seguros de ser tres en el palco... Temblaban... Pensaban en huir... No se atrevían... No se atrevían a hacer el más mínimo movimiento ni a intercambiar una palabra que diera a entender al fantasma que sabían que se encontraba allí... ¿Qué iba a pasar? ¿Qué iba a ocurrir?

¡Se produjo el quiquiriquí! Por encima de los rumores de la sala se oyó su doble exclamación de horror. Se sentían bajo la influencia del fantasma. Inclinados hacia el escenario miraban a la Carlotta como si no la reconocieran. Aquella mujer del infierno debía haber dado con su quiquiriquí la señal de inicio de alguna catástrofe, que esperaban en un estado exaltado de tensión. El fantasma lo había prometido. ¡La sala estaba maldita! Sus pechos ya se agitaban bajo el peso de la catástrofe. Se oyó la voz estrangulada de Richard gritando a la Carlotta:

—¡Siga! ¡Siga!

¡No! La Carlotta no continuó... Volvió a empezar valientemente, heroicamente, el verso fatal en cuyo final había aparecido el gallo.

Un silencio espantoso reemplazó al alboroto general. Tan sólo la voz de la Carlotta llenaba de nuevo el navío sonoro.

«¡Escucho (la sala también escucha) y comprendo a esta voz solitaria (¡quiquiriquí!, ¡quiquiriquí!) que canta en mi... ¡quiquiriquí!»

El gallo también volvió a empezar.

La sala estalla en un prodigioso tumulto. Derrumbados en sus butacas, los dos directores no se atreven siquiera a volverse. No tienen fuerza suficiente. ¡El fantasma se ríe de ellos en sus mismas narices! Por fin, oyen su voz en el oído derecho, la voz imposible, la voz sin boca, la voz que dice: «¡Esta noche está cantando como para hacer caer la araña central!».

En un mismo movimiento, ambos levantaron la cabeza hacia el techo y lanzaron un grito terrible. La araña, la inmensa masa de la araña de cristal tallado, se deslizaba, iba hacia ellos ante la llamada de aquella voz satánica. Descolgada, la araña cayó desde las alturas y se hundió en la platea entre mil clamores. Aquello fue una avalancha, el sálvese quien pueda general.

Mi deseo no es revivir aquí una hora histórica. Los curiosos no tienen más que leer los periódicos de la época. Hubo muchos heridos y una muerta.

La araña se había estrellado en la cabeza de la desgraciada que había ido aquella noche por primera vez en su vida a la Ópera, aquélla a la que Richard había designado para reemplazar en sus funciones de acomodadora a la señora Giry, la acomodadora del fantasma. Murió en el acto, y al día siguiente un periódico publicaba estos titulares: «¡Doscientos mil kilos sobre la cabeza de una portera!». Esto valía por toda una oración fúnebre.

# CAPÍTULO IX

## EL CUPÉ MISTERIOSO

Aquella trágica noche resultó fatídica para todo el mundo. La Carlotta cayó enferma. En cuanto a Christine Daaé, había desaparecido después de la función. Trascurrieron quince días sin que se la volviera a ver en el teatro, sin que se dejase ver fuera del teatro.

No hay que confundir esta primera desaparición, que ocurrió sin escándalo, con el famoso rapto que poco después se produciría en unas condiciones tan inexplicables como trágicas.

Naturalmente, Raoul fue el primero en no entender los motivos que causaban la ausencia de la diva. Le había escrito a la dirección de la señora Valérius y no había recibido respuesta. Al principio no se había extrañado demasiado al conocer en qué estado de ánimo se encontraba y su resolución de romper todo tipo de relación con él, aunque, por otra parte, Raoul tampoco pudiera adivinar el motivo.

Su dolor no había hecho más que aumentar y terminó por inquietarse al no ver a la cantante en ningún programa. *Fausto* se representó sin ella. Una tarde, alrededor de las cinco, se presentó en la dirección para conocer las causas de la desaparición de Christine Daaé. Encontró a los directores muy preocupados. Ni sus propios amigos los reconocían: habían perdido toda su alegría y entusiasmo. Se los veía atravesar el teatro con la cabeza gacha, el ceño fruncido y las mejillas pálidas, como si se vieran perseguidos por algún abominable pensamiento o fueran presa de alguna mala jugada del destino que elige a su víctima y ya no la suelta.

La caída de la araña había acarreado considerables responsabilidades, pero resultaba difícil hacer que los directores se explicaran a este respecto.

La investigación había concluido declarándolo un accidente provocado por el mal estado de los elementos de suspensión; el deber de los antiguos directores, así como el de los nuevos, habría consistido en comprobar este mal estado y remediarlo antes de que causara la catástrofe.

Debo aclarar que, por aquella época, los señores directores Moncharmin y Richard parecían tan cambiados, tan lejanos... tan misteriosos... tan incomprensibles que muchos abonados acabaron creyendo que algo más horrible aún que la caída de la lámpara había modificado el estado de ánimo de ambos.

En sus relaciones cotidianas se mostraban muy impacientes, excepto precisamente con la señora Giry, que había sido reincorporada a sus funciones. Es fácil adivinar la forma en que recibieron al vizconde de Chagny cuando éste fue a pedirles noticias de Christine. Se limitaron a decirle que estaba de vacaciones. Preguntó cuánto tiempo estaría ausente; se le respondió, con cierta sequedad, que sus vacaciones eran ilimitadas, ya que Christine Daaé las había solicitado por motivos de salud.

—¡Entonces está enferma! —exclamó—. ¿Qué tiene?

—¡No sabemos nada!

—¿Le han enviado ustedes el médico del teatro?

—¡No! Ella no lo pidió, y puesto que merece nuestra máxima confianza, hemos creído en su palabra.

El asunto no le pareció tan claro a Raoul, que abandonó la Ópera presa de los más sombríos pensamientos. Pasara lo que pasara, decidió ir en busca de noticias a casa de la señora Valérius. Desde luego recordaba los términos enérgicos con que Christine Daaé, en su carta, le prohibía de todas todas intentar verla. Pero lo que había visto en Perros, lo que había oído detrás de la puerta del camerino y la conversación que había sostenido con Christine en la colina le hacían presentir alguna maquinación que, a poco diabólica que fuera, tampoco dejaba de ser humana. La imaginación exaltada de la joven, su alma tierna y crédula, la educación primitiva que había llenado sus primeros años de un cúmulo de leyendas, y por encima de todo el continuo pensamiento en su padre muerto, el estado de éxtasis sublime en el que la música la sumergía en el momento en que este arte se manifestaba bajo ciertas condiciones excepcionales (¿no debía juzgarlo así después de la escena del cementerio?), todo aquello parecía conformar un terreno espiritual propicio a los maléficos designios de algún personaje misterioso y sin escrúpulos. ¿De quién era víctima Christine Daaé? Ésta era la pregunta que Raoul se hacía a sí mismo mientras se apresuraba a ir al encuentro de la señora Valérius.

El vizconde tenía un espíritu de lo más sano. Sin duda era poeta y le agradaba la música en lo que tiene de más etéreo, y era un gran entusiasta de las viejas leyendas bretonas en las que danzan las *korrigans;* pero, por encima de todo, estaba enamorado de aquella pequeña hada del norte que era Christine Daaé. Sin embargo, todo esto no impedía que sólo creyera en lo sobrenatural en materia de religión y que la historia más fantástica del mundo no fuera capaz de hacerle olvidar que dos y dos son cuatro.

¿Qué averiguaría de la señora Valérius? Temblaba mientras llamaba a la puerta de un pequeño piso de la calle Notre-Dame-des-Victoires.

Le abrió la doncella que una noche le había precedido al salir del camerino de Christine. Le preguntó a ésta si era posible ver a la señora Valérius. La doncella le contestó que se encontraba enferma en su lecho y que no estaba en condiciones de «recibir».

—Hágale llegar mi tarjeta —dijo.

No tuvo que esperar mucho. La doncella volvió y lo introdujo en un saloncito bastante oscuro y sobriamente amueblado en donde los dos retratos, el del profesor Valérius y el del viejo Daaé, se encontraban frente a frente.

—La señora le ruega que la disculpe —dijo la doncella—. No podrá recibirle sino en su habitación, pues sus pobres piernas ya no la sostienen.

Cinco minutos después Raoul era introducido en una habitación a oscuras, donde inmediatamente, en la penumbra de la alcoba, descubrió la bondadosa figura de la benefactora de Christine. Ahora los cabellos de la señora Valérius eran completamente blancos, pero sus ojos no habían envejecido. Por el contrario, su mirada nunca había sido tan clara ni tan pura ni tan infantil.

—¡Señor de Chagny! —exclamó alegremente mientras tendía ambas manos al visitante—. ¡Ah, es el cielo quien lo envía! Vamos a poder hablar de ella.

Esto último sonó lúgubre en los oídos del joven. Preguntó enseguida:

—Señora... ¿dónde está Christine?

Y la anciana señora le contestó con toda tranquilidad:

—Pues está con su «genio benefactor».

—¿Qué genio benefactor? —exclamó el pobre Raoul.

—Pues el Ángel de la música.

Consternado, el vizconde de Chagny se dejó caer en una silla. Christine estaba realmente con el Ángel de la música. Y mamá Valérius, en su lecho, le sonreía poniéndole un dedo en la boca para recomendarle silencio. Añadió:

—¡No debe decírselo a nadie!

—¡Puede usted confiar en mí! —contestó Raoul sin saber muy bien qué decía, ya que sus ideas acerca de Christine, ya de por sí muy confusas, se enturbiaban cada vez más y parecía que todo comenzaba a girar a su alrededor, alrededor de la habitación, alrededor de aquella extraordinaria mujer de cabellos blancos, de ojos azul cielo pálido, de ojos de cielo vacío—. Puede usted confiar en mí...

—¡Lo sé, lo sé! —dijo la mujer con una risa alegre—. Pero acérquese a mí como cuando era pequeño. Deme las manos como cuando me contaba la historia de la pequeña Lotte que le había contado el señor Daaé. Ya sabe que lo quiero mucho, Raoul, ¡y Christine también lo quiere mucho!

—Me quiere mucho... —suspiró el joven, que ordenaba con dificultad sus pensamientos en torno al genio de la señora Valérius, al Ángel del que tan extrañamente le había hablado Christine, a la calavera que había vislumbrado como en una especie de pesadilla en las escaleras del altar mayor de Perros, y también al fantasma de la Ópera, cuyo renombre había llegado a sus oídos un día en que se había detenido en el escenario, a pocos pasos de un grupo de tramoyistas que reconstruían la descripción cadavérica que había hecho el ahorcado Joseph Buquet antes de su misterioso fin... Preguntó en voz baja—: Señora, ¿qué le hace pensar que Christine me quiere mucho?

—¡Ella me hablaba de usted cada día!

—¿De veras? ¿Y qué le decía?

—Me dijo que usted le había declarado su amor...

Y la anciana comenzó a reír a carcajadas enseñando todos los dientes, que había conservado celosamente. Raoul se levantó, con la frente enrojecida y sufriendo atrozmente.

—¿Adónde va? ¿Quiere hacer el favor de sentarse? ¿Cree que puede dejarme como si nada? Está usted molesto porque me he reído. Le pido perdón. Después de todo, lo que ha ocurrido no es culpa suya. Usted no sabía... Es joven... y creía que Christine era libre.

—¿Christine está prometida? —preguntó el desgraciado Raoul con voz ahogada.

—¡No, claro que no! ¡Claro que no! Usted sabe muy bien que Christine, aunque quisiera, no puede casarse...

—¿Qué? No sé nada de eso... ¿Por qué no puede casarse Christine?

—¡Pues por el genio de la música!

—¿Cómo?

—¡Sí, él se lo prohíbe!

—¿Se lo prohíbe? ¿El gran genio de la música le prohíbe casarse?

Raoul se inclinaba hacia la señora Valérius con el mentón avanzado, como para morderla. No la hubiera mirado con ojos más feroces si hubiera tenido deseos de devorarla. Hay momentos en los que la inocencia excesiva parece tan monstruosa que se vuelve odiosa. Raoul veía a la señora Valérius como una persona demasiado inocente.

La mujer no se inmutó pese a la dura mirada que caía sobre ella. Volvió a empezar de la forma más natural:

—¡Oh! Se lo prohíbe... sin prohibírselo... Simplemente le dice que, si se casara, no volvería a oírlo. ¡Eso es todo! ¡Y que él se marcharía para siempre! Entonces, como puede comprender, ella no quiere dejar que el genio de la música se marche. ¡Es lo más natural!

—Sí, sí —asintió Raoul débilmente—. ¡Es lo más natural!

—Además, pensaba que Christine ya le había hablado de todo esto cuando se encontró con usted en Perros, adonde había ido con su «genio benefactor».

—¡Ah!, ¿conque había ido a Perros con el «genio benefactor»?

—Quiero decir que él había concertado con ella una cita en el cementerio de Perros, junto a la tumba del señor Daaé. Le había prometido tocarle la *Resurrección de Lázaro* en el violín de su padre.

Raoul de Chagny se levantó y pronunció estas palabras decisivas con gran autoridad:

—¡Señora, va a decirme ahora mismo dónde vive ese genio!

La buena mujer no pareció sorprenderse en lo más mínimo ante esta indiscreta demanda. Alzó los ojos y contestó:

—¡En el cielo!

Semejante candor lo confundió. Lo dejó perplejo la simple y completa fe en un genio que bajaba del cielo todas las noches para frecuentar los camerinos de las artistas en la Ópera.

Ahora se daba cuenta del estado en el que podía encontrarse una joven educada por un músico de pueblo supersticioso y una buena mujer «iluminada», y gimió al pensar en todo aquello.

—¿Christine sigue siendo una mujer honesta? —preguntó de pronto sin poder contenerse.

—¡Puedo jurarlo por la gloria de mi alma! —exclamó la vieja que, esta vez, pareció ofenderse— y, si duda de ello, señor, no sé qué ha venido a hacer aquí.

Raoul manoseaba nerviosamente sus guantes.

—¿Cuánto hace que conoce a ese «genio»?

—¡Hace aproximadamente tres meses! Sí, hace ya tres meses que empezó a darle lecciones.

El vizconde extendió los brazos con gesto amplio y desesperado, y luego los dejó caer con abatimiento.

—¿El genio le da lecciones? ¿Dónde?

—Ahora que se ha marchado con él, no sabría decírselo, pero hace quince días era en el camerino de Christine. Aquí sería imposible. Es un piso demasiado pequeño; la casa entera les oiría. Mientras que en la Ópera no hay nadie a las ocho de la mañana. ¡No molestan! ¿Comprende?

—Comprendo, comprendo —asintió el vizconde, abandonando tan de improviso a la anciana que ésta se preguntó si el hombre no estaría un poco chiflado.

Al atravesar el salón, Raoul se encontró frente a la doncella y, por un instante, tuvo la intención de interrogarla, pero creyó sorprender una ligera sonrisa en sus labios. Pensó que se burlaba de él y huyó. ¿Acaso no sabía ya suficiente? Había querido informarse, ¿qué más podía desear? Alcanzó el domicilio de su hermano a pie, en un estado que daba lástima.

Habría querido castigarse, golpearse la frente contra las paredes. ¡Haber creído en tanta inocencia, en tanta pureza! ¡Haber intentado, por un momento, explicarlo todo con ingenuidad, con sencillez de espíritu, con inmaculado candor! ¡El genio de la música! ¡Ahora ya lo conocía! ¡Lo veía! ¡Debía tratarse, sin duda alguna, de algún tenorcillo buen mozo que cantaba con sentimiento! «¡Ah, qué miserable, pequeño, insignificante y necio joven es el vizconde de Chagny!», pensaba enfurecido Raoul. Y ella, ¡qué criatura tan audaz y satánicamente astuta!

De todas formas, esa carrera por las calles le había hecho bien; había refrescado un poco las ideas alocadas que le rondaban por la cabeza. Cuando entró en su habitación, sólo pensaba en tumbarse en la cama para ahogar sus sollozos. Pero su hermano estaba allí y Raoul se dejó caer en sus brazos como un bebé. Paternalmente, el conde lo consoló sin pedirle explicaciones. De todos modos, Raoul habría dudado en contarle la historia del genio de la música. Si hay cosas de las que uno no se vanagloria, hay otras en las que se sufre demasiada humillación al ser compadecido.

El conde llevó a su hermano a cenar a un cabaret. Raoul se encontraba sumido en tal estado de desesperación que probablemente habría declinado toda invitación si el conde, para convencerlo, no lo hubiera informado, que la dama de sus pensamientos había sido vista en galante compañía la noche anterior, en el camino del Bois. En un principio el vizconde se negó a creerlo, pero luego recibió detalles tan concretos que ya no protestó. A fin de cuentas, ¿no se trataba de la aventura más trivial del mundo? Se la había visto en un cupé con los cristales bajados. Ella parecía aspirar profundamente el aire helado de la noche. Había un maravilloso claro de luna. La habían reconocido perfectamente. En cuanto a su acompañante, solamente habían distinguido una vaga silueta en la sombra. El carruaje iba al paso por un camino desierto detrás de las tribunas de Longchamp.

Raoul se vistió con frenesí; para olvidar su tristeza estaba dispuesto a lanzarse, como vulgarmente se dice, a los «torbellinos del placer». Pero, ¡ay!, fue más bien un triste comensal y, tras dejar al conde en cuanto pudo, se encontró hacia las diez de la noche en un coche de alquiler detrás de las tribunas de Longchamp.

Hacía un frío de perros. La carretera parecía desierta y estaba muy iluminada bajo la luna. Dio al cochero la orden de que le esperara pacientemente en un rincón de una pequeña avenida adyacente y, con el mayor disimulo posible, comenzó a caminar.

No hacía aún media hora que estaba dedicándose a este sano ejercicio cuando un carruaje que venía de París giró al final de la carretera y, tranquilamente, con su caballo al paso, se dirigió hacia donde estaba Raoul.

Él pensó inmediatamente: «¡es ella!», y su corazón comenzó a latir con golpes sordos, como los que ya había producido en su pecho cuando oyó la voz de hombre detrás de la puerta del camerino de Christine... ¡Dios mío, cuánto la amaba!

El carruaje seguía avanzando. Él permanecía inmóvil. ¡Esperaba! ¡Si se trataba de ella, estaba decidido a saltar a la cabeza de los caballos! Costara lo que costara, quería tener una conversación con el Ángel de la música.

Algunos pasos más y el cupé pasaría frente a él. No dudaba en absoluto de que era ella... Una mujer, en efecto, asomaba su cabeza por la ventanilla.

Y, de repente, la luna la iluminó con una pálida aureola.

—¡Christine!

El sagrado nombre de su amor le brotó de los labios y del corazón. ¡No pudo retenerlo! Dio un salto para parar el coche, pero aquel nombre arrojado a la cara de la noche había sido como la señal esperada para una embestida furiosa del carruaje, que pasó junto a él sin que tuviera oportunidad de poner en ejecución su proyecto. El cristal de la puerta había vuelto a cerrarse.

La silueta de la joven había desaparecido. Y el cupé, tras el que corría, no era ya más que un punto negro sobre la carretera blanca.

Siguió llamándola: «¡Christine!». Pero nadie le contestó. Se detuvo en medio del silencio.

Lanzó una mirada desesperada al cielo, a las estrellas; golpeó con el puño su pecho inflamado. ¡La amaba y no era correspondido!

Con la vista nublada observó aquella carretera desolada y fría, la noche pálida y muerta. No había nada más frío, nada más muerto que su corazón. ¡Había amado a un ángel y despreciaba a una mujer!

¡Cómo se ha reído de ti, Raoul, la pequeña hada del norte! ¿No ves que resulta inútil tener una mejilla tan fresca, una frente tan tímida y dispuesta siempre a cubrirse con un velo rosa de pudor, si luego se pasea en la noche solitaria, en el interior de un cupé de lujo, en compañía de un amante misterioso? ¿No tendría que haber límites sagrados para la hipocresía y la mentira? ¿Acaso deben tenerse los ojos claros de la infancia cuando se tiene el alma de una cortesana?

Ella había pasado de largo sin contestar a su llamada... Además, ¿por qué había tenido él que cruzarse en su camino?

¿Con qué derecho había lanzado de repente el reproche de su presencia ante ella, que no le pedía nada más que el olvido? «¡Vete! ¡Desaparece! ¡No cuentas!»

¡Pensaba en morir y tenía veinte años! Su criado le sorprendió por la mañana sentado en la cama. No se había desnudado y el mozo temió alguna desgracia al verlo, tal era la desolación de su rostro. Raoul le arrancó de las manos el correo que le traía. Había reconocido una carta, un papel, una letra. Christine le decía:

Amigo mío, no falte pasado mañana a medianoche al baile de máscaras de la Ópera, en el saloncito que está detrás de la chimenea del gran *foyer;* espéreme de pie cerca de la puerta que conduce a la Rotonda. No hable de esta cita con nadie. Póngase un dominó blanco, bien enmascarado. Si alguien lo reconoce, puede costarme la vida.

Christine

# CAPÍTULO X

## EN EL BAILE DE MÁSCARAS

El sobre, lleno de manchas de barro, no llevaba sello. Ponía: «Para entregar al señor vizconde Raoul de Chagny» y la dirección, escrita a lápiz. Seguramente lo habían tirado con la esperanza de que alguien que pasara recogiera el billete y lo llevara al domicilio indicado. Eso es lo que había sucedido. El billete había sido encontrado en una acera de la plaza de la Ópera. Raoul lo releyó con desasosiego.

No necesitaba más para que su esperanza renaciera. La imagen sombría que por un momento se había hecho de una Christine olvidada de sus obligaciones con ella misma, dejó paso a la primera idea que había tenido de una desgraciada niña inocente, víctima de una imprudencia y de su sensibilidad excesiva. ¿Hasta qué punto, ahora ya, seguía siendo víctima? ¿De quién se encontraba prisionera? ¿A qué abismos la habían arrastrado? Se preguntaba todo esto con una angustia muy cruel. Pero ese mismo dolor le parecía soportable comparado con el delirio en el que le sumía la idea de una Christine hipócrita y mentirosa. ¿Qué había sucedido? ¿Qué influencia había sufrido? ¿Qué monstruo la había hechizado y con qué armas?

¿Con qué armas podía ser más que con las de la música? ¡Sí, sí! Cuanto más pensaba, más se persuadía de que sólo por ese lado descubriría la verdad. ¿Había olvidado acaso el tono con el que ella le había dicho en Perros que había recibido la visita del enviado celeste? Y la misma historia de

Christine, en aquellos últimos tiempos, ¿acaso no debía ayudarlo a aclarar las tinieblas en las que se debatía? ¿Había ignorado la esperanza que se había apoderado de Christine tras la muerte de su padre y el desprecio que había sentido por todas las cosas de la vida, incluso por su arte? Había pasado por el Conservatorio como una máquina cantante carente de alma. Y, de repente, había despertado como si estuviera bajo el influjo de una intervención divina. ¡El Ángel de la música había llegado! ¡Canta la Margarita de *Fausto* y triunfa! ¡El Ángel de la música! ¿Quién, pues, se hace pasar a sus ojos como ese maravilloso genio? ¿Quién, conocedor de la amada leyenda del viejo Daaé, la utiliza hasta el punto de que la joven no es entre sus manos más que un instrumento sin defensa al que hace vibrar a capricho?

Raoul consideró que una circunstancia como aquella no era excepcional. Recordaba lo que le había sucedido a la princesa de Belmonte, que acababa de perder a su marido y cuya angustia se había convertido en estupor... Hacía un mes que la princesa no podía hablar ni llorar. Esa inercia física y moral iba agravándose día a día y la debilidad de la razón acarreaba poco a poco la aniquilación de la vida. Cada tarde llevaban a la enferma a los jardines, pero ella no parecía darse cuenta siquiera de dónde se hallaba. Raff, el mayor cantante de Alemania, que pasaba por Nápoles, quiso visitar estos jardines atraído por la fama de su belleza. Una de las damas de la princesa rogó al gran artista que cantara, sin dejarse ver, cerca del bosquecillo en el que ella se encontraba tumbada. Raff consintió y cantó una sencilla melodía que la princesa había oído en boca de su marido durante los primeros días de su himeneo. La tonada era expresiva y sugerente. La melodía, las palabras, la admirable voz del artista, todo se unió para remover profundamente el alma de la princesa. Las lágrimas comenzaron a brotar de sus ojos... lloró, se encontró liberada y quedó totalmente convencida de que su esposo, aquella tarde, había bajado del cielo para cantarle la tonada de antaño.

«¡Sí, aquella tarde! Una tarde —pensaba ahora Raoul—, una única tarde... Pero aquel hermoso engaño no habría resistido la repetición de la experiencia...»

Aquella princesa de Belmonte ideal habría terminado por descubrir a Raff detrás del bosquecillo si éste se hubiera presentado todas las noches durante tres meses.

El Ángel de la música había dado clases a Christine durante tres meses… ¡Qué profesor tan puntual! ¡Y ahora, por si fuera poco, la paseaba por el Bois!

Con los dedos crispados sobre el pecho, donde latía su corazón celoso, Raoul se desgarraba la carne. Inexperto, se preguntaba ahora con terror a qué juego lo invitaba la señorita para la próxima mascarada. ¿Hasta qué punto una chica de la Ópera puede burlarse de un joven que lo ignora todo del amor? ¡Qué mezquindad!

Así pasaba el pensamiento de Raoul de un extremo a otro. Ya no sabía si debía compadecerse de Christine o maldecirla, y la maldecía y la compadecía al mismo tiempo. Sin embargo, por si acaso, se hizo con un traje de dominó blanco.

Por fin llegó la hora de la cita. Con el rostro oculto tras un antifaz provisto de un encaje largo y espeso, completamente de blanco, el vizconde se encontró muy ridículo con aquel traje de mascaradas románticas. Un hombre de mundo no se disfrazaba para ir al baile de la Ópera. Habría provocado la risa. Una idea consolaba al vizconde: ¡nadie lo reconocería! Además, aquel traje y aquel antifaz tenían una ventaja: Raoul iba a poder pasearse por los salones «como por su casa», solo con el malestar de su alma y la tristeza de su corazón. No le sería necesario fingir. Era superfluo componer una expresión acorde con el disfraz: ¡la tenía!

Este baile era una fiesta excepcional, organizado antes del martes de carnaval en memoria del aniversario del nacimiento de un ilustre dibujante de las alegrías de antaño, un émulo de Gavarni, cuyo lápiz había inmortalizado las «mascaradas» y el descenso de la Courtille. Se suponía que debía ser más alegre, más ruidoso, más bohemio que la mayoría de los bailes de carnaval. Muchos artistas se habían dado cita seguidos de todo un séquito de modelos y pintores que, hacia la medianoche, comenzarían a armar un gran bullicio.

Raoul subió la gran escalinata a las doce menos cinco. No se detuvo a observar cómo se distribuían a su alrededor los trajes multicolores por los peldaños de mármol, en uno de los decorados más suntuosos del mundo; no se dejó abordar por ninguna máscara alegre, no contestó a ninguna broma y esquivó la familiaridad acaparadora de varias parejas que estaban ya demasiado alegres. Tras atravesar el gran *foyer* y escapar de una farándula que lo había aprisionado por un momento, entró por fin en el salón indicado en el billete de Christine. Allí, en tan poco espacio, había una multitud de gente, ya que se trataba del punto de reunión en el que se encontraban todos los que iban a cenar a la Rotonda o que volvían de tomar una copa de champán. El tumulto era despreocupado y alegre. Raoul pensó que, para la misteriosa cita, Christine había preferido aquella muchedumbre antes que un lugar aislado. Aquí, bajo la máscara, se encontraban más escondidos.

Se aproximó a la puerta y esperó. No tuvo que esperar mucho. Pasó un dominó negro que rápidamente le apretó la punta de los dedos. Comprendió que era ella.

La siguió.

—¿Es usted, Christine? —preguntó entre dientes.

El dominó se volvió con presteza y se llevó el dedo a los labios para recomendarle, sin duda, que no repitiera su nombre.

Raoul la siguió en silencio.

Temía perderla después de haberla encontrado de nuevo en aquellas extrañas circunstancias. Ya no sentía ningún tipo de odio contra ella. No dudaba siquiera de que ella «no tenía nada que reprocharse», por muy extraña e inexplicable que pareciera su conducta. Estaba dispuesto a todas las renuncias, a todos los perdones, a todas las cobardías. La amaba. Y seguramente conocería dentro de poco la razón de aquella ausencia tan singular...

De tanto en tanto, el dominó negro se volvía para asegurarse de que el dominó blanco lo seguía.

Mientras Raoul volvía a atravesar así el gran *foyer,* no pudo por menos que fijarse, entre la muchedumbre, en un grupo, en medio de los otros que se dedicaban a las más locas extravagancias, que rodeaba a un personaje cuyo aspecto extraño y macabro causaba sensación...

Ese personaje iba totalmente de escarlata con un inmenso sombrero de plumas encima de una calavera. ¡Qué espléndida imitación de una calavera!

Los diletantes que se apiñaban a su alrededor lo admiraban, lo felicitaban… le preguntaban qué maestro, en qué estudio, frecuentado por Plutón, le habían hecho, dibujado, maquillado, una calavera tan hermosa. ¡La Parca misma debió posar como modelo!

El hombre de la calavera con sombrero de plumas y traje escarlata arrastraba tras de sí un amplio manto de terciopelo rojo cuya cola se deslizaba majestuosamente por el parqué. En el manto habían bordado con letras de oro una frase que todo invitado leía y releía en voz alta: «¡No me toquéis! ¡Yo soy la Muerte roja que pasa!».

Alguien intentó tocarlo, pero en ese preciso momento una mano de esqueleto salió de una manga púrpura, agarró con brutalidad la muñeca del imprudente y éste, sintiendo el crujido de los huesos por el apretón arrebatado de la Muerte que parecía no querer soltarlo jamás, lanzó un grito de dolor y de espanto. Por fin la Muerte roja lo dejó en libertad y el insensato huyó como un loco entre una nube de comentarios. En aquel mismo instante, Raoul se cruzó con el fúnebre personaje, que precisamente acababa de volverse hacia él. Estuvo a punto de dejar escapar un grito: ¡la calavera de Perros-Guirec! ¡La había reconocido! Quiso precipitarse sobre ella olvidando a Christine, pero el dominó negro, que parecía también presa de una extraña conmoción, lo había cogido por el brazo y lo arrastraba… lo arrastraba para llevarlo lejos del salón, fuera de aquel gentío demoniaco por entre el que paseaba la Muerte roja…

A cada instante el dominó negro se volvía, y al blanco le pareció por dos veces advertir algo que la aterraba, ya que aceleró el paso como si fueran perseguidos.

Así subieron dos pisos. Allí las escaleras y los corredores estaban prácticamente desiertos. El dominó negro empujó la puerta de un camerino e hizo señas al blanco para que entrara. Christine (ya que en realidad se trataba de ella, pues pudo reconocerla por la voz) cerró inmediatamente la puerta mientras le recomendaba que permaneciera en la parte trasera del camerino y que no se dejara ver. Raoul se quitó la máscara. Cuando el joven iba a rogar a la cantante que se descubriera, quedó sorprendido de ver que, de repente, ésta apoyaba un oído en el tabique y escuchaba atentamente lo que ocurría al otro lado. Después entreabrió la puerta y miró en el corredor, diciendo en voz baja:

—Debe haber subido al «camerino de los ciegos»... —de pronto exclamó—: ¡Vuelve a bajar!

Quiso cerrar la puerta, pero Raoul se opuso porque había visto en el peldaño más alto de la escalera un pie rojo que subía al piso superior... y lenta, majestuosamente, la capa escarlata de la Muerte roja se deslizó por los escalones. Entonces volvió a ver la calavera de Perros-Guirec.

—¡Es él! —exclamó—. ¡Esta vez no se me escapará!

Pero Christine había vuelto a cerrar la puerta en el momento en que Raoul se precipitaba. Quiso apartarla de su camino.

—¿Quién? —preguntó ella con voz completamente cambiada—. ¿Quién es el que no se le escapará?

Raoul intentó vencer brutalmente la resistencia de la joven, pero ella lo rechazaba con una fuerza inesperada... Él comprendió, o creyó comprender, y se enfureció.

—¿Quién? —dijo con rabia—. ¡Pues él! ¡El hombre que se oculta tras esa horrible máscara mortuoria... el genio malo del cementerio de Perros! ¡La Muerte roja! En fin, su amigo, señora... ¡Su Ángel de la música! ¡Pero le arrancaré la máscara, del mismo modo que arrancaré la mía, y esta vez nos veremos cara a cara sin velos y sin mentiras, y sabré a quién ama usted y quién la ama!

Se echó a reír como un loco mientras que Christine, detrás de su antifaz, dejaba escapar un doloroso gemido.

Extendió con gesto trágico sus dos brazos, que interpusieron una barrera de carne blanca ante la puerta.

—¡En nombre de nuestro amor, Raoul, usted no pasará!

Él se detuvo. ¿Qué es lo que había dicho? ¿En nombre de su amor? Pero ella jamás, jamás le había dicho que lo amaba. Sin embargo, ¡no le habían faltado ocasiones! Lo había visto muy desdichado, llorando ante ella, implorando una sola palabra de esperanza que no había llegado... ¿Acaso no lo había visto enfermo, medio muerto de frío y de terror después de la noche en el cementerio de Perros? ¿Acaso se había quedado a su lado en el momento en que más necesitaba sus cuidados? No. ¡Había huido! ¡Y ahora decía que lo amaba! Hablaba «en nombre de su amor». ¡Vamos! No tenía otra intención que la de hacerle perder algunos segundos... Era necesario dar tiempo a que la Muerte roja escapase... ¿Su amor? ¡Ella mentía!

Y se lo dijo con tono de odio infantil.

—¡Miente, señora, porque no me quiere ni me ha querido nunca! Hay que ser un desgraciado como yo para dejarse manejar, para dejarse burlar como yo lo he hecho. ¿Por qué su actitud, la alegría de su mirada, su mismo silencio me permitieron albergar todo tipo de esperanzas desde nuestro primer encuentro en Perros? Todo tipo de esperanzas honradas, señora, ya que soy un hombre honesto y la creía a usted una mujer honesta, cuando no tenía más intención que la de reírse de mí. ¡Se ha burlado de todo el mundo! Ha abusado incluso del alma cándida de su benefactora, que sigue creyendo en su sinceridad mientras usted se pasea por el baile de la Ópera con la Muerte roja... ¡La desprecio!

Y se echó a llorar. Ella se dejaba insultar. No tenía más que un solo pensamiento: el de retenerlo.

—Un día me pedirá perdón por todas esas viles palabras, Raoul, ¡y yo lo perdonaré!

Él movió la cabeza.

—¡No, no! ¡Me he vuelto loco! ¡Cuando pienso que yo no tenía otro objetivo en la vida que dar mi nombre a una vulgar cantante de ópera!

—¡Raoul! ¡No diga eso!

—¡Moriré de vergüenza!

—Viva, amigo mío —pronunció la voz grave y alterada de Christine— ¡y adiós!

—¡Adiós, Christine!

—¡Adiós, Raoul!

El joven se acercó a ella con paso vacilante. Se atrevió a pronunciar un nuevo sarcasmo:

—¡Oh!, supongo que permitirá, sin embargo, que venga a aplaudirla de tanto en tanto.

—¡Ya no volveré a cantar, Raoul!

—Realmente... —añadió él con más ironía aún— ¡Le deparan otras distracciones agradables! ¡La felicito! Pero volveremos a vernos en el Bois algún día de éstos.

—Ni en el Bois, ni en ninguna otra parte, Raoul. No volverá a verme.

—Al menos, ¿será posible saber a qué tinieblas desea volver? ¿Hacia qué infierno sale de viaje, misteriosa señora? ¿O a qué paraíso?

—Había venido para decírselo, Raoul, pero ya no puedo decirle nada... ¡No lo creería! Usted ha perdido la fe en mí, Raoul. ¡Se acabó!

Dijo aquel «se acabó» en un tono tal de desesperación que el joven se estremeció y el remordimiento de su crueldad comenzó a turbarle el alma.

—¡Pero bueno! —exclamó—. ¡Ya me explicará qué significa todo esto! Es usted libre, no tiene trabas... pasea por la ciudad... se cubre con un dominó para venir al baile... ¿por qué no vuelve a su casa? ¿Qué ha hecho durante estos quince últimos días? ¿Qué historia es ésa del Ángel de la música que me ha contado la señora Valérius? Alguien ha podido engañarla, abusar de su credulidad... Yo mismo fui testigo de ello en Perros... pero ahora ya sabe a qué atenerse... Me parece muy sensata, Christine... ¡usted sabe lo que hace! Sin embargo, la señora Valérius continúa esperándola, invocando a su «genio benefactor». ¡Explíquese, Christine, se lo ruego! ¡Otros se han engañado! ¿Qué comedia es ésta?

Christine apartó simplemente su máscara y dijo:

—¡Es una tragedia, amigo mío!

Raoul vio entonces su rostro y no pudo contener una exclamación de sorpresa y de horror. Habían desaparecido los frescos colores de antaño. Una palidez mortal invadía aquellos rasgos que había conocido tan encantadores y tan suaves, fieles reflejos de la gracia apacible y de la conciencia sin remordimientos. ¡Ahora estaba visiblemente atormentada por algo! El surco del dolor la había marcado sin piedad y sus hermosos ojos claros, en otro tiempo límpidos como los lagos que servían de ojos a la pequeña Lotte, mostraban esta noche una profundidad oscura, misteriosa e insondable, cercados por una sombra espantosamente triste.

—¡Amiga mía... amiga mía! —gimió él, a la vez que le tendía los brazos—. Ha prometido usted perdonarme...

—Quizá, tal vez un día —dijo ella, mientras volvía a colocarse la máscara, y se marchó impidiendo que la siguiera al hacerle un gesto de rechazo.

Quiso lanzarse tras ella, pero Christine se volvió y repitió con tal soberana autoridad su gesto de adiós que él no se atrevió a dar un solo paso más.

La miró mientras se alejaba. Después bajó a su vez hacia donde se hallaba la muchedumbre sin saber muy bien qué hacía, con las sienes palpitantes y el corazón desgarrado, y preguntó en la sala que atravesaba si no habían visto pasar a la Muerte roja. Le decían: «¿Quién es esa Muerte roja?». Él contestaba: «Es un señor disfrazado con una calavera y una gran capa roja». Por todas partes le indicaban que la Muerte roja acababa de pasar arrastrando su regia capa, pero no la encontró por ningún lado y hacia las dos de la mañana volvió al corredor que por detrás del escenario conducía al camerino de Christine Daaé.

Sus pasos lo condujeron al lugar en el que había empezado su tortura. Llamó a la puerta, pero no le contestaron. Entró, como lo había hecho entonces, para buscar por todas partes la voz de hombre. El camerino estaba vacío. Un mechero de gas ardía agonizante. Encima de un pequeño escritorio había papeles y sobres. Pensó en escribir a Christine, pero oyó de pronto unos pasos en el corredor... No tuvo tiempo más que para esconderse en el tocador, que estaba separado del camerino por una simple cortina. Una mano empujaba la puerta del camerino. ¡Era Christine!

Contuvo la respiración. ¡Quería ver, quería saber! Algo le decía que iba a asistir a una parte del misterio y que quizá iba a empezar a comprender...

Christine entró, se quitó la máscara con gesto cansado y la arrojó sobre la mesa. Suspiró. Dejó caer su hermosa cabeza entre las manos. ¿En qué pensaba? ¿En Raoul? ¡No!, ya que éste la oyó murmurar:

—¡Pobre Erik!

Al principio creyó haber oído mal. Además, estaba convencido de que, si había alguien de quien compadecerse, ése era él, Raoul. Después de lo que acababa de pasar entre ellos, habría sido más lógico que hubiese suspirado: «¡Pobre Raoul!». Pero ella repitió moviendo la cabeza: «¡Pobre Erik!». ¿Qué pintaba el tal Erik en los suspiros de Christine y por qué la pequeña hada del norte se apiadaba de Erik cuando Raoul era tan desgraciado?

Christine se puso a escribir despacio, con tranquilidad, tan pacíficamente que Raoul, que aún temblaba por el drama que los separaba, se sintió rabiosamente impresionado. «¡Qué sangre fría!», se dijo. Ella siguió escribiendo, llenando dos, tres, cuatro hojas. De repente alzó la cabeza y ocultó los papeles en su pecho... Parecía escuchar... Raoul también escuchó... ¿De dónde venía aquel ruido extraño, aquel ritmo lejano? Era un canto sordo que parecía salir de las paredes. ¡Sí, se diría que los muros cantaban! El canto se hacía más claro... las palabras eran inteligibles... se distinguió una voz... una voz muy bella, muy dulce y muy atractiva... pero tanta dulzura seguía siendo, sin embargo, masculina: era evidente que aquella voz no pertenecía a una mujer... La voz seguía acercándose... atravesó la pared... llegó... y, de pronto, la voz estaba en la habitación delante de Christine. Christine se levantó y habló a la voz como si hablara a alguien que se encontrara a su lado.

—Aquí estoy, Erik —dijo—, ya estoy lista. Es usted quien llega tarde, amigo mío.

Raoul, que miraba con cautela a través de la cortina, no daba crédito a sus ojos, que nada veían.

La fisonomía de Christine se aclaró. Una hermosa sonrisa vino a posarse en sus labios exangües; una sonrisa como la que tienen los convalecientes cuando empiezan a creer que el mal que les ha herido no se los llevará.

La voz sin cuerpo reanudó su canto, y lo cierto es que Raoul jamás había oído nada en el mundo (una voz que reunía, al mismo tiempo y con el mismo aliento, los extremos) tan amplio y hermosamente suave, tan victoriosamente insidioso, tan delicado en la fuerza, tan fuerte en la delicadeza, en suma, tan irresistiblemente triunfante. Contenía acentos definitivos dignos de un maestro que, por la sola virtud de su audición, seguramente debían crear acentos sublimes en los mortales que sienten, aman y traducen la música. Contenía una fuente tranquila y pura de armonía de la que los fieles, con toda seguridad, podrían beber con devoción, convencidos de absorber la gracia de la música. Y, de repente, su arte, al contacto con lo divino, se veía transfigurado. Raoul escuchaba febrilmente aquella voz y empezaba a entender cómo Christine Daaé pudo una noche, ante el público estupefacto, cantar con aquellos acentos de una belleza desconocida, de una exaltación sobrehumana, sin duda bajo la influencia del misterioso e invisible maestro. Ahora entendía más aún este fenómeno al comprobar que aquella voz excepcional no contaba precisamente nada excepcional: había convertido el amarillo en azul. La trivialidad del verso y la casi vulgaridad popular de la melodía parecían transformados en belleza por un soplo que los elevaba y llevaba hasta el cielo en alas de la pasión, ya que aquella voz angélica glorificaba un himno pagano.

Esa voz cantaba «La noche del himeneo» de *Romeo y Julieta*.

Raoul vio a Christine extender los brazos hacia la voz como lo había hecho en el cementerio de Perros hacia el violín invisible que tocaba la *Resurrección de Lázaro*.

Nada podría explicar la pasión con la que la voz dijo:

—¡El destino te encadena a mí sin retorno!

Raoul sintió traspasado el corazón y, luchando contra el encanto que parecía arrebatarle toda voluntad, toda energía y casi toda lucidez en el momento en que más las necesitaba, consiguió apartar la cortina que lo ocultaba y avanzó hacia Christine. Ésta, que se acercaba hacia el fondo del camerino cuyo panel estaba ocupado por un gran espejo que le devolvía su imagen, no podía verlo porque él que estaba justo detrás de ella y enteramente tapado por ella.

—¡El destino te encadena a mí sin retorno!

Christine seguía avanzando hacia su imagen y su imagen bajaba hacia ella. Las dos Christines (el cuerpo y la imagen) terminaron por tocarse, por confundirse, y Raoul extendió los brazos para retenerlas a las dos a un tiempo.

Pero, por una especie de deslumbrante milagro que le hizo tambalear, Raoul fue repentinamente lanzado hacia atrás mientras un viento gélido le azotaba el rostro. Y no vio a dos, sino a cuatro, a ocho, a veinte Christines que giraban a su alrededor con una ligereza tal que parecían burlarse de él y que huían con tanta rapidez que su mano no podía tocar a ninguna. Finalmente todo volvió a quedar inmóvil y se vio a sí mismo en el espejo. Pero Christine había desaparecido.

Se precipitó hacia el espejo. Chocó contra las paredes. ¡Nadie! Sin embargo, el camerino retumbaba aún con un ritmo lejano, apasionado:

—¡El destino te encadena a mí sin retorno!

Sus manos enjugaron su frente sudorosa, pellizcaron su carne despierta, tantearon la penumbra, devolvieron toda su fuerza a la llama de la lamparilla de gas. Estaba seguro de que no soñaba. Se encontraba en el centro de un juego formidable, físico y moral, cuya clave desconocía y que quizá acabaría con él. Se sentía vagamente como un príncipe aventurero que ha franqueado la línea prohibida de un cuento de hadas y que no debe extrañarse de ser presa de los fenómenos mágicos que ha afrontado y desencadenado inconscientemente por amor.

¿Por dónde, por dónde había salido Christine? ¿Por dónde volvería?

¿Volvería? ¡Ay! ¿No le había asegurado que todo había terminado? ¿Acaso la pared no le repetía: «el destino te encadena a mí sin retorno»? ¿A mí? ¿A quién?

Entonces, extenuado, vencido, con el cerebro confuso, se sentó en el mismo sitio que hacía un momento ocupaba Christine. Como ella, dejó caer la cabeza entre las manos. Cuando la levantó, abundantes lágrimas corrían a lo largo de su joven rostro, lágrimas verdaderas y pesadas como las que tienen los niños celosos, lágrimas que lloraban por un mal en absoluto fantástico, pero común a todos los amantes de la tierra. No pudo por menos que preguntarse, hablando en voz alta:

—¿Quién es ese Erik?

# CAPÍTULO XI

## Hay que olvidar el nombre de «la voz de hombre»

A la mañana siguiente en que Christine desapareció ante sus ojos en una especie de deslumbramiento que aún le hacía dudar de sus sentidos, el vizconde de Chagny fue en busca de noticias a casa de la señora Valérius. Se encontró ante un cuadro conmovedor.

A la cabecera de la cama de la anciana, que tejía sentada en su lecho, Christine hacía encaje. Jamás un óvalo tan bello, una frente más pura, una mirada tan dulce se inclinaron sobre una labor de virgen. Las mejillas de la joven habían recuperado los frescos colores. El cerco azul de sus ojos claros había desaparecido. Raoul no reconoció ya el rostro trágico de la víspera. Si un velo de melancolía no ensombreciera sus rasgos como un último vestigio del inaudito drama en el que se debatía aquella misteriosa mujer, Raoul habría podido pensar que Christine no era su incomprensible heroína.

Ella se levantó al ver que se acercaba y, sin emoción aparente, le tendió la mano. Pero el estupor de Raoul era tal que permaneció allí, anonadado, sin un gesto, sin una palabra.

—¡Vaya, señor de Chagny! —exclamó la señora Valérius—. ¿No conoce ya a nuestra Christine? ¡Su «genio benefactor» nos la ha devuelto!

—¡Mamá! —interrumpió la joven en tono seco, al tiempo que se sonrojaba hasta los ojos—. Mamá, creía que ya no volveríamos a hablar de eso... ¡Sabe usted muy bien que no hay tal genio de la música!

—¡Hija mía, sin embargo te ha dado clases durante tres meses!

—Mamá, le he prometido explicárselo todo un día no muy lejano, al menos eso espero... pero hasta entonces, usted me ha prometido el silencio y no hacerme jamás preguntas.

—¡Si me aseguraras que no volverías a dejarme! Pero, ¿me has prometido eso, Christine?

—Mamá, todo eso no le interesa para nada al señor de Chagny...

—Se equivoca, Christine —interrumpió el joven con una voz que pretendía ser firme y valiente pero que sonaba tan sólo temblorosa—; todo lo que le atañe me interesa hasta un punto que no podría usted comprender. No le ocultaré que me extraña y que a la vez me alegro de encontrarla junto a su madre adoptiva, y que lo que pasó ayer entre nosotros, lo que pudo usted decirme, lo que pude adivinar, nada me hacía prever un retorno tan rápido. Sería el primero en alegrarme si no se obstinara en conservar sobre todo esto un secreto que puede serle fatal... y hace demasiado tiempo que soy amigo suyo para no inquietarme, al igual que la señora Valérius, por esa funesta aventura que seguirá siendo peligrosa hasta que la desentrañemos, y de la que terminará por ser víctima, Christine.

Al oír estas palabras, la señora Valérius se agitó en su lecho.

—¿Qué quiere decir todo eso? —exclamó—. ¿Christine está en peligro?

—Sí, señora... —declaró valientemente Raoul a pesar de las señas que le hacía Christine.

—¡Dios mío! —exclamó jadeante la buena e ingenua anciana—. ¡Tienes que decírmelo todo, Christine! ¿Por qué me tranquilizas? ¿De qué peligro se trata, señor de Chagny?

—¡Un impostor está abusando de su buena fe!

—¿El Ángel de la música es un impostor?

—¡Ella misma le ha dicho que no hay tal Ángel de la música!

—¿Y qué hay entonces? Dígamelo, en nombre del cielo —suplicó impotente la señora Valérius—. ¡Me va usted a matar!

—Señora, lo que hay a nuestro alrededor, a su alrededor, alrededor de Christine, es un misterio terrestre mucho más terrible que todos los fantasmas y todos los genios.

La señora Valérius volvió hacia Christine su rostro aterrorizado, pero ésta se había precipitado ya hacia su madre adoptiva y la apretaba entre sus brazos:

—¡No le creas, mamá querida! ¡No le creas! —repetía, e intentaba consolarla con sus caricias, ya que la anciana dejaba escapar suspiros que desgarraban el corazón.

—¡Entonces, dime que ya no me abandonarás! —imploró la viuda del profesor.

Christine calló y Raoul prosiguió:

—Es lo que debe usted prometer, Christine... ¡Es lo único que puede tranquilizarnos, a su madre y a mí! Nos comprometemos a no hacerle más preguntas sobre el pasado, si nos promete permanecer bajo nuestra protección en el futuro...

—¡Es un compromiso que yo no le pido y una promesa que yo no les haré! —dijo la muchacha con orgullo—. Soy libre de mis actos, señor de Chagny, no tiene el menor derecho a controlarlos y le agradecería que se abstuviera de hacerlo a partir de este momento. En cuanto a lo que hago desde hace quince días, no hay más que un hombre en el mundo que tendría derecho a exigir que se lo explicara: ¡mi marido! ¡Pero no tengo marido ni me casaré jamás!

Mientras decía esto con pasión, extendió la mano en dirección a Raoul como para hacer más solemnes sus palabras. Raoul palideció, no sólo por las palabras que acababa de oír, sino porque estaba viendo en el dedo de Christine un anillo de oro.

—No tiene usted marido y sin embargo lleva una alianza.

Intentó cogerle la mano, pero Christine la retiró rápidamente.

—¡Es un regalo! —exclamó sonrojándose más aún y esforzándose en vano por ocultar su turbación.

—¡Christine! Ya que no tiene un marido, ese anillo sólo puede ser del que espera serlo. ¿Por qué engañarnos aún más? ¿Por qué seguir torturándome? ¡Ese anillo es una promesa! ¡Y esa promesa ha sido aceptada!

—¡Es lo que yo le he dicho! —dijo la anciana.

—¿Y qué le ha contestado, señora?

—¡Lo que me vino en gana! —gritó Christine exasperada—. ¿No le parece, señor, que este interrogatorio ha durado ya demasiado? En cuanto a mí...

Raoul, muy emocionado, temía obligarla a pronunciar palabras que significaran una ruptura definitiva. La interrumpió:

—Perdón por haberle hablado así, señorita... ¡Sabe usted bien cuál es el noble sentimiento que hace que me inmiscuya en este momento en asuntos que desde luego no me incumben! Pero déjeme decirle lo que he visto, y he visto más de lo que cree, Christine, o creí ver, ya que, en realidad, lo mínimo que puede hacerse en esta aventura es dudar de los propios ojos...

—¿Qué ha visto, señor, o qué ha creído ver?

—Vi su éxtasis ante el sonido de la voz, Christine; de la voz que surgía de la pared, o del camerino, o del apartamento de al lado... ¡sí, su éxtasis! ¡Y es esto lo que me llena de pánico por usted! ¡Está aprisionada en el más peligroso de los hechizos! Sin embargo, parece haberse dado cuenta de la impostura, ya que hoy dice que no hay un Ángel de la música... Entonces, Christine, ¿por qué lo siguió una vez más? ¿Por qué se levantó con el rostro resplandeciente como si realmente estuviera oyendo a los ángeles? ¡Esa voz es muy peligrosa, Christine, porque yo mismo, mientras la oía, me encontraba tan embelesado que usted desapareció de mi vista sin que pudiera decir por dónde! ¡Christine, Christine! En el nombre del cielo, en el de su padre que está en el cielo y a quien tanto quiso usted, y que me quiso, Christine, ¿va a decirnos, a su benefactora y a mí, de quién es esa voz? ¡Aun a contra de su voluntad la salvaremos! ¡Vamos! ¡Díganos el nombre de ese hombre, Christine... de ese hombre que ha tenido la audacia de poner un anillo de oro en su dedo!

—Señor de Chagny —declaró fríamente la joven—, ¡no lo sabrá jamás!

En este punto se oyó la agria voz de la señora Valérius que, de repente, tomaba el partido de Christine, al ver la hostilidad con la que su pupila acababa de dirigirse al vizconde.

—¡Y si ella lo ama, señor vizconde, eso no es asunto suyo!

—¡Ay, señora! —volvió a decir humildemente Raoul, que no pudo contener las lágrimas—. ¡Ay! Creo que, efectivamente, Christine lo ama... Todo me lo demuestra, pero no es eso lo único que me desespera, ¡sino que no estoy en absoluto seguro de que aquél al que quiere Christine sea digno de su amor!

—¡La única que debe juzgarlo soy yo, señor! —dijo Christine mirando fijamente a Raoul con una expresión de soberana irritación.

—Cuando se emplean medios tan románticos para seducir a una joven... —dijo Raoul, que sentía que sus fuerzas lo abandonaban.

—¿Es acaso preciso que el hombre sea un miserable o que la joven sea una tonta?

—¡Christine!

—Raoul, ¿por qué condena de este modo a un hombre al que no ha visto jamás, al que nadie conoce y del que usted mismo no sabe nada?

—Sí, Christine, sí... Al menos sé ese nombre que usted pretende seguir ocultándome... ¡Su Ángel de la música, Christine, se llama Erik!

Inmediatamente Christine se traicionó a sí misma. Esta vez se puso pálida como un mantel de altar. Balbuceó:

—¿Quién se lo ha dicho?

—¡Usted misma!

—¿Cómo?

—La otra noche, la noche del baile de máscaras. ¿Acaso no dijo, al llegar a su camerino: «¡Pobre Erik!»? Pues bien, Christine, allí, en alguna parte, se encontraba un pobre Raoul que la oyó.

—¡Es la segunda vez que escucha usted detrás de las puertas, señor de Chagny!

—No estaba detrás de la puerta. ¡Estaba en el camerino! ¡En su tocador, señorita!

—¡Desgraciado! —gimió la joven, que mostró todos los síntomas de un indecible horror—. ¡Desgraciado! ¿Quiere que lo maten?

—¡Quizá!

Raoul pronunció este «quizá» con tanto amor y desesperación que Christine no pudo contener un sollozo.

Entonces le tomó ambas manos y lo miró con toda la ternura de la que era capaz, y el joven, ante aquella mirada, sintió que su dolor se esfumaba.

—Raoul —dijo—, es preciso que olvide la voz de hombre, que no recuerde ni tan siquiera su nombre y que jamás intente averiguar el misterio de esa voz.

—¿Tan terrible es ese misterio?

—¡No hay otro más terrible en la tierra!

Se hizo un silencio que separó a los jóvenes. Raoul estaba destrozado.

—Júreme que no hará nada por «saber» —insistió ella—. Júreme que no volverá a entrar en mi camerino si yo no lo llamo.

—¿Me promete llamarme alguna vez, Christine?

—Se lo prometo.

—¿Cuándo?

—Mañana.

—¡Entonces, se lo juro!

Fueron sus últimas palabras ese día.

Él le besó las manos y se fue maldiciendo a Erik y prometiéndose que sería paciente.

# CAPÍTULO XII

## POR ENCIMA DE LAS TRAMPILLAS

Al día siguiente volvió a verla en la Ópera. Seguía llevando en el dedo el anillo de oro. Ella fue dulce y se portó bien. Le informó acerca de los proyectos que tenía, sobre su futuro, sobre su carrera.

Él le comunicó que la salida de la expedición polar se había adelantado y que, al cabo de tres semanas, de un mes a lo sumo, abandonaría Francia.

Ella lo animó, casi con alegría, a que pensara en el viaje con entusiasmo, como en una etapa más de su gloria futura. Y al contestarle él que la gloria sin amor no ofrecía a sus ojos el menor encanto, ella lo trató como a un niño cuyas tristezas son necesariamente pasajeras.

Él le dijo:

—¿Cómo puede hablar con tanta ligereza de cosas tan graves, Christine? ¡Puede que no volvamos a vernos jamás! ¡Puedo morir durante esa expedición!

—Y yo también —añadió ella simplemente.

Ya no sonreía, ya no bromeaba. Parecía pensar en algo nuevo que le acabara de venir a la mente. Su mirada brillaba.

—¿En qué piensa, Christine?

—Pienso en que ya no volveremos a vernos...

—¿Y eso es lo que la pone tan radiante?

—¡Y que dentro de un mes tendremos que decirnos adiós... para siempre!

—A menos, Christine, que nos casáramos y nos esperáramos el uno al otro para siempre.

Ella le tapó la boca con la mano:

—¡Calle, Raoul! ¡No se trata de eso, ya lo sabe de sobra! ¡Y jamás nos casaremos! ¿Lo entiende?

Parecía no poder resistir la dicha desbordante que la había asaltado de repente. Empezó a dar palmadas con alegría infantil. Raoul la miró inquieto, sin comprender.

—Pero, pero... —dijo ella de nuevo tendiendo las manos al joven, o mejor dicho, dándoselas, como si súbitamente hubiera decidido hacerle un regalo— pero, aunque no podamos casarnos, sí podemos... podemos prometernos... ¡No lo sabrá nadie más que nosotros, Raoul! ¡Ha habido bodas secretas! ¡Bien pueden existir noviazgos secretos! ¡Raoul, podemos prometernos por un mes! ¡Dentro de un mes, usted se irá y yo podré ser feliz con el recuerdo de este mes durante toda la vida!

Estaba entusiasmada con su idea... pero volvió a ponerse seria.

—Ésta —dijo— es una felicidad que no hará daño a nadie.

Raoul había comprendido. Se aferró a aquella inspiración y quiso que inmediatamente se hiciera realidad. Se inclinó ante Christine con humildad sin par y dijo:

—¡Señorita, tengo el honor de pedir su mano!

—¡Pero si ya tiene las dos, mi querido prometido! ¡Oh, Raoul, qué felices vamos a ser! ¡Vamos a jugar al futuro maridito y a la futura mujercita...!

Raoul se decía: «¡Imprudente! En este mes tendré tiempo de hacérselo olvidar o de desvelar y destruir "el misterio de la voz de hombre", y dentro de un mes Christine consentirá en ser mi mujer. ¡Mientras tanto, juguemos!».

Fue el juego más bonito del mundo al que se entregaron como los niños que eran. ¡Ah, qué cosas maravillosas se dijeron! ¡Y qué juramentos eternos intercambiaron! La idea de que al vencer el mes no habría nadie para poder mantener esas promesas les sumía en una turbación que saboreaban con emociones contradictorias, entre risas y lágrimas. Jugaban «al corazón» igual que otros juegan «a la pelota». La diferencia radicaba en el hecho de que al ser sus propios corazones los que lanzaban, debían ser muy hábiles para recibir el del otro sin hacerse daño. Un día —era el octavo de juego— el corazón de Raoul se hizo mucho daño y el joven detuvo la partida con estas extravagantes palabras: «Ya no me iré al polo norte».

Christine, que en su inocencia no había pensado en esa posibilidad, descubrió, de repente, el peligro del juego y se hizo amargos reproches. No contestó a Raoul ni una sola palabra y se marchó a su casa. Eso ocurría por la tarde, en el camerino de la cantante, en donde solían citarse y donde se divertían con meriendas-cenas de tres galletas y dos vasos de Oporto ante un ramo de violetas.

Ella no cantó por la noche y él no recibió la carta acostumbrada, pese a que se habían dado permiso para escribirse todos los días durante ese mes. Al día siguiente, Raoul corrió a casa de la señora Valérius, que le informó de que Christine se había ausentado por dos días. Se había ido la víspera por la tarde, a las cinco, diciendo que no estaría de vuelta hasta pasados dos días. Raoul estaba destrozado. Detestaba a la señora Valérius por haberle comunicado aquella noticia con una tranquilidad que lo dejaba perplejo. Intentó sonsacarle algo, pero era evidente que la buena mujer no sabía nada. Se limitó a contestar a las desordenadas preguntas del joven:

—¡Es el secreto de Christine!

Y al decirlo levantó el dedo con un gesto especial que recomendaba discreción y que, al mismo tiempo, pretendía tranquilizar.

—¡Bien, muy bien! —exclamó Raoul con enfado mientras bajaba las escaleras corriendo como un loco—. ¡Estupendo, veo que las jóvenes están perfectamente protegidas por señoras como la Valérius!

¿Dónde podía estar Christine? Dos días... ¡Dos días menos para su felicidad tan breve! ¡Y, para colmo, por culpa suya! ¿Acaso no habían acordado que él debía partir? Si su firme intención era la de quedarse, ¿por qué había hablado tan pronto? Se reprochaba su torpeza y fue el más desgraciado de los hombres durante cuarenta y ocho horas, al cabo de las cuales volvió Christine.

Reapareció triunfalmente. Regresó, por fin, para obtener el mismo éxito que en la velada de gala. A partir de la aventura del «gallo», la Carlotta no había podido salir a escena. El terror de un nuevo «quiquiriquí» la poseía y le privaba de todos sus recursos; los lugares que habían sido testigos de su incomprensible derrota se le habían hecho odiosos. Encontró la manera de romper su contrato. Entonces rogaron a la Daaé que temporalmente ocupara el puesto vacante. Un verdadero delirio la acogió en *La judía*.

El vizconde, que estuvo presente durante aquella velada, fue el único en sufrir escuchando los mil ecos de ese nuevo triunfo, ya que vio que Christine seguía conservando su anillo de oro. Una voz lejana murmuraba al oído del joven: «Esta noche sigue llevando el anillo de oro y no has sido tú quien se lo ha dado. Esta noche ha seguido entregando su alma, y no ha sido a ti».

Y la voz insistía: «Si ella no quiere decirte lo que ha hecho estos dos días... si te esconde su paradero, ¡es preciso que vayas a preguntárselo a Erik!».

Corrió hacia el escenario. Le interrumpió el paso. Ella lo vio, ya que sus ojos lo buscaban. Le dijo:

—¡Deprisa, deprisa! ¡Venga! Lo arrastró hasta su camerino sin preocuparse de todos los que celebraban su reciente gloria y que murmuraban ante la puerta cerrada: «¡Esto es un escándalo!».

Raoul se arrodilló inmediatamente ante ella. Le juró que se marcharía a la expedición y le suplicó que nunca más le privara de una sola hora de la dicha que le había prometido. Christine dejó correr sus lágrimas. Se besaban como un hermano y una hermana desesperados que acaban de verse amenazados por un dolor común y que vuelven a encontrarse para llorar a un muerto.

De repente, ella se deshizo del dulce y tímido abrazo del joven; pareció escuchar algo sin saber qué era y, con un gesto seco, le señaló la puerta a Raoul.

Cuando estuvieron en el umbral, le dijo en un tono tan bajo que el vizconde apenas pudo adivinar sus palabras:

—¡Mañana, mi querido prometido! ¡Y alégrese, Raoul, esta noche he cantado para usted!

Él no contestó.

Pero, ¡ay!, aquellos dos días de ausencia habían roto el encanto de su dulce mentira. Se miraron sin decirse nada, con los ojos tristes. Raoul tuvo que dominarse para no gritar: «¡Tengo celos! ¡Tengo celos!». Pero ella lo oyó de todos modos.

Entonces, le dijo:

—Vamos a pasear, Raoul. El aire nos hará muy bien.

Raoul creyó que iba a proponerle una excursión por el campo, lejos de aquel monumento que detestaba como si fuera una cárcel y a cuyo carcelero sentía pasearse a través de las paredes, el carcelero Erik. Pero ella lo condujo al escenario y le hizo sentarse sobre el brocal de madera de una fuente, en la paz y el frescor simulado de un primer decorado montado para el siguiente espectáculo. Otro día paseó con él cogiéndolo de la mano por los caminos abandonados de un jardín cuyas plantas trepadoras habían cortado las manos hábiles de un decorador, como si los verdaderos cielos, las verdaderas flores, la verdadera tierra le estuvieran prohibidos para siempre y estuviera condenada a no respirar otra atmósfera que la del teatro. El joven dudaba en formularle la menor pregunta porque, al saber que ella no podía contestarle, temía hacerla sufrir inútilmente. De vez en cuando pasaba un bombero, que vigilaba desde lejos su melancólico idilio. A veces, ella intentaba engañarse y engañarlo a él sobre la belleza ficticia de aquel cuadro inventado por la fantasía de los hombres. Su imaginación, siempre vivaz, le señalaba colores a cada cual más deslumbrante, hasta el punto de que la naturaleza, decía, no podía imitarlos. Se exaltaba mientras Raoul apretaba su mano febril. Ella decía:

—¡Mire, Raoul, esas murallas, esos bosques, esas glorietas, esas imágenes de tela pintada... Todo esto ha sido testigo de los amores más sublimes, pues aquí han sido creados por los poetas, que superan en cien codos a los hombres vulgares! ¡Dígame que nuestro amor está bien aquí, Raoul, porque también él ha sido creado, y él tampoco es más que una ilusión!

Él, desconsolado, no contestaba.

—¡Nuestro amor es demasiado triste en la tierra, vayamos al cielo! ¡Ya ve qué fácil es aquí!

Entonces lo arrastraba por encima de las nubes, a través del magnífico desorden del telar, y se divertía provocándole vértigo al correr delante de él sobre los frágiles puentes metálicos, entre los miles de cuerdas que se unían a las poleas, a los tornos, a los cilindros, en medio de una verdadera selva aérea de vergas y mástiles. Cuando él vacilaba, ella le decía con un mohín adorable:

—¿Usted, un marino?

Después volvían a bajar a tierra firme, es decir, a un corredor real que los conducía hasta risas, bailes y voces jóvenes amonestadas por una voz severa: «Despacio, señoritas... ¡Vigilen las puntas!». Era la clase de baile de las niñas de seis a nueve o diez años, con su corsé escotado, el tutú ligero, el pantaloncito blanco y las medias de color rosa, que trabajaban y trabajaban aplicadamente con sus piececillos doloridos con la esperanza de convertirse en alumnas de las cuadrillas, corifeos, meritorias, primeras bailarinas envueltas en relucientes diamantes... Mientras tanto, Christine repartía caramelos entre ellas.

Otro día lo hacía entrar en una amplia sala de su palacio abarrotada de oropeles, de despojos de caballeros, de lanzas, escudos y penachos, y pasaba revista a los fantasmas de los guerreros inmóviles cubiertos de polvo. Los arengaba con palabras de consuelo y les prometía que volverían a ver las tardes resplandecientes de luz y los desfiles con música ante las tribunas que los aclamarían.

Así lo fue paseando por todo su imperio, ficticio pero inmenso, ya que se extendía a lo largo y ancho de diecisiete pisos, desde la planta baja hasta el tejado, y estaba habitado por un ejército de extraños personajes. Pasaba entre ellos como una reina popular animando a los que trabajaban; se sentaba en los talleres dando sus consejos a las modistas cuyas manos vacilaban al cortar las ricas telas que vestirían a los héroes. Los habitantes de ese país desempeñaban todos los oficios. Había zapateros y orfebres, y todos habían aprendido a quererla porque Christine se interesaba por las preocupaciones y las pequeñas manías de cada uno. Sabía de rincones desconocidos en los que viejos matrimonios habitaban en secreto.

Llamaba a sus puertas y les presentaba a Raoul como un príncipe encantador que había pedido su mano y, sentados los dos en algún baúl carcomido, escuchaban las viejas leyendas de la Ópera como antaño, en la infancia, habían escuchado los viejos cuentos bretones. Aquellos ancianos no se acordaban más que de la Ópera. Vivían allí desde hacía muchos años. Las administraciones desaparecidas los habían olvidado; las revoluciones de palacio los habían ignorado. Fuera de allí había ido pasando la historia de Francia sin que ellos se enteraran, y nadie se acordaba de ellos.

Así transcurrían aquellos preciosos días y Raoul y Christine, con el excesivo interés que simulaban por las cosas exteriores, se esforzaban torpemente en ocultarse el único pensamiento de su corazón. Ella, que hasta entonces se había mostrado la más fuerte, repentinamente pasó a un estado de extremo nerviosismo que no podía expresar. En sus expediciones se ponía a correr sin razón, o bien se detenía bruscamente y su mano, convertida en un pedazo de hielo, apretaba la del joven. A veces sus ojos parecían perseguir sombras imaginarias. Gritaba: «¡Por aquí!» y después: «¡Por allí!», riendo con una risa temblorosa que terminaba en lágrimas. Entonces Raoul quería hablar, hacerle preguntas a pesar de sus promesas y sus pactos. Pero, antes de que pudiera formular una pregunta, ella contestaba ardorosamente:

—¡Nada! Le aseguro que no me pasa nada.

Una vez que pasaban ante una trampilla entreabierta en el escenario, Raoul se inclinó sobre el oscuro hueco y dijo:

—Christine, me ha enseñado la parte alta de su imperio, pero he oído extrañas historias acerca de los sótanos... ¿Quiere que bajemos?

Al oír esto, ella lo tomó en sus brazos como si temiera verlo desaparecer por el agujero negro y le dijo temblando en voz muy baja:

—¡Jamás, jamás! Le prohíbo bajar ahí. Además, esa parte del reino no me pertenece... ¡Todo lo que está bajo tierra le pertenece a él!

Raoul clavó sus ojos en los de ella y le dijo con un tono duro:

—¿Entonces él vive ahí abajo?

—¡No he dicho eso! ¿Quién le ha dicho eso? ¡Vamos, venga! A veces, Raoul, me pregunto si usted no está loco... ¡Usted siempre oye cosas imposibles! ¡Venga, venga!

Y literalmente lo arrastró, ya que él se obstinaba en quedarse cerca de la trampilla y de aquel agujero que lo atraía.

La trampilla se cerró de golpe, tan de repente que ni siquiera vieron la mano que la movía, y los dejó completamente aturdidos.

—¿Quizá era él quien estaba allí? —terminó por decir Raoul.

Ella se encogió de hombros pero no parecía nada tranquila.

—¡No, no! Son los «cerradores de trampillas». Algo tienen que hacer los «cerradores de trampillas»... Abren y cierran las trampillas sin razón alguna... Es como «los cerradores de puertas». De alguna manera tienen que «pasar el tiempo».

—¿Y si fuera él, Christine?

—¡Imposible! ¡No, se ha encerrado! Está trabajando.

—¡Vaya! ¿Realmente trabaja?

—Sí. No puede abrir y cerrar las trampillas y trabajar al mismo tiempo. Podemos estar tranquilos.

Al decir esto se estremeció.

—¿En qué trabaja?

—¡Oh, en algo terrible! Por eso podernos estar tranquilos. Cuando él trabaja en lo suyo no ve nada; no come ni bebe ni respira... durante días y noches. ¡Es un muerto viviente! ¡No tiene tiempo para entretenerse con las trampillas!

Volvió a estremecerse, se inclinó hacía la trampilla. Raoul la dejaba hacer y decir. Se calló. Temía que el sonido de su voz la hiciera reflexionar y detener el curso, tan frágil aún, de sus confidencias.

Christine no lo había soltado; todavía estaba encogida entre sus brazos y suspiró:

—¡Si fuera él!

Tímidamente, Raoul preguntó:

—¿Le tiene miedo?

Ella suspiró:

—¡No, claro que no!

El joven adoptó involuntariamente una actitud de compasión, como se suele adoptar con un ser impresionable que aún es presa de un sueño reciente. Parecía querer decir: «No se preocupe, aquí estoy yo». Pero su gesto fue, sin pretenderlo, amenazador. Entonces Christine lo miró con extrañeza, como se mira a un fenómeno de valor y virtud, y pareció valorar en su justa medida tanta audacia inútil. Abrazó al pobre Raoul como para recompensarlo con un arrebato de ternura por mostrar su deseo de defenderla contra los peligros siempre posibles que encierra la vida.

Raoul comprendió y se puso rojo de vergüenza. Se sentía tan débil como ella. Se decía: «Finge no tener miedo, pero nos aleja de la trampilla temblando». Estaba en lo cierto. El día siguiente y los demás días los dedicaron a recorrer todo, casi hasta los tejados, lo más lejos posible de las trampillas. La agitación de Christine no hacía sino aumentar a medida que iban pasando las horas. Por fin, una tarde llegó con mucho retraso, desesperada, con el rostro pálido y los ojos enrojecidos. Raoul se decidió a recurrir a los grandes remedios; por ejemplo, le aseguró de buenas a primeras «que sólo partiría al polo norte si ella le revelaba el secreto de la voz de hombre».

—¡Cállese! ¡En nombre del Cielo, cállese! ¡Si él le oyese, pobre de usted, Raoul!

Y los ojos perdidos e inquietos de la joven miraban consistentemente a su alrededor.

—¡Christine, yo la arrancaré de su poder, lo juro! Ya no pensará jamás en él. Es absolutamente necesario.

—¿Cree que es posible?

La duda que ella se permitió expresar significó para él un estímulo, al tiempo que lo arrastraba hasta el último piso del teatro, a lo más «alto», allí donde se está lejos, muy lejos de las trampillas.

—La esconderé en algún rincón desconocido del mundo adonde él no vaya a buscarla. Estará a salvo. Entonces me marcharé, ya que ha jurado que no se casará jamás.

Christine se arrojó sobre las manos de Raoul y las estrechó con un arrebato poco frecuente en ella. Pero, de nuevo inquieta, volvió la cabeza a todas partes.

—¡Más arriba! —dijo tan sólo—. ¡Aún más arriba! —y lo arrastró hasta la cima.

Le costaba seguirla. Pronto se encontraron debajo del tejado, en un laberinto de vigas. Se deslizaron a través de los arbotantes, las vigas, los pilares de apoyo, los tabiques, los entrantes y las rampas; corrían de viga en viga como en un bosque habrían corrido de árbol en árbol, árboles de troncos colosales...

A pesar del cuidado que ella ponía en mirar cada rincón, no vio una sombra que se detenía al mismo tiempo que ella, que volvía a avanzar cuando ella avanzaba y que no hacía más ruido que el que debe hacer una sombra. Raoul no se dio cuenta de nada puesto que, al tener a Christine delante, no le interesaba nada de lo que pudiera ocurrir detrás.

# CAPÍTULO XIII

## LA LIRA DE APOLO

Al final llegaron a los tejados. Christine se deslizaba por ellos tan ligera como una golondrina. Su mirada recorrió el espacio desierto entre las tres cúpulas y el frontón triangular. Respiró profundamente por encima de París, que parecía un valle entregado al trabajo. Miró a Raoul con confianza. Se le acercó y caminaron el uno al lado del otro, allá en lo alto, por las calles de zinc, por las avenidas de fundición. Contemplaron su sombra gemela en los amplios estanques llenos de agua inmóvil, en los que en verano los más pequeños de la escuela de danza, unos veinte críos, se zambullían y aprendían a nadar. La sombra que los seguía, siempre al ritmo de sus pasos, había surgido extendiéndose por los tejados, alargándose con movimientos de águila negra por las encrucijadas de las callejuelas de hierro, girando alrededor de los pilares, rodeando las cúpulas en silencio. Los desventurados jóvenes no sospechaban en lo más mínimo su presencia cuando se sentaron por fin, confiados, bajo la alta protección de Apolo que, con gesto de bronce, alzaba su lira prodigiosa en el corazón de un cielo en llamas.

Les rodeaba una esplendorosa tarde de primavera. Algunas nubes, que acababan de recibir de poniente una suave tonalidad oro y púrpura, pasaban arrastrándose lentamente sobre los jóvenes. Christine le dijo a Raoul:

—Pronto iremos más lejos y más deprisa que las nubes, hasta el confín del mundo, y después me abandonará, Raoul. Pero si llegado para usted el momento de raptarme yo me negara a seguirlo, entonces, Raoul, usted deberá raptarme.

Pronunció estas palabras con una fuerza que parecía dirigida contra ella misma mientras se apretaba nerviosamente contra él. El joven quedó sorprendido.

—¿Teme, pues, cambiar de opinión, Christine?

—¡No sé! —dijo moviendo extrañamente la cabeza—. ¡Es un demonio!

Se estremeció y se acurrucó entre los brazos de Raoul con un gemido.

—¡Ahora me da miedo volver a vivir con él bajo tierra!

—¿Y quién la obliga a volver, Christine?

—¡Si no vuelvo a su lado pueden suceder grandes desgracias! ¡Pero ya no puedo más! ¡No puedo más! Ya sé que hay que compadecer a las personas que viven «bajo tierra». ¡Pero esto es demasiado horrible! Sin embargo, se acerca el momento. Ya no me queda más que un día. Si no voy, él vendrá a buscarme con su voz. Me arrastrará con él a su casa, bajo tierra, y se arrodillará ante mí con su calavera. ¡Me dirá que me ama! ¡Y llorará! ¡Oh, Raoul, si viera sus lágrimas en los dos huecos oscuros de su calavera! ¡No puedo volver a ver esas lágrimas!

Se retorció frenéticamente las manos mientras Raoul, presa también de aquel horror contagioso, la apretaba contra su pecho.

—¡No, no! ¡No volverá a oírle decir que la ama! ¡No volverá a ver sus lágrimas! ¡Huyamos! ¡Ahora mismo, Christine! ¡Huyamos! —exclamó, y quería llevársela ya.

Pero ella le detuvo.

—¡No, no! —dijo agachando penosamente la cabeza—. ¡Ahora no! Sería demasiado cruel. Deje que me oiga cantar una vez más, mañana por la noche... y después nos iremos. A medianoche irá usted a buscarme a mi camerino, a las doce en punto. En ese momento él me estará esperando en el comedor del lago... ¡pero nosotros seremos libres y usted me llevará consigo! Aunque me niegue... Debe jurármelo, Raoul... Sé perfectamente que esta vez, si vuelvo, tal vez no regrese jamás... —y añadió—: ¡Usted no lo puede comprender!

Lanzó un suspiro al que pareció contestar otro suspiro detrás de ella.

—¿No ha oído?

Le castañeteaban los dientes.

—No —aseguró Raoul—, no he oído nada.

—Es horroroso —afirmó ella— estar temblando así constantemente... Pero aquí no corremos ningún peligro. Estamos en nuestra casa, en mi casa, en el cielo, al aire libre, en pleno día. El sol está ardiendo ¡y a los pájaros nocturnos no les gusta contemplar el sol! Jamás lo he visto a la luz del día... ¡Debe de ser horrible! —balbuceó mirando a Raoul con la mirada perdida—. ¡Ah, la primera vez que le vi creí que él iba a morirse!

—¿Por qué? —preguntó Raoul realmente asustado del tono que tomaba aquella extraña y formidable confidencia—. ¿Por qué creyó que iba a morir?

—¡¡¡PORQUE YO LO HABÍA VISTO!!!

Esta vez Raoul y Christine se volvieron a un tiempo.

—Por aquí hay alguien que sufre... —dijo Raoul— tal vez un herido... ¿No ha oído?

—No podría decirlo —declaró Christine—, incluso cuando no está, mis oídos están llenos de sus suspiros. Pero si usted lo ha oído...

Se levantaron y miraron alrededor. Se encontraban absolutamente solos en el inmenso tejado de plomo. Volvieron a sentarse. Raoul preguntó:

—¿Cómo lo vio por primera vez?

—Hacía tres meses que lo oía sin verlo. La primera vez, al igual que usted, creí que aquella voz adorable que de repente se había puesto a cantar a mi lado cantaba en el camerino contiguo. Salí y la busqué por todas partes. Pero mi camerino está muy aislado, como ya sabe, y me fue imposible encontrar la voz fuera de él, aunque en realidad seguía allí, en mi camerino. Además, no se limitaba a cantar, sino que me hablaba, contestaba a mis preguntas como una verdadera voz de hombre, con la diferencia de que era tan bella como la voz de un ángel. ¿Cómo explicar un fenómeno tan increíble? Yo nunca había dejado de pensar en el «Ángel de la música» que mi pobre padre había prometido enviarme apenas muriese. Me atreví a hablarle de esa chiquillada, Raoul, porque usted conoció a mi padre, porque él le quiso y porque cuando éramos niños usted creyó, igual que yo, en el «Ángel de la música». Por eso estoy segura de que no sonreirá ni se burlará. Yo conservaba el alma tierna y crédula de la pequeña Lotte y no fue precisamente la compañía de la señora Valérius la que me la hizo perder. Llevé aquella alma inmaculada en mis manos ingenuas e ingenuamente la tendí, la ofrecí a la voz de hombre, creyendo que la ofrecía al ángel. En cierto modo la culpa fue también de mi madre adoptiva, a la que no ocultaba yo nada del inexplicable fenómeno. Se apresuró a decirme: «Debe de ser el Ángel. En todo caso, siempre se lo puedes preguntar». Lo hice, y la voz de hombre me contestó que era en efecto la voz de ángel que esperaba y que mi padre me había prometido al morir. A partir de ese momento se estableció una gran intimidad entre la voz y yo, y tuve confianza absoluta en ella. Me dijo que había bajado a la tierra para hacerme experimentar la felicidad suprema del arte eterno, y me pidió permiso para darme clases de música todos los días. Acepté con gran ardor y no faltaba a ninguna de las citas que me daba, a primera hora, en mi camerino, cuando ese rincón de la Ópera está totalmente desierto. ¿Cómo explicarle aquellas clases? Ni usted mismo, aunque haya oído la voz, puede hacerse una idea.

—Lo cierto es que no puedo hacerme una idea —afirmó el joven—. ¿Con qué se acompañaba?

—Con una música que ignoro, que venía de detrás de la pared y era de una precisión incomparable. Además, era como si la voz supiera con exactitud en qué punto de mis clases me había dejado mi padre al morir, y también el sencillo método que había usado. Y así, recordando, o mejor dicho, al acordarse mi voz de todas las lecciones anteriores y beneficiándome de repente de las que recibía, evolucioné prodigiosamente, ¡y en otras condiciones habría tardado años! Piense que mi salud es bastante delicada y que mi voz tenía en un principio poco carácter. Naturalmente, las cuerdas bajas estaban poco desarrolladas, los tonos agudos eran demasiado duros y los medios confusos. Mi padre había combatido aquellos defectos y los había vencido en algún momento. Pero la voz derrotó a esos defectos definitivamente. Poco a poco, yo iba aumentando el volumen de los sonidos en proporciones que mi debilidad pasada no me habría permitido esperar: aprendí a dar el máximo alcance posible de a mi respiración. La voz me confió el secreto de desarrollar los sonidos de pecho en una voz de soprano. Ante todo, recubrió esto con el fuego sagrado de la inspiración, despertó en mí una vida ardiente, devoradora, sublime. La voz, al hacerse oír, tenía la virtud de elevarme hasta ella. Me ponía a la altura de su vuelo maravilloso. ¡Su alma habitaba en mi boca y la llenaba de armonía! En pocas semanas ya no me reconocía al cantar. Estaba incluso asustada... Por un momento temí que en todo ello hubiera una especie de sortilegio. Pero la señora Valérius me tranquilizó. Me consideraba una joven demasiado simple como para interesar al demonio. Mi mejora era un secreto que tan sólo sabíamos la voz, la señora Valérius y yo, ya que la voz misma así lo había ordenado. Cosa curiosa, fuera del camerino cantaba con mi voz de siempre y nadie se percataba. Yo hacía todo lo que quería la voz; ella me decía: «Hay que esperar. ¡Ya lo verás! ¡Sorprenderemos a todo París!». Y yo esperaba. Vivía una especie de éxtasis que la voz controlaba. En esas circunstancias, Raoul, lo vi a usted una noche en la sala. Mi alegría fue tan grande que ni siquiera pensé en ocultarla al entrar en mi camerino. Para desgracia nuestra, la voz se encontraba ya allí y pudo ver, por mi actitud, que sucedía algo nuevo. Me preguntó qué me pasaba, y no tuve reparos en contarle nuestra historia ni le disimulé el lugar que usted ocupa en mi corazón. Entonces la voz calló. La llamé pero no me contestó; supliqué, pero fue en vano. ¡Tuve un miedo horrible a que se hubiera marchado para siempre! ¡Ojalá lo hubiera hecho así, amigo mío! Aquella noche volví a casa en un estado de absoluta desesperación. Me abracé a la señora Valérius diciéndole: «¿Sabes? la voz se ha ido. ¡Tal vez no vuelva nunca más!». Y ella se asustó tanto como yo y me pidió explicaciones. Se lo conté todo. Ella me dijo: «¡Por Dios, la voz está celosa!». Esto me hizo pensar que yo estaba enamorada de usted.

Christine se detuvo por un momento. Apoyó la cabeza en el pecho de Raoul y ambos permanecieron en silencio, abrazados el uno al otro. Era tal su emoción que no vieron, o mejor dicho, no sintieron desplazarse, a algunos pasos de ellos, a la sombra reptante con dos grandes alas negras que se les acercaba, pegada a los tejados, tan cerca, tan cerca que habría podido ahogarlos con sólo doblegarse sobre ellos.

—Al día siguiente —continuó Christine con un profundo suspiro— volví a mi camerino muy pensativa. La voz estaba allí. ¡Oh, amigo mío! Me habló con una gran tristeza. Me declaró categóricamente que si yo debía otorgar mi corazón en la tierra, ella no podía hacer otra cosa que subir al cielo. Y me dijo esto con tal acento de dolor humano que habría tenido que desconfiar a partir de aquel día y empezar a comprender que había sido víctima del desequilibrio de mis sentidos. Pero mi fe en aquella aparición de la voz, a la que tan íntimamente se mezclaba el recuerdo de mi padre, seguía siendo absoluta. A nada temía yo más que a no volver a oírla. Por otra parte, había reflexionado sobre los sentimientos que albergaba por usted; había sopesado todo el riesgo inútil; ignoraba incluso si se acordaba de mí. Pero, pasara lo que pasara, su posición en la sociedad me prohibía para siempre pensar en un enlace feliz. Juré a la voz que usted no era para mí más que un hermano y que nunca sería otra cosa, y que mi corazón estaba exento de todo amor terreno... Ésta es la razón, amigo mío, por la que apartaba los ojos en el escenario o en los pasillos cuando usted intentaba llamar mi atención, ¡la razón por la cual no le reconocía... por la cual no le veía! En aquel entonces, las horas de clase que me impartía la voz transcurrían en un delirio divino. Jamás la belleza de los sonidos me había poseído hasta aquel punto, y un día la voz me dijo: «¡Bueno, ahora, Christine Daaé, ya puedes aportar a los hombres un poco de la música del cielo!». ¿Por qué aquella noche, que era la velada de gala, la Carlotta no vino al teatro? ¿Por qué me llamaron para reemplazarla? No lo sé. Pero canté... canté con un ardor desconocido. Me sentía ligera como si tuviera alas. ¡Por un momento creí que mi alma encendida había abandonado mi cuerpo!

—¡Oh, Christine! —dijo Raoul, cuyos ojos se humedecieron al recordar aquel episodio—, esa noche mi corazón vibró a cada acento de su voz. Vi correr las lágrimas por sus pálidas mejillas y lloré con usted. ¿Cómo podía cantar mientras lloraba?

—Me abandonaron las fuerzas —dijo Christine—. Cerré los ojos y cuando los abrí, ¡usted se encontraba a mi lado! ¡Pero la voz también estaba, Raoul! Tuve miedo por usted y tampoco quise reconocerlo esa vez, no quise reconocerlo en absoluto y me eché a reír cuando me recordó que había recogido mi chal en el mar. Pero, ¡ay!, por desgracia no pude engañar a la voz! Ella le había reconocido perfectamente... ¡y la voz estaba celosa! Los dos días que siguieron protagonizó escenas atroces. Me decía: «¡Tú lo amas! ¡Si no lo amases, no lo rechazarías! Es un antiguo amigo al que puedes estrechar la mano como a todos los demás. ¡Si no lo amases, no temerías encontrarte a solas con él y conmigo en el camerino! ¡Si no lo amases, no lo echarías!». «¡Basta! —le grité irritada a la voz—. Mañana debo ir a Perros, a la tumba de mi padre. Rogaré al señor de Chagny que me acompañe.» «Como quieras —respondió—, pero debes saber que también yo iré a Perros, ya que siempre estoy donde tú estés, Christine, y si sigues siendo digna de mí, si no me has mentido, te interpretaré, cuando suenen las doce, en la tumba de tu padre, la *Resurrección de Lázaro* con el violín del difunto.» Por eso me vi obligada a escribirle la carta que le condujo a Perros. ¿Cómo pude dejarme engañar hasta ese extremo? ¿Cómo es posible que, ante las preocupaciones tan terrenales de la voz, no haya sospechado alguna impostura? ¡Pero, por desgracia, ya no era dueña de mí misma! ¡Yo era algo suyo! Y los recursos que poseía la voz eran suficientes para engañar a una niña como yo.

—¡Vaya! —exclamó Raoul en este punto del relato de Christine donde ésta parecía deplorar con lágrimas la excesiva inocencia de un espíritu poco «avispado»—. ¡Pero usted supo la verdad! ¿Cómo no escapó inmediatamente de aquella horrible pesadilla?

—¿Saber la verdad, Raoul? ¿Escapar de aquella pesadilla? ¡Pero si, por desgracia, sólo entré en aquella pesadilla precisamente el día en que supe la verdad! ¡Calle, calle! No le he dicho nada... Y ahora que vamos a bajar del cielo a la tierra, compadézcame, Raoul, ¡compadézcame! Fue una noche fatal aquélla en la que ocurrieron tantas desgracias... la noche en la que la Carlotta creyó que se trasformaba en escena en un asqueroso gallo y en la que se puso a lanzar gritos como si hubiera pasado toda la vida en un corral... la noche en la que de repente la sala se vio sumergida en la oscuridad tras caerse de la lámpara que se desplomó sobre la platea... Aquella noche hubo muchos heridos y una muerta, y todo el teatro se llenó de los más tristes gemidos. Mi primer pensamiento en plena catástrofe, Raoul, fue al mismo tiempo para usted y para la voz, ya que por aquel entonces ambos ocupaban por igual mi corazón. Enseguida me tranquilicé con respecto a usted al verlo en el palco de su hermano y saber que no corría ningún peligro. En cuanto a la voz, me había anunciado que asistiría a la representación y temí por ella;

sí, realmente tuve miedo, como si se tratara de «alguien de carne y hueso, capaz de morir». Me decía a mí misma: «¡Dios mío, quizá la lámpara haya aplastado a la voz!». Me encontraba entonces en el escenario y, asustada, me disponía a correr a la sala para buscar a la voz entre los heridos, cuando se me ocurrió la idea de que si no le había pasado nada, debía estar ya en mi camerino deseosa de tranquilizarme. De un salto me planté en el camerino. La voz no estaba. Me encerré allí y le supliqué que, si aún estaba con vida, se me manifestara. No me contestó, pero de pronto oí un largo y admirable gemido que conocía perfectamente. Se trataba del lamento de Lázaro cuando, a la voz de Jesús, comienza a abrir los párpados y a ver de nuevo la luz del día. Eran los llantos del violín de mi padre. Reconocía la forma de tocar el arco de Daaé, el mismo, Raoul, que nos inmovilizaba en los caminos de Perros, el mismo que nos «encantó» la noche del cementerio. Después, por encima del instrumento invisible y triunfante, oí el grito de alegría de la vida y la voz, manifestándose al fin, se puso a cantar, dominante y soberana: «¡Ven y cree en mí! ¡Los que crean en mí resucitarán! ¡Camina! ¡Los que han creído en mí no podrán morir!». Me es difícil explicarle la impresión que sentí al oír aquella música que cantaba a la vida eterna en el momento en el que, a nuestro lado, unos pobres desgraciados, aplastados por aquella lámpara fatal, exhalaban el último suspiro… Me pareció que la voz me ordenaba que me levantara, que fuera hacia ella. Se alejaba. La seguí. «Ven y cree en mí.» Creía en ella, yo ya iba… iba y, cosa extraordinaria, mi camerino parecía alargarse ante mis pasos… alargarse… Evidentemente debía de tratarse de un efecto causado por los espejos, ya que el espejo estaba frente a mí… y, de repente, me encontré fuera de mi camerino sin saber cómo.

Aquí, Raoul interrumpió bruscamente a la joven.

—¿Cómo dice? ¿Sin saber cómo? ¡Christine, Christine! ¡Intente dejar de soñar!

—¡No soñaba, mi pobre amigo! ¡Me encontré fuera de mi camerino sin saber cómo! Usted, que me vio desaparecer aquella noche, quizá pueda explicarlo. ¡Pero yo no puedo! Sólo puedo decirle una cosa, y es que al estar frente a mi espejo de repente ya no lo vi y me di la vuelta para ver si lo tenía detrás… pero ya no había espejo ni camerino… Me encontraba en un corredor oscuro. ¡Tuve miedo y grité! Todo estaba oscuro a mi alrededor. A lo lejos, una tenue claridad rojiza alumbraba un ángulo de la pared, una esquina de la encrucijada. Grité. Sólo mi voz llenaba las paredes, ya que el canto y los violines habían enmudecido. De pronto, en medio de la oscuridad, una mano cogió la mía... o mejor dicho, algo huesudo y helado que me aprisionó la muñeca sin soltarla. Grité. Un brazo me agarró por la cintura y me levantó. Me debatí un instante horrorizada; mis dedos se deslizaron a lo largo de las piedras húmedas, a las que no pudieron aferrarse. Después ya no me moví más, pensé que iba a morir de terror. Me llevaban hacia la pequeña claridad rojiza; entramos en aquel resplandor y entonces vi que estaba en brazos de un hombre envuelto en una gran capa negra con una máscara que le ocultaba toda la cara... Intenté un esfuerzo supremo: mis miembros se tensaron, mi boca se abrió una vez más para gritar mi terror, pero una mano la cerró, una mano que sentí sobre mis labios, sobre mi carne, y que olía a muerte. Me desmayé. ¿Cuánto tiempo permanecí inconsciente? No sabría decirlo. Cuando volví a abrir los ojos, el hombre de negro y yo seguíamos sumidos en las tinieblas. Una linterna sorda colocada en el suelo alumbraba el chorro de una fuente. El agua, que salía de la pared, desaparecía casi de inmediato a través del suelo en el que yo me encontraba tendida; mi cabeza descansaba sobre las rodillas del hombre de la capa negra y la máscara y mi misterioso compañero me refrescaba las sienes con una suavidad, una atención y una delicadeza que me parecieron más difíciles de soportar que la brutalidad del rapto. Sus manos, pese a ser muy ligeras, no dejaban de oler a muerte. Las rechacé, pero sin fuerza. Pregunté en un suspiro: «¿Quién es usted? ¿Dónde está la voz?». Me respondió un suspiro. De pronto sentí en la cara un soplo de aire cálido y en medio de las tinieblas, al lado de la forma negra del hombre, distinguí vagamente una forma blanca. La forma negra me alzó y me depositó sobre la forma blanca. Inmediatamente un alegre relincho llegó hasta mis oídos estupefactos, y murmuré: «¡César!». El animal se agitó. Amigo mío, me encontraba medio recostada en una silla de montar y había reconocido el caballo blanco de *El profeta*, al que muy a menudo había acariciado dándole golosinas. Pero un día corrieron rumores por el teatro de que el animal había desaparecido y de que lo había robado el fantasma de la Ópera. En cuanto a mí, yo creía en la voz y no había visto nunca al fantasma, pero de pronto me pregunté, estremeciéndome, si no sería la prisionera del fantasma. En el fondo del corazón llamaba a la voz en mi ayuda, ya que jamás hubiera imaginado que la voz y el fantasma fueran uno. ¿Ha oído usted hablar del fantasma de la Ópera, Raoul?

—Sí —respondió el joven—, pero dígame, Christine, ¿qué ocurrió cuando se encontró a lomos del caballo blanco de *El profeta*?

—No hice el menor movimiento y me dejé llevar. Poco a poco, un estado de laxitud sustituyó a la angustia y al terror en los que me había sumergido la extraña aventura. La silueta negra me sostenía y yo no hacía nada para desprenderme de ella. Me invadía una paz extraordinaria y creí que me encontraba bajo la benigna influencia de algún elixir. Me sentía en plenitud de mis fuerzas. Mis ojos se iban acostumbrando ya a las tinieblas que, por otra parte, se aclaraban en algunos lugares gracias a breves fulgores. Deduje que entonces nos encontrábamos en una galería circular estrecha y pensé en aquella galería que rodea la Ópera bajo tierra, que es inmensa. Una vez, amigo mío, tan sólo una vez había bajado a los subterráneos de la Ópera, que son prodigiosos, pero me detuve en el tercer sótano sin osar adentrarme más bajo tierra. Sin embargo, ante mis pies se abrían dos pisos más en los que se habría podido asentar una ciudad. Pero las sombras que habían aparecido ante mí me hicieron huir. Hay allí demonios completamente negros ante calderas que agitan con palas y tenedores, animan los braseros, encienden llamas, si te acercas te amenazan abriendo de repente sobre ti la boca roja de los hornos... Pero, mientras César me llevaba tranquilamente sobre su lomo en medio de aquella noche de pesadilla, vi de repente, muy lejos y muy pequeños, como si estuvieran en el extremo de un anteojo puesto al revés, a los demonios negros ante los rojos braseros de sus calderas... Aparecían, desaparecían, volvían a aparecer siguiendo nuestra extraña marcha. Por último, desaparecieron definitivamente. La forma de hombre seguía sosteniéndome y César avanzaba sin guía y con paso firme. No podría decirle, ni siquiera de forma aproximada, cuánto duró aquel viaje a través de la noche. Sólo sentía que girábamos y girábamos, que bajábamos siguiendo una inflexible espiral hacia el corazón mismo de los abismos de la tierra. Pero ¿no sería mi cabeza la que giraba? De todas formas, no lo creo. No, me hallaba en un increíble estado de lucidez. César olisqueó un momento, notó la atmósfera y aceleró el paso. Sentí un aire húmedo y después César se detuvo. La noche se había aclarado y nos rodeaba un resplandor azulado. Miré dónde nos encontrábamos: estábamos al borde de un lago cuyas aguas plomizas se perdían a lo lejos, en la oscuridad... pero la luz azul iluminaba aquella orilla y vi una barquilla atada a una argolla de hierro, en el muelle. Yo sabía que todo aquello existía, y la visión de aquel lago y de aquella barca bajo tierra no tenía nada de sobrenatural. Pero piense en qué condiciones llegué a aquella ribera. Las almas de los muertos no debían sentir menos inquietud al abordar el río Estigia. Desde luego Caronte no podía ser más lúgubre ni más mudo que la forma de hombre que me transportó a la barca. ¿Acaso el elixir había dejado de hacer efecto? ¿Acaso la frescura de aquellos parajes bastaba para hacerme volver en mí misma? Pero mi sopor desaparecía e hice algunos movimientos que denotaban que resurgía el terror. Mi siniestro compañero debió de darse cuenta ya que con un gesto rápido despidió a César, que huyó por las tinieblas de la galería y oí el galope de sus cascos en los peldaños de una escalera; después el hombre saltó a la barca y liberó su atadura de hierro; se puso a los remos y bogó con firmeza y rapidez. Bajo la máscara, sus ojos no me perdían de vista; sentía clavado en mí el peso de sus pupilas inmóviles. A nuestro alrededor el agua no hacía el menor ruido. Nos deslizábamos en medio de aquel resplandor azulado del que ya le he hablado; más adelante volvimos a sumergirnos en la noche más completa y por fin atracamos. La barca chocó contra un cuerpo duro y de nuevo él volvió a llevarme en brazos. Pero yo había recobrado fuerzas para gritar, y grité. Pero me callé de súbito, deslumbrada por la luz. Sí, una luz brillante, en el centro de la cual me había situado, y me levanté de un salto. Me sentía en la plenitud de mis fuerzas. En medio de un salón que me pareció ordenado, amueblado y adornado de flores, a la vez preciosas y estúpidas a causa de las cintas de seda que las ataban a las canastas, igual que las que venden en las tiendas de los bulevares, tan civilizadas como las que estaba acostumbrada a

encontrar en mi camerino después de cada estreno; y en medio de aquel perfume tan parisino, la silueta negra del hombre de la máscara estaba de pie con los brazos cruzados... y habló: «Tranquilízate, Christine —dijo—, no corres el menor de los peligros». ¡Era la voz! Mi furia igualó a mi sorpresa. Me precipité sobre aquella máscara y quise arrancarla para conocer el rostro de la voz. La forma de hombre me dijo: «No correrás ningún peligro si no tocas la máscara». Y, aprisionándome suavemente las muñecas, me hizo sentar. ¡Luego se arrodilló ante mí y no dijo nada más! La humildad de este gesto me hizo recobrar algo de valor. La luz, al precisar todas las cosas que había a mi alrededor, me devolvió a la realidad de la vida. Por muy extraordinaria que pareciera, la aventura estaba ahora rodeada de objetos mortales que yo podía ver y tocar. Los tapices de las paredes, los muebles, las antorchas, los jarrones e incluso las flores, cuyo origen y precio habría podido mencionar a juzgar por sus canastillas doradas, encerraban fatalmente mi imaginación en los límites de un salón tan trivial como otro cualquiera que, por lo menos, tuviera la excusa de no estar situado en los sótanos de la Ópera. Sin duda tenía que vérmelas con algún ser atrozmente original que habitaba misteriosamente en los sótanos por necesidad, igual que otros, y que con el mudo consentimiento de la administración había encontrado un abrigo definitivo en los confines de aquella Torre de Babel moderna en la que se intrigaba, se cantaba en todas las lenguas y se amaba en todas las jergas. Entonces la voz, la voz que yo había reconocido a pesar de su máscara, que no había podido ocultármela, era lo que estaba arrodillado ante mí: ¡un hombre! No pensé en la horrible situación en la que me encontraba, ni siquiera me preguntaba qué iba a ocurrirme y cuál era el designio oscuro y fríamente tiránico que me había conducido hasta aquel salón de la misma manera que se encierra a un prisionero en una mazmorra o a una esclava en un harén. «¡No, no, no! —me decía—, ¡la voz es esto: un hombre!» Y me eché a llorar. El hombre, que seguía arrodillado ante mí, comprendió sin duda el motivo de mis lágrimas porque dijo: «¡Es cierto, Christine! No soy ni ángel ni genio ni fantasma... ¡Soy Erik!»

En este punto volvió a interrumpirse el relato de Christine. A los dos jóvenes les pareció que el eco había repetido detrás de ellos: «¡Erik!». ¿Qué eco? Se dieron la vuelta y sólo vieron que había llegado la noche. Raoul hizo ademán de levantarse, pero Christine lo retuvo a su lado:

—¡Quédese! ¡Ahora tiene que saberlo todo aquí!

—¿Por qué aquí, Christine? Temo por usted con el fresco de la noche.

—No debemos temer más que a las trampillas, amigo mío, y aquí nos encontramos en el confín del mundo de las trampillas... Además, no puedo verlo a usted fuera del teatro. Éste no es momento de contrariarlo. No despertemos sus sospechas...

—¡Christine, Christine! Algo me dice que hacemos mal en esperar hasta mañana por la noche y que deberíamos huir ahora mismo.

—Le digo que, si no me oye cantar mañana por la noche, tendrá un gran disgusto.

—Es muy difícil no hacer sufrir a Erik y a la vez huir para siempre...

—En esto tiene razón, Raoul, ya que lo más probable es que él se muera si me voy —y la joven añadió con voz sorda—: pero eso no impide que debamos irnos, ya que, de lo contrario, nos arriesgamos a que él nos mate.

—¿La ama entonces?

—¡Hasta el crimen!

—Pero su escondrijo no puede ser imposible de encontrar. Podemos ir a buscarlo allí. Si Erik no es un fantasma, se le puede hablar e incluso obligar a que responda.

Christine negó con la cabeza.

—¡No, no! No puede intentarse nada contra Erik. Lo único posible es huir.

—¿Y cómo es que, teniendo la oportunidad de huir, volvió usted a él?

—Porque era necesario. Usted lo entenderá cuando le explique cómo pude salir de su casa...

—¡Oh, cuánto lo odio! —exclamó Raoul—. Y usted, Christine, dígame... debe decirme algo para que yo pueda escuchar con calma el resto de esta extraordinaria historia de amor... ¿Y usted, le odia?

—¡No! —dijo tan sólo Christine.

—Entonces, ¿para qué hablar? ¡Usted lo ama! ¡Su miedo, sus terrores, todo eso no es más que amor, y del más apasionado! Es de los que no se confiesan —explicó Raoul con amargura—. De los que estremecen cuando se piensa en él. ¡Piense, un hombre que vive en un palacio bajo tierra!

Y soltó una carcajada.

—¿Usted qué quiere? ¿Que vuelva? —le interrumpió brutalmente la joven—. Tenga cuidado, Raoul, se lo he advertido: ¡ya no saldría jamás!

Entonces se hizo un espantoso silencio entre ellos tres... ellos dos que hablaban y la sombra que escuchaba detrás.

—Antes de responderle quisiera saber qué sentimientos le inspira él puesto que usted no lo odia.

—¡Horror! —le contestó ella, y pronunció estas palabras con tal fuerza que cubrieron los suspiros de la noche—. ¡Eso es lo terrible! —siguió diciendo febrilmente—. Le tengo horror y no lo detesto. ¿Cómo podría odiarlo, Raoul? Contemplé a Erik a mis pies, en la mansión del lago, bajo tierra. Él mismo se acusa, se maldice, ¡implora mi perdón! Reconoce su impostura. ¡Me ama! ¡Despliega ante mí un intenso y trágico amor! ¡Me ha raptado por amor! Me ha encerrado con él en la tierra por amor... pero me respeta, se arrastra, gime, llora... Y cuando me levanto, Raoul, cuando le digo que sólo puedo despreciarle si no me devuelve inmediatamente la libertad que me ha quitado, cosa extraña, me la ofrece... No tengo más que irme... Está dispuesto a enseñarme el misterioso camino... Lo que ocurre es que él también se ha levantado y me veo obligada a recordar que, si no es fantasma ni ángel ni genio, sigue siendo la voz, ¡ya que canta! ¡Y yo lo escucho... y me quedo! Aquella noche no intercambiamos ni una palabra más... ¡Tomó un arpa y se puso a cantarme, con voz de hombre, voz de ángel, la romanza de *Desdémona*! Me avergonzaba el recuerdo de que yo tenía que haberla cantado. Hay una virtud en la música que hace que no exista nada en el mundo exterior fuera de esos sonidos que invaden el corazón. Olvidé mi extravagante aventura. Sólo revivía la voz y la seguía embriagada en su armonioso viaje. Formaba parte del rebaño de Orfeo. Me paseó por el dolor y la alegría, el martirio y la desesperación, la dicha, la muerte y los himeneos triunfantes... Yo escuchaba... Aquella voz cantaba... Me cantó fragmentos desconocidos y me hizo escuchar una música nueva que me causó una extraña impresión de dulzura, languidez y reposo... Una música que, después de haber elevado mi alma, la apaciguó poco a poco y la condujo hasta el umbral del sueño. Me quedé dormida. Cuando desperté me encontraba sola en un sofá, en una pequeña habitación muy sencilla, amueblada con una vulgar cama de caoba y paredes cubiertas de *toile de Jouy,* iluminada por una lámpara que descansaba sobre el mármol de una vieja cómoda estilo Luis Felipe. ¿Qué era aquel nuevo decorado? Me pasé la mano por la frente como para rechazar un mal sueño... pero, ¡ay!, por desgracia no tardé mucho en darme cuenta de que no había soñado. ¡Estaba prisionera y no podía salir de mi habitación más que para entrar en un cuarto de aseo muy bien acondicionado! Agua caliente y agua fría a voluntad. Al volver a mi habitación, vi sobre la cómoda una nota escrita en tinta roja que exponía exactamente cuál era mi triste situación y que, si aún no lo había entendido, disipaba todas las dudas acerca de la realidad de los acontecimientos: «Mi querida Christine —decía la nota—, no tengas miedo respecto a tu destino. No tienes en el mundo un amigo más fiel y respetuoso que yo. Cuando leas esta nota, estarás sola en esta morada, que te pertenece. Salgo para dar una vuelta por las tiendas y traerte toda la ropa que puedes necesitar».«Decididamente —exclamé—, ¡he caído en manos de un loco! ¿Qué va a ser de mí? ¿Cuánto tiempo piensa este miserable mantenerme encerrada en su prisión subterránea?» Como una loca recorrí el pequeño apartamento, buscando siempre una salida que no encontré. Me acusé amargamente de mi estúpida superstición y sentí un placer enorme al burlarme de la perfecta inocencia con la que, a través de las paredes, había acogido a la voz del genio de la música... ¡Cuando una es tan tonta, se está a merced de las más inauditas catástrofes! ¡Me lo había merecido! Tenía ganas de golpearme y me puse a reír y a llorar a la vez. En este estado me encontró Erik. Después de dar tres golpecitos secos en la pared entró tranquilamente por una puerta oculta que yo no había descubierto y la dejó abierta. Venía cargado de cajas y paquetes que colocó inmediatamente encima de mi cama mientras yo lo insultaba y lo desafiaba a quitarse la máscara si es que su intención era la de ocultar un rostro de hombre honrado. «Nunca verás el rostro de Erik», me contestó con gran serenidad, y me reprochó no haberme aseado aún a aquellas horas. Se dignó a decirme que eran las dos de la tarde. Me concedía media hora de tiempo. Mientras hablaba ponía mi reloj en hora, tras lo cual me invitó a pasar al comedor donde anunció que nos esperaba un excelente desayuno. Yo tenía mucha hambre, le cerré la puerta en las narices y entré en el cuarto de aseo. Me bañé, después de dejar a mi lado un magnífico par de tijeras con las que estaba decidida a darme muerte si Erik, tras haberse comportado como un loco, dejaba de actuar como un hombre honrado. El baño me hizo un gran bien y cuando aparecí de nuevo ante Erik había tomado la sabia decisión de no insultarlo ni herirlo sino, por el contrario, halagarlo para obtener cuanto antes la libertad. Primero habló él de los proyectos que tenía para mí, precisándomelos para tranquilizarme. Le gustaba demasiado mi compañía para verse privado de ella de inmediato, como por un momento había consentido el día anterior. Ante mi expresión de horror, yo debía entender que no había motivo para asustarme por tenerlo a mi lado; me amaba, pero ya no volvería a decírmelo si yo no se lo autorizaba, y el resto del tiempo lo pasaríamos con la música. «¿Qué entiende usted por el resto del tiempo?», le pregunté. «Cinco días», me contestó con firmeza. «¿Y después seré libre?» «Serás libre, Christine, ya que, transcurridos esos cinco días, habrás aprendido a no temerme. Entonces volverás para ver, de vez en cuando, al pobre Erik» El tono con el que pronunció estas últimas palabras me conmovió profundamente. Me pareció reconocer una angustia tan real, tan digna de piedad, que alcé un rostro enternecido hacia la máscara. No podía verle los ojos, y eso no ayudaba a disminuir el desagradable sentimiento de malestar que notaba al interrogar a aquel misterioso trozo de tela negra. Pero por debajo de la tela, en la punta de la barbilla de la máscara, aparecieron una, dos, tres, cuatro lágrimas. Me señaló en silencio un asiento frente a él, al lado de un pequeño velador que ocupaba el centro de la estancia en la que el día anterior había tocado el arpa para mí, y me senté muy turbada. Sin embargo, comí con apetito algunos cangrejos y un ala de pollo regada con un poco de vino de Tokay que él mismo había traído, decía, de las bodegas de Königsberg, antaño frecuentadas por Falstaff. Él no comió ni bebió. Le pregunté cuál era su nacionalidad y si el nombre de Erik era de origen escandinavo. Me contestó que no tenía nombre ni patria y que había elegido el de Erik por casualidad. Le pregunté por qué, ya que me quería, no había encontrado un medio mejor de decírmelo que el de arrastrarme con él y encerrarme bajo tierra. «Es muy difícil hacerse amar en una tumba», le dije. «Uno tiene las "citas" que puede», respondió con un tono muy especial. Luego se levantó y me tendió la mano porque quería hacerme los honores de su vivienda, pero yo retiré con brusquedad mi mano lanzando un grito. Lo que acababa de tocar era a la vez húmedo y óseo, y recordé que sus manos olían a muerte. «¡Oh, perdón!», gimió, y abrió una puerta ante mí. «Ésta es mi habitación —dijo—. Es bastante extraña... ¿Quieres visitarla?» No titubeé. Sus modales, sus palabras, todo su aspecto me infundía confianza y, además, sentía que no debía tener miedo. Entré. Me dio la impresión de penetrar en una cámara mortuoria. Las paredes estaban totalmente tapizadas de negro, pero en lugar de las lágrimas blancas que de ordinario completan este fúnebre ornamento se veía, encima de una enorme partitura de música, las notas repetidas del *Dies irae*. En medio de la habitación había un dosel del que colgaban unas cortinas de paño rojo y, bajo el dosel, un ataúd abierto. Al verlo retrocedí. «Ahí es donde duermo —dijo Erik—. En la vida hay que acostumbrarse a todo, incluso a la eternidad.» Volví la cabeza, impresionada por aquel siniestro espectáculo. Mis ojos se posaron entonces en el teclado de un órgano que ocupaba toda una pared. Encima del pupitre había un cuaderno todo garrapateado de notas en rojo. Pedí permiso para mirarlo y leí en la primera página: *Don Juan triunfante.* «Sí —me dijo—, algunas veces compongo. Hace ya veinte años que empecé este trabajo. Cuando esté acabado lo llevaré conmigo a ese ataúd y ya no me despertaré.» «¡Debe trabajar en él lo menos posible!», exclamé. «A veces trabajo quince días y quince noches seguidos, durante los cuales vivo tan sólo de música. Después, descanso durante años» «¿Quiere interpretarme algo de su *Don Juan triunfante?*», le pregunté, pensando que le agradaría hacerlo y sobreponiéndome a la repugnancia que me causaba estar en aquella cámara de la muerte. «Jamás me pidas eso —contestó con voz sombría—. Este Don Juan no se ha escrito según la letra de un Lorenzo da Ponte, inspirado por el vino, los pequeños amores y el vicio, finalmente castigado por Dios. Si quieres interpretaré a Mozart, que hará correr tus bellas lágrimas y te inspirará pensamientos honestos. ¡Pero mi Don Juan, el mío, arde, Christine, y sin

embargo no lo fulmina el fuego del cielo!» Entonces volvimos a entrar en el salón que habíamos abandonado. Me fijé en que no había espejos en ninguna parte de aquella estancia. Iba a comentarlo, pero Erik se había sentado al piano diciéndome: «Mira, Christine, hay una música tan terrible que consume a todos los que se le acercan. Felizmente aún no has llegado a ella, pues perderías tus frescos colores y ya no te reconocerían a tu regreso a París. Cantemos ópera, Christine Daaé». Me lo dijo como si se tratara de un insulto, pero no tuve tiempo para detenerme a pensar en el tono con el que había pronunciado sus palabras. Inmediatamente comenzamos el dúo de *Otelo* y la catástrofe ya se cernía sobre nuestras cabezas. Esta vez me había dejado el papel de Desdémona, que canté con una desesperación y un espanto que no había alcanzado hasta aquel día. En lugar de paralizarme, la proximidad de semejante compañero me inspiraba un terror espléndido. Los hechos de los que era víctima me acercaban extraordinariamente al pensamiento del poeta y encontré tonalidades que hubieran maravillado al músico. Él cantaba con voz de trueno y su alma vengativa se volcaba en cada sonido, aumentando terriblemente su potencia. El amor, los celos y el odio brotaban en torno a nuestros gritos desgarradores. La máscara de Erik me recordaba el rostro del moro de Venecia. Era la viva imagen de Otelo. Creí que me iba a pegar, que me haría caer con sus golpes... y, sin embargo, no hice el menor movimiento para huir de él y evitar su furor como la tímida Desdémona. Por el contrario, me acercaba a él atraída, fascinada, encontrando el encanto de la muerte en semejante pasión. Pero antes de morir, para conservar la imagen en mi última mirada, quise ver aquellos rasgos desconocidos a los que debía haber transformado el fuego del arte eterno. Quise ver el rostro de la voz e instintivamente, mediante un gesto que no pude contener, pues no era dueña de mí, mis ágiles dedos arrancaron la máscara... ¡Oh, horror!, ¡horror! ¡horror!

Christine se detuvo ante aquella visión que aún parecía querer apartar con sus manos temblorosas, mientras los ecos de la noche, igual que habían repetido el nombre de Erik, repitieron tres veces: «¡Horror, horror, horror!». Raoul y Christine, todavía estrechamente abrazados, sobrecogidos por el relato, alzaron sus ojos hacia las estrellas que brillaban en un cielo tranquilo y límpido.

—Es extraño, Christine —dijo Raoul—, cómo esta noche tan dulce y apacible está llena de gemidos. ¡Se diría que se lamenta junto con nosotros!

Ella le contestó:

—Ahora que va a conocer el secreto, sus oídos, como los míos, se van a llenar de lamentos.

Apretó las manos protectoras de Raoul entre las suyas y, sacudida por un largo estremecimiento, continuó:

—Aunque viviese cien años, siempre oiría el aullido sobrehumano que lanzó, el grito de su dolor y de su rabia infernales, mientras aquella cosa aparecía ante mis ojos dilatados por el espanto, tan abiertos como mi boca, que no se había cerrado y que sin embargo ya no gritaba. ¡Oh, Raoul, aquella cosa! ¿Cómo dejar de verla? Si mis oídos estaban llenos de sus gritos, mis ojos estaban hechizados por su rostro. ¡Qué imagen! ¿Cómo dejar de verla y cómo hacer que usted la vea? Raoul, usted ha visto las calaveras cuando están secas por el paso de los siglos y, a menos que fuera víctima de una horrible pesadilla, también vio su calavera la noche de Perros. También vio a la «Muerte roja» pasearse durante el último baile de disfraces. Pero todas esas calaveras permanecían inmóviles y su mudo horror ya no vivía. Pero imagine, si es capaz, la máscara de la Muerte reviviendo de repente para expresar, a través de los agujeros negros de sus ojos, su nariz y su boca, la ira desatada, el furor soberano de un demonio: imagine la ausencia de mirada en las cuencas de los ojos, ya que, como supe más tarde, sus ojos de brasa no pueden verse más que en la noche profunda… Yo debía ser, pegada a la pared, la viva imagen del espanto, como él lo era de la repulsión. Entonces acercó a mí el rechinar horrible de sus dientes sin labios y, mientras yo caía de rodillas, me susurró lleno de odio cosas insensatas, palabras interrumpidas, maldiciones, delirio… ¡y no sé cuántas cosas más! «¡Mira! —gritaba inclinado sobre mí—, ¡has querido ver, ve, pues! ¡Impregna tus ojos, embriaga tu alma con mi maldita fealdad! ¡Mira el rostro de Erik! ¡Ahora conoces el rostro de la voz! Dime, ¿no te bastaba con escucharme? Has querido saber cómo estaba hecho. ¿Por qué sois tan curiosas las mujeres?» Y se echó a reír mientras repetía: «¡Sois tan curiosas las mujeres!»… con una risa atronadora, ronca, espumante, terrible… Decía también cosas como éstas: «¿Estás contenta? Soy hermoso, ¿no? Cuando una mujer me ha visto, como lo acabas de hacer tú, es mía, ¡me ama para siempre! Soy un tipo sólo comparable a Don Juan». Y alzándose con los puños en las caderas, balanceando sobre los hombros aquella cosa repulsiva que le servía de cabeza, tronaba: «¡Mírame! Soy Don Juan triunfante». Al verme girar la cabeza pidiendo piedad, me asió brutalmente del pelo y me obligó a mirarlo. Sus dedos de muerte se aferraron a mis cabellos.

—¡Basta, basta! —interrumpió Raoul—. ¡Lo mataré, lo mataré! ¡En el nombre del cielo, Christine, dime dónde está el comedor del lago! ¡Lo mataré!

—Calle, Raoul, si quiere usted saberlo todo.

—¡Ah, sí! Quiero saber cómo y por qué volvió usted. Ése es el secreto, Christine, en realidad no hay otro. ¡Pero, de todas formas, lo mataré!

—¡Oh, Raoul mío, si quiere saber, escuche! Me arrastraba por el pelo y entonces... y entonces... ¡Oh, esto es aún más horrible!

—¡Dilo ahora! —exclamó Raoul con aire amenazador—. ¡Dilo pronto!

—Entonces me dijo entre silbidos: «¿Qué? ¿Te doy miedo? ¿Es posible? Quizá crees aún que llevo una máscara, ¿no? Y que esto... esto, mi cabeza, es una máscara. Pues bien, ¡arráncala como la otra! ¡Vamos! ¡Vamos! ¡Otra vez! ¡Quiero que lo hagas! ¡Tus manos! ¡Tus manos! Dame tus manos... Si no te bastan, te prestaré las mías... y entre los dos arrancaremos la máscara». Me arrojé a sus pies, pero él me tomó las manos, Raoul, y las hundió en el horror de su cara... Con mis uñas se arrancó la carne, su horrible carne muerta. «¡Mira, mira! —exclamaba desde el fondo de su garganta, que bramaba como una fragua—. ¡Entérate de una vez de que estoy hecho completamente de muerte! ¡De la cabeza a los pies! ¡Y que es un cadáver el que te ama, te adora y no te dejará nunca, nunca! Haré ensanchar el ataúd, Christine, para que más tarde, cuando hayamos acabado nuestros amores... ¿Ves?, ya no río, lloro... lloro por ti, que me has arrancado la máscara y que por ello no podrás abandonarme jamás... Mientras podías creerme hermoso, Christine, podías volver... Sé que habrías vuelto... pero ahora que conoces mi monstruosidad huirás para siempre. ¡¡¡No te soltaré!!! ¿Por qué has querido verme? ¡Insensata, loca Christine! ¿Por qué has querido verme? ¡Mi padre no me ha visto jamás y mi madre, para no verme, me regaló

llorando mi primera máscara!» Por fin me soltó y yo me arrastré por el parqué entre sollozos. Después, moviéndose como un reptil, salió de la habitación y entró en la suya, cuya puerta se volvió a cerrar y yo me quedé sola,
entregada a mi horror y a mis pensamientos, libre de la visión de la cosa.
Un inmenso silencio sepulcral siguió a aquella tormenta y pude reflexionar
acerca de las terribles consecuencias del gesto que había hecho al arrancarle la máscara. Las últimas palabras del monstruo me habían informado
de sobra. Yo misma me había aprisionado para siempre y mi curiosidad
iba a ser la causa de todas mis desgracias. Él me lo había advertido con
frecuencia... Me había repetido que no correría ningún peligro mientras
no tocase la máscara, y yo la había tocado. Maldije mi imprudencia, pero
temblando me di cuenta de que el razonamiento del monstruo era lógico.
Sí, habría vuelto si no le hubiera visto el rostro... Ya me había conmovido lo
suficiente, me había interesado, incluso apiadado, mediante sus lágrimas
enmascaradas, para que permaneciera impasible ante su ruego. De todos
modos, yo no era una ingrata y su defecto no iba a hacerme olvidar que
era la voz y que me había reconfortado con su genio. ¡Habría vuelto! ¡Pero
ahora, si salía de aquellas catacumbas, no volvería! ¡No se vuelve para en-
cerrarse en una tumba con un cadáver que te ama! Por su manera excitada
de actuar durante la escena y de mirarme, o mejor dicho, de acercar a mí
los dos agujeros negros de su mirada invisible, había podido darme cuenta
de que su pasión no tenía límites. Para que no me tomara en sus brazos en
un momento en el que no podía ofrecerle la menor resistencia, era preciso
que aquel monstruo fuera a la vez un ángel y quizá, a pesar de todo, lo era
un poco: el Ángel de la música, y puede que lo hubiera sido del todo si Dios
le hubiera dado otro físico en lugar de vestirlo de podredumbre. Extraviada
ante la idea de lo que el destino me estaba reservando, presa del terror ante
la posibilidad de que se volviera a abrir la puerta de la habitación del ataúd
y de ver otra vez el rostro del monstruo sin máscara, me había deslizado
hasta mi propio cuarto y me había apoderado de las tijeras que podían poner término a mi espantoso destino... cuando en ese momento oí las notas
de un órgano. Entonces, amigo mío, fue cuando empecé a entender las palabras de Erik acerca de lo que él llamaba, con un desprecio que me había

dejado estupefacta, la música de ópera, ya que lo que oía no tenía nada que ver con lo que me había fascinado hasta entonces. Su *Don Juan triunfante* (pues no me cabía la menor duda de que se había volcado en su obra maestra para olvidar el horror de lo que acababa de ocurrir) no me pareció al principio más que un largo, horrible y magnífico sollozo en el que el pobre Erik había vertido toda su maldita miseria. Volví a rememorar el cuaderno de notas rojas y me resultó fácil imaginar que aquella música se había escrito con sangre. Me paseaba con todo detalle a través del martirio; me hacía entrar en todos los rincones del abismo habitado por la fealdad humana; me mostraba a Erik golpeando atrozmente su pobre cabeza repulsiva contra las paredes fúnebres de aquel infierno y rehuyendo, para no asustarlos, la mirada de los hombres. Asistí anonadada, jadeante, desesperada y vencida a la eclosión de aquellos acordes maravillosos en los que se divinizaba el dolor, después los sonidos que subían del abismo se agruparon de pronto en un vuelo prodigioso y amenazador; su tropa tornasolada pareció escalar el cielo al igual que hace el águila cuando sube hacia el sol; aquella sinfonía pareció abrazar el mundo y comprendí que la obra se había realizado por fin y que la fealdad, elevada en alas del amor, se había atrevido a mirar cara a cara a la belleza. Me sentía ebria; la puerta que me separaba de Erik cedió ante mis esfuerzos. Se había levantado al oírme, pero no se atrevió a volverse. «¡Erik! —exclamé—, enséñeme el rostro sin temor. Le juro que es usted el más desgraciado y sublime de los hombres, y si a partir de ahora Christine Daaé tiembla al mirarle ¡es porque piensa en la grandeza de su genio!» Entonces Erik se volvió. Había creído en mí y yo también, por desgracia... ¡y yo, ay, ay... yo tenía fe en mí! Elevó hacia el Destino sus manos descarnadas y se arrodilló ante mí con palabras de amor... con palabras de amor en su boca de muerte. La música había callado... Besaba el borde de mi falda, y no vio que yo cerraba los ojos. ¿Qué más puedo decirle, Raoul? Ahora ya conoce el drama... Durante quince días se repitió... quince días durante los cuales le mentí. Mi mentira fue tan horrible como el monstruo al que iba dirigida; sólo a ese precio pude conseguir la libertad. Quemé su máscara. Desempeñé tan bien mi papel que, cuando no cantaba, se atrevía a mendigar alguna de mis miradas, como un perro tímido que da vueltas alrededor de su amo. Así se convirtió en un esclavo fiel que me rodeaba de mil cuidados. Poco a poco llegué a inspirarle tanta confianza que se atrevió a llevarme a las orillas del lago Averno y a pasearme en barca por sus aguas plomizas; en los últimos días de mi cautiverio, por la noche, me hacía atravesar las verjas que encierran los subterráneos de la calle Scribe. Allí nos esperaba un carruaje que nos llevaba hasta la soledad del Bois. La noche en la que nos encontramos estuvo a punto de resultarme trágica, pues siente hacia usted unos celos horribles, contra los que no he podido combatir más que afirmando su próxima partida... Por fin, a los quince días de aquel abominable cautiverio en el que me sentí unas veces transportada de piedad, otras de entusiasmo, de angustia y de horror, me creyó cuando le dije: «¡Volveré!».

—Y ha vuelto, Christine —gimió Raoul.

—Es cierto, Raoul, y debo decir que no fueron las espantosas amenazas con las que acompañó mi libertad las que me ayudaron a mantener mi palabra, sino el sollozo desesperado que lanzó en el umbral de su tumba. Sí, ese sollozo —repitió Christine moviendo penosamente la cabeza— me encadenó al desventurado monstruo más de lo que yo misma creía posible en el momento de decirnos adiós. ¡Pobre Erik, pobre Erik!

—Christine —dijo Raoul poniéndose de pie—, dice usted que me ama, pero pocas horas han transcurrido desde que ha recobrado su libertad y ya vuelve al lado de Erik... ¡Recuerde el baile de disfraces!

—Las cosas se acordaron así... recuerde también que aquellas horas las pasé con usted, Raoul... con peligro para ambos...

—Durante aquellas horas dudé de que me amase.

—¿Aún lo duda, Raoul? Sepa entonces que cada uno de mis viajes al lado de Erik ha aumentado mi horror hacia él, ya que cada uno de estos viajes, en lugar de calmarlo como yo esperaba, le vuelven aún más loco de amor... ¡y tengo miedo! ¡Tengo miedo! ¡Tengo miedo!

—Tiene miedo... pero, ¿me ama? Si Erik no fuera como es, ¿me amaría, Christine?

—¡Desventurado! ¿Por qué tentar al destino? ¿Para qué preguntarme cosas que he ocultado en el fondo de mi conciencia como si fueran un pecado?

Se levantó a su vez, rodeó la cabeza del joven con sus bellos brazos y le dijo:

—¡Oh, mi prometido de un día! Si no le amase no le ofrecería mis labios, por primera y última vez.

Él los tomó, pero la oscuridad que les rodeaba se desgarró de tal manera que huyeron como si se acercara una tormenta, y sus ojos, en los que habitaba el temor a Erik, les reveló, antes de desaparecer en el fondo de los tejados, allá arriba, por encima de ellos, ¡un inmenso pájaro nocturno que les miraba con sus ojos como brasas, y que parecía estar aferrado a las cuerdas de la lira de Apolo!

# CAPÍTULO XIV

## UN GOLPE GENIAL DEL MAESTRO EN TRAMPILLAS

R aoul y Christine corrieron y corrieron. Ahora huían del tejado donde se encontraban los ojos de brasa que sólo se veían en lo más profundo de la noche, y no se detuvieron hasta alcanzar el octavo piso. Aquella noche no había función y los pasillos de la Ópera estaban desiertos.

De repente, una extraña silueta surgió ante los dos jóvenes y les cortó el paso.

—¡No! ¡Por aquí no!

La silueta les indicó otro pasillo a través del cual podían llegar entre los bastidores.

Raoul quería detenerse, pedir explicaciones.

—¡Vamos, vamos, aprisa! —ordenó aquella sombra vaga oculta en una especie de hopalanda y cubierta con un bonete puntiagudo.

Pero Christine ya arrastraba a Raoul y le obligaba a seguir corriendo.

—¿Pero quién es? ¿Quién es ése? —preguntaba el joven.

—¡Es el Persa! —contestó Christine.

—¿Qué hace aquí?

—Nadie sabe nada de él... ¡Está siempre en la Ópera!

—Lo que usted me obliga a hacer, Christine, es una cobardía —dijo Raoul, que estaba muy alterado—. Me hace huir. Es la primera vez en mi vida que lo hago.

—¡Bah! —contestó Christine, que empezaba a calmarse—. Creo que hemos huido de la sombra de nuestra imaginación.

—Si de verdad hemos visto a Erik, debería haberlo clavado a la lira de Apolo como se clava a la lechuza en las tapias de nuestras granjas bretonas, y ya no habríamos tenido que ocuparnos de él.

—Mi buen Raoul, primero habría tenido que subir a la lira de Apolo, y no es cosa fácil.

—Sin embargo, los ojos de brasa estaban allí.

—¡Bueno! Ya está usted como yo, dispuesto a verlo en todas partes, pero si se reflexiona, uno puede pensar: lo que he tomado por ojos de brasa no eran más que los clavos de oro de dos estrellas que contemplaban la ciudad a través de las cuerdas de la lira.

Y Christine bajó un piso más, seguida por Raoul.

—Ya que está totalmente decidida a partir, Christine —dijo el joven—, vuelvo a insistir que valdría más huir ahora mismo. ¿Por qué esperar a mañana? ¡Quizá nos haya oído esta noche!

—¡Imposible, imposible! Le repito, trabaja en su *Don Juan triunfante* y no se ocupa de nosotros.

—Está usted tan poco convencida que no deja de mirar hacia atrás.

—Vamos a mi camerino.

—Vámonos mejor fuera de la Ópera.

—¡Jamás hasta el momento en que huyamos! Nos expondríamos a alguna desgracia si no cumplo mi palabra. Le prometí no vernos sino aquí.

—Es un consuelo para mí que le permita esto. ¿Sabe —dijo Raoul con amargura— que ha sido usted muy audaz permitiéndome el juego del noviazgo?

—Pero, querido, él está al corriente. Me dijo: «Confío en ti, Christine. El señor de Chagny está enamorado de ti y debe irse. Antes de que se vaya, ¡que sea tan desventurado como yo!».

—¿Y qué significa eso, por favor?

—Soy yo la que debería preguntárselo, Raoul. ¿Se es desgraciado cuando se ama?

—Sí, Christine. Cuando se ama y no se sabe si se es amado.

—¿Dice eso por Erik?

—Por mí y por Erik —dijo el joven moviendo la cabeza con aire pensativo y desolado.

Llegaron al camerino de Christine.

—¿Por qué se cree más segura en este camerino que en el teatro? —preguntó Raoul—. Si usted le oye a través de los muros, él también puede oírnos.

—¡No! Me ha dado su palabra de no situarse tras las paredes de mi camerino, y yo creo en la palabra de Erik. Mi camerino y mi habitación, en la mansión del lago, son míos, exclusivamente míos, y son sagrados para él.

—¿Cómo pudo abandonar usted este camerino para terminar en un corredor oscuro, Christine? ¿Quiere que intentemos repetir sus pasos?

—Es peligroso, amigo mío, porque el espejo podría llevarme otra vez y, en lugar de huir, me vería obligada a ir hasta el final del pasadizo secreto que conduce a las orillas del lago y desde allí llamar a Erik.

—¿La oiría?

—Dondequiera que llame a Erik, Erik me oirá... Él mismo me lo dijo. Es un genio muy especial. No hay que creer, Raoul, que se trata simplemente de un hombre al que le divierte vivir bajo tierra. Hace cosas que ningún otro hombre podría hacer. Sabe cosas que el mundo viviente ignora.

—Tenga cuidado, Christine, está construyendo usted un fantasma.

—No, no es un fantasma. Es un hombre del cielo y de la tierra. Eso es todo.

—¡Un hombre del cielo y de la tierra... eso es todo! ¡Qué forma de hablar! ¿Sigue decidida a huir de él?

—Sí, mañana.

—¿Quiere que le diga por qué querría yo que huyéramos esta noche?

—Dígame, Raoul.

—¡Porque mañana usted ya no estará decidida a nada!

—En ese caso, Raoul, me llevará usted a mi pesar. ¿Queda claro?

—Aquí, pues, mañana por la noche. A medianoche estaré en su camerino. Pase lo que pase, yo cumpliré mi promesa —dijo el joven con aire sombrío—. ¿Ha dicho usted que después de la representación la esperará en el comedor del lago?

—En efecto, allí es donde me ha citado.

—¿Y cómo podrá llegar hasta él, si no sabe salir del camerino «por el espejo»?

—Pues encaminándome directamente hacia la orilla del lago.

—¿A través de todos los subterráneos? ¿Por las escaleras y los corredores en los que están los tramoyistas y la gente de servicio? ¿Cómo se las arreglaría para conservar el secreto de semejante viaje? Todo el mundo seguiría a Christine Daaé y llegaría al lago acompañada de una multitud.

Christine sacó de un cofrecillo una enorme llave y se la enseñó a Raoul.

—¿Qué es? —preguntó él.

—Es la llave de la verja del subterráneo de la calle Scribe.

—Entiendo, Christine, conduce directamente al lago. Por favor, deme esa llave.

—¡Jamás! —contestó ella con energía—. ¡Sería una traición!

De repente, Raoul vio cómo Christine cambiaba de color. Una palidez mortal cubrió sus rasgos.

—¡Oh, Dios mío! —exclamó—. ¡Erik, Erik, tenga piedad de mí!

—¡Calle! —ordenó Raoul—. ¿No me ha dicho usted que podía oírla?

Pero la cantante se retorcía los dedos, mientras repetía en tono cada vez más extraviado:

—¡Oh, Dios mío! ¡Dios mío!

—Pero, ¿qué pasa?, ¿qué ocurre? —imploró el joven.

—El anillo.

—¿Qué anillo? Por favor, Christine, tranquilícese.

—El anillo de oro que me dio.

—¿Ah, es Erik quien le dio el anillo de oro?

—¡Lo sabe usted de sobra, Raoul! Pero lo que no sabe es lo que me dijo al dármelo: «Te devuelvo la libertad, Christine, pero a condición de que este anillo esté siempre en tu dedo. Mientras lo conserves, estarás a salvo de todo peligro y Erik será tu amigo. Pero si te separas de él, será tu desgracia, Christine, ya que Erik se vengará»... ¡Amigo mío, el anillo no está ya en mi dedo! ¡La desgracia ha caído sobre nosotros!

Buscaron en vano el anillo de oro, pero no lo encontraron. La joven no se calmaba.

—Fue mientras le he dado ese beso, bajo la lira de Apolo —intentó explicar temblando—; el anillo se habrá deslizado de mi dedo y caído en la ciudad. ¿Cómo encontrarlo ahora? ¿Qué desgracia nos amenaza, Raoul? ¡Ah, huyamos!

—¡Huyamos enseguida! —volvió a insistir Raoul.

Ella dudó. Él creyó por un momento que iba a decir que sí... Pero después sus claras pupilas se turbaron y dijo:

—¡No, mañana!

Se alejó precipitadamente mientras continuaba retorciéndose los dedos como si de aquella manera el anillo fuera a aparecer.

En cuanto a Raoul, volvió a su casa muy preocupado por todo lo que había oído.

—¡Si no la salvo de las manos de ese charlatán está perdida! ¡Pero la salvaré! —dijo en voz alta en su cuarto mientras se acostaba.

Apagó la lámpara y sintió en la oscuridad la necesidad de insultar a Erik.

—¡Farsante! ¡Farsante! ¡Farsante! —gritó tres veces en voz alta.

De repente se incorporó apoyándose en los codos. Un sudor frío se le pegó a las sienes. Dos ojos, ardientes como brasas, acababan de encenderse al pie de su cama. Lo miraban fija, terriblemente, en la noche oscura.

Raoul era valiente, sin embargo temblaba. Estiró la mano temblorosa, incierta, tanteando hacia la mesilla de noche. Al encontrar una caja de cerillas, encendió una. Los ojos desaparecieron.

Pensó, sin tranquilizarse en lo más mínimo: «Ella me dijo que sus ojos sólo se veían en la oscuridad. Han desaparecido con la luz, pero él quizá esté aún aquí».

Se levantó, buscó, pasó prudentemente revista a todas las cosas. Miró debajo de la cama como un niño. Entonces se sintió ridículo. Dijo en voz alta:

—¿Qué debo creer? ¿Qué no debo creer, con semejante cuento de hadas? ¿Dónde termina lo real y dónde empieza lo fantástico? ¿Qué habrá visto Christine? ¿Qué habrá creído ver? —y añadió estremeciéndose—: Y yo, ¿qué he visto? ¿Habré visto en realidad los ojos de brasa hace un momento? ¿Habrán brillado tan sólo en mi imaginación? ¡No estoy seguro de nada! ¡Mejor no pensar en esos ojos!

Se acostó y todo volvió a quedar oscuro.

Los ojos reaparecieron.

—¡Oh! —suspiró Raoul.

Incorporándose en la cama los miró también fijamente con todo el valor de que era capaz. Después de un silencio en el que intentó recuperar toda su serenidad, gritó de repente:

—¿Eres tú, Erik? ¡Hombre, genio o fantasma! ¿Eres tú?

«Si es él... está en el balcón», pensó.

Entonces corrió en pijama hasta un mueblecito y a tientas cogió un revólver. Ya armado, abrió la ventana. La noche era muy fría. Raoul echó una ojeada al balcón desierto y volvió a entrar cerrando la puerta. Se acostó temblando, con el revólver sobre la mesita de noche al alcance de su mano.

De nuevo apagó la lámpara.

Los ojos seguían allí, al pie de la cama. ¿Estaban entre la cama y el cristal de la ventana, o detrás de la ventana, afuera, en el balcón?

Eso era todo lo que Raoul quería saber. Quería saber también si aquellos ojos pertenecían a un ser humano... Quería saberlo todo.

Entonces, tranquilamente y con frialdad, sin turbar a la noche que le rodeaba, el joven tomó su revólver y apuntó.

Apuntó a las dos estrellas de oro que le miraban con aquel curioso resplandor inmóvil.

Apuntó un poco más arriba que las dos estrellas. Si aquellas estrellas eran ojos, y si encima de aquellos ojos había una frente, y si Raoul no era demasiado torpe...

La detonación retumbó con horrible estruendo en la paz de la casa dormida. Mientras multitud de pasos se afanaban en los pasillos, Raoul se incorporó en la cama con el brazo extendido, dispuesto a volver a disparar, miraba... Esta vez las dos estrellas habían desaparecido.

Se hizo la luz, enseguida aparecieron los criados y el conde Philippe terriblemente inquieto.

—¿Qué sucede, Raoul?

—Me parece que he soñado —contestó el joven—. He disparado a dos estrellas que me impedían dormir.

—¿Divagas? ¿Te encuentras bien? Por favor, Raoul, ¿qué ha pasado?

El conde se apoderó del revólver.

—¡No, no! No divago… Además, ahora mismo lo sabremos…

Se levantó, se puso una bata y las pantuflas, cogió la luz que un criado le alcanzaba y, abriendo la puerta, salió al balcón.

El conde había visto que el cristal de la ventana estaba atravesado por una bala a la altura de un hombre. Raoul se asomaba por el balcón con la lámpara en la mano.

—¡Ajá! —exclamó—. ¡Sangre, sangre! Aquí… Allí… Más sangre. ¡Mejor, un fantasma que sangra… es menos peligroso! —susurró mientras reía sarcásticamente.

—¡Raoul, Raoul, Raoul!

El conde le zarandeaba como si intentara sacar a un sonámbulo de su peligroso sueño.

—¡Pero, hermano, no estoy dormido! —protestó Raoul impacientado—. Puedes ver esa sangre. Creía que estaba soñando y que había disparado sobre dos estrellas. Eran los ojos de Erik, y ésta es su sangre… —súbitamente inquieto, añadió—: ¡Después de todo, quizá he hecho mal en disparar, y Christine es capaz de no perdonármelo! Nada habría ocurrido si hubiera tomado la precaución de correr las cortinas de la ventana al acostarme.

—¡Raoul! ¿Es que te has vuelto loco de repente? ¡Despierta!

—¡Otra vez! Harías mejor, hermano mío, ayudándome a encontrar a Erik, ya que, a fin de cuentas, un fantasma que sangra se puede encontrar…

El mayordomo del conde dijo:

—Es cierto, señor, que hay sangre en el balcón.

Un criado trajo una lámpara a cuya luz pudieron examinar todo. El rastro de sangre seguía la rampa del balcón y llegaba hasta un canalón, a lo largo del cual subía.

—Amigo mío —dijo el conde—, has disparado a un gato.

—Lo malo —exclamó Raoul con una nueva carcajada burlona que sonó dolorosamente en los oídos del conde— es que es muy posible. Con Erik nunca se sabe. ¿Es Erik? ¿Es un gato? ¿Es el fantasma? ¿Es de carne y hueso o sólo una sombra? ¡No, no! ¡Con Erik nunca se sabe!

Raoul se aferraba a aquellas frases extrañas que respondían tan íntima y lógicamente a las preocupaciones de su espíritu y que se identificaban con las confidencias, a la vez reales y con apariencia sobrenatural, de Christine Daaé. Y sus frases contribuyeron bastante a persuadir a muchos de que el cerebro del joven no funcionaba bien. El mismo conde lo creyó y, más tarde, el juez de instrucción, ante el informe del comisario de policía, no tuvo la menor duda en llegar a la misma conclusión.

—¿Quién es Erik? —preguntó el conde apretando la mano de su hermano.

—¡Es mi rival! ¡Y si no está muerto, lo mismo me da!

Con un gesto despidió a los criados.

La puerta de la habitación volvió a cerrarse dejando solos a los dos Chagny. Pero los criados no se alejaron tan rápidamente como para no permitir que el mayordomo del conde oyera cómo Raoul pronunciaba fuerte y claramente:

—¡Esta noche raptaré a Christine Daaé!

Esta frase fue repetida más tarde ante el juez de instrucción Faure. Pero nunca se supo exactamente qué se dijeron los dos hermanos durante esa entrevista.

Los criados contaron que aquella noche no era la primera vez que discutían. A través de las paredes se oían gritos, y siempre se mencionaba a una artista llamada Christine Daaé.

A la hora del almuerzo —el desayuno, que el conde tomaba en su gabinete de trabajo—, Philippe ordenó que fueran a decir a su hermano que deseaba verlo. Raoul llegó, sombrío y mudo. La escena fue muy breve.

EL CONDE: ¡Lee esto!

Philippe le entrega a su hermano un periódico: *L'Époque*. Con el dedo, señala la siguiente crónica. El vizconde lee con desdén:

«Una gran noticia en el barrio: la señorita Christine Daaé, artista lírica, y el señor vizconde Raoul de Chagny se han comprometido. Si se da crédito a los rumores que circulan entre bastidores, el conde Philippe se habría negado, afirmando que, por primera vez, los Chagny no cumplirían su promesa. Dado que el amor, en la Opera más aún que en otras partes, es todopoderoso, nos preguntamos de qué medios puede valerse el conde Philippe para impedir que su hermano el vizconde lleve al altar a la nueva Margarita. Se dice que los dos hermanos se adoran, pero el conde se engaña extrañamente si espera que el amor fraternal ceda al amor a secas.»

EL CONDE (triste): Ya lo ves, Raoul, nos pones en ridículo... Esa chica te ha sorbido el seso con sus cuentos de fantasmas.

(El vizconde le había expuesto a su hermano el relato de Christine Daaé.)

EL VIZCONDE: ¡Adiós, hermano!

EL CONDE: ¿Estás decidido? ¿Te marchas esta noche? (el vizconde no contesta) ¿Con ella? ¿Serás capaz de semejante tontería? (silencio del vizconde) ¡Yo sabré impedírtelo!

EL VIZCONDE: ¡Adiós, hermano!

(Se marcha.)

Esta escena fue explicada al juez de instrucción por el mismo hermano, que no volvería a ver a Raoul más que aquella noche, en la Ópera, algunos minutos antes de la desaparición de Christine.

En efecto, Raoul dedicó todo aquel día a los preparativos del rapto.

Los caballos, el carruaje, el cochero, las provisiones, las maletas, el dinero necesario, el itinerario —era preciso no tomar el tren para poder despistar al fantasma—, todo esto le ocupó hasta las nueve de la noche.

A esa hora, una especie de berlina, con las cortinas echadas y las puertas herméticamente cerradas, ocupó un sitio en la fila junto a la Rotonda. Iba tirada por dos vigorosos caballos y conducida por un cochero cuyo rostro era difícil distinguir, tan envuelto estaba entre los pliegues de una bufanda. Delante de esta berlina había tres coches. Más tarde, la instrucción estableció que se trataba del de la Carlotta, llegada repentinamente a París, el de la Sorelli y, delante de todos, el del conde de Chagny. De la berlina no bajó nadie. El cochero permaneció en su asiento. Los otros tres cocheros también habían permanecido en sus carruajes.

Una sombra envuelta en una gran capa negra con un sombrero de fieltro también negro pasó por la acera, entre la Rotonda y los vehículos. Parecía mirar atentamente la berlina. Se acercó a los caballos y después al cochero antes de alejarse sin haber pronunciado una sola palabra. La instrucción creyó después que aquella sombra era la del vizconde Raoul de Chagny. En lo que a mí se refiere, no lo creo así, teniendo en cuenta que el vizconde de Chagny llevaba un sombrero de copa, igual que las otras noches, y que además el sombrero fue encontrado más tarde. Más bien creo que aquella sombra era la del fantasma, que estaba al corriente de todo como ahora mismo veremos.

Casualmente *Fausto* estaba en cartel. La concurrencia era de las más brillantes. El público de la Ópera estaba maravillosamente representado. Por aquella época, los abonados no cedían, no alquilaban ni subalquilaban ni compartían los palcos con los que se dedicaban a las finanzas, los comerciantes o los extranjeros. Hoy día, en el palco del marqués de cual, que sigue conservando su título, pues el marqués es por contrato su titular, podemos ver que descansa cómodamente un vendedor de tocino y su familia, y está en su derecho porque paga el palco del marqués. Antaño estas costumbres eran prácticamente desconocidas. Los palcos de la Ópera eran salones en los que se reunían los hombres de mundo que, a veces, gustaban de la música.

Toda esa concurrencia se conocía, sin que por ello se frecuentara necesariamente. Pero sus caras denotaban sus nombres y la fisonomía del conde de Chagny era conocida por todos.

La noticia aparecida por la mañana en *L'Époque* debió haber surtido su pequeño efecto, ya que todas las miradas se dirigían hacia el palco en el que el conde Philippe, con aspecto de absoluta indiferencia y aire despreocupado, se encontraba completamente solo. El elemento femenino de aquella esplendorosa asamblea parecía especialmente intrigado y la ausencia del vizconde daba pie a cientos de cuchicheos detrás de los abanicos. Christine Daaé fue acogida con bastante frialdad. Aquel público distinguido no le perdonaba que mirara tan alto.

La diva notó la mala disposición de una parte de la sala y se sintió turbada.

Los asiduos, que pretendían estar al corriente de los amores del vizconde, no pudieron evitar sonreír en ciertos pasajes del papel de Margarita. Por eso se volvieron ostensiblemente hacia el palco de Philippe de Chagny cuando Christine cantó la frase: «Querría saber quién era aquel joven, si es un gran señor y cómo se llama».

Con el mentón apoyado en la mano, el conde no parecía preocuparse de aquellas manifestaciones. Fijaba los ojos en el escenario. Pero, ¿lo miraba? Parecía muy ausente...

Christine iba mostrándose cada vez más insegura. Temblaba. Se encaminaba hacia el desastre... Carolus Fonta se preguntó si se encontraba mal, si podría mantenerse en escena hasta el final del acto, el del jardín. En la sala, la gente recordaba la desgracia ocurrida a la Carlotta al final de este acto, y el «quiquiriquí» histórico que de momento había truncado su carrera en París.

Precisamente entonces la Carlotta hizo su entrada en un palco lateral, una entrada sensacional. La pobre Christine levantó los ojos hacia aquel nuevo motivo de turbación. Reconoció a su rival. Le pareció verla sonreír irónicamente. Eso la salvó, pues lo olvidó todo para triunfar una vez más.

A partir de ese momento cantó con toda su alma. Intentó superar todo lo que había hecho hasta entonces, y lo consiguió. En el último acto, cuando comenzó a invocar a los ángeles y a ascender del suelo, arrastró en un nuevo vuelo a toda la sala estremecida y todos creyeron tener alas.

Ante aquella llamada sobrehumana, un hombre se había levantado en el centro del anfiteatro y se mantenía de pie, de cara a la artista, como si con el mismo movimiento dejara también la tierra... era Raoul:

> ¡Ángeles puros! ¡Ángeles radiantes!
> ¡Ángeles puros! ¡Ángeles radiantes!

Y Christine, con los brazos tendidos, la garganta inflamada, envuelta en la gloria de su cabellera desatada sobre los hombros desnudos, lanzaba el clamor divino:

> ¡Llevad mi alma al seno de los cielos!

Fue entonces cuando una repentina oscuridad se hizo en el teatro. Todo fue tan rápido que los espectadores no tuvieron siquiera tiempo de lanzar un grito de estupor, ya que enseguida la luz volvió de nuevo a iluminar el escenario.

¡Pero Christine Daaé había desaparecido! ¿Qué había sido de ella? ¿Qué milagro era aquél? Todos se miraron sin entender y una gran emoción se apoderó del público. El desasosiego no era menor en el escenario que en la sala. Desde los bastidores la gente se precipitaba hacia el lugar en el que, hasta hacía un instante, cantaba Christine. El espectáculo se interrumpió en medio del mayor desorden.

¿Adónde había ido Christine? ¿Qué sortilegio la había arrebatado ante millares de espectadores entusiasmados y de los mismos brazos de Carolus Fonta? En realidad bien podrían preguntarse si, en virtud de su inflamado ruego, los ángeles no se la habrían llevado realmente «al seno de los cielos» en cuerpo y alma...

Raoul, siempre de pie en el anfiteatro, lanzó un grito. El conde Philippe se había incorporado en su palco. Todos miraban el escenario, miraban al conde, miraban a Raoul y se preguntaban si el curioso suceso tenía algo que ver con la nota aparecida aquella misma mañana en el periódico. Pero Raoul abandonó a toda prisa su sitio, el conde desapareció de su palco y, mientras bajaba el telón, los abonados se precipitaron hacia la entrada de artistas. El público esperaba un anuncio en medio de una indescriptible confusión y algarabía. Todos hablaban a la vez. Cada cual pretendía explicar cómo habían ocurrido las cosas. Unos decían: «Ha caído en una trampilla». Otros: «Ha sido elevada en las bambalinas. La pobre ha sido quizá víctima de un nuevo truco estrenado por la nueva dirección». Y aún otros: «Es una emboscada. La coincidencia de la oscuridad y la desaparición lo prueban sobradamente».

Por fin se levantó el telón y Carolus Fonta, avanzando hasta el estrado del director de orquesta, anunció con una voz grave y triste:

—¡Señoras y señores, algo inaudito, que nos sume en una profunda inquietud, acaba de producirse! ¡Nuestra compañera Christine Daaé ha desaparecido ante nuestros ojos sin que podamos saber cómo!

# CAPÍTULO XV

## LA SINGULAR ACTITUD DE UN IMPERDIBLE

En el escenario reina un desorden jamás visto. Artistas, tramoyistas, bailarinas, comparsas, figurantes, coristas, abonados, todos preguntan, gritan y se empujan. «¿Dónde está?» «¡La han hecho desaparecer!» «¡La ha raptado el vizconde de Chagny!» «¡No, ha sido el conde!» «¡Ah, la Carlotta! ¡La Carlotta es quien ha dado el golpe!» «¡No, ha sido el fantasma!»

Algunos se ríen, sobre todo después de que un atento examen de las trampillas y del suelo haya alejado cualquier sospecha de accidente.

En medio de esta masa excitada hay tres personajes que se hablan en voz baja y con gestos desesperados. Son Gabriel, el maestro de canto, Mercier, el administrador, y el secretario Rémy. Se han retirado a un rincón del tambor que comunica el escenario con el amplio pasillo del *foyer* de la danza. Allí, detrás de unos enormes accesorios, comentan:

—¡He llamado! ¡No me han contestado! Puede que no estén en su despacho. En todo caso es imposible saberlo, porque se han llevado las llaves.

Así se expresa el secretario Rémy y no cabe duda de que con estas palabras se refiere a los señores directores. Éstos, en el último entreacto, han dado la orden de que no se les moleste bajo ningún pretexto. «No están para nadie.»

—Sin embargo —exclama Gabriel—, ¡no se rapta a una cantante en el escenario todos los días!

—¿Les ha gritado usted eso? —pregunta Mercier.

—Ahora mismo vuelvo —dice Rémy y desaparece corriendo. En ese momento aparece el regidor:

—Y bien, señor Mercier, ¿viene usted? ¿Qué hacen aquí ustedes dos? Le necesitamos, señor administrador.

—No quiero hacer nada ni saber nada antes de que llegue el comisario —declara Mercier—. He mandado buscar a Mifroid. ¡Cuando llegue, ya veremos!

—Y yo le digo que hay que bajar inmediatamente al registro.

—No antes de que llegue el comisario...

—Yo ya he bajado al registro.

—¡Ah! ¿Y qué ha visto?

—¡Pues bien, no he visto a nadie! ¿Me entiende bien? ¡A nadie!

—¿Y qué quiere usted que haga yo allí?

—¡Evidentemente! —contesta el regidor, que se pasa frenéticamente las manos por un mechón rebelde—. ¡Evidentemente! Pero quizá si hubiera alguien en el registro, podría explicarnos cómo se han apagado tan de repente las luces en el escenario. Y Mauclair no está en ninguna parte, ¿entiende?

Mauclair era el jefe de iluminación, o sea, el responsable del día y la noche en el escenario de la Ópera.

—Mauclair no aparece por ningún lado —repite Mercier excitado—. Pero bueno, ¿y sus ayudantes?

—¡Ni Mauclair ni sus ayudantes! ¡No hay nadie en el cuarto de iluminación, les digo! Como bien pueden imaginar —brama el regidor—, la Daaé no se habrá raptado a sí misma. ¡El golpe estaba preparado, y lo que hay que descubrir...! ¿Y los directores que no aparecen? ¡He prohibido disminuir las luces y he puesto un bombero delante del nicho del registro! ¿Acaso no he hecho bien?

—Sí, sí, ha hecho usted bien... Ahora esperemos que llegue el comisario.

El regidor se aleja encogiéndose de hombros, rabioso, mascullando insultos a esos imbéciles que se quedan tranquilamente acurrucados en un rincón mientras todo el teatro está «patas arriba».

Tranquilos, lo que se dice tranquilos, Gabriel y Mercier no lo estaban. Habían recibido una orden que les paralizaba. No podían molestar a los directores por ningún motivo. Rémy había infringido esa orden y no había tenido ningún efecto.

Precisamente en aquel instante vuelve de su nueva expedición. Llega con una expresión más bien azorada.

—¿Y bien, ha hablado con ellos? —pregunta Mercier. Rémy contesta:

—Moncharmin ha acabado por abrirme la puerta. Los ojos se le salían de las órbitas. Creí que iba a pegarme. No he podido pronunciar una sola palabra. ¿Saben lo que me ha dicho a gritos? «¿Tiene usted un imperdible?» «No.» «¡Entonces déjeme en paz!» Intento explicarle que en el teatro están ocurriendo cosas extrañas... y él me contesta: «¡Deme ahora mismo un imperdible!». Un ordenanza que le había oído —gritaba como un sordo— llega con un imperdible, se lo da inmediatamente y Moncharmin me cierra la puerta en las narices. ¡Eso es todo!

—¿Y no ha podido usted decirle que Christine Daaé...?

—¡Me habría gustado verle a usted en mi lugar! ¡Echaba espuma por la boca! No pensaba más que en su imperdible... Creo que, si no se lo hubieran traído en el acto, le habría dado un ataque. ¡Realmente, todo esto no es normal y nuestros directores se están volviendo locos! —el señor secretario Rémy no está contento y así lo manifiesta—: ¡Esto no puede seguir así! ¡No estoy acostumbrado a que me traten de esta forma!

De repente, Gabriel exclama:

—Es otro golpe del fantasma de la Ópera.

Rémy se ríe sarcásticamente. Mercier suspira, parece dispuesto a revelar una confidencia... Pero, al mirar a Gabriel que le hace señas para que se calle, no dice nada.

Sin embargo Mercier, que siente aumentar el peso de su responsabilidad a medida que transcurren los minutos sin que los directores aparezcan, no aguanta más.

—¡Bueno! Iré yo mismo a buscarlos —decide.

Gabriel, de pronto muy sombrío y grave, le detiene.

—Piense en lo que hace, Mercier. ¡Si se quedan en su despacho quizá sea porque es necesario! ¡El fantasma de la Ópera tiene más de un truco bajo su manga!

Pero Mercier niega con la cabeza.

—¡Es igual! ¡Voy allá! Si me hubieran escuchado, hace ya mucho tiempo que se lo habrían contado todo a la policía.

Y se va.

—¿Qué es todo? —pregunta inmediatamente Rémy—. ¿Qué se debería haber contado a la policía? ¿Por qué se calla, Gabriel? ¡También usted está enterado del asunto! ¡Pues bien, más le vale informarme si no quiere que vaya por ahí diciendo que todos ustedes se están volviendo locos! ¡Sí, locos, locos de remate!

Gabriel le mira con ojos bobalicones y simula no entender nada de aquel exabrupto del señor secretario.

—¿Qué asunto? —murmura—. No sé a qué se refiere.

Rémy se exaspera.

—Esta noche Richard y Moncharmin, aquí mismo, durante los entreactos, parecían dos alienados.

—No lo he notado —gruñe Gabriel, muy incómodo.

—¡Será usted el único! ¿Acaso cree que no les he visto? ¿Y el señor Parabise, director del Crédit Central, tampoco se ha dado cuenta de nada? ¿Cree que el señor embajador De la Borderie lleva los ojos en el bolsillo? ¡Pero, señor maestro de canto, si todos los abonados señalaban con el dedo a nuestros directores!

—¿Qué hacían nuestros directores? —pregunta Gabriel con aire ingenuo.

—¿Qué hacían? ¡Pero si usted sabe mejor que nadie lo que hacían! ¡Usted estaba allí! ¡Usted y Mercier les estaban mirando! Y ustedes fueron los únicos que no se rieron...

—¡No le entiendo!

Muy frío, muy ensimismado, Gabriel extiende los brazos y los deja caer, gesto que evidentemente significa que se desentiende de la cuestión. Rémy continúa:

—¿Qué significa esta nueva manía? ¿Es que ahora ya no quieren que nadie se acerque a ellos?

—¿Cómo? ¿Que no quieren que nadie se acerque a ellos?

—¿Por qué no quieren que nadie los toque?

—¿En verdad ha notado usted que no quieren que nadie los toque? ¡Esto sí que es extraño!

—¡Ah, conque lo reconoce! ¡Ya era hora! ¡Y caminan hacia atrás!

—¿Hacia atrás? ¿Ha notado usted que nuestros directores caminan hacia atrás? Creía que sólo los cangrejos caminaban hacia atrás.

—¡No se ría usted, Gabriel! ¡No se ría!

—No me río —protesta Gabriel, que está más serio que un papa.

—Por favor, Gabriel, usted que es amigo íntimo de la dirección ¿podría explicarme por qué en el entreacto del «jardín», en el *foyer,* cuando yo avanzaba con la mano tendida hacia el señor Richard, oí al señor Moncharmin decirme precipitadamente en voz baja: «¡Aléjese! ¡Aléjese! ¡Y sobre todo no toque al señor director!»? ¿Es que soy un apestado?

—¡Increíble!

—Y unos instantes más tarde, cuando el embajador De la Borderie se dirigió a su vez al señor Richard, ¿no vio usted al señor Moncharmin interponerse y exclamar: «Señor embajador, se lo suplico, no toque al señor director»?

—¡Desconcertante! ¿Qué hacía Richard mientras tanto?

—¿Qué hacía? Lo ha visto perfectamente: se daba media vuelta, saludaba hacia adelante sin que hubiera nadie delante de él y se retiraba caminando hacia atrás.

—¿Hacia atrás?

—Y Moncharmin, detrás de Richard, también dio media vuelta, es decir, efectuó un rápido semicírculo detrás de Richard y se retiró también caminando hacia atrás. Así llegaron hasta la escalera de la administración, caminando hacia atrás. ¡Hacia atrás! En fin, si no están locos, ¡ya me explicará usted qué significa esto!

—Quizá ensayaban un paso de *ballet* —indica Gabriel sin convicción.

El secretario Rémy se siente ultrajado por una broma tan ordinaria en un momento tan dramático. Frunce el ceño, se muerde los labios y se inclina hacia el oído de Gabriel.

—¡No se haga usted el gracioso, Gabriel! Aquí ocurren cosas cuya responsabilidad podría recaer en usted y en Mercier.

—¿Qué cosas? —pregunta Gabriel.

—Christine Daaé no ha sido la única que ha desaparecido de repente esta noche.

—¡Ah, bah!

—Nada de «¡ah, bah!». ¿Puede usted decirme por qué, cuando mamá Giry bajó hace un momento al salón, Mercier la cogió de la mano y se la llevó con él a toda prisa?

—¡Vaya! —exclama Gabriel—, no me había dado cuenta.

—Como usted muy bien ha dicho, Gabriel, usted siguió a Mercier y a mamá Giry hasta el despacho de Mercier. A partir de entonces les han visto a usted y a Mercier, pero ya no se ha vuelto a ver a mamá Giry...

—¿Cree que nos la hemos comido?

—¡No! Pero la han encerrado bajo llave en el despacho y, cuando se pasa por delante de la puerta, ¿sabe lo que se oye? Se oyen estas palabras: «¡Ay, bandidos! ¡Ay, bandidos!».

Mercier llega muy acalorado en ese preciso momento de la singular conversación.

—Bueno —dice con voz apagada—. ¡Es increíble! Les he gritado: «Es muy grave. ¡Abran! Soy yo, Mercier». He oído pasos. La puerta se ha abierto y ha aparecido Moncharmin. Estaba muy pálido. Me ha preguntado: «¿Qué quiere?». «Han raptado a Christine Daaé», le he contestado. ¿Saben ustedes qué me ha respondido? «¡Mejor para ella!» Y ha vuelto a cerrar la puerta, dejándome esto en la mano.

Mercier abre la mano, Rémy y Gabriel miran.

—¡El imperdible! —exclama Rémy.

—¡Qué extraño! ¡Qué extraño! —susurra Gabriel, que no puede evitar un estremecimiento.

De repente, una voz hace que los tres se vuelvan.

—Perdón señores. ¿Pueden decirme dónde está Christine Daaé?

A pesar de la gravedad de las circunstancias, una pregunta semejante sin duda les habría hecho estallar en carcajadas de no encontrarse ante un rostro tan abatido que de inmediato les inspiró piedad. Era el vizconde Raoul de Chagny.

# CAPÍTULO XVI

## «¡CHRISTINE, CHRISTINE!»

El primer pensamiento de Raoul después de la fantástica desaparición de Christine Daaé fue acusar a Erik. No dudaba del poder casi sobrenatural del Ángel de la música en todo el ámbito de la Ópera, donde éste había establecido su imperio.

Raoul se había abalanzado como un loco al escenario, sumido en la desesperación, llamándola como ella debía llamarlo a él desde aquel oscuro abismo donde el monstruo la había llevado como una presa, aún estremecida por su exaltación divina, enteramente vestida con la blanca mortaja con la que ya se ofrecía a los ángeles del paraíso.

—¡Christine, Christine! —repetía Raoul... y le parecía oír los gritos de la joven a través de aquellas frágiles tablas que le separaban de ella. Se inclinaba, escuchaba... erraba por el mismo escenario como un demente. ¡Ah, bajar, bajar a aquellos pozos de tinieblas cuyas entradas estaban cerradas para él!

¡Aquel frágil obstáculo que normalmente se desliza con tanta facilidad sobre sí mismo para dejar ver el abismo hacia el que tiende todo su deseo... esas tablas a las que sus pasos hacen crujir y que dejan oír bajo su peso el misterioso vacío de las «profundidades»! Esta noche las tablas son algo más que inmóviles: parecen inmutables, adquieren un aspecto de solidez que rechaza la idea de que hayan podido moverse jamás. ¡Además, se le ha prohibido a todo el mundo bajar por las escaleras que llevan a la zona bajo el escenario!

—¡Christine, Christine!

Lo apartan entre carcajadas... Se burlan de él... Creen que el pobre prometido tiene trastornado el cerebro...

¿En qué furiosa carrera a través de los corredores de noche y misterio, sólo conocidos por él, habrá Erik arrastrado a aquella joven tan pura hasta llegar a su horrible morada de la habitación estilo Luis Felipe, cuya puerta se abre sobre aquel lago infernal?

—¡Christine, Christine! ¡No respondes! ¿Estás viva todavía, Christine? ¿No has exhalado tu último suspiro en un minuto de horror sobrehumano, bajo el aliento abrasador del monstruo?

Horribles pensamientos atraviesan como rayos fulgurantes el cerebro congestionado de Raoul.

Sin duda Erik ha debido descubrir su secreto, ha sabido que era traicionado por Christine. ¡Qué terrible venganza sería la suya!

¿De qué no sería capaz el Ángel de la música llevado por su insuperable orgullo? ¡Christine está perdida en las todopoderosas manos del monstruo!

Raoul vuelve a pensar en las estrellas de oro que la última noche vinieron a su balcón y a las que no fulminó con su arma impotente.

Algunos hombres tienen sin duda ojos extraordinarios. Ojos que se dilatan en las tinieblas y que brillan como estrellas, como ojos de gato (algunos hombres albinos, que parecen tener ojos de conejo durante el día, tienen ojos de gato por la noche; todo el mundo lo sabe). ¡Sí, sí, era realmente Erik al que Raoul había disparado! ¿Cómo es que no lo había matado? El monstruo habría huido por el canalón como los gatos o los presidiarios que, como también saben todos, serían capaces de escalar el cielo con la sola ayuda de una tubería.

Sin duda Erik urdía algo decisivo contra el joven, pero había sido herido y había huido para volverse contra la pobre Christine.

Eso iba pensando hoscamente el pobre Raoul mientras corría hacia el camerino de la cantante...

—¡Christine, Christine!

Amargas lágrimas abrasan las mejillas del joven, que observa esparcida por los muebles todas las ropas destinadas a vestir a su hermosa prometida en el momento de la huida... ¿Por qué no habrá querido irse antes? ¿Por qué habrá tardado tanto? ¿Por qué habrá decidido jugar con el peligro que les amenazaba, con el corazón del monstruo? ¿Por qué habrá querido dejar aquel canto celestial como último recuerdo en el alma de aquel demonio?

> ¡Ángeles puros! ¡Ángeles radiantes!
> Llevad mi alma al seno de los cielos.

Raoul, al que los sollozos no dejan expresar las frases inconexas y los insultos que llenan su garganta, palpa con sus manos torpes el gran espejo que un día se abrió ante él para dejar que Christine bajara a la tenebrosa morada. Empuja, presiona, tantea... Pero, al parecer, el espejo sólo obedece a Erik... Quizá los gestos son inútiles con un espejo como ése, quizá sea suficiente con pronunciar ciertas frases... Cuando era niño, le contaban que ciertos objetos obedecían a veces a las palabras.

De repente, Raoul recuerda... «Una verja que da a la calle Scribe... Un subterráneo que sube directamente del lago a la calle Scribe...» ¡Sí, Christine le había hablado de ello! Tras comprobar que la pesada llave ya no está en su cofre, se precipita hacia la calle Scribe...

Ya se encuentra fuera, pasea sus manos temblorosas por las piedras ciclópeas, busca salidas... Encuentra barrotes... ¿Serán éstos? ¿O aquéllos? ¿O ese respiradero? Lanza miradas impotentes entre los barrotes... ¡Qué profunda noche reina allí dentro! Escucha... ¡Qué silencio! Gira alrededor del monumento... ¡Ah, qué barrotes tan grandes, qué verjas tan poderosas! ¡Es la puerta del patio de la administración!

Raoul corre hacia la portera:

—Perdón, señora, ¿podría indicarme dónde hay una puerta de verja? Sí, una puerta hecha de barrotes, barrotes... de hierro, que da a la calle Scribe y que conduce al lago. ¿Conoce usted el lago? ¡Sí, claro, el lago! ¡El lago que hay bajo tierra... debajo de la Ópera!

—Señor, sé muy bien que hay un lago bajo la Ópera, pero no sé qué puerta conduce hasta él... No he ido nunca...

—¿Y la calle Scribe, señora? ¡La calle Scribe! ¿Ha ido usted alguna vez a la calle Scribe?

La portera se ríe, estalla en carcajadas. Raoul huye rugiendo, salta, sube unas escaleras, baja otras, atraviesa toda la administración, y vuelve a encontrarse en la luz del escenario.

Se detiene. El corazón le late como si fuera a estallar dentro de su pecho jadeante... ¿Y si hubieran encontrado a Christine Daaé? Se acerca un grupo de gente. Pregunta:

—Perdón señores, ¿han visto a Christine Daaé?

Pero se ríen de él.

En ese mismo momento el escenario se llena de nuevos rumores y, en medio de una multitud de fracs que le rodean con movimientos de brazo que tratan de explicar algo, aparece un hombre de rostro sereno que se muestra amable, muy sonrosado y mofletudo, de cabellos rizados, iluminado por dos ojos azules de una maravillosa tranquilidad. El administrador Mercier señala el recién llegado al vizconde Chagny, diciéndole:

—Ése es el hombre, señor, al que debe formular su pregunta. Le presento al comisario de policía Mifroid.

—¡Ah, señor vizconde de Chagny! Encantado de verlo —dice el comisario—. Si es tan amable de seguirme... Y ahora, ¿dónde están los directores? ¿Dónde están los directores?

En vista de que el administrador permanece en silencio, el secretario Rémy se encarga de informar al comisario de que los directores están encerrados en su despacho y aún no saben nada de lo ocurrido.

—¡No es posible! ¡Vamos a su despacho!

El señor Mifroid, seguido de un cortejo que va engrosándose poco a poco, se dirige a la administración. Mercier aprovecha el desorden para deslizar una llave en la mano de Gabriel:

—Esto se está poniendo bastante feo —murmura Mercier—. Ve a soltar a mamá Giry.

Gabriel se aleja.

Pronto llegan ante la puerta de la dirección. En vano Mercier les conmina a que abran. La puerta no se abre.

—¡Abran en nombre de la ley! —ordena la voz clara y un tanto inquieta del señor Mifroid.

Por fin la puerta se abre. Todos se precipitan en el despacho detrás del comisario.

Raoul es el último en entrar. Cuando se dispone a seguir al grupo, una mano se posa en su hombro y oye estas palabras pronunciadas en su oído:

—¡Los secretos de Erik no le incumben a nadie!

Se vuelve ahogando un grito. La mano que se había posado en su hombro está ahora sobre los labios de un personaje con la piel color ébano y ojos de jade, cubierto con un gorro de astracán... ¡El Persa!

El desconocido prolonga el gesto que recomienda discreción y en cuanto el vizconde, estupefacto, va a pedirle la razón de su misteriosa intervención, el otro saluda y desaparece.

# CAPÍTULO XVII

## SORPRENDENTES REVELACIONES DE LA SEÑORA GIRY
## SOBRE SUS RELACIONES PERSONALES CON
## EL FANTASMA DE LA ÓPERA

Antes de seguir al comisario Mifroid en su visita a los directores, el lector me permitirá informarle de ciertos hechos extraordinarios que acababan de ocurrir en el despacho donde el secretario Rémy y el administrador Mercier habían intentado entrar en vano, y donde los señores Richard y Moncharmin se habían encerrado tan herméticamente con un propósito que el lector ignora todavía, pero que tengo el deber histórico —quiero decir mi deber de historiador— de no ocultar por más tiempo.

He tenido ocasión de decir hasta qué punto el carácter de los directores se había vuelto desagradable desde hacía algún tiempo, y he dicho que esta transformación no se debía sólo a la caída de la lámpara en las circunstancias que ya conocemos.

Hagamos saber al lector —pese al deseo de los directores de que este hecho permanezca oculto para siempre— que el fantasma había conseguido cobrar tranquilamente sus primeros veinte mil francos. ¡Por supuesto que hubo ruegos y rechinar de dientes! Sin embargo, aquello se había producido de la forma más sencilla del mundo.

Cierta mañana, los directores encontraron un sobre preparado encima de la mesa de su despacho. En el sobre figuraba escrito: «Al señor F. de la Ó. (personal)». Además, venía acompañado de una pequeña nota del mismo F. de la Ó.:

Ha llegado el momento de llevar a cabo las cláusulas del pliego de condiciones. Introducirán veinte billetes de mil en este sobre, que sellarán con su propio sello y entregarán a la señora Giry, que se encargará de hacer lo necesario.

Los señores directores no se lo hicieron repetir dos veces. Sin detenerse a pensar cómo aquellas diabólicas notas podían entrar en un despacho que ellos siempre cerraban cuidadosamente con llave, creyeron haber encontrado la oportunidad de atrapar al misterioso maestro de canto. Tras explicar todo, bajo promesa del mayor secreto, a Gabriel y a Mercier, pusieron los veinte mil francos en el sobre y lo confiaron sin pedir explicaciones a la señora Giry, a la que habían reincorporado en sus funciones. La acomodadora no mostró la menor sorpresa. No es preciso señalar hasta qué extremo se la vigiló. En resumen, se dirigió de inmediato al palco del fantasma y depositó el precioso sobre en la barra del pasamanos. Los dos directores, al igual que Gabriel y Mercier, estaban escondidos de manera que no perdieron el palco de vista ni un segundo durante el transcurso de la representación, e incluso después, ya que, como el sobre no se había movido, quienes lo vigilaban tampoco lo hicieron. El teatro se vació y la señora Giry se fue mientras los señores directores, Gabriel y Mercier, seguían sin moverse. Por fin se cansaron y abrieron el sobre tras comprobar que los sellos seguían intactos.

A primera vista, Richard y Moncharmin creyeron que los billetes seguían allí, pero a la segunda ojeada se dieron cuenta de que no eran los mismos. Los veinte billetes auténticos habían desaparecido y habían sido reemplazados por veinte billetes falsos. Primero sintieron sólo rabia, pero después también terror.

—¡Es más impresionante que los trucos de Robert Houdini! —exclamó Gabriel.

—Sí —contestó Richard—, y cuesta más caro.

Moncharmin quiso que se corriera a avisar al comisario, pero Richard se opuso. Sin duda tenía su plan, pues dijo:

—¡No seamos ridículos! Todo París se reirá de nosotros. El fantasma de la Ópera ha ganado la primera partida, nosotros ganaremos la segunda.

Pensaba, evidentemente, en la siguiente mensualidad.

De todas formas, habían sido tan perfectamente burlados que durante las semanas siguientes no pudieron superar cierto abatimiento. Y, hay que reconocerlo, era comprensible. Si no llamaron al comisario entonces fue, y no hay que olvidarlo, porque los directores albergaban en lo más profundo de su ser la idea de que una odiosa broma montada por sus predecesores, que no convenía revelar antes de tener la «clave», podía ser la causa de la extraña aventura. Por otra parte, Moncharmin mezclaba a veces este pensamiento con la vaga sospecha de que el propio Richard podía ser capaz de este tipo de ocurrencias. Así pues, preparados para toda eventualidad, esperaron los acontecimientos mientras vigilaban y hacían vigilar a mamá Giry, a la que Richard no quería que se le hablara de nada.

—Si es cómplice —decía—, hace ya tiempo que los billetes están lejos. Pero en mi opinión se trata tan sólo de una imbécil.

—¡Hay muchos imbéciles metidos en este asunto! —había replicado, pensativo, Moncharmin.

—¿Acaso alguien podría dudarlo? —gimió Richard—. Pero no tengas miedo... La próxima vez tomaré todas las precauciones.

Así llegó la siguiente vez, que coincidió con el día de la desaparición de Christine Daaé.

Por la mañana recibieron una nota del fantasma que les recordaba el vencimiento del plazo: «Hagan como la última vez —aconsejaba amablemente F. de la Ó.—. Salió muy bien. Entreguen el sobre, en el que habrán metido veinte mil francos, a la excelente señora Giry».

La nota venía acompañada del sobre habitual. No hacía falta más que llenarlo.

Esta operación se debía cumplir aquella misma noche, media hora antes del espectáculo. Por lo tanto, entramos en el despacho de los directores media hora antes de que el telón se levantase ante aquella ya famosa representación de *Fausto*.

Richard mostró el sobre a Moncharmin, luego contó los veinte mil francos y los introdujo en el sobre, pero sin cerrarlo.

—Y ahora llamen a mamá Giry.

Fueron a buscar a la vieja, que entró haciendo una solemne reverencia. Seguía llevando su vestido de tafetán negro que tendía al óxido y al lila, y su sombrero de plumas color hollín: parecía estar de buen humor. Nada más entrar dijo:

—¡Buenos días, señores! ¿Se trata otra vez del sobre?

—Sí, señora Giry —dijo Richard con gran amabilidad—. Se trata del sobre... y también de otra cosa.

—A su disposición, señor director, a su disposición. Dígame, ¿cuál es esa otra cosa?

—Primero, señora Giry, tendría que hacerle una pequeña pregunta.

—Hágala, señor director. Mamá Giry está aquí para contestarle.

—¿Sigue estando en buenas relaciones con el fantasma?

—Inmejorables, señor director, inmejorables.

—Ah, nos complace saberlo... De hecho, señora Giry —dijo Richard adoptando el tono de una importante confidencia—, entre nosotros, podemos decírselo... usted no es nada tonta.

—Pero, señor director... —exclamó la acomodadora deteniendo el amable balanceo de las dos plumas negras en su sombrero color hollín—, le aseguro que nadie ha tenido dudas con respecto a eso.

—Estamos de acuerdo, y vamos a entendernos. La historia del fantasma es una buena broma, ¿verdad? Pues bien, y que quede entre nosotros, ya ha durado demasiado.

Mamá Giry miró a los directores como si le hubieran hablado en chino. Se acercó a la mesa de Richard y dijo, bastante inquieta:

—¿Qué quiere decir usted? ¡No le entiendo!

—Usted me entiende muy bien. En todo caso, es preciso que nos entienda... Para empezar, va usted a decirnos cómo se llama.

—¿Quién?

—¡Su cómplice, señora Giry!

—¿Que soy cómplice del fantasma? ¿Yo? ¿Cómplice de qué?

—Usted hace todo lo que él quiere.

—¡Oh! No es demasiado molesto, ¿sabe usted?

—¡Y siempre le da propinas!

—No me quejo.

—¿Cuánto le da por llevarle este sobre?

—Diez francos.

—¡Caramba! No es mucho.

—¿Por qué?

—Le diré todo eso más tarde, señora Giry. Ahora querríamos saber por qué razón... extraordinaria... se ha entregado en cuerpo y alma a este fantasma en lugar de a otro... ¡Supongo que la amistad y la fidelidad de mamá Giry no se consigue por sólo diez francos!

—¡Eso es cierto! La razón puedo decírsela, señor director. No hay ningún deshonor en ello, al contrario.

—No lo dudamos, señora Giry.

—Pues bien... Al fantasma no le gusta mucho que cuente sus historias.

—¡Ajá! —sonrió Richard.

—Pero ésta, ¡ésta sólo me concierne a mí! —continuó la vieja—. Pues bien, fue en el palco n.º 5. Una noche encontré una carta para mí, una especie de nota escrita con tinta roja... Esa nota, señor director, no necesito leérsela. Me la sé de memoria... ¡Y no la olvidaré jamás aunque viva cien años!

La señora Giry, en pie, recitó la carta con sorprendente elocuencia: «Señora: 1825, la señorita Ménétrier, corifeo, se convirtió en marquesa de Cussy; 1832, la señorita Marie Taglioni, bailarina, se convirtió en condesa Gilbert des Voisins; 1846, la Sota, bailarina, se casa con un hermano del rey de España; 1847, Lola Montes, bailarina, se casa morganáticamente con el rey Luis de Baviera y recibe el título de condesa de Landsfeld; 1848, la señorita María, bailarina, se convierte en baronesa de Hermeville; 1870, Thérése Hessler, bailarina, se casa con don Fernando, hermano del rey de Portugal...».

Richard y Moncharmin escuchaban a la vieja que, a medida que avanzaba en la curiosa enumeración de esos gloriosos matrimonios, se animaba, se erguía, se volvía audaz y, finalmente, inspirada como una sibila sobre su trípode, lanzó con una tronante voz de orgullo la última frase de la carta profética: «¡1885, Meg Giry, emperatriz!».

Agotada por este esfuerzo supremo, la acomodadora se dejó caer en la silla diciendo:

—Señores, todo esto estaba firmado: «El fantasma de la Ópera». Ya había oído hablar del fantasma, pero no creía en él más que a medias. Desde el día en que anunció que la pequeña Meg, la carne de mi carne, el fruto de mis entrañas, sería emperatriz, creí en él por completo.

En verdad, no era preciso observar con detenimiento la exaltada fisonomía de mamá Giry para comprender lo que se había podido provocar en aquella cabecita con esas dos palabras: «fantasma y emperatriz».

Pero, ¿quién manejaba los hilos de aquel extravagante maniquí? ¿Quién?

—Usted no lo ha visto nunca, pero habla con usted y aun así ¿cree todo lo que le dice? —preguntó Moncharmin.

—Sí. En primer lugar, porque le debo el que mi pequeña Meg se haya convertido en corifeo. Yo le había dicho al fantasma: «Para que sea emperatriz en 1885 no debe perder el tiempo, debe convertirse de inmediato en corifeo». «Desde luego», me contestó. Y le bastó con decirle unas palabras al señor Poligny para que así fuese.

—¡Entonces, el señor Poligny lo ha visto!

—No más que yo, ¡pero lo ha oído! El fantasma le dijo una palabra al oído, ya sabe usted, la noche en que salió tan pálido del palco n.º 5.

Moncharmin dejó escapar un suspiro.

—¡Qué historia! —gimió.

—¡Ah! —respondió mamá Giry—. Siempre he creído que había secretos entre el fantasma y el señor Poligny. Todo lo que el fantasma le pedía al señor Poligny, éste se lo concedía... Poligny no le negaba nada al fantasma.

—¿Oyes bien, Richard? Poligny no le negaba nada al fantasma.

—Sí, sí. Oigo perfectamente —declaró Richard—. El señor Poligny es amigo del fantasma y, como la señora Giry es amiga de Poligny, ¡estamos listos! —añadió en tono muy duro—. Pero Poligny no me preocupa... La única persona por cuya suerte me intereso, no lo disimulo, es la señora Giry... Señora Giry, ¿sabe usted lo que hay en este sobre?

—¡Por Dios, no! —dijo ésta.

—Pues bien, ¡mire usted!

La señora Giry deslizó una miraba turbada por el sobre, pero sus ojos recobraron de nuevo su brillo.

—¡Billetes de mil francos! —exclamó.

—Sí, señora Giry. Billetes de mil... ¡Usted lo sabía muy bien!

—¿Yo? Señor director, ¡le juro que...!

—No jure, señora Giry. Ahora voy a decirle la otra cosa por la que la he hecho venir... Señora Giry, voy a hacer que la detengan.

Las dos plumas negras del sombrero color hollín, que habitualmente adoptaban la forma de dos puntos de interrogación, se transformaron en puntos de exclamación. En cuanto al sombrero, osciló amenazante sobre el moño en desorden. La sorpresa, la indignación, la protesta y el espanto volvieron a reflejarse en el rostro de la madre de la pequeña Meg en forma de una especie de pirueta extravagante, causada por la virtud ofendida, que de un salto la condujo hasta la nariz del director, quien no pudo evitar retroceder hasta su sillón.

—¿Hacerme detener?

La boca que decía esto parecía a punto de escupir a la cara del señor Richard los tres dientes que le quedaban.

Richard se comportó como un héroe. No retrocedió. Con su índice amenazador ya señalaba a la acomodadora del palco n.º 5 a los magistrados ausentes.

—¡Señora Giry, voy a hacerla detener por ladrona!

—¡Repita eso!

Y la señora Giry abofeteó con todas sus fuerzas al señor Richard antes de que Moncharmin tuviera tiempo de intervenir. ¡Vengativa respuesta! Pero no fue la mano de la encolerizada vieja la que se abatió sobre la mejilla del director, sino el mismo sobre causante de todo el escándalo, el sobre mágico que se entreabrió de repente para dejar escapar los billetes, que volaron formando un remolino fantástico de mariposas gigantes.

Los dos directores lanzaron un grito y un mismo pensamiento los hizo ponerse de rodillas, recogerlos febrilmente y comprobar apresurados los preciosos papeles.

—¿Siguen siendo auténticos? —dijo Moncharmin.

—¿Siguen siendo auténticos? —repitió Richard.

—¡Son auténticos! —exclamaron al unísono.

Por encima de sus cabezas, los tres dientes de la señora Giry castañetea-ban entre horribles insultos. Pero lo único que se distinguía con claridad era esta cantinela:

—¿Yo, una ladrona? ¿Una ladrona, yo? —se ahogaba, y exclamó—: ¡Estoy destrozada!

De repente volvió a saltar ante las narices de Richard.

—¡En todo caso —chilló— usted, señor director, usted debe saber mejor que yo adónde han ido a parar esos veinte mil francos!

—¿Yo? —preguntó Richard estupefacto—. ¿Y cómo podría saberlo?

Inmediatamente Moncharmin, severo e inquieto, procura que la buena mujer se explique.

—¿Qué significa esto? —preguntó—. ¿Por qué, señora Giry, pretende usted que Richard sepa mejor que usted adónde han ido a parar los veinte mil francos?

Entonces Richard se sonrojó bajo la mirada de Moncharmin, tomó la mano de la señora Giry y la sacudió con violencia. Su voz imitaba al trueno. Rugía, retumbaba... fulminaba...

—¿Por qué he de saber mejor que usted adónde han ido a parar los veinte mil francos? ¿Por qué?

—Porque han ido a parar a su bolsillo... —dijo la vieja, mirándolo ahora como si viera al diablo.

Entonces le tocó al señor Richard sentirse fulminado; en primer lugar, por aquella respuesta inesperada, y en segundo lugar por la mirada cada vez más desconfiada de Moncharmin. En tan sólo un segundo perdió toda la fuerza que necesitaba en ese difícil momento para rechazar una acusación tan despreciable.

De esta forma es como los más inocentes, sorprendidos en la paz de sus corazones, aparecen de repente, porque el golpe que les aturde les hace palidecer o ruborizarse, o tartamudear, o levantarse, o hundirse, o protes-tar, o callar cuando habría que hablar, o hablar cuando habría que callar, o permanecer fríos cuando convendría acalorarse, o acalorarse cuando habría que mantenerse fríos, y aparecen de repente —como iba diciendo— como culpables.

Moncharmin detuvo el impulso vengador con el que Richard, que era inocente, iba a precipitarse sobre la señora Giry y con intención tranquilizadora se apresuró a interrogarla con más dulzura.

—¿Cómo ha podido sospechar usted que mi colaborador, Richard, se ha metido los veinte mil francos en el bolsillo?

—¡Yo no he dicho eso nunca! —declaró mamá Giry—. Pero yo misma puse los veinte mil francos en el bolsillo del señor Richard —y añadió a media voz—: ¡da igual! ¡Así fue! ¡Que el fantasma me perdone!

Y como Richard empezó a aullar de nuevo, Moncharmin le ordenó que se callase ejerciendo autoridad.

—¡Perdón! ¡Perdón! ¡Perdón! Deja que esta mujer se explique. Déjame interrogarla yo —y añadió—: es realmente extraño que te lo tomes así... Parece que todo este misterio va a aclararse. ¡Estás furioso! Pero te equivocas... A mí, en cambio, me divierte mucho.

Mamá Giry, mártir, levantó el rostro, en el que brillaba la fe en su propia inocencia.

—Me dicen ustedes que había veinte mil francos en el sobre que metí en el bolsillo del señor Richard, pero repito que no sabía nada. ¡Ni tampoco el señor Richard!

—¡Ajá! —exclama Richard afectando un aire de repentina valentía que desagradó a Moncharmin—. ¡Conque yo tampoco sabía nada! Ponía usted veinte mil francos en mi bolsillo y yo no me entero. ¡Ésta sí que es buena, señora Giry!

—Sí —asintió la terrible señora—. Es verdad... No sabíamos nada ni el uno ni el otro... Pero usted ha tenido que terminar por darse cuenta.

Sin ningún tipo de duda, Richard habría devorado a la señora Giry si Moncharmin no hubiese estado presente. Pero Moncharmin la protegió y aceleró el interrogatorio.

—¿Qué tipo de sobre introdujo usted en el bolsillo del señor Richard? No fue el que nosotros le dimos, el que usted, delante de nosotros, llevó hasta el palco n.º 5. Sin embargo, sólo ése era el que contenía los veinte mil francos.

—¡Perdón! Fue el que me dio el señor director el que yo metí en el bolsillo del señor director —explica mamá Giry—. El que deposité en el palco del fantasma era un sobre exactamente igual que yo llevaba preparado en mi manga y que me había dado el fantasma.

Al decir esto, mamá Giry sacó de su manga un sobre preparado e idéntico al que contenía los veinte mil francos. Los directores lo cogieron casi al vuelo. Lo examinaron y comprobaron que estaban intactos los lacres sellados con su propio sello. Lo abrieron... Contenía veinte billetes falsos iguales a los que les dejaron perplejos un mes antes.

—¡Qué sencillo! —dice Richard.

—¡Qué sencillo! —repitió Moncharmin, más solemne que nunca.

—Los trucos más brillantes han sido siempre los más sencillos —respondió Richard—. Basta con tener un cómplice...

—O una cómplice —añadió con voz átona Moncharmin, que siguió con los ojos clavados en la señora Giry como si quisiera hipnotizarla—. ¿Era el fantasma quien le hacía llegar este sobre, y era él quien le decía que lo sustituyera por el que nosotros le dábamos? ¿Era él quien le decía que introdujera este último en el bolsillo del señor Richard?

—Sí, ¡claro que era él!

—Entonces, señora, ¿puede usted darnos una prueba de sus habilidades? Aquí está el sobre. Haga usted como si nosotros no supiéramos nada.

—Lo que ustedes manden, señores.

Mamá Giry volvió a coger el sobre con los veinte billetes y se dirigió hacia la puerta. Se dispuso a salir.

Los dos directores se precipitaron hacia ella.

—¡Ah, no, no! No nos la volverá a jugar. Ya tenemos bastante. No vamos a empezar de nuevo.

—Perdón, señores, perdón —se excusó la vieja—. Me han pedido que actúe como si ustedes no supieran nada... Pues bien, si no saben nada, me marcho con el sobre.

—Entonces, ¿cómo lo meterá usted en mi bolsillo? —argumentó Richard, al que Moncharmin seguía sin dejar de vigilar con el ojo izquierdo, mientras con el derecho no abandonaba a la señora Giry. Difícil postura para la mirada, pero Moncharmin estaba decidido a todo para descubrir la verdad.

—Lo pondré en su bolsillo en el momento en que menos lo espere, señor director. Como bien sabe, durante la sesión voy a dar una vueltecita entre bastidores y a menudo, como es mi derecho de madre, acompaño a mi hija hasta el *foyer* de la danza. Le llevo sus zapatillas en el momento del descanso, e incluso su pulverizador... En una palabra, voy y vengo con plena libertad... Los señores abonados van también al *foyer*... Usted también, señor director... Hay mucha gente... Paso por detrás de usted y pongo el sobre en el bolsillo de atrás de su traje... ¡No es ninguna brujería!

—¡No, no es ninguna brujería! —rugió Richard haciendo girar los ojos como Júpiter tronante—. ¡Esto no es una brujería, pero acabo de pillarla en flagrante delito de mentira, vieja bruja!

El insulto le dolió menos a la honorable señora que el golpe que se pretendía propinar a su buena fe. Se incorporó furiosa con los tres dientes a la vista.

—¿Por qué?

—Porque aquella noche pasé a su lado en la sala vigilando tanto el palco n.º 5 como el falso sobre que usted había colocado allí. No bajé al *foyer* de la danza ni por un momento.

—Por eso, señor director, no fue aquella noche cuando le coloqué el sobre... Fue en la siguiente representación... Mire, era la noche en la que el señor secretario de Bellas Artes...

Al oír estas palabras, el señor Richard hizo callar bruscamente a la señora Giry.

—¡Es cierto! —dijo pensativo—. Me acuerdo... ahora me acuerdo. El subsecretario de Estado salió a pasear entre bastidores. Preguntó por mí. Bajé un momento al *foyer* de la danza. Me encontraba en las escaleras del *foyer*... El subsecretario de Estado y el jefe de su despacho estaban en el *foyer* mismo... De repente, me volví... Era usted, que pasaba por detrás de mí, señora Giry... Tuve la impresión de que me había rozado... No había nadie más que usted detrás de mí... ¡Oh, aún la veo! ¡Aún la veo!

¡Pues bien, sí, eso fue, señor director! ¡Eso fue! Acababa de dejarle mi recado en su bolsillo. Ese bolsillo es muy fácil, señor director.

Y la señora Giry añadió una vez más el gesto a la palabra: se colocó detrás de Richard y, con tal presteza que el mismo Moncharmin, que miraba con los dos ojos bien abiertos, quedó impresionado, depositó el sobre en el bolsillo de uno de los faldones de la levita del director.

—¡Hay que reconocerlo! —exclamó Richard un poco pálido—. El fantasma de la Ópera lo ha pensado muy bien. El problema que se le planteaba era suprimir todo intermediario peligroso entre el que da los veinte mil francos y el que se los queda. Lo mejor que podía hacer era venir a cogerlos de mi bolsillo sin que yo me diera cuenta, porque yo ni siquiera sabía que estaban allí... Admirable, ¿no?

—¡Oh, admirable sin duda! —repitió Moncharmin—. Sólo olvidas, Richard, que yo di diez mil francos de aquellos veinte mil, ¡y que a mí no me pusieron nada en el bolsillo!

# CAPÍTULO XVIII

## Continuación de la singular actitud de un imperdible

L a última frase de Moncharmin expresaba de forma evidente las sospechas que tenía sobre su colaborador, de modo que fue precisa una explicación inmediata y tormentosa por parte de Richard, quien finalmente decidió aceptar la propuesta de Moncharmin para ayudarle a descubrir al miserable que se burlaba de ellos.

Así llegamos al «entreacto del jardín» durante el cual el señor secretario Rémy, al que no se le escapaba nada, observó con tanta curiosidad la extraña conducta de sus directores. A partir de aquí, nada nos resultará más fácil que encontrar una explicación a actitudes tan excepcionalmente barrocas y, sobre todo, tan poco acordes con la imagen de dignidad que deben mostrar unos directores.

La conducta de Richard y de Moncharmin estuvo enteramente determinada por la revelación que les había sido hecha: 1) esa tarde, Richard debía repetir exactamente los gestos que había realizado en el momento de la desaparición de los primeros veinte mil francos; 2) Moncharmin no debía perder de vista ni por un segundo el bolsillo trasero de Richard, en el cual la señora Giry habría depositado los segundos veinte mil francos.

Richard se situó en el lugar exacto en el que había saludado al secretario de Bellas Artes, con Moncharmin a sus espaldas, a algunos pasos de distancia.

La señora Giry avanzó, rozó a Richard, se liberó de los veinte mil francos depositándolos en el bolsillo de la levita de su director y desapareció... o mejor dicho, la hicieron desaparecer. Obedeciendo las órdenes que Moncharmin le había dado algunos instantes antes de la reconstrucción de la escena, Mercier encerró a la buena señora en el despacho de la administración. De este modo, a la vieja le habría resultado imposible comunicarse con su fantasma. Ella no opuso resistencia alguna, ya que mamá Giry no era más que una pobre figura desplumada, perdida, espantada, que abría unos ojos de ave despavorida bajo una cresta en desorden, que en el sonoro corredor ya oía el ruido de los pasos del comisario con el que la habían amenazado y que exhalaba suspiros que harían fundirse las columnas de la escalinata principal.

Mientras tanto Richard se inclinaba, hacía reverencias, saludaba, caminaba hacia atrás como si ante él estuviera el subsecretario de Estado para las Bellas Artes.

Sin embargo, aunque semejantes muestras de educación no hubieran causado el menor asombro en el caso de que ante el director se encontrara el señor subsecretario de Estado, sí causaron un asombro muy comprensible a los espectadores de esa escena tan poco habitual, dado que delante del director no había nadie.

El señor Richard saludaba al vacío... se inclinaba ante la nada y retrocedía —caminaba hacia atrás— delante de nada... Además, a algunos pasos de él, Moncharmin se dedicaba a hacer lo mismo. Incluso, repeliendo al señor Rémy, suplicaba al señor embajador De la Borderie y al señor director del Crédit Central «que no tocaran al señor director».

Moncharmin, que ya se había formado una idea, no creía en lo más mínimo en lo que Richard le había dicho anteriormente, una vez desaparecidos los veinte mil francos: «Quizá haya sido el embajador o el director del Crédit Central, o acaso el señor secretario Rémy».

Más aún, después de la primera escena de la propia confesión de Richard, éste no había encontrado a nadie en aquella parte del teatro después de que la señora Giry le rozara... ¿Por qué entonces, si debían repetir exactamente los mismos gestos, debía encontrar hoy a alguien?

Tras caminar hacia atrás para saludar, Richard siguió andando de la misma forma por prudencia hasta el pasillo de la administración... Por detrás lo iba vigilando Moncharmin y por delante él mismo vigilaba «a la gente que se le acercaba».

Una vez más, no iba a pasar desapercibida esta forma absolutamente nueva de pasearse por los corredores que habían adoptado los señores directores de la Academia Nacional de Música. Y no pasó desapercibida.

Afortunadamente para los señores Richard y Moncharmin, en aquel momento las «ratitas» se encontraban casi todas en los desvanes. Los directores habrían tenido mucho éxito entre las jóvenes. Pero no pensaban más que en sus veinte mil francos.

Una vez llegado al corredor en penumbra de la administración, Richard le dijo en voz baja a Moncharmin:

—Estoy seguro de que nadie me ha tocado... ahora te pondrás lejos de mí y me vigilarás en la sombra hasta la puerta de mi despacho... No hay que poner en guardia a nadie y ya veremos qué ocurre.

Pero Moncharmin replicó:

—¡No, Richard, no! Camina hacia delante... Yo iré inmediatamente detrás. ¡No me alejaré ni un solo paso!

—¡Pero entonces nunca podrán robarnos los veinte mil francos! —exclamó Richard.

—¡Eso espero! —declaró Moncharmin.

—Entonces, lo que estamos haciendo es absurdo.

—Hacemos exactamente lo que hicimos la última vez. La última vez me reuní contigo a la salida del escenario, al final de este pasillo... y te seguí por detrás.

—¡A pesar de todo, es cierto! —suspiró Richard sacudiendo la cabeza y obedeciendo con pasividad a Moncharmin.

Dos minutos más tarde los dos directores se encerraban en el despacho de la dirección. Fue el propio Moncharmin quien guardó la llave en el bolsillo.

—La última vez permanecimos los dos encerrados así hasta que dejaste la Ópera para ir a tu casa —dijo.

—¡Es cierto! ¿Y no vino nadie a molestarnos?

—Nadie.

—Entonces —reflexionó Richard, que se esforzaba por ordenar sus recuerdos—, entonces seguramente me robaron en el trayecto de la Ópera a mi domicilio.

—¡No! —profirió Moncharmin con el tono más seco—. No, eso no es posible... Yo te llevé a tu casa en mi coche. Los veinte mil francos desaparecieron en tu casa, de eso no me cabe la menor duda.

Ésa era la idea que ahora tenía Moncharmin.

—Eso es increíble —protestó Richard—. Tengo plena confianza en mis criados... y si alguno de ellos hubiera dado el golpe, habría desaparecido al poco tiempo.

Moncharmin se encogió de hombros dando a entender que él no entraba en ese tipo de detalles.

Ahora Richard empezó a creer que Moncharmin le trataba con un tono completamente insoportable.

—¡Moncharmin, ya no aguanto más!

—¡Richard, yo tampoco!

—¿Te atreves a sospechar de mí?

—¡Sí, de una broma deplorable!

—¡No se bromea con veinte mil francos!

—¡Ésa es mi opinión! —declaró Moncharmin desplegando un periódico en cuya lectura se sumergió con ostentación.

—¿Qué piensas hacer? —preguntó Richard—. ¿Vas a ponerte a leer el periódico ahora?

—Sí, Richard, hasta el momento de llevarte a casa.

—¿Como la última vez?

—Como la última vez.

Richard le arrancó a Moncharmin el periódico de las manos. Acto seguido, Moncharmin se puso en pie más irritado que nunca. Se encontró ante él a un Richard exasperado que le dijo mientras cruzaba los brazos sobre el pecho, un gesto de insolente desafío conocido por todos desde que el mundo existe:

—Mira —dijo Richard—, esto es lo que pienso. Pienso en lo que yo podría pensar si, como la última vez, después de haber pasado la velada contigo, me volvieras a llevar a casa y en el momento de despedirnos me diera cuenta de que los veinte mil francos han desaparecido del bolsillo de mi levita... igual que la última vez.

—¿Y qué podrías pensar? —exclamó Moncharmin adquiriendo un color carmesí.

—Podría pensar que, dado que no te has separado de mí ni un palmo y que, según tu propio deseo, has sido el único en acercarse a mí, como la última vez, pues podría pensar que si los veinte mil francos no están en mi bolsillo tienen muchas posibilidades de estar en el tuyo.

Moncharmin dio un brinco al oír esta hipótesis.

—¡Oh! —exclamó—. ¡Un imperdible!

—¿Qué quieres hacer con un imperdible?

—¡Atarte... un imperdible! ¡Un imperdible!

—¿Quieres atarme con un imperdible?

—¡Sí, atarte a los veinte mil francos! Así, tanto aquí como en el trayecto a tu domicilio, o una vez en él, podrás notar la mano que entre en tu bolsillo. Y así verás si es la mía, Richard... ¡Ah, ahora eres tú el que sospechas de mí! ¡Un imperdible!

Fue entonces cuando Moncharmin abrió la puerta que daba al pasillo, gritando:

—¡Un imperdible! ¿Quién me trae un imperdible?

También sabemos que en aquel mismo instante el secretario Rémy, que no tenía ningún imperdible, fue recibido por el director Moncharmin mientras un ordenanza le traía el tan deseado imperdible.

Esto es lo que sucedió: Moncharmin, tras cerrar la puerta, se arrodilló a espaldas de Richard.

—Espero —dijo— que los veinte mil francos sigan estando aquí.

—También yo.

—¿Los verdaderos? —preguntó Moncharmin, que esta vez estaba decidido a no dejarse «timar».

—¡Míralos! Yo no quiero ni tocarlos —declaró Richard.

Moncharmin sacó el sobre del bolsillo de Richard y retiró los billetes temblando, ya que esta vez, para poder comprobar con frecuencia la presencia de los billetes, no habían sellado el sobre y ni siquiera lo habían pegado. Se tranquilizó al comprobar que seguían allí y que eran los auténticos. Los colocó en el bolsillo del faldón y los fijó cuidadosamente con el imperdible.

Después de eso se sentó detrás de la levita, a la que no perdió de vista mientras Richard, sentado a su mesa, no hacía el menor movimiento.

—Un poco de paciencia, Richard —ordenó Moncharmin—. Ya faltan sólo unos minutos... El reloj dará enseguida las doce campanadas de medianoche. A las doce nos marchamos como la última vez.

—Tendré toda la paciencia que sea necesaria.

El tiempo pasaba lento, pesado, misterioso, asfixiante. Richard intentó reír.

—Terminaré por creer —dijo— en la omnipotencia del fantasma. ¿No crees que precisamente en este momento hay en la atmósfera de esta habitación un no sé qué que inquieta, que indispone, que asusta?

—Es cierto —asintió Moncharmin, que estaba realmente impresionado.

—¡El fantasma! —volvió a decir Richard en voz baja, como si temiera ser oído por oídos invisibles—. ¡El fantasma! Si fuera realmente un fantasma quien dio esos tres golpes secos sobre la mesa que oímos perfectamente, el que deja aquí los sobres mágicos, el que habla en el palco n.º 5, el que asesina a Joseph Buquet, el que hace caer la araña y el que nos roba... ¡Al fin y al cabo, aquí sólo estamos tú y yo! Si los billetes desaparecen sin que ni tú ni yo intervengamos, nos veremos obligados a creer en el fantasma... en el fantasma...

En ese momento, el reloj que se encontraba encima de la chimenea emitió la primera campanada de la medianoche.

Ambos directores se estremecieron. Les atenazaba una angustia cuya causa no habrían podido expresar y que intentaban combatir en vano. El sudor inundaba sus frentes. La última campanada sonó con más fuerza en sus oídos.

Cuando el péndulo hubo callado lanzaron un suspiro y se levantaron.

—Creo que podemos irnos —dijo Moncharmin.

—Opino lo mismo —obedeció Richard.

—Antes de salir, ¿permites que mire en tu bolsillo?

—¡Cómo no, Moncharmin! ¡Debes hacerlo! ¿Y bien? —preguntó Richard a Moncharmin mientras éste palpaba.

—El imperdible sigue ahí.

—Evidentemente, puesto que, como muy bien decías, no pueden robarnos sin que yo me dé cuenta.

Pero Moncharmin, cuyas manos seguían buscando en el bolsillo, aulló:

—¡Noto el imperdible, pero no los billetes!

—¡No! ¡No bromees, Moncharmin! ¡No es el momento!

—Toca tú mismo.

Richard se quitó la levita con un gesto brusco. Los dos directores agarraron el bolsillo... ¡El bolsillo estaba vacío!

Lo más curioso era que el imperdible seguía clavado en el mismo sitio.

Richard y Moncharmin palidecieron. Ya no podía dudarse del sortilegio.

—El fantasma —murmuró Moncharmin.

Pero, repentinamente, Richard saltó sobre su colega.

—¡Sólo tú has tocado mi bolsillo! ¡Devuélveme mis veinte mil francos! ¡Devuélveme mis veinte mil francos!

—Te juro por mi alma que no los tengo... —suspiró Moncharmin con aspecto de estar a punto de desfallecer.

En ese momento llamaron otra vez a la puerta y fue a abrirla con paso casi automático; parecía no reconocer al administrador Mercier e intercambió con él algunas frases sin importancia, sin comprender nada de lo que el otro le decía, dejando por fin, con un gesto inconsciente, el imperdible que ya no podía servirle para nada en la mano de aquel fiel servidor asombrado.

# CAPÍTULO XIX

## EL COMISARIO DE POLICÍA, EL VIZCONDE Y EL PERSA

L a primera frase del comisario de policía al entrar en el despacho de la dirección fue para pedir noticias de la cantante.

—¿No está aquí Christine Daaé?

Como ya comenté anteriormente, el comisario llegó seguido por una compacta multitud.

¿Christine Daaé? No —respondió Richard—. ¿Por qué?

Por su parte, Moncharmin no tuvo fuerzas ni para pronunciar una palabra... Su estado de ánimo era mucho peor que el de Richard que Richard todavía podía sospechar de Moncharmin, pero Moncharmin se encontraba ante un gran misterio... el que hace estremecer a la humanidad desde su nacimiento: lo desconocido.

Richard volvió a hablar, ya que la pequeña multitud que rodeaba a los directores y el comisario se mantenían en un silencio impresionante:

—¿Por qué me pregunta usted, señor comisario, si Christine Daaé está aquí?

—Porque hay que encontrarla, señores directores de la Academia Nacional de Música —declaró solemnemente el comisario de policía.

—¿Cómo que hay que encontrarla? ¿Es que ha desaparecido?

—¡En plena representación!

—¿En plena representación? ¡Es extraordinario!

—¿Verdad que sí? Y lo que es tan sorprendente como la desaparición es que sea yo quien deba informarles de ella.

—¡En efecto! —asintió Richard, que se cogió la cabeza entre las manos y murmuró—: ¿Qué es esta nueva historia? ¡Realmente hay motivos suficientes para dimitir!

Y se arrancó algunos pelos del bigote sin siquiera darse cuenta.

—Entonces, como si se tratara de un sueño, ha desaparecido en plena representación...

—Sí, la joven ha sido raptada en el acto de la cárcel, en el momento en que invocaba la ayuda de los cielos. Pero dudo de que haya sido raptada por los ángeles.

—¡En cambio, yo estoy seguro de ello!

Todo el mundo se vuelve. Un joven pálido que tiembla de emoción repite:

—¡Estoy seguro!

—¿De qué está usted seguro? —preguntó Mifroid.

—De que Christine Daaé ha sido raptada por un ángel, señor comisario, y podría decirle su nombre...

—¡Ajá!, señor vizconde de Chagny, ¿pretende usted que la señorita Daaé ha sido raptada por un ángel? ¿Por un ángel de la Ópera, sin duda?

Raoul miró a su alrededor. Evidentemente estaba buscando a alguien. En aquel momento en que le parecía tan urgente acudir a la policía en ayuda de su prometida, habría deseado encontrar a aquel desconocido que poco antes le recomendaba discreción. Pero no lo encontró por ninguna parte. ¡Pues bien, tendría que hablar! Sin embargo, no habría sido capaz de explicarse ante tanta gente, que se lo comía con los ojos llena de una curiosidad indiscreta.

—Sí, señor, por un ángel de la Ópera —contestó al señor Mifroid—. Y le diré dónde vive cuando estemos a solas...

—Tiene usted razón, señor.

El comisario de policía invitó a Raoul a sentarse a su lado y despachó a todo el mundo, naturalmente con excepción de los directores que, no obstante, no habrían protestado ya que parecían dispuestos a aceptar cualquier cosa que pasara.

Entonces Raoul cobró fuerzas y empezó diciendo:

—Señor comisario, ese ángel se llama Erik, vive en la Ópera y es el Ángel de la música.

—¡El Ángel de la música! ¡Eso sí que tiene gracia! ¡El Ángel de la música!

Volviéndose hacia los directores, el señor comisario de policía preguntó:

—Señores, ¿vive con ustedes ese ángel?

Los señores Richard y Moncharmin negaron con la cabeza sin sonreír siquiera.

—¡Oh! —exclamó Raoul—, estos señores han oído hablar del fantasma de la Ópera. Pues bien, puedo confirmarles que el fantasma de la Ópera y el Ángel de la música son la misma cosa. Y su verdadero nombre es Erik.

El señor Mifroid se había levantado y miraba atentamente a Raoul.

—Discúlpeme, señor, ¿acaso tiene usted intención de burlarse de la justicia?

—¿Yo? —protestó Raoul, que pensó con dolor: «Otro que no quiere escucharme».

—Entonces, ¿a qué viene este cuento del fantasma de la Ópera?

—Le aseguro que estos señores han oído hablar de él.

—Señores, al parecer conocen ustedes al fantasma de la Ópera.

Richard se levantó, llevando en sus manos los últimos pelos de su bigote.

—¡No, señor comisario! No, no lo conocemos, ¡pero tendríamos un gran interés en conocerlo, ya que esta misma noche nos ha robado veinte mil francos!

Richard dirigió hacia Moncharmin una mirada terrible que parecía decir: «Devuélveme los veinte mil francos o lo cuento todo». Moncharmin la comprendió tan bien que hizo un gesto desesperado: «¡Dilo todo! ¡Dilo todo!».

Mifroid miraba alternativamente a los dos directores y a Raoul, y se preguntaba si no había ido a parar a un asilo de locos. Se pasó una mano por el pelo.

—Un fantasma que, en una misma noche, rapta a una cantante y roba veinte mil francos es un fantasma muy ocupado —dijo—. Si ustedes me lo permiten, vamos a ordenar el asunto. Primero la cantante, después los veinte mil francos. Veamos, señor de Chagny, intentemos hablar seriamente.

Usted cree que la señorita Daaé ha sido raptada por un individuo llamado Erik. ¿Conoce a ese individuo? ¿Lo ha visto?

—Sí, señor comisario.

—¿Dónde?

—En un cementerio.

El señor Mifroid se sobresaltó, volvió a mirar a Raoul y dijo:

—¡Por supuesto! Allí es donde suele encontrarse a los fantasmas. ¿Y qué hacía usted en el cementerio?

—Señor —dijo Raoul—, me doy perfecta cuenta de lo extraño de mis respuestas y del efecto que producen en usted. Pero le suplico que crea que estoy en mi sano juicio. De ello depende la salvación de la persona a quien, junto con mi hermano Philippe, más quiero en el mundo. Quisiera convencerle en pocas palabras, ya que el tiempo apremia y los minutos son preciosos. Por desgracia, no me creerá si no le explico desde el principio esta historia, la más extraña que usted pueda imaginar. Señor comisario, le diré todo lo que sé acerca del fantasma de la Ópera. ¡Por desgracia, señor comisario, no sé gran cosa!

—¡Diga lo que sepa, diga todo lo que sepa! —exclamaron Richard y Moncharmin, de pronto muy interesados; sin embargo, pese a la esperanza que habían concebido por un instante de conocer algún detalle capaz de ponerles sobre la pista del embaucador, pronto se vieron obligados a rendirse ante la triste evidencia de que el señor Raoul de Chagny había perdido por completo el juicio. Toda la historia de Perros-Guirec, las calaveras y el violín encantado no podía haber nacido más que en el cerebro trastornado de un enamorado.

Además, era evidente que el comisario Mifroid compartía este mismo punto de vista, y con toda seguridad habría puesto fin a aquellas frases desordenadas, de las que ya hemos dado una reseña en la primera parte de este relato, si las propias circunstancias no se hubieran encargado de interrumpirlas.

La puerta acababa de abrirse dejando paso a un individuo extravagante vestido con una amplia levita negra y provisto de un alto sombrero, raído y a la vez reluciente, calado hasta las orejas. Corrió hacia el comisario y le habló en voz baja. Sin duda se trataba de algún agente que venía a dar cuenta de una misión urgente.

Durante esa conversación el señor Mifroid no perdía de vista a Raoul. Por fin dijo, dirigiéndose a él:

—Señor, ya hemos hablado bastante del fantasma. Vamos a hablar ahora de usted, si no tiene inconveniente. ¿Debía raptar usted esta noche a la señorita Daaé?

—Sí, señor comisario.

—¿A la salida del teatro?

—Sí, señor comisario.

— Después el coche que le ha traído debía llevarlos a ambos. El cochero ya estaba avisado y el itinerario trazado... Más aún, en cada etapa debía encontrar caballos de refresco...

—Es cierto, señor comisario.

—Sin embargo, el coche sigue allí, esperando sus órdenes, al lado de la Rotonda, ¿no es cierto?

—Sí, señor comisario.

—¿Sabía usted que al lado de su coche se encontraban otros tres vehículos más?

—No les he prestado la menor atención...

—Eran el coche de la señorita Sorelli, que no había encontrado sitio en el patio de la administración, el de la Carlotta y el de su señor hermano, el conde de Chagny...

—Es posible...

—Lo que sí es cierto, en cambio, es que si bien su carruaje, el de la Sorelli y el de la Carlotta siguen estando en su sitio junto a la acera de la Rotonda, el del señor conde de Chagny ya no se encuentra allí...

—Eso no tiene nada que ver, señor comisario...

—¡Perdón! ¿Acaso el señor conde no se oponía a su matrimonio con Christine Daaé?

—Este asunto no incumbe más que a la familia.

—Ya me ha contestado... Se oponía, y por eso usted raptaba a Christine Daaé, se la llevaba lejos de su hermano... Pues bien, señor de Chagny, permítame informarle que su hermano ha sido más rápido que usted... ¡Él es quien ha raptado a Christine Daaé!

—¡Oh! —gimió Raoul llevándose una mano al corazón—. No es posible... ¿Está usted seguro?

—Inmediatamente después de la desaparición de la artista, que se ha organizado con complicidades que aún debemos establecer, subió a su coche, que inició una carrera enloquecida a través de París.

—¿A través de París? —susurró el pobre Raoul—. ¿Qué entiende usted por a través de París?

—Y fuera de París...

—Fuera de París... ¿En qué dirección?

—La carretera de Bruselas.

Un grito ronco se escapó de la garganta del desgraciado joven.

—¡Oh! —exclamó—. ¡Juro que les alcanzaré!

Y en un par de saltos salió del despacho.

—Tráiganosla de nuevo... —gritó jovial el comisario—. ¡Ésa es una información que vale tanto como la del Ángel de la música!

Dicho lo cual, el señor Mifroid se dirigió a su asombrado auditorio y le soltó un discursillo de policía honrado, pero nada pueril:

—No tengo la menor idea de si ha sido realmente el señor conde de Chagny quien ha raptado a Christine Daaé... pero tengo que saberlo, y no creo que en este momento haya alguien con más deseos de informarme que su hermano el vizconde... ¡Ahora debe estar corriendo, volando! ¡Es mi principal ayudante! Éste es, señores, el arte de la policía, que parece tan complicado y que resulta no obstante de una asombrosa simplicidad cuando se descubre que lo mejor es hacer que desempeñen el papel de policía personas que no lo son.

Pero quizás el comisario Mifroid no se habría sentido tan orgulloso de sí mismo si hubiera sabido que la carrera de su rápido mensajero había sido frenada al entrar éste en el primer corredor, liberado ya de la masa de los curiosos a los que había conseguido dejar atrás. El corredor parecía estar desierto. Sin embargo, una gran sombra se interpuso de repente en el camino de Raoul.

—¿Adónde va tan aprisa, señor de Chagny? —preguntó la sombra.

Raoul, impaciente, levantó la cabeza y reconoció el gorro de astracán que había visto antes. Se detuvo.

—¡Otra vez usted! —gritó con voz febril—. ¡Usted, que conoce los secretos de Erik y que no quiere que yo hable de ellos! ¿Quién es usted?

—Lo sabe muy bien... ¡Soy el Persa! —dijo la sombra.

# CAPÍTULO XX

## EL VIZCONDE Y EL PERSA

Raoul recordó entonces que su hermano le había señalado una noche a aquel vago personaje del que se ignoraba todo, una ocasión en la que se había comentado que era un persa y que vivía en un viejo y pequeño apartamento de la calle Rivoli.

El hombre de tez de ébano, ojos de jade y gorro de astracán se inclinó hacia Raoul.

—Confío, señor de Chagny, en que no haya traicionado el secreto de Erik.

—¿Y por qué no debería traicionar a semejante monstruo, señor? —replicó Raoul en tono altivo, intentando liberarse del inoportuno—. ¿Acaso es amigo suyo?

—Espero que no haya dicho nada de Erik, señor, porque el secreto de Erik es el de Christine Daaé. Y hablar de uno es hablar del otro.

—¡Oh, señor! —exclamó Raoul cada vez más impaciente—. Parece estar usted al corriente de muchas cosas que me interesan, pero ahora no tengo tiempo de escucharle.

—Por última vez, señor de Chagny, ¿adónde va tan aprisa?

¿No lo adivina? A socorrer a Christine Daaé...

—Entonces, señor, quédese aquí, ya que Christine se encuentra aquí.

—¿Con Erik?

—¡Con Erik!

—¿Cómo lo sabe?

—Asistí a la representación y no hay más que un Erik en el mundo capaz de maquinar semejante rapto... ¡Oh! —exclamó lanzando un hondo suspiro—. ¡He reconocido la mano del monstruo!

—¿Lo conoce usted?

El Persa no contestó, pero Raoul oyó otro suspiro.

—¡Señor! —dijo Raoul—. Ignoro sus intenciones, pero, ¿puede usted hacer algo por mí? Quiero decir, ¿por Christine Daaé?

—Creo que sí, señor de Chagny, y ésa es la razón por la que lo he abordado.

—¿Qué puede hacer?

—¡Tratar de llevarlo hasta ella... y hasta él!

—¡Señor! Es una empresa que yo he intentado vanamente esta noche... pero, si me hace este favor, mi vida le pertenecerá... Señor, una palabra más: el comisario de policía acaba de informarme de que Christine Daaé ha sido raptada por mi hermano, el conde Philippe...

—¡Oh!, señor de Chagny, no lo creo en absoluto...

—Eso no es posible, ¿verdad?

—No sé si eso es posible, pero hay modos y formas de raptar a alguien y el conde Philippe, que yo sepa, nunca ha estado metido en la magia.

—Sus argumentos son convincentes, señor, y yo no soy más que un pobre loco... ¡Señor, corramos, corramos! Me pongo enteramente a su disposición. ¿Cómo podría no creerle cuando nadie más que usted me cree, cuando es el único en no reírse al oír el nombre de Erik?

El joven, cuyas manos ardían de fiebre, cogió en un gesto espontáneo las manos del Persa. Estaban heladas.

—¡Silencio! —dijo el Persa deteniéndose y escuchando los lejanos ruidos del teatro y los más insignificantes chasquidos que se producían en las paredes y los corredores vecinos—. No pronunciemos ese nombre. Digamos Él. Tendremos menos posibilidades de llamar su atención...

—¿Cree, pues, que está cerca de nosotros?

—Todo es posible, señor... si es que no se encuentra en este momento con su víctima en la mansión del lago.

—¿Usted también conoce esa mansión?

—Si no está allí puede estar en esta pared, en el suelo, en este techo... ¡Qué sé yo! Puede tener el ojo pegado a esta cerradura... o el oído a esta viga...

El Persa, rogando a Raoul que amortiguase el ruido de sus pasos, lo arrastró a través de corredores que el joven no había visto jamás, ni siquiera en los tiempos en que Christine le paseaba por aquel laberinto.

—Esperemos —dijo el Persa—, esperemos que Darius haya llegado.

—¿Quién es Darius? —preguntó el joven mientras seguían corriendo.

—Darius es mi criado.

En ese momento se encontraban en el centro de una auténtica plaza desierta, una sala inmensa mal iluminada por el pabilo de una vela. El Persa detuvo a Raoul y en voz muy baja, tan baja que Raoul tuvo dificultad en oírlo, le preguntó:

—¿Qué le ha dicho usted al comisario?

—Le he dicho que el verdadero raptor de Christine Daaé era el Ángel de la música, llamado también el fantasma de la Ópera, y que su verdadero nombre era...

—¡Chitón! ¿Y el comisario le ha creído?

—No.

—¿No ha dado ninguna importancia a lo que usted le decía?

—¡Ninguna!

—¿Lo ha tomado por un loco?

—Sí.

—¡Tanto mejor! —suspiró el Persa.

Y siguieron corriendo. Tras subir y bajar varias escaleras desconocidas para Raoul, los dos hombres se encontraron frente a una puerta que el Persa abrió con una pequeña ganzúa que sacó de un bolsillo de su chaleco. Naturalmente, al igual que Raoul, el Persa vestía un frac. La única diferencia era que él llevaba un gorro de astracán y Raoul una chistera. Era un insulto al código de elegancia que regía en los bastidores, donde se exige la chistera, pero se da por supuesto que en Francia se les permite todo a los extranjeros: la gorra de viaje a los ingleses y el gorro de astracán a los persas.

—Señor —dijo el Persa—, su chistera le estorbará para la expedición que vamos a emprender... Mejor será dejarla en el camerino.

—¿En qué camerino?

—En el de Christine Daaé.

Y el Persa, tras dejar paso a Raoul por la puerta que acababa de abrir, le indicó el camerino de la actriz, que estaba frente a él. Raoul ignoraba que se pudiera llegar al camerino de Christine por un camino distinto del que él solía recorrer. Estaba al extremo del pasillo que tomaba habitualmente antes de llamar a la puerta del camerino.

—¡Veo que conoce muy bien la Ópera!

—¡No tan bien como él! —dijo el Persa con modestia, y empujó al joven para que entrase en el camerino de Christine.

Estaba igual, exactamente como lo había dejado Raoul unos momentos antes.

El Persa, tras cerrar la puerta, se dirigió hacia el delgado panel que separaba el camerino de un amplio cuarto trastero. Escuchó. Luego tosió con fuerza.

Inmediatamente se oyó un movimiento en el cuarto trastero y, pocos segundos más tarde, llamaban a la puerta del camerino.

—¡Entra! —dijo el Persa.

Entró un hombre que también llevaba un gorro de astracán y vestía con una larga hopalanda.

Saludó y sacó de su abrigo una caja ricamente cincelada. La depositó encima de la mesa, volvió a saludar y se dirigió hacia la puerta.

—¿Nadie te ha visto entrar, Darius?

—No, amo.

—Que nadie te vea salir.

El criado echó un vistazo precavido a los pasillos y desapareció con gran presteza.

—Señor —dijo Raoul—, estoy pensando que aquí nos pueden sorprender, y eso sería muy embarazoso. El comisario no tardará mucho en venir a investigar a este camerino.

—¡Bah! No es al comisario a quien debemos temer.

El Persa había abierto la caja. Dentro había un par de largas pistolas de maravilloso dibujo y ornamento.

—Inmediatamente después del rapto de Christine Daaé ordené a mi criado que me preparase estas armas. Hace tiempo que las conozco, y no las hay más seguras.

—¿Quiere acaso batirse en duelo? —preguntó el joven, sorprendido por la llegada de aquel arsenal.

—En efecto, nos dirigimos a un duelo —contestó el otro mientras examinaba la carga de sus pistolas—. ¡Y qué duelo! —dicho esto, tendió una pistola a Raoul y continuó diciendo—: En este duelo seremos dos contra uno, pero esté preparado para todo, señor, ya que no le oculto que tenemos que vérnoslas con el adversario más temible que pueda imaginarse. Pero usted ama a Christine Daaé, ¿no es cierto?

—¡Sí, la amo! Pero usted, que no la ama, explíqueme por qué está dispuesto a arriesgar su vida por ella... ¡Seguro que usted odia a Erik!

—No, señor, no lo odio —dijo tristemente el Persa—. Si lo odiase hace tiempo ya que habría dejado de hacer daño.

—¿Le ha hecho daño a usted?

—El daño que me hizo ya se lo he perdonado.

—¡Resulta extraordinario oírle hablar así de ese hombre! —continuó el joven—. Lo trata de monstruo, habla de sus crímenes, él le ha hecho daño y encuentro en usted esa piedad inusitada que me desesperaba en Christine...

El Persa no contestó. Había ido a coger un taburete y lo colocó apoyado contra la pared opuesta al gran espejo que ocupaba todo el panel de enfrente. Después se subió al taburete y, con la nariz pegada al papel con el que estaba tapizada la pared, parecía buscar algo.

—Bien, señor —dijo Raoul, que ardía de impaciencia—, le estoy esperando. ¡Vamos!

—¿Vamos, adónde? —preguntó el otro sin volver la cabeza.

—¡A buscar al monstruo! Bajemos. ¿No me ha dicho que sabía cómo hacerlo?

—Lo estoy buscando.

Y la nariz del Persa siguió paseándose a lo largo de la pared.

—¡Ah! —exclamó de pronto el hombre del gorro—. ¡Aquí es!

Su dedo apretó una esquina en el dibujo del papel, por encima de su cabeza. Después se volvió y bajó del taburete.

—Dentro de medio minuto —dijo— estaremos sobre sus huellas.

Atravesó todo el camerino y fue a palpar el gran espejo.

—No, aún no cede... —murmuró.

—¡Así que saldremos por el espejo! —dijo Raoul—. ¡Igual que Christine!

—¿Sabía usted que Christine Daaé había salido por este espejo?

—¡Y en mis mismas narices, señor! Yo estaba oculto allí, tras la cortina del vestidor, y la vi desaparecer no por el espejo, sino en el espejo.

—¿Y qué hizo usted?

—Creí, señor, que se trataba de una aberración de mis sentidos, de una locura, de un sueño.

—O de una nueva fantasía del fantasma —continuó el Persa—. ¡Ay, señor de Chagny! —añadió mientras seguía palpando con la mano el espejo—. ¡Ojalá tuviéramos que vérnoslas con un fantasma! ¡Entonces podríamos dejar nuestro par de pistolas en su caja! ¡Quítese el sombrero, se lo ruego! Póngalo allí... Y ahora abróchese su chaqueta sobre el plastrón todo lo que pueda, igual que yo... bájese las vueltas... levántese el cuello... Debemos volvernos lo más invisibles que podamos —y tras un corto silencio, mientras se apoyaba en el espejo, añadió—: La puesta en marcha del contrapeso, cuando se actúa sobre el resorte desde el interior del camerino, es de efecto un poco lento. No ocurre igual cuando se está detrás de la pared y se puede actuar directamente sobre el contrapeso. Entonces, el espejo gira instantáneamente y se mueve a una velocidad increíble...

—¿Qué contrapeso? —preguntó Raoul.

—Pues el que hace que se levante todo este lienzo de la pared sobre su eje. No pensará que se desplaza sólo por arte de magia.

El Persa, acercando a Raoul con una mano, seguía apoyando la otra (con la que aguantaba la pistola) en el espejo.

—Pronto verá, si presta atención, cómo el espejo se levanta algunos milímetros y cómo se desplaza luego otros pocos más de izquierda a derecha. Encajará entonces en un pivote y girará. ¡Nunca se sabrá a ciencia cierta lo que se puede hacer con un contrapeso! Un niño puede hacer girar una casa con su dedito... cuando un lienzo de pared, por muy pesado que sea, impulsado por un contrapeso sobre su pivote bien equilibrado no pesa más que una peonza sobre su punta.

—¡Esto no gira! —exclamó Raoul impaciente.

—¡Vamos, espere! Tendrá todo el tiempo que quiera para impacientarse, señor. Evidentemente, el mecanismo está oxidado o el resorte ya no funciona.

La frente del Persa se frunció.

—También puede suceder otra cosa.

—¿Qué, señor?

—Puede que él simplemente haya cortado la cuerda del contrapeso y así haya inmovilizado todo el sistema.

—¿Por qué? Ignora que vamos a bajar por aquí.

—Puede sospecharlo, ya que sabe que yo conozco el sistema.

—¿Fue él quien se lo enseñó?

—No. Hice mis investigaciones yendo en pos de él y, tras sus misteriosas desapariciones, lo encontré. ¡Oh, es el más sencillo sistema de puerta secreta! Es un mecanismo tan viejo como los palacios sagrados de Tebas, la de las cien puertas; como el de la sala del trono de Ecbatana, como la sala del trípode de Delfos...

—¡Esto no gira! ¿Y Christine, señor? ¡Christine!

El Persa dijo fríamente:

—Haremos todo lo que humanamente pueda hacerse... Pero él puede detenernos desde el principio.

—¿Acaso es el amo de estas paredes?

—Manda en las paredes, en las puertas, en las trampillas. Entre nosotros le llamamos con un nombre que significa «maestro en trampillas».

—¡Así me ha hablado Christine de él... con el mismo misterio y asignándole el mismo temible poder! Pero todo esto me parece extraordinario... ¿Por qué estas paredes le obedecen sólo a él? ¿Fue él quien las construyó?

—Sí, señor.

Como Raoul le miraba con expectación, el Persa le hizo señal de que callase, y después le señaló el espejo con un gesto... Fue como un reflejo tembloroso. Su doble imagen se turbó, como en una onda estremecida, y después todo volvió a inmovilizarse.

—Ya ve, señor, esto no gira. ¡Tomemos otro camino!

—Esta noche no hay otro camino... —declaró el Persa con una voz extraordinariamente lúgubre—. ¡Y ahora, cuidado! ¡Prepárese para disparar!

Él mismo apuntó su pistola hacia el centro del espejo. Raoul lo imitó. El Persa atrajo hacia sí al joven con el brazo que le quedaba libre y el espejo giró de repente, deslumbrándolos, entre un cegador centelleo de luces; giró igual que una de esas puertas giratorias que ahora se abren a las salas públicas... giró llevándose a Raoul y al Persa en su movimiento irresistible y arrojándolos bruscamente de la plena luz a la más profunda oscuridad.

# CAPÍTULO XXI

## EN LOS SÓTANOS DE LA ÓPERA

—Mantenga la mano en alto dispuesta a disparar —repitió apresuradamente el compañero de Raoul.

Tras ellos la pared, dando una vuelta completa sobre sí misma, se había vuelto a cerrar.

Los dos hombres permanecieron inmóviles unos segundos conteniendo la respiración.

En aquellas tinieblas reinaba un silencio que nada turbaba.

Finalmente, el Persa decidió hacer un movimiento y Raoul le oyó deslizarse de rodillas, buscar algo en la oscuridad tanteando con sus manos.

De repente, ante el joven las tinieblas se aclararon con prudencia a la luz de una pequeña lámpara sorda y Raoul retrocedió instintivamente como para escapar al escrutinio de un enemigo secreto. Pero enseguida comprendió que aquella luz pertenecía al Persa, cuyos gestos seguía. El pequeño disco rojo se paseaba con meticulosidad a lo largo de las paredes, arriba, abajo y alrededor de ellos. Aquellas paredes estaban formadas por un muro a la derecha y, a la izquierda, por un tabique de tablas, por encima y por debajo de pisos. Raoul se decía que Christine debió haber seguido aquel camino el día que fue en pos de la voz del Ángel de la música. Ése debía ser el camino habitual de Erik cuando venía a sorprender la buena fe y la inocencia de Christine. Raoul, que recordaba las palabras del Persa, pensó que aquel camino lo había construido el propio fantasma en secreto. Sin embargo, más tarde sabría que Erik había encontrado, como si estuviera preparado para él, ese pasillo misterioso de cuya existencia había sido el único conocedor durante mucho tiempo. Aquel corredor se había construido durante la Comuna de París para permitir a los carceleros conducir a los prisioneros hasta los calabozos que habían instalado en las bodegas, ya que los federados habían ocupado el edificio inmediatamente después del 18 de marzo y, en la parte alta, lo habían convertido en el punto de despegue de los globos aerostáticos encargados de llevar a los departamentos sus proclamas incendiarias, y en la parte baja establecieron una prisión de Estado.

El Persa se había arrodillado y dejado su linterna en el suelo. Parecía buscar algo y, de pronto, veló su luz. Entonces Raoul oyó un ligero crujido y vio en el suelo del corredor un cuadrado luminoso muy pálido. Parecía como si una ventana acabara de abrirse en los bajos aún iluminados de la Ópera. Raoul ya no veía al Persa, pero le sintió a su lado y notó su aliento.

—Sígame y haga exactamente lo mismo que yo.

Raoul fue conducido hacia el tragaluz luminoso. Vio entonces que el Persa volvía a arrodillarse y, colgándose del tragaluz con las dos manos, se dejaba deslizar hacia abajo. El Persa sujetaba la pistola con los dientes.

Cosa extraña, el vizconde tenía plena confianza en el Persa. A pesar de que ignoraba todo acerca de él y de que la mayoría de sus frases sólo habían servido para aumentar la oscuridad en toda esta aventura, no dudaba en creer que en ese decisivo momento el Persa estaba de su lado contra Erik.

Su emoción le había parecido sincera cuando le había hablado del «monstruo». El interés que había demostrado no le parecía sospechoso. Por último, si el Persa hubiera tenido preparado algo contra Raoul, no le habría dado un arma. Además, en resumidas cuentas, ¿no se trataba de llegar hasta Christine costara lo que costara? Raoul no podía elegir los medios. Si hubiera vacilado, incluso sin estar convencido de las intenciones del Persa, el joven se habría considerado el último de los cobardes.

A su vez, Raoul se arrodilló y se colgó con las dos manos de la trampilla.

—¡Suéltese del todo! —oyó, y cayó en brazos del Persa, que le ordenó echarse al suelo inmediatamente, volvió a cerrar la trampilla sobre sus cabezas sin que Raoul pudiera ver cómo y fue a tumbarse al lado del vizconde. Éste quiso hacerle una pregunta, pero la mano del Persa se apoyó en su boca e inmediatamente oyó una voz que reconoció como la del comisario de policía que hacía muy poco le había interrogado.

Raoul y el Persa se encontraban entonces detrás de un tabique que los ocultaba perfectamente. Cerca de allí, una estrecha escalera subía a una pequeña habitación por la cual debía de estar paseándose el comisario haciendo preguntas, puesto que se oía el ruido de sus pasos al tiempo que el de su voz.

La luz que rodeaba los objetos era muy débil, pero Raoul no tuvo dificultad para distinguirlos al salir de aquella espesa oscuridad que reinaba en el corredor secreto de arriba. No pudo contener una sorda exclamación al ver de pronto tres cadáveres.

El primero estaba tendido sobre el estrecho rellano de la escalerilla que subía hacia la puerta tras la cual se oía al comisario; los otros dos se encontraban debajo de la escalera, con los brazos en cruz. Pasando los dedos a través del tabique que los ocultaba, Raoul habría podido tocar la mano de alguno de aquellos desgraciados.

—¡Silencio! —susurró de nuevo el Persa. También él había visto los cuerpos y con una sola palabra lo explicó todo—: ¡¡Él!!

Ahora se oía la voz del comisario con mayor intensidad. Pedía explicaciones sobre el sistema de iluminación, que el regidor le daba. El comisario debía encontrarse en el «registro de órgano» o en sus dependencias. Contrariamente a lo que podría creerse, cuando se trata de un teatro de Ópera el «registro de órgano» no está destinado a ejecutar música.

Por aquella época, la electricidad se empleaba sólo para ciertos efectos escénicos muy restringidos y para los timbres. El inmenso edificio y aun el mismo escenario se iluminaban con gas, y la iluminación del decorado siempre se regulaba y modificaba con hidrógeno; eso se hacía mediante un aparato especial al que la multiplicidad de sus tubos hizo que fuera bautizado como «registro de órgano».

Al lado de la concha del apuntador había un nicho reservado para el jefe de iluminación, que desde allí daba las órdenes a sus empleados mientras

vigilaba su ejecución. Este nicho era el lugar que ocupaba Mauclair durante todas las representaciones.

Sin embargo, Mauclair no estaba en su nicho y sus empleados tampoco ocupaban sus puestos.

—¡Mauclair, Mauclair!

La voz del regidor resonaba ahora en los bajos como en un tambor. Pero Mauclair no contestaba.

Ya hemos dicho que había una puerta que daba a una escalerilla que subía del segundo sótano. El comisario la empujó, pero la puerta se resistió.

—¡Vaya, vaya! —dijo—. Vea usted, señor regidor... No puedo abrir esa puerta... ¿Siempre es tan difícil?

El regidor empujó la puerta dando un golpe vigoroso. Se dio cuenta de que, al hacerlo, empujaba un cuerpo humano y no pudo contener una exclamación. Reconoció inmediatamente aquel cuerpo:

—¡Mauclair!

Todas las personas que habían seguido al comisario en aquella visita al registro avanzaron inquietas.

—¡Qué desgracia, está muerto! —gimió el regidor.

Pero el comisario Mifroid, a quien nada sorprendía, ya estaba inclinado sobre aquel enorme cuerpo.

—¡No —dijo—, lo que ocurre es que lleva una borrachera de cuidado! No es lo mismo.

—Sería la primera vez —declaró el regidor.

—Entonces le han dado un narcótico... ¡Es muy posible!

Mifroid se incorporó, bajó algunos peldaños más y exclamó:

—¡Miren!

A la luz de un farolillo rojo, al pie de la escalera se vieron tendidos dos cuerpos más. El encargado reconoció a los ayudantes de Mauclair. Mifroid bajó y los auscultó.

—Duermen profundamente —dijo—. ¡Extraño! No podemos dudar de la intervención de un desconocido en el servicio de iluminación... ¡y ese desconocido trabajaba sin duda para el raptor! ¡Pero qué curiosa idea la de raptar a una artista en escena! ¡Son ganas de crearse dificultades, de eso estoy seguro! ¡Que busquen al médico del teatro! —y Mifroid repitió—: ¡Extraño caso, muy extraño!

Después volvió a entrar en el pequeño cuarto, dirigiéndose a dos personas a las que, desde el lugar en que se encontraban, ni Raoul ni el Persa podían ver.

—¿Qué dicen ustedes de todo esto, señores? —preguntó—. Son ustedes los únicos que no han dado su opinión. Sin embargo, deben tener una ligera idea...

Entonces, por encima del rellano, Raoul y el Persa vieron avanzar las caras anonadadas de los dos directores —no se veía más que sus siluetas sobre el rellano— y oyeron la voz conmovida de Moncharmin:

—Hoy están ocurriendo aquí una serie de cosas, señor comisario, de las que no podemos dar explicación alguna.

Y las dos siluetas desaparecieron.

—Muchas gracias por la información, señores —dijo Mifroid en tono socarrón.

Pero el regidor, cuya barbilla descansaba ahora en el hueco de su mano derecha, lo que significa un acto de reflexión profunda, dijo:

—No es la primera vez que Mauclair se duerme en el teatro. Recuerdo haberle encontrado una noche roncando en su nicho, junto a su tabaquera.

—¿Hace mucho de eso? —preguntó el señor Mifroid mientras limpiaba meticulosamente los cristales de su binóculo, pues el comisario era miope como al final les suele ocurrir a los mejores ojos del mundo.

—¡Dios mío! No hace mucho... —dijo el regidor—. ¡Mire! Fue la noche... sí, seguro... la noche en que la Carlotta, ya lo sabe, señor comisario, lanzó su famoso ¡quiquiriquí!

—¿La noche en que la Carlotta lanzó su famoso quiquiriquí?

Y el señor Mifroid, tras volver a colocarse en la nariz el binóculo de cristales transparentes, miró fijamente al encargado como si quisiera adivinar su pensamiento.

—¿Así que Mauclair toma rapé? —preguntó en tono despreocupado.

—Claro que sí, señor comisario... Mire, precisamente allí, en esa tablilla está su tabaquera... ¡Oh, toma mucho!

—¡También yo! —dijo el señor Mifroid, y metió la tabaquera en su bolsillo.

Raoul y el Persa, sin que nadie sospechara su presencia, asistieron al traslado de los tres cuerpos que los tramoyistas vinieron a llevarse. El comisario los siguió y todo el mundo volvió a subir tras él. Por algunos instantes se oyeron sus pasos resonando sobre el escenario.

Cuando estuvieron solos, el Persa indicó a Raoul que se levantara. Éste obedeció; pero como no había vuelto a alzar la mano a la altura de los ojos dispuesta a disparar, como sí había hecho el Persa, éste le recomendó volver a ponerse en aquella posición y no abandonarla pasara lo que pasase.

—Pero esto cansa inútilmente la mano —murmuró Raoul—, y si disparo no lo haré con seguridad.

—Cambie el arma de mano, entonces —concedió el Persa.

—¡No sé disparar con la mano izquierda!

A lo cual el Persa replicó con esta extraña declaración, que desde luego no era la más indicada para aclarar las cosas en el trastornado cerebro del joven:

—No se trata de disparar con la mano izquierda o con la mano derecha, se trata de tener una de las manos preparada como si fuera a apretar el gatillo de una pistola, teniendo el brazo medio doblado; en cuanto a la pistola en sí, después de todo, puede guardarla en el bolsillo —y añadió—: ¡que esto quede bien claro, o no respondo de nada! ¡Es una cuestión de vida o muerte! Ahora, ¡silencio y sígame!

Se hallaban entonces en el segundo sótano. Raoul podía entrever tan sólo, a la luz de algunas velas inmóviles dispersas en sus cárceles de cristal, una ínfima parte de ese abismo extravagante, sublime e infantil, divertido como un teatro de marionetas, espantoso como un abismo, que forman los sótanos bajo el escenario de la Ópera.

Son formidables y son cinco. Reproducen todos los planos del escenario, sus trampas y trampillas. Los escotillones están reemplazados por raíles. Hay vigas transversales que soportan trampas y trampillas. Hay postes, apoyados en bloques de fundición o de piedra, soleras o «chis teras», que forman una serie de soportes que permiten paso libre a las «glorias» y a otras combinaciones o trucos. Se da cierta estabilidad a estos aparatos uniéndolos por medio de ganchos de hierro y según las necesidades del momento. Los tornos de mano, los tambores y los contrapesos están generosamente distribuidos en los sótanos. Sirven para maniobrar los grandes decorados, para realizar los cambios a la vista o para provocar la desaparición súbita de los personajes de los magos. Es en los sótanos, como han dicho los señores X, Y, Z, que han dedicado a la obra de Garnier un estudio muy interesante, donde se transforma a los achacosos en hermosos caballeros, a las horribles brujas en hadas radiantes de juventud. Satán tan pronto sale de los sótanos como se sumerge en ellos. De allí escapan las luces del infierno y el coro de los demonios los ocupan... Y los fantasmas se pasean como si estuvieran en su casa...

Raoul seguía al Persa obedeciendo al pie de la letra sus recomendaciones sin intentar entender los gestos con los que le daba órdenes... diciéndose que no le quedaba más esperanza que él.

¿Qué hubiera hecho sin su compañero en aquel espantoso dédalo? ¿Acaso no se habría visto detenido continuamente por la maraña de vigas y cuerdas? ¿No se vería atrapado en aquella gigantesca tela de araña? Y, de haber podido pasar a través de aquella red de alambres y de contrapesos que aparecían sin cesar ante él, corría el riesgo de caer en uno de los agujeros que se abrían por momentos bajo sus pies y cuyo fondo de tinieblas no podía alcanzar su mirada.

Bajaban, seguían bajando... Entonces se encontraron en el tercer sótano.

Seguían guiándose en la oscuridad, gracias a la luz de alguna lamparilla lejana...

Cuanto más bajaban, más precauciones parecía tomar el Persa... No cesaba de volverse hacia Raoul y de recomendarle que siguiera sus instrucciones señalándole el modo de poner la mano, desarmada ahora, pero siempre dispuesta a disparar como si empuñara una pistola.

De repente una voz atronadora les dejó clavados. Alguien gritaba por encima de ellos:

—¡Al escenario todos los «cerradores de puertas»! El comisario de policía les reclama.

Se oyeron pasos y unas sombras se deslizaron por la penumbra. El Persa había llevado a Raoul detrás de un bastidor... Vieron pasar muy cerca y por encima de sus cabezas a viejos encorvados por los años y el peso de los decorados de la Ópera. Algunos casi no podían sostenerse de pie; otros, por costumbre, con la espalda doblada y las manos tendidas hacia delante, buscaban puertas que cerrar.

Así eran los cerradores de puertas: antiguos tramoyistas agotados de los que se habían apiadado unos directores caritativos. Les habían hecho encargados de las puertas en los sótanos y en los tejados. Iban y venían sin cesar, de arriba abajo del escenario, para cerrar las puertas; por aquella época se les llamaba también, ya que me parece que ahora están todos muertos, «los cazadores de corrientes de aire».

Las corrientes de aire, vengan de donde vengan, son muy malas para la voz.[4]

El Persa y Raoul se felicitaron por aquel incidente que les libraba de testigos molestos, ya que alguno de los cerradores de puertas, al no tener nada que hacer ni tampoco un domicilio, se quedaba por pereza o por necesidad en la Ópera y pasaba la noche en ella. Podían tropezar con ellos, despertarlos y tener que dar explicaciones. El interrogatorio del señor Mifroid salvaba a nuestros dos compañeros de esos encuentros desafortunados.

Pero no pudieron disfrutar por mucho tiempo de la soledad. Otras sombras bajaban ahora por el mismo camino por el que habían subido los «cerradores de puertas». Cada una de estas sombras llevaba una pequeña linterna que agitaban moviéndola arriba y abajo, examinándolo todo a su alrededor y con todo el aspecto de buscar algo o a alguien.

—¡Diablos! —murmuró el Persa— No sé qué estarán buscando, pero podrían encontrarnos... ¡Huyamos! ¡Deprisa! ¡La mano en guardia, señor, siempre dispuesta para disparar! Pliegue más el brazo, así... la mano a la altura del ojo, como si se batiera en duelo y esperara la orden de «fuego». Meta su pistola en el bolsillo. ¡Deprisa, bajemos! (arrastró a Raoul hacia el cuarto

---

4    El señor Pedro Gailhard me explicó en persona que él aún creó puestos de cerradores de puertas para viejos tramoyistas, a los que no quería despachar.

sótano...). A la altura del ojo, es cuestión de vida o muerte... ¡Por aquí, por esta escalera! (llegaron al quinto sótano). ¡Ah, qué duelo, señor, qué duelo!

El Persa suspiró aliviado al llegar al quinto sótano. Parecía disfrutar de algo más de seguridad de la que había mostrado antes, cuando se habían detenido ambos en el tercer sótano, pero no abandonaba la posición de la mano...

Raoul tuvo tiempo de extrañarse una vez más, aunque no hizo ninguna nueva observación. Ninguna, ya que en verdad no era el momento de extrañarse ante aquella extraordinaria concepción de la defensa personal que consistía en guardar la pistola en el bolsillo mientras la mano seguía dispuesta a servirse de ella, como si la pistola estuviera aún en la mano, a la altura del ojo, en posición a la espera de la orden de «fuego» en los duelos de aquella época.

Al respecto Raoul creía recordar perfectamente que le había dicho: «Son pistolas de las que estoy seguro». De lo que le parecía lógico deducir lo siguiente: «¿Qué le importaba estar seguro de unas pistolas que no va a utilizar?».

Pero el Persa interrumpió sus vagos intentos reflexivos. Haciéndole señal de detenerse, volvió a subir unos peldaños de la escalera que acababan de dejar. Después volvió rápidamente al lado de Raoul.

—¡Qué tontos somos! —le susurró—. Pronto nos veremos libres de esas sombras de las linternas... Son los bomberos haciendo su ronda.[5]

Los dos hombres permanecieron entonces a la defensiva durante al menos cinco largos minutos; después, el Persa arrastró a Raoul hacia la escalera que acababan de bajar, pero de repente, con un gesto, volvió a ordenarle inmovilidad. Ante ellos se movía la noche.

—¡Cuerpo a tierra! —exclamó el Persa con un susurro. Ambos hombres se tiraron al suelo. Justo a tiempo.

Era una sombra que, esta vez, no llevaba ninguna linterna... tan sólo una sombra pasaba entre la sombra.

---

5  En esa época los bomberos todavía tenían la misión, más allá de las ligadas a las representaciones, de velar por la seguridad del edificio de la Ópera; después, este servicio fue suprimido. Cuando le pregunté la razón al señor Pedro Gailhard, me contestó que se hizo porque se temió que dada su completa inexperiencia acerca de los sótanos del teatro prendieran fuego en ellos.

Pasó tan cerca de ellos que podía tocarlos.

Sintieron sobre sus rostros el soplo cálido de su capa... pues pudieron distinguir lo suficiente como para ver que la sombra llevaba una capa que la envolvía de la cabeza a los pies. Se cubría la cabeza con un sombrero blando de fieltro.

Se alejó rozando las paredes con el pie y dando a veces patadas a las paredes en las esquinas.

—¿Es alguien del servicio de policía del teatro? —preguntó Raoul.

—¡Alguien mucho peor! —respondió sin añadir más explicación el Persa[6]—. ¡Uf! —exclamó—, de buena nos hemos librado... Esa sombra me conoce y ya me ha llevado dos veces al despacho del director.

—¿No será... él?

—¿Él? Si no llega por detrás, antes veremos sus ojos dorados... Precisamente ésa es nuestra pequeña fortaleza en la oscuridad. Pero puede llegar por detrás, con pasos de lobo... ¡y somos hombres muertos si no llevamos siempre las manos como si fueran a disparar, a la altura del ojo, hacia adelante!

El Persa no había terminado aún de formular sus consejos cuando una figura fantástica apareció ante los dos hombres. Era una figura entera... una cara, no solamente dos ojos dorados.

Era un rostro luminoso... ¡una figura en llamas!

Sí, una figura en llamas que avanzaba con la altura de un hombre, ¡pero sin cuerpo!

Aquella figura desprendía fuego. En la oscuridad parecía una llama con forma de cuerpo humano.

—¡Vaya! —exclamó el Persa entre dientes—. ¡Es la primera vez que la veo!

El teniente de bomberos no estaba loco, él también la había visto... ¿Qué

---

6   El autor, como el Persa, no dará más explicaciones sobre la aparición aquí de esta sombra. Aun cuando todo en esta historia verídica será normalmente explicado en el transcurso de los acontecimientos, aunque algunas veces éstos sean aparentemente anormales, el autor expresamente no dará a comprender al lector qué ha querido decir el Persa con las palabras: «¡Alguien mucho peor!» (que alguien del servicio de policía del teatro). El lector deberá adivinarlo, puesto que el autor ha prometido al exdirector de la Ópera, el señor Pedro Gailhard, guardar el secreto sobre la personalidad sumamente interesante y útil de la sombra errante con capa que, condenada a vivir en los sótanos del teatro, ha rendido tan prodigiosos servicios a aquéllos que, en las noches de gala, por ejemplo, osan arriesgarse en las alturas. Me refiero aquí a servicios de Estado, y no puedo añadir más. Palabra.

deben ser esas llamas? No es él, pero bien puede ser él quien nos la envía... ¡Cuidado! ¡Cuidado! ¡Ponga la mano a la altura del ojo, por lo que más quiera! ¡A la altura del ojo!

La figura de fuego, que tenía un aspecto infernal de demonio en llamas, seguía avanzando incorpórea a la altura de una persona delante de los dos hombres aterrorizados...

—Quizás él nos envíe esta cosa por delante para sorprendernos mejor por detrás... o por los lados... ¡Nunca se sabe con él! Conozco muchos de sus trucos, pero éste... ¡éste no lo conocía aún! ¡Huyamos! Por prudencia, sólo... ¡por prudencia! mantenga la mano a la altura del ojo.

Los dos juntos huyeron a lo largo del corredor subterráneo que se abría ante ellos.

Tras algunos segundos de carrera, que parecieron larguísimos minutos, se detuvieron.

—Es curioso —dijo el Persa—, rara vez viene él por aquí. ¡Este lado no le interesa! ¡No conduce ni al lago ni a la mansión del lago! Pero quizá sepa que estamos sobre sus pasos... a pesar de que yo le prometí dejarlo tranquilo y no volver a meterme en sus asuntos.

Al decir esto volvió la cabeza, y Raoul también se giró.

De pronto vieron la cabeza de fuego detrás de las suyas. Los había seguido... Debía haber corrido también, y quizá aún más aprisa que ellos, porque les pareció que estaba más cerca.

Al mismo tiempo empezaron a distinguir un ruido cuyo origen les resultaba imposible adivinar. Sólo cayeron en la cuenta de que ese ruido parecía desplazarse y acercarse junto con la llama-con-figura-de-hombre. Eran chirridos, o más bien crujidos, como si miles de uñas rascaran una pizarra produciendo un ruido absolutamente insoportable similar al que a veces se genera por culpa de una piedrecita engastada en una barra de tiza que chirría en la pizarra.

Siguieron retrocediendo, pero la figura-llama avanzaba, seguía avanzando ganándoles terreno. Ahora ya se distinguían muy bien sus rasgos: los ojos eran completamente redondos y fijos, la nariz estaba un poco torcida y la boca era grande, con el labio inferior colgando en forma de semicírculo;

recordaban los ojos, la nariz y el labio de la luna cuando el satélite está totalmente rojo, de color sangre.

¿Cómo podía deslizarse aquella luna roja en las tinieblas a la altura de un hombre, sin ningún apoyo, sin cuerpo para sostenerla, al menos aparentemente? ¿Cómo caminaba tan deprisa, en línea recta, con los ojos fijos, tan fijos? ¿De dónde venía todo ese crujir, chirriar, golpear que arrastraba tras de sí?

Por fin, el Persa y Raoul no pudieron retroceder más y se aplastaron contra la pared sin saber qué iba a pasarles, quedando a merced de aquella figura incomprensible de fuego y, sobre todo ahora, del ruido más intenso, más vivo, muy «numeroso», ya que sin duda aquel ruido era producido por cientos de pequeños ruidos que se agitaban en las tinieblas bajo la cabeza-llama.

La cabeza-llama seguía avanzando... ¡Ya estaba aquí! Con su ruido... ¡Ya estaba junto a ellos!

Ambos compañeros, pegados a la pared, sintieron que se les erizaban los cabellos de horror, porque ahora ya sabían de dónde procedían los miles de ruidos. Avanzaban en tropel rodando por las sombras en innumerables ondas pequeñas y apretadas, más rápidas que las que trotan sobre la arena con la marea alta, pequeñas olas nocturnas que corretean bajo la luna, bajo la luna-cabeza-de-llama.

Las pequeñas olas se deslizaron entre sus piernas, subieron por ellas, imparables. Entonces Raoul y el Persa no pudieron retener sus gritos de horror, espanto y dolor.

Tampoco pudieron seguir manteniendo las manos a la altura de los ojos, postura de duelo en aquella época antes de que se diera la orden de «fuego». Sus manos descendieron hasta las piernas para alejar las pequeñas olas luminosas que arrastraban cositas agudas, olas llenas de patas, uñas, garras y dientes.

Sí, sí, Raoul y el Persa estaban a punto de desmayarse como el teniente de bomberos Papin. Pero la cabeza-fuego se volvió hacia ellos al oír sus aullidos. Y les habló:

—¡No os mováis! ¡No os mováis! Sobre todo, ¡no me sigáis! ¡Soy el matador de ratas! ¡Dejadme pasar con mis ratas!

La cabeza-de-fuego desapareció bruscamente y se esfumó en las tinieblas mientras, ante ella, el corredor se iluminaba a lo lejos gracias al movimiento que el matador de ratas había hecho con su linterna sorda. Antes, para no espantar las ratas, había vuelto la linterna hacia él, iluminando su propia cabeza; ahora, para apresurar su huida, alumbraba el espacio negro ante él... Y entonces dio un brinco arrastrando consigo las oleadas de ratas trepadoras y crujientes, los miles de ruidos...

El Persa y Raoul, liberados, respiraron, aunque seguían temblando.

—Debería haber recordado que Erik me habló del matador de ratas —dijo el Persa—. Pero no me había dicho que tenía este aspecto... Es extraño que no lo haya encontrado jamás. ¡Creí que se trataba de una de las jugarretas del monstruo! —suspiró—. Pero no, nunca viene a estos parajes.[7]

—¿Estamos muy lejos del lago? —preguntó Raoul—. ¿Cuándo llegaremos? ¡Vamos al lago! ¡Vamos al lago! Cuando lleguemos al lago llamaremos, golpearemos las paredes, gritaremos... ¡Christine nos oirá! ¡También él nos oirá! Y dado que usted le conoce, le hablaremos.

—¡No sea infantil! —exclamó el Persa—. Nunca entraremos en la mansión del lago por el lago.

—¿Por qué no?

—Porque allí es donde ha acumulado toda su defensa... Ni siquiera yo he podido llegar a la otra orilla, a la orilla de la casa... Primero hay que atravesar el lago, ¡y le aseguro que está bien protegido! Me temo que más de uno de esos antiguos tramoyistas, los viejos cerradores de puertas que han desaparecido misteriosamente, simplemente intentaron atravesar el lago... Es terrible... Yo

---

7   El antiguo director de la Ópera, el señor Pedro Gailhard, me contó un día en el cabo de Ail, en casa de la señora de Pierre Wolff, la inmensa depredación subterránea debida a los estragos causados por las ratas, hasta el día en que la administración contrató, por un precio bastante más elevado de lo normal, a un individuo que aseguró suprimir la plaga con sólo ir a dar una vuelta por las bodegas cada quince días. Después, ya no hubo más ratas en la Ópera que aquéllas admitidas en el *foyer* de la danza. El señor Gailhard pensaba que ese hombre había descubierto un perfume secreto que atraía hacia él a las ratas como el «cóculo oriental», con el cual ciertos pescadores se adornan las piernas, atrae al pescado. Él las arrastra a su paso hacia cualquier bodega, donde las ratas, embriagadas, se dejan ahogar. Hemos visto el espanto que la aparición de esta figura ha causado ya en el teniente de bomberos, espanto que le ha llevado hasta el desmayo —según mi conversación con el señor Gailhard— y, para mí, no hay duda de que la cabeza-llama encontrada por este bombero es la misma que produjo tan cruel emoción en el Persa y el vizconde de Chagny (papeles del Persa).

también estuve a punto de quedarme allí. Si el monstruo no me hubiera reconocido a tiempo... Un consejo, amigo: no se acerque jamás al lago... Sobre todo, tápese los oídos si oye cantar a la voz bajo el agua, la voz de la sirena.

—Pero, entonces —replicó Raoul en un acceso de fiebre, de impaciencia y de rabia—, ¿qué hacemos aquí? Si no puede hacer nada por Christine, déjeme al menos morir buscándola.

El Persa intentó calmar al joven.

—Sólo disponemos de un medio para salvar a Christine Daaé, créame, y es penetrando en esa mansión sin que el monstruo se dé cuenta.

—¿Cree que podremos hacerlo?

—¡Si no tuviera esa esperanza no habría venido en su busca!

—¿Por dónde entraremos en la mansión del lago sin pasar por el lago?

—Por el tercer sótano del que tan inoportunamente hemos sido expulsados, señor, y al cual volveremos ahora mismo... Le diré, señor —exclamó el Persa con la voz súbitamente alterada—, le diré el lugar exacto... Se encuentra entre unos bastidores y un decorado abandonado de *El rey de Lahore*, exactamente en el lugar en que Joseph Buquet encontró la muerte...

—¡Ah! ¿Aquel jefe de tramoyistas al que hallaron ahorcado?

—Sí, señor —añadió el Persa con tono singular—, y cuya cuerda no se pudo encontrar... ¡Vamos! ¡Ánimo! En marcha, y vuelva a poner la mano en guardia, señor... Pero, ¿dónde estamos ahora?

El Persa se vio obligado a encender de nuevo la linterna. Dirigió el haz luminoso hacia dos amplios corredores que se cruzaban en ángulo recto y cuyas bóvedas se perdían en el infinito.

—Debemos estar —dijo— en la parte reservada al servicio de aguas... No veo ningún fuego procedente de las calderas.

Precedió a Raoul buscando el camino, deteniéndose bruscamente al paso de algún encargado del sistema hidráulico. Después tuvieron que ocultarse ante el resplandor de una especie de fragua subterránea que acababan de apagar y ante la cual Raoul reconoció a los demonios entrevistos por Christine en su primer viaje el día de su primer rapto.

Poco a poco volvían al prodigioso sótano que se encontraba debajo del escenario.

Debían encontrarse entonces en el fondo de la cuba, a una gran profundidad, teniendo en cuenta que habían excavado la tierra quince metros por debajo de las capas de agua que había en toda aquella parte de la capital, y que hubo que drenar toda el agua... Se sacó tanta agua que, para hacerse una idea de la cantidad extraída por las bombas, habría que imaginar una superficie como el patio del Louvre con una altura de vez y media la de las torres de Notre-Dame. Aun así tuvieron que conservar un lago.

En aquel momento el Persa tocó una pared y dijo:

—Si no me equivoco, éste podría ser uno de los muros de la mansión del lago.

Golpeó entonces una pared de la cuba. Quizá no sea del todo inútil informar al lector de cómo habían construido el fondo y las paredes de la cuba.

Con el fin de evitar que las aguas que rodean la construcción quedasen en contacto inmediato con las paredes que aguantaban todo el armazón de la maquinaria teatral, cuyo conjunto de estructuras, carpintería, cerrajería y pinturas debía quedar aislado de la humedad, el arquitecto se vio obligado a construir una doble envoltura en todas partes.

El trabajo para construir esta doble envoltura llevó un año entero. El Persa golpeaba la pared de la primera envoltura mientras le hablaba a Raoul de la mansión del lago. Para alguien que conociera la arquitectura del monumento, el gesto del Persa parecía indicar que la misteriosa casa de Erik se había construido en la doble envoltura formada por un grueso muro de ataguía, una enorme capa de cemento y otro muro de varios metros de espesor.

Raoul se había aplastado contra la pared detrás del Persa y escuchaba con avidez. Pero no oyó nada... nada más que pasos lejanos que resonaban en el suelo, en la parte alta del teatro.

El Persa volvió a apagar su linterna.

—¡Cuidado! —dijo—. ¡Cuidado con la mano! Ahora mucho silencio, porque intentaremos entrar en su casa.

Y lo arrastró hasta la escalerilla que habían bajado antes. Volvieron a subirla deteniéndose en cada escalón, espiando las sombras y el silencio...

Pronto se encontraron en el tercer sótano.

Entonces el Persa hizo una señal a Raoul para que se arrodillase y así, arrastrándose de rodillas y sobre una mano —la otra mano seguía en la posición indicada— llegaron hasta la pared del fondo. Apoyado en aquella pared había un gran lienzo abandonado del decorado de *El rey de Lahore*. Y justo al lado de aquel decorado, un portante...

Entre el decorado y el portante no había espacio más que para un cuerpo. Un cuerpo como el que un día se había encontrado colgado... el cuerpo de Joseph Buquet.

Aún de rodillas, el Persa se detuvo. Escuchaba. Por un momento pareció dudar y miró a Raoul; después su mirada se clavó arriba, en el segundo sótano que les enviaba el débil resplandor de una linterna filtrándose entre dos tablas. Evidentemente aquel resplandor molestaba al Persa. Por fin agachó la cabeza y tomó una decisión.

Se deslizó entre el portante y el decorado de *El rey de Lahore*. Raoul le siguió de cerca.

La mano libre del Persa tanteaba la pared. Raoul la vio un instante apoyarse con fuerza, como había hecho en la pared del camerino de Christine, y una piedra basculó...

Ahora había un agujero en la pared...

Esta vez el Persa sacó la pistola del bolsillo e indicó a Raoul que hiciera lo mismo. Montó la pistola.

Con decisión, y todavía de rodillas, se introdujo en el agujero que la piedra, al bascular, había abierto en la pared. Raoul, que habría querido pasar el primero, tuvo que contentarse con seguirlo.

El agujero era muy estrecho. El Persa se detuvo casi enseguida. Raoul le oía tantear la piedra a su alrededor. Después volvió a sacar su linterna y se inclinó hacia adelante. Examinó algo debajo de él e inmediatamente apagó la linterna. Raoul oyó que le decía en un suspiro:

—Tendremos que dejarnos caer algunos metros, sin hacer ruido; quítese los botines.

Por su parte, el Persa ya lo estaba haciendo. Después, le pasó sus zapatos a Raoul.

—Déjelos junto a la pared —dijo—. Los recogeremos al salir.[8]

El Persa avanzó un poco. Después se volvió del todo, siempre de rodillas, y así se encontró frente a Raoul. Le dijo:

—Voy a colgarme con las manos del extremo de la piedra y a dejarme caer en su casa. Después usted hará exactamente lo mismo. No tema: lo recogeré en mis brazos.

El Persa hizo lo que había dicho y Raoul oyó enseguida un ruido sordo evidentemente producido por la caída del Persa. El joven se estremeció, temiendo que aquel ruido revelase su presencia.

Sin embargo, más que aquel ruido era la ausencia de ruidos lo que llenaba de angustia a Raoul. ¿Por qué, si según el Persa acababan de entrar en la mansión del lago, no oían a Christine? ¡Ni un solo grito! ¡Ni una llamada! ¡Ni un gemido! ¡Por los dioses! ¿Habrían llegado demasiado tarde?

Arañando la pared, de rodillas, agarrándose a la piedra con sus dedos nerviosos, Raoul se dejó caer a su vez. Inmediatamente sintió que le abrazaban.

—¡Soy yo —dijo el Persa—, silencio!

Y permanecieron inmóviles, escuchando...

Nunca la noche había sido más opaca a su alrededor... Nunca el silencio tan pesado ni tan terrible...

Raoul se hundía las uñas en los labios para no gritar: «¡Christine! ¡Soy yo! ¡Contéstame si no estás muerta, Christine!».

Por fin volvió a empezar el juego de la linterna. El Persa dirigió el haz de luz por encima de sus cabezas, hacia la pared, buscando el agujero por el que habían venido sin encontrarlo...

—¡Oh! —exclamó—. ¡La piedra se ha vuelto a cerrar sobre sí misma!

Y la luz de la linterna descendió a lo largo del muro hasta llegar al suelo.

El Persa se agachó y recogió algo, una especie de hilo que examinó unos segundos y que luego arrojó con horror.

—¡El lazo del Punjab! —murmuró.

---

8  No se han encontrado jamás los dos pares de botines que habían sido depositados, según los papeles del Persa, entre el portante y el decorado de *El rey de Lahore*, el sitio donde se encontró ahorcado a Joseph Buquet. Se los debió llevar algún tramoyista o «cerrador de puertas».

—¿Qué es? —preguntó Raoul.

—Podría ser la soga del ahorcado que tanto han buscado —respondió el Persa estremeciéndose.

De pronto, presa de una nueva ansiedad, paseó el pequeño disco rojo de su linterna por las paredes... Iluminó un extraño tronco de árbol que parecía estar aún vivo con sus hojas... Las ramas de aquel árbol subían a lo largo de la pared y se perdían en el techo.

Debido a la pequeñez del disco luminoso, al principio resultaba difícil darse cuenta de las cosas. Había un montón de ramas, y luego una hoja... y otra más... y al lado no se veía nada de nada, solamente el haz de luz que parecía reflejarse a sí mismo. Raoul deslizó la mano sobre aquello, sobre aquel reflejo...

—¡Mire! —dijo— ¡La pared es un espejo!

—¡Sí, un espejo! —dijo el Persa con profunda emoción. Y añadió, pasándose por la frente sudorosa la mano que sujetaba la pistola—: ¡Hemos ido a caer en la cámara de tortura!

# CAPÍTULO XXII

## INTERESANTES E INSTRUCTIVAS TRIBULACIONES DE UN PERSA EN LOS SÓTANOS DE LA ÓPERA

### RELATO DEL PERSA

El propio Persa contó más tarde cómo hasta esa noche había intentado en vano adentrarse en la mansión del lago por el lago, cómo había descubierto la entrada del tercer sótano y cómo, finalmente, el vizconde de Chagny y él se encontraron apresados en la cámara de tortura por la infernal imaginación del fantasma. He aquí el relato que nos ha dejado (en condiciones que precisaremos más tarde) y en el que no he cambiado ni una sola palabra. Lo transcribo tal como está, porque no creo que deba silenciar las aventuras personales del *daroga* alrededor de la mansión del lago antes de regresar en compañía de Raoul. Si por algunos instantes este principio, por interesante que sea, parece alejarnos un poco de la cámara de tortura, es sólo para devolvernos mejor a ella después, tras habernos explicado cosas de la máxima importancia y ciertas actitudes y modos de hacer del Persa que hasta ahora han podido parecer un poco extraordinarios.

«Era la primera vez que entraba en la mansión del lago —escribe el Persa—. Sin éxito había rogado al maestro en trampillas (así llamábamos en mi país, Persia, a Erik) que me abriera las misteriosas puertas, pero siempre se había negado. Yo, que me jactaba de conocer muchos de sus secretos y trucos, había intentado en vano forzar la consigna. Desde que volví a encontrar a Erik en la Ópera, lugar que parecía haber elegido como domicilio, le había espiado con frecuencia tanto en los corredores de los sótanos como en los superiores, así como en la misma orilla del lago. Cuando se creía solo, subía en su barca y atracaba directamente en la pared de enfrente. Pero la sombra que le rodeaba era demasiado espesa para que pudiera ver en qué lugar exacto de la pared hacía funcionar el mecanismo de la puerta. La curiosidad, y también una idea temible que se me había ocurrido al meditar sobre algunas frases que el monstruo me había dirigido, me impulsaron un día, cuando a mi vez me creía solo, a subir a la barca y dirigirla hacia aquella parte de la pared por la que había visto desaparecer a Erik. Fue entonces cuando tuve que vérmelas con la sirena que guarda el acceso a aquellos parajes y cuyo encanto estuvo a punto de serme fatal en las condiciones precisas que relato a continuación. Aún no había abandonado la orilla cuando el silencio en el que navegaba se vio turbado por una especie de canto suspirado que me envolvió. Era una respiración y una música a la vez; ascendía suavemente de las aguas del lago y me envolvía sin poder adivinar por qué artificio se generaba. Me acompañaba, se desplazaba conmigo y era tan suave que no me daba miedo. Por el contrario, deseoso de acercarme a la fuente de aquella suave y cautivadora armonía, me inclinaba por encima de la barca hacia las aguas, pues no tenía la menor duda de que la música provenía de ellas. Me encontraba ya en el centro del lago y no había nadie más que yo en la barca. La voz — pues ahora era claramente una voz— estaba a mi lado, por encima de las aguas. Me incliné… me incliné cada vez más… El lago estaba en perfecta calma y el rayo de luna que, traspasando el tragaluz de la calle Scribe, venía a iluminarlo no reflejaba absolutamente nada en aquella superficie lisa y negra como la tinta. Me restregué las orejas con intención de librarme de un posible zumbido, pero tuve que rendirme ante la evidencia de que no hay zumbido tan armonioso como el suspiro cantarín que me seguía y que ahora me atraía.

»Si yo hubiera tenido un espíritu algo supersticioso o si las leyendas me hubieran influido un poco más, no habría dejado de pensar que me enfrentaba a una sirena encargada de turbar al viajero que se atreviera a viajar por las aguas de la mansión del lago. Pero, a Dios gracias, soy de un país que gusta demasiado de lo fantástico como para conocer su fondo, y yo mismo lo había estudiado bastante en otros tiempos. Con los trucos más simples, alguien que conozca su oficio puede desatar la pobre imaginación humana.

»No dudé, pues, que tenía que vérmelas con una nueva invención de Erik, pero una vez más aquella invención era tan perfecta que, inclinándome por encima de la barca, me sentía menos impulsado por el deseo de descubrir el truco que por el de disfrutar de su encanto.

»Y me incliné... seguí inclinándome... hasta casi zozobrar.

»De pronto dos brazos monstruosos surgieron del fondo de las aguas y me agarraron por el cuello, me arrastraron al abismo con una fuerza irresistible. Desde luego, habría estado perdido sin remedio de no ser porque tuve tiempo de lanzar un grito por el que Erik me reconoció. Porque era él quien en lugar de ahogarme, como seguramente había sido su intención, nadó y me dejó con delicadeza en la orilla del lago.

»—Eres un imprudente —me dijo alzándose ante mí, chorreando aquel agua infernal—. ¿Por qué intentas entrar en mi mansión? No te he invitado. ¡No quiero saber nada de ti ni de nadie en el mundo! ¿Acaso me salvaste la vida sólo para hacérmela insoportable? Por grande que haya sido tu servicio, Erik terminará por olvidarlo y tú sabes que nada en el mundo puede contener a Erik, ni siquiera el mismo Erik.

»Él hablaba, pero ahora yo no tenía otro deseo que el de conocer lo que llamaba ya el truco de la sirena. Enseguida se prestó a satisfacer mi curiosidad, ya que Erik, que es un verdadero monstruo —yo lo considero así, habiendo tenido ocasión de verlo en acción en Persia—, sigue siendo en algunas cosas un auténtico niño presuntuoso y vanidoso, y no hay nada que le guste más que, después de haber dejado asombrada a la gente, demostrar todo el ingenio, milagroso en verdad, de su espíritu. Se echó a reír y me enseñó un largo junco.

»—¡Es la cosa más simple del mundo! —me dijo—, es muy cómodo para respirar y cantar bajo el agua. Es un truco que aprendí de los piratas del

Tonquín, que de este modo pueden permanecer escondidos horas enteras en el fondo de los ríos.[9]

»Le hablé con severidad.

»—Es un truco que ha estado a punto de matarme... —le dije— y puede que haya resultado fatal para otros.

»No me contestó, pero se levantó con ese aire de amenaza infantil que le conozco tan bien.

»No le permití que me intimidara. Le dije claramente:

»—Sabes lo que me prometiste, Erik. ¡No más crímenes!

»—¿Es que he cometido más crímenes? —preguntó, adoptando un tono amable.

»—¡Desgraciado! —exclamé—. ¿Has olvidado, pues, las Horas rosas de Mazandarán?

»—Sí, preferiría haberlas olvidado —contestó él repentinamente triste—, pero reconoce que hice reír a la pequeña sultana.

»—Todo eso ya pasó —declaré—, pero ahora estamos en el presente y, si yo lo hubiera querido, éste no existiría para ti... Acuérdate de esto, Erik: ¡yo te salvé la vida!

»Aproveché el giro que había tomado la conversación para hablarle de algo que desde hacía tiempo acudía a menudo a mi mente.

»—Erik... Erik, júrame...

»—¿Qué? Sabes perfectamente que no cumplo mis juramentos. Los juramentos están hechos para atrapar a los estúpidos —dijo.

»—Dime... a mí puedes decírmelo, ¿no?

»—¿Qué?

»—¿Qué? ¡La araña! ¡La araña, Erik!

»—¿Qué pasa con la araña?

»—Sabes muy bien lo que quiero decir.

»—¡Ah! La araña... Claro que puedo decírtelo... La araña no ha sido cosa mía... Aquella araña estaba demasiado gastada... —y se rio con sarcasmo.

---

9 Un informe administrativo, emitido en Tonquín, que llegó a París a finales de julio de 1900, expone cómo el célebre jefe de la banda de De Tham, acosado junto con sus piratas por nuestros soldados, pudo escaparse de ellos, así como todos los suyos, gracias al truco de los juncos.

»Erik era aún más espantoso cuando reía. Saltó a la barca riéndose de una forma tan siniestra que no pude evitar estremecerme.

»—¡Muy gastada, querido *daroga*![10] Muy gastada la araña... se cayó sola... Hizo ¡boom! Y ahora, un consejo, *daroga*. Ve a secarte si no quieres coger un constipado... y no vuelvas a subir nunca a mi barca... Sobre todo, no intentes entrar en mi casa... No siempre estoy allí... *daroga*. ¡Lamentaría tener que dedicarte mi *Misa de difuntos*!

»Se reía, siempre de pie en la popa de la barca, y se movía con un balanceo de simio. Tenía todo el aspecto de ser una roca fatal, por si fuera poco con sus ojos dorados. Luego no vi más que sus ojos y, finalmente, desapareció en la noche del lago.

»A partir de este día renuncié a entrar en su mansión por el lago. Evidentemente aquella entrada estaba demasiado bien vigilada, sobre todo desde que él sabía que yo la conocía. Pero pensé que debía haber otra, ya que más de una vez, mientras le vigilaba, había visto desaparecer a Erik en el tercer sótano sin poder averiguar cómo lo hacía. No es preciso que repita que, desde que había vuelto a encontrar a Erik instalado en la Ópera, vivía bajo el perpetuo terror de sus horribles fantasías, no por lo que pudiera afectarme, sino que temía de todo por los demás.[11] Cuando ocurría algún accidente, algún hecho fatal, no podía evitar decirme: "Quizá sea Erik", igual que otros decían a mi alrededor: "Es el fantasma". ¡Cuántas veces habré oído pronunciar esa frase por gente que sonreía! ¡Desgraciados! De saber que aquel fantasma era de carne y hueso y más terrible aún que la vana sombra que evocaban, seguramente habrían dejado de burlarse... si simplemente hubieran sabido de lo que Erik es capaz, sobre todo en un campo de maniobras como la Ópera. ¡Y si hubieran conocido a fondo mi terrible presentimiento!

»En cuanto a mí, no vivía... A pesar de que Erik me había anunciado con solemnidad que había cambiado y que se había convertido en el más

---

10  *Daroga*, en persa, es el comandante general de la policía del gobierno.

11  Aquí el Persa hubiera podido reconocer que la suerte de Erik le interesaba también por sí mismo, puesto que no ignoraba que si el gobierno de Teherán se hubiera enterado de que Erik aún seguía vivo, se hubiera apoderado de la modesta pensión del antiguo *daroga*. Por lo demás, es justo añadir que el Persa poseía un corazón noble y generoso y no dudamos de que las catástrofes que temía ocupaban sus pensamientos. Por lo demás, su conducta durante todo este asunto lo demuestra suficientemente y está por encima de todo elogio.

virtuoso de los hombres desde que era amado por lo que era, frase que, de momento, me dejó tremendamente perplejo, no podía dejar de estremecerme al pensar en el monstruo. Su horrible, única y repulsiva fealdad le alejaba de la humanidad y para mí era evidente que él no creía tener a su vez ningún deber para con la raza humana. La forma en la que me había hablado de sus amores no había hecho más que aumentar mi temor, ya que en aquel nuevo acontecimiento, al que había hecho alusión con el tono de jactancia que ya le conocía, preveía la causa de nuevos dramas más horribles que los anteriores. Conocía hasta qué extremo de sublime y desastrosa angustia podía llegar el dolor de Erik y las palabras que me había dicho —vagamente anunciadoras de la catástrofe más espantosa— no cesaban de acudir a mi temible pensamiento.

»Por otra parte, había descubierto el extraño comercio moral que se había establecido entre el monstruo y Christine Daaé. Oculto en el trastero al lado del camerino de la joven diva, había asistido a sesiones admirables de música que evidentemente sumían a Christine en un éxtasis maravilloso, pero, de todas formas, nunca habría podido imaginar que la voz de Erik, fuerte como el trueno o suave como la de los ángeles, pudiera hacer que se olvidase su fealdad. Comprendí todo cuando descubrí que Christine aún no lo había visto. Tuve ocasión de entrar en el camerino y, recordando las lecciones que él me había dado en otro tiempo, no me costó nada encontrar el resorte que hacía girar la pared que aguantaba el espejo y vi mediante qué trucaje de ladrillos huecos y ladrillos amplificadores se podía oír a Christine como si se estuviera a su lado. También descubrí el camino que conduce a la fuente y a la prisión —la prisión de los comuneros—, así como la trampilla que permitía a Erik introducirse directamente en los sótanos del escenario.

»Pocos días más tarde, cuál no sería mi sorpresa al enterarme por mis propios ojos y mis propios oídos de que Erik y Christine Daaé se veían y al sorprender al monstruo, inclinado sobre la fuentecilla que llora en el camino de los comuneros (al final de todo, bajo tierra), ocupado en refrescar la frente de Christine Daaé desvanecida. Un caballo blanco, el caballo blanco de *El profeta,* que había desaparecido de las cuadras de los sótanos de la Ópera, estaba tranquilamente a su lado. Salí para que me viera. Fue terrible.

Vi salir chispas de los ojos de oro, fui golpeado en plena frente antes de que pudiera decir una sola palabra y quedé aturdido. Cuando recuperé el conocimiento Erik, Christine y el caballo blanco habían desaparecido. No dudé de que la desgraciada joven se encontraba prisionera en la mansión del lago. Sin detenerme a pensar decidí volver a la orilla, pese al riesgo de semejante empresa. Durante veinticuatro horas espié, escondido cerca de la orilla oscura, la aparición del monstruo, ya que estaba convencido de que tendría que salir a buscar provisiones. Al respecto debo decir que, cuando salía por París o se atrevía a aparecer en público, en lugar del horrible agujero de su nariz se ponía una nariz de cartón piedra provista de un bigote que no le quitaba del todo su aire macabro, ya que cuando pasaba decían a sus espaldas: "¡Mira, ahí va ese muerto andante!", pero que le hacía más o menos —digo más o menos— soportable a la vista.

»Estaba yo aguardándolo en la orilla del lago —del lago Averno como él lo había llamado varias veces delante de mí, riéndose con sarcasmo— y, cansado de mi larga espera, me decía: "Ha pasado por la otra puerta, por la del tercer sótano", cuando oí un pequeño chapoteo en la oscuridad, vi brillar los ojos dorados como fanales y poco después llegaba la barca. Erik saltó a la orilla y vino hacia mí.

»—Hace ya veinticuatro horas que estás ahí —dijo—; me estás cansando. ¡Te advierto que todo esto acabará muy mal! Y tú lo habrás querido, ya que mi paciencia contigo es enorme... Crees seguirme, grandísimo necio [sic], y soy yo el que te sigo y sé todo lo que sabes de mí. Te perdoné ayer en mi camino de los comuneros, pero ahora te digo en serio que no quiero volver a verte. Todo esto es muy imprudente y me pregunto aún si sabes lo que te espera si insistes en hablar.

»Estaba tan encolerizado que me guardé bien de interrumpirlo. Tras resoplar como una foca me expuso lo que pensaba, que se correspondía con lo que yo me temía.

»—¡Sí, ya debes saber —de una vez por todas— qué significaría para ti que hablases! Te digo que, por culpa de tus imprudencias —puesto que ya te has dejado detener dos veces por la sombra del sombrero de fieltro, quien no sabía qué hacías en los sótanos y te condujo ante los directores, quienes te tomaron por un persa fantasioso aficionado a los trucos mágicos y a las candilejas del teatro (yo estaba allí, sí, estaba en el despacho; sabes bien que estoy en todas partes)—, por culpa de tus imprudencias acabarán por preguntarse qué es lo que buscas aquí... y querrán, como tú, buscar a Erik... y descubrirán la mansión del lago... ¡En ese caso, peor para ti, amigo mío! ¡Peor para ti! ¡No respondo de nada! —y volvió a resoplar como una foca—. ¡De nada! Si los secretos de Erik no siguen siendo secretos de Erik, ¡peor para muchas personas! Es todo lo que tenía que decirte y, a menos que no seas un grandísimo necio *[sic]*, debería ser suficiente, a no ser que no sepas lo que quiere decir hablar...

»Estaba sentado en la parte trasera de su barca y golpeaba la madera de la pequeña embarcación con los talones, esperando una respuesta mía. Le dije simplemente:

»—No es a Erik a quien vengo a buscar aquí...

»—¿A quién, pues?

»—Lo sabes muy bien, ¡a Christine Daaé!

»—Tengo derecho a citarla en mi casa —me contestó—. Me ama por lo que soy.

»—¡No es cierto! —respondí—. La has raptado y secuestrado.

»—Óyeme —me dijo—, ¿me prometes no volver a meterte en mis asuntos si te pruebo que me ama tal como soy?

»—Sí, te lo prometo —respondí sin vacilar, pues pensaba que para semejante monstruo era imposible hacer esa demostración.

»—¡Pues bien, es sencillísimo! Christine Daaé saldrá de aquí cuando quiera, y volverá... Sí, volverá porque querrá volver... ¡Volverá por sí misma, porque me quiere por quien soy!

»—¡Oh!, dudo que vuelva, pero tu obligación es dejarla marchar, no molestarla.

»—¡Mi obligación, grandísimo necio *[sic]*! Es mi voluntad... mi deseo es dejarla marchar y ella volverá porque me ama... Todo esto, te lo aseguro, acabará en una boda... una boda en la Madeleine, grandísimo necio *[sic]*. ¿Por fin me crees? Te digo que la misa de la boda ya está escrita... Verás qué *Kyrie*...

»Volvió a golpear la madera de la barca con los talones y produjo una especie de ritmo que acompañaba cantando a media voz: *"¡Kyrie! ¡Kyrie! ¡Kyrie Eleison!"*.

»—¡Verás, verás qué misa!

»—Escucha —concluí yo—, te creeré si veo a Christine Daaé salir de la casa del lago y volver libremente a ella.

»—¿Y no volverás a meter la nariz en mis asuntos? ¡Pues bien, lo verás esta noche! Ven al baile de máscaras. Christine y yo iremos a dar una vuelta... Tú irás después a esconderte en el trastero y verás cómo Christine, que habrá vuelto a su camerino, no querrá otra cosa que volver a emprender el camino de los comuneros.

»—¡De acuerdo!

»Si, en efecto, llegaba a ver eso no me quedaría más remedio que aceptarlo, pues una mujer hermosa tiene siempre el derecho de amar al más horrible de los monstruos, sobre todo cuando, como en este caso, tiene la seducción de la música y es además una cantante muy apreciada.

»—¡Ahora vete, debo salir de compras!

»Me fui, pues, aún inquieto por Christine Daaé, pero sobre todo rumiando en el fondo de mí mismo un temible pensamiento que él había despertado a causa de mis imprudencias. Me decía: "¿Cómo acabará esto?". A pesar de mi carácter algo fatalista, no podía librarme de una indefinible angustia por la increíble responsabilidad que había asumido un día al dejar vivir al monstruo que hoy amenazaba a muchos seres humanos.

»Ante mi gran sorpresa, las cosas sucedieron como él me lo había anunciado. Christine Daaé salió de la casa del lago y volvió a ella varias veces sin que aparentemente nadie la forzara. Quise entonces olvidar este amoroso misterio, pero para mí era muy difícil, sobre todo a causa de aquel temible presentimiento, dejar de pensar en Erik. De todos modos, resignado a mantener una extremada prudencia, no cometí el error de volver a la orilla del lago o de emprender de nuevo el camino de los comuneros. Pero, como me perseguía la obsesión de la puerta secreta del tercer sótano, varias veces fui a aquel lugar que sabía desierto durante la mayor parte del día. Me pasaba allí interminables ratos retorciéndome los dedos, escondido detrás de un decorado de *El rey de Lahore* que habían dejado allí no sé por qué, ya que esta obra no se representaba con frecuencia. Tanta paciencia llegó a tener su compensación. Un día vi acercarse a mí al monstruo, que avanzaba de rodillas. Estaba seguro de que no me veía. Pasó entre el decorado y un portante, fue derecho hasta la pared y presionó, en un lugar que identifiqué de lejos, un resorte que hizo bascular la piedra que dejaba libre el paso. Desapareció por ese pasaje y la piedra volvió a cerrarse tras él. Ahora conocía el secreto del monstruo, secreto que podía llevarme, en su momento, a la mansión del lago.

»Para asegurarme esperé al menos media hora y luego hice girar el resorte. Todo funcionó como había funcionado con Erik. Pero no me atreví a entrar en el agujero sabiendo que él se encontraba en la casa. Por otra parte, la idea de que podía ser sorprendido aquí por Erik me recordó de pronto la muerte de Joseph Buquet y, como no quería comprometer semejante descubrimiento, que podía ser útil a mucha gente, a muchas personas, abandoné los sótanos del teatro tras haber vuelto a colocar cuidadosamente la piedra en su sitio, siguiendo un sistema que no había variado desde la época de los persas.

»Como ustedes comprenderán, continuaba muy interesado en la intriga de Erik y Christine Daaé, no porque sintiera una curiosidad malsana sino, como ya he dicho, debido a aquel terrible presentimiento que no me abandonaba: "Si Erik descubre que no lo ama por lo que vale —pensaba—, podemos esperar lo peor". Y deambulando por la Ópera sin cesar, pero con prudencia, pronto supe la verdad sobre los tristes amores del monstruo. Se había apoderado del espíritu de Christine por el terror, pero el corazón de la dulce niña pertenecía enteramente al vizconde Raoul de Chagny. Mientras éstos jugaban como dos inocentes prometidos, en la parte alta de la Ópera —adonde huían del monstruo—, no sospechaban que alguien les vigilaba. Yo estaba decidido a todo: a matar al monstruo si era preciso y a dar después explicaciones a la justicia. Pero Erik no se dejó ver, y esto no me tranquilizó en lo más mínimo.

»Debo explicar cuál era mi plan. Creía que el monstruo, expulsado de su morada por los celos, me permitiría así penetrar sin peligro en la casa del lago por el pasaje del tercer sótano. Yo tenía el mayor interés, por el bien de todos, en saber qué podía haber allí. Un día, cansado de esperar la ocasión, hice girar la piedra e inmediatamente oí una música maravillosa. El monstruo trabajaba en su *Don Juan triunfante* con todas las puertas de la casa abiertas. Yo sabía que ésa era la obra de su vida. Me guardé de moverme y permanecí con prudencia en mi oscuro agujero. Se detuvo un momento y se puso a pasear como un loco por su morada. De pronto dijo en voz alta, con un volumen atronador: "¡Antes debo acabar esto! ¡Y acabarlo bien!". Esas palabras no fueron las más indicadas para tranquilizarme y, como la música volvía a empezar, cerré la piedra con precaución. Sin embargo, a pesar de que la piedra estaba cerrada, aún oía un vago canto lejano que subía del fondo de la tierra, al igual que había oído el canto de la sirena subir del fondo de las aguas. Recordaba las palabras de algunos tramoyistas que se habían reído en el momento de la muerte de Joseph Buquet: "Había alrededor del cuerpo del ahorcado algo así como un sonido que parecía un canto de difuntos".

»El día del rapto de Christine Daaé no llegué al teatro hasta bastante avanzada la velada, temblando ante la idea de oír malas noticias. Había pasado un día horrible, ya que, tras leer en un periódico de la mañana la noticia de la boda de Christine y del vizconde de Chagny, no había cesado de preguntarme si, a pesar de todo, no haría mejor denunciando al monstruo. Pero recobré el juicio y me persuadí de que con esa actitud sólo podía contribuir a precipitar la posible catástrofe. Cuando mi carruaje me dejó ante la Ópera miré el monumento como si en verdad estuviera extrañado de encontrarlo todavía en pie. Pero, como todo buen oriental, soy un poco fatalista y entré esperando cualquier cosa.

»El rapto de Christine Daaé en el acto de la prisión, que sorprendió a todo el mundo, me pilló ya sobre aviso. Estaba seguro de que Erik la había escamoteado, como rey de los prestidigitadores que en verdad era. Y creí que esta vez había llegado el fin para Christine y quizá para todo el mundo.

»Estaba tan convencido que, por un momento, me pregunté si no iba a aconsejar a todos los que seguían en el teatro que se pusieran a salvo. Pero de nuevo me contuve, pues sabía que me tomarían por un loco. Por último, no olvidaba que, si por ejemplo gritaba: "¡Fuego!" para hacer salir a aquella gente, podía provocar una catástrofe —asfixias en la huida, pisoteos, luchas salvajes— peor aún que la catástrofe misma.

»De todas formas, decidí intervenir personalmente sin perder tiempo. Por lo demás, el momento me parecía propicio. Tenía muchas probabilidades de que Erik no se ocupara más que de su prisionera. Había que aprovechar para acceder a su morada por el tercer sótano y pensé implicar en aquella empresa al pobre vizconde desesperado, quien aceptó mi propuesta en el acto con una confianza que me conmovió profundamente. Yo había enviado a mi criado a buscar mis pistolas. Darius nos alcanzó con la caja en el camerino de Christine Daaé. Di una pistola al vizconde y le aconsejé que estuviera siempre dispuesto a disparar, como yo, ya que, a pesar de todo, Erik podía esperarnos detrás de la pared. Debíamos pasar por el camino de los comuneros y por la trampilla.

»El joven vizconde me había preguntado al ver las pistolas si íbamos a batirnos en duelo. Yo le dije: "¡y qué duelo!". Pero no tuve tiempo de explicarle nada. El vizconde es valiente, pero ignoraba casi todo sobre su adversario. ¡Mucho mejor! ¿Qué es un duelo con el más temible de los espadachines comparado con un combate con el más genial de los prestidigitadores? Yo mismo me hacía difícilmente a la idea de que iba a luchar con un hombre que sólo es visible cuando lo desea y que además ve todo a su alrededor cuando está oscuro... Con un hombre cuya rara ciencia, sutilidad, imaginación y destreza le permiten disponer de todas las fuerzas naturales combinadas para crear en nuestros ojos u oídos la ilusión que nos pierde... Y todo esto en los sótanos de la Ópera, es decir, en el mismo país de la fantasmagoría. ¿Acaso puede uno imaginarse esto sin estremecerse? ¿Acaso podemos hacernos una idea de lo que le habría ocurrido a un morador de la Ópera si hubiera encerrado en ella —en sus cinco sótanos y veinticinco pisos— a un Robert Houdini feroz y sarcástico, que tan pronto ríe como odia, tan pronto vacía bolsillos como asesina? Piensen en esto: "¿Combatir contra un maestro en trampillas?". ¡Dios mío! En nuestro país, en todos los palacios, se han construido infinidad de trampillas pivotantes que son las mejores del mundo. ¡Combatir al maestro en trampillas en el reino de las trampillas!

»Si mi esperanza consistía en que aún no hubiera dejado a Christine Daaé en aquella mansión del lago, a la que había debido llevar desvanecida una vez más, mi terror estribaba en cambio en que él se encontrara ya en alguna parte de nuestro alrededor preparando el lazo del Punjab.

»Nadie sabe lanzar mejor que él el lazo del Punjab: es el príncipe de los estranguladores al igual que es el rey de los prestidigitadores. Cuando hubo acabado de hacer reír a la pequeña sultana, en tiempos de las Horas rosas de Mazandarán, ella misma le pidió que se divirtiera haciéndola temblar. Y no encontró nada mejor que el juego del lazo del Punjab. Erik, que había vivido un tiempo en la India, había vuelto con una increíble destreza para estrangular. Se hacía encerrar en un patio al que conducían a un guerrero —habitualmente un condenado a muerte—, equipado con una larga pica y una espada ancha. Erik no tenía más que su lazo y, siempre en el momento en que el guerrero creía abatir a Erik de un golpe poderoso, se oía silbar el lazo. Con un movimiento de muñeca Erik apretaba el delgado lazo en el cuello de su enemigo y lo arrastraba inmediatamente ante la pequeña sultana y sus criadas, que miraban desde una ventana y aplaudían. La pequeña sultana aprendió también a lanzar el lazo del Punjab y así mató a varias de sus criadas, e incluso a algunas de sus amigas que habían venido a visitarla. Pero prefiero abandonar el tema horrible de las Horas rosas de Mazandarán. Si he hablado es porque, al llegar con el vizconde de Chagny a los sótanos de la Ópera, tuve que poner en guardia a mi compañero contra esta posibilidad de estrangulamiento, que siempre amenazaba a nuestro alrededor. Realmente, una vez en los sótanos mis pistolas ya no podían servirnos de nada, ya que estaba convencido de que, a partir del momento en que en un principio no se había opuesto a nuestra entrada en el camino de los comuneros, Erik no merodeaba por allí. Pero siempre podía estrangularnos. No tuve tiempo de explicarle todo esto al vizconde, y no sé si, disponiendo de ese tiempo, lo habría empleado en contarle que en alguna parte, en la sombra, había un lazo del Punjab dispuesto a silbar. Era inútil complicar la situación y me limité a aconsejarle al señor de Chagny que mantuviera siempre la mano a la altura de los ojos en posición de disparo. En esta postura resulta imposible, incluso para el estrangulador más hábil, lanzar con éxito el lazo del Punjab. Al mismo tiempo que el cuello, el lazo se ciñe al brazo o a la mano, y así el lazo, que entonces se puede desatar con facilidad, se vuelve inofensivo.

»Después de esquivar al comisario de policía, a algunos cerradores de puertas y a los bomberos, encontrar por primera vez al matador de ratas y pasar desapercibidos ante el hombre del sombrero de fieltro, el vizconde y yo conseguimos llegar al tercer sótano, entre el bastidor y el decorado de *El rey de Lahore*. Activé el resorte de la piedra y saltamos a la morada que Erik se había construido en la doble envoltura de las paredes de los cimientos de la Ópera (y con toda la sencillez del mundo, porque Erik fue uno de los primeros maestros de obras de Philippe Garnier, el arquitecto de la Ópera, y continuó trabajando solo, en secreto, cuando los trabajos se suspendieron oficialmente durante la guerra, el sitio de París y la Comuna).

»Conocía suficientemente a Erik para suponer que llegaría a descubrir todos los trucos que hubiera podido pergeñar durante todo este tiempo. Pero no estaba nada tranquilo al saltar dentro de su casa. Sabía lo que había hecho de cierto palacio de Mazandarán. Convirtió el edificio más noble del mundo en la casa del diablo, en donde no se podía pronunciar una palabra sin que fuera espiada o devuelta por el eco. ¡Cuántos dramas familiares, cuántas tragedias sangrientas arrastraba tras de sí el monstruo con sus trampillas! Eso sin tener en cuenta que, en los palacios que él había "trucado", no podía saberse exactamente dónde se encontraba uno. Había creado inventos sorprendentes. Sin duda el más curioso, el más horrible y el más peligroso de todos era la cámara de tortura en la que, con excepción de casos contados en los que la pequeña sultana se divertía haciendo sufrir a algún plebeyo, no dejaban entrar más que a los condenados a muerte. En mi opinión era la invención más atroz de las Horas rosas de Mazandarán. Además, cuando el visitante que había entrado en la cámara de tortura ya no podía aguantar más, siempre le estaba permitido acabar con un lazo del Punjab que dejaban a su disposición al pie del árbol de hierro.

»Cuál no sería mi sorpresa, poco después de entrar en la morada del monstruo, al caer en la cuenta de que la habitación en la que acabábamos de entrar el vizconde de Chagny y yo era precisamente la reconstrucción exacta de la cámara de tortura de las Horas rosas de Mazandarán. Encontré a nuestros pies el lazo del Punjab que tanto había temido durante toda la noche. Estaba convencido de que aquel lazo ya se había utilizado para Joseph Buquet. El jefe de tramoyistas debía haber sorprendido a Erik, igual que yo, en el momento en que activaba la piedra del tercer sótano. Luego, por curiosidad, habría intentado pasar a su vez antes de que la piedra volviera a cerrarse, y había ido a caer en la cámara de tortura, de la que no había vuelto a salir más que ahorcado. Me imaginaba muy bien a Erik arrastrando el cuerpo del que quería librarse hasta el decorado de *El rey de Lahore* y colgándolo allí para dar ejemplo o para aumentar el terror supersticioso que debía ayudarle a vigilar los accesos a la caverna. Pero, tras reflexionar, Erik había vuelto a buscar el lazo del Punjab, que está hecho curiosamente de tripas de gato y que habría podido provocar la curiosidad de un juez de instrucción. Así se explicaba la desaparición de la cuerda del ahorcado.

»Y he aquí que ahora descubría el lazo a nuestros pies en la cámara de tortura... No soy nada pusilánime, pero un sudor frío me empapó el rostro. La linterna, cuyo pequeño disco rojo paseaba por las paredes de la famosísima cámara, temblaba en mi mano.

»El señor de Chagny se dio cuenta y me dijo:

»—¿Qué le pasa, señor?

»Le hice una violenta señal para que se callara, ya que aún abrigaba la suprema esperanza de que nos encontráramos en la cámara de tortura sin que el monstruo lo supiera.

»Pero aquella esperanza tampoco era la salvación, ya que aún podía muy bien imaginar que, por el lado del sótano, la cámara de tortura protegía la mansión del lago, quizá incluso automáticamente. Sí, quizá las torturas iban a comenzar automáticamente.

»¿Quién habría sido capaz de decidir cuáles de nuestros gestos las desencadenarían?

»Recomendé a mi compañero la inmovilidad más absoluta. Un silencio aplastante se cernía sobre nosotros

»Y mi linterna roja seguía dando vueltas por la cámara de tortura... la reconocía, sí... la reconocía...»

# CAPÍTULO XXIII

## EN LA CÁMARA DE TORTURA

### SIGUE EL RELATO DEL PERSA

«Estábamos en medio de una pequeña sala de forma hexagonal perfecta cuyas seis caras estaban forradas en el interior de espejos de arriba abajo. En los ángulos se distinguían muy bien las juntas de los espejos, los pequeños sectores destinados a girar sobre sus goznes... Sí, sí, los reconocí... y reconocí el árbol de hierro en un rincón, al final de uno de esos pequeños sectores, el árbol de hierro con su rama de hierro... para los ahorcados.

»Había cogido el brazo de mi compañero. El vizconde de Chagny temblaba, dispuesto a gritar para decirle a su prometida que había ido en su ayuda. Yo temía que no pudiera contenerse.

»De repente, oímos un ruido a nuestra izquierda.

»Al principio fue como una puerta que se abriera y se cerrara en la habitación de al lado, después se oyó un gemido sordo. Retuve con más fuerza aún el brazo del señor de Chagny. Luego oímos claramente las siguientes palabras:

»—¡Tómalo o déjalo! ¡La *Misa de boda* o la *Misa de difuntos*!

»Reconocí la voz del monstruo.

»Volvió a oírse un gemido. Después, un largo silencio.

»Yo estaba convencido de que el monstruo ignoraba nuestra presencia en su morada, ya que de lo contrario se las habría arreglado para que no le oyéramos. Le habría bastado con cerrar herméticamente la ventanita invisible por la que los aficionados a las torturas miran dentro de la cámara. Además, estaba seguro de que, si él estuviera enterado de nuestra presencia, las torturas ya habrían empezado. Teníamos, pues, una buena ventaja sobre Erik: nos encontrábamos a su lado y él no sabía nada.

»Lo importante era no hacérselo saber y lo que más temía yo era la impulsividad del vizconde de Chagny, que quería lanzarse a través de las paredes para alcanzar a Christine Daaé, cuyos gemidos creíamos oír por momentos.

»—La *Misa de difuntos* no es muy alegre —continuó diciendo Erik—, mientras que la *Misa de boda,* ésa sí, es magnífica. Hay que tomar una decisión y saber lo que se quiere. A mí me es imposible seguir viviendo así, en el fondo de la tierra, en un agujero, como un topo. *Don Juan triunfante* está terminado, ahora quiero vivir como todo el mundo. Quiero tener una mujer como todo el mundo e ir con ella a pasear el domingo. He inventado una máscara con la que parezco la persona más normal del mundo. No llamará la atención de nadie. Serás la más feliz de las mujeres. Y cantaremos sólo para nosotros, hasta morir. ¡Estás llorando! ¡Tienes miedo de mí! Sin embargo, en el fondo no soy malo. ¡Ámame y lo verás! ¡Sólo me ha faltado que me amaran para ser bueno! Si tú me amaras sería manso como un cordero y harías de mí lo que quisieras.

»El gemido que acompañaba a esta especie de letanía de amor fue en aumento. Jamás he oído nada más desesperado, y el señor de Chagny y yo reconocimos que Erik era el que emitía aquel espantoso lamento. En cuanto a Christine, quizá detrás de la pared que teníamos delante de nosotros, debía estar muda de horror sin fuerzas para gritar, con el monstruo a sus pies.

»Este lamento era sonoro, atronador y estentóreo como la queja del océano. Por tres veces Erik expulsó aquel lamento por su pétrea garganta.

»—¡Tú no me amas! ¡Tú no me amas! ¡Tú no me amas!

»Después se calmó:

»—¿Por qué lloras? Sabes muy bien que me haces daño.

»Se hizo el silencio. Cada silencio suponía para nosotros una esperanza. Nos decíamos: "Quizá detrás de la pared él se ha ido y ha dejado sola a Christine Daaé".

»Sólo pensábamos en indicar a Christine Daaé nuestra presencia sin que el monstruo se diera cuenta.

»Ahora, la única forma de salir de la cámara de tortura era que Christine nos abriera la puerta; de no ser así no podríamos socorrerla, ya que ignorábamos incluso dónde se encontraba la puerta.

»De pronto el silencio tras la pared fue turbado por el ruido de un timbre eléctrico. Desde el otro lado del muro se percibió un sobresalto y la voz de trueno de Erik:

»—¡Llaman! Que entren —sonó una lúgubre carcajada sarcástica—. ¿Quién viene a molestarnos? Espérame aquí un momento, voy a decirle a la sirena que abra.

»Unos pasos se alejaron, una puerta se cerró. No tuve tiempo de pensar en el nuevo horror que se preparaba; olvidé que quizá el monstruo salía para cometer un nuevo crimen. No pensé más que en una cosa: ¡Christine se encontraba sola al otro lado de la pared! El vizconde de Chagny ya la llamaba.

»—¡Christine, Christine!

Si oíamos lo que decían en la habitación de al lado, no había motivo para creer que mi compañero no fuera oído a su vez. Sin embargo, el vizconde tuvo que repetir varias veces su llamada. Por fin, una voz débil llegó hasta nosotros.

»—¿Estaré soñando?

»—¡Christine, Christine! ¡Soy yo, Raoul! (Silencio). Contésteme, por favor, Christine... ¡Si está sola, contésteme, por lo que usted más quiera!

»Entonces la voz de Christine murmuró el nombre de Raoul.

»—¡Sí, sí, soy yo! ¡No es un sueño! Christine, tenga confianza... Estamos aquí para salvarla... ¡No cometa ninguna imprudencia! Cuando oiga al monstruo, avísenos.

»—¡Raoul, Raoul!

»Se hizo repetir varias veces que no soñaba y que Raoul de Chagny había podido llegar hasta ella, conducido por un fiel compañero que conocía el secreto de la mansión de Erik.

»Pero a la rápida alegría que le traía nuestra presencia enseguida le siguió un temor aún mayor. Christine quería que Raoul se marchara en el acto. Temblaba de miedo ante la posibilidad de que Erik descubriera nuestro escondite, ya que en ese caso él no habría dudado en matar al joven. En pocas palabras nos hizo saber que Erik se había vuelto absolutamente loco de amor y que estaba decidido a matar a todo el mundo y a sí mismo junto con el mundo si ella no consentía en convertirse en su mujer ante el alcalde y el párroco, el párroco de la Madeleine. Le había dejado hasta el día siguiente a las once para que meditase. Era el último plazo. Entonces tendría que elegir, como decía él, entre la misa de boda y la de difuntos.

»Erik había pronunciado esta frase que Christine no había comprendido por completo: "¡Sí o no; si es no, todo el mundo puede darse por muerto y enterrado!".

»Pero yo comprendí aquella frase a la perfección, porque respondía ominosamente a mi terrible pensamiento.

»—¿Podría decirnos dónde está Erik? —le pregunté.

»Ella contestó que debía haber salido de la mansión.

»—¿Podría asegurarse de ello?

»—¡No! Estoy atada... no puedo hacer ni un solo gesto.

»Al saberlo, el señor de Chagny y yo no pudimos contener un grito de rabia. La salvación de los tres dependía de la libertad de movimientos de la joven. ¡Oh! ¡Era preciso liberarla, llegar hasta ella!

»—Pero, ¿dónde están? —volvió a preguntar Christine—. Hay sólo dos puertas en mi habitación, la habitación estilo Luis Felipe de la que le he hablado, Raoul; hay una puerta a través de la que entra y sale Erik, y otra que no ha abierto jamás delante de mí y por la que me ha prohibido pasar por ser, según dice, la más peligrosa de las puertas... ¡la puerta de las torturas!

»—¡Christine, estamos detrás de esa puerta!

»—¿Están en la cámara de tortura?

»—Sí, pero no vemos la puerta.

»—¡Ay! Si al menos pudiera arrastrarme hasta allí... golpearía contra la puerta y así sabrían dónde está.

»—¿Es una puerta con cerradura? —pregunté.

»—Sí, con cerradura.

»Pensé: "Se abre del otro lado con una llave, como todas las puertas, pero por nuestro lado se abre con el resorte y el contrapeso, y no va a ser fácil descubrirlo".

»—¡Señorita! —exclamé—. ¡Es absolutamente necesario que nos abra esa puerta!

»—Pero ¿cómo? —respondió la voz desolada de Christine. Oímos un cuerpo que se movía, que intentaba librarse de las ligaduras que la aprisionaban…

»—Sólo nos salvaremos con astucia —dije—. ¡Necesitamos la llave de esta puerta!

»—Sé dónde está —contestó Christine, que parecía agotada por el esfuerzo que acababa de hacer—, pero estoy bien atada… ¡Miserable!

»Se oyó un sollozo.

»—¿Dónde está la llave? —pregunté, ordenando al señor de Chagny que se callara y me dejara llevar el asunto porque no podíamos perder ni un instante.

»—En la habitación, junto al órgano, con otra llavecita de bronce que también me ha prohibido tocar. Están en una bolsita de cuero a la que él llama "la bolsita de la vida y de la muerte"… ¡Raoul! ¡Raoul! ¡Huya! Aquí todo es misterioso y terrible… Erik se va a volver completamente loco… ¡Y ustedes están en la cámara de tortura! ¡Salgan por donde han venido! ¡Esa cámara debe tener sus razones para llamarse así!

»—¡Christine, saldremos de aquí juntos o moriremos juntos! —dijo el joven.

»—Tenemos que salir de aquí sanos y salvos —susurré—, pero debemos conservar la sangre fría. ¿Por qué la ha atado, señorita? No puede huir de aquí, y él lo sabe.

»—¡Quise matarme! El monstruo, esta noche, después de haberme traído aquí desvanecida, medio cloroformizada, se ausentó. Según me dijo, había ido a visitar a su banquero… Cuando ha vuelto me ha encontrado con el rostro ensangrentado… ¡Quise matarme! ¡Me había golpeado la frente contra las paredes!

»—¡Christine! —gimió Raoul, y empezó a sollozar.

»—Entonces me ató... No tengo derecho a morir hasta mañana a las once...

»Toda esta conversación a través de la pared fue mucho más "entrecortada" y mucho más cautelosa de lo que podría dar idea transcribiéndola aquí. A menudo nos deteníamos en medio de una frase porque nos había parecido oír un crujido, un paso, un murmullo insólito... Ella nos decía:

»—¡No, no es él! Ha salido... ¡Estoy segura de que ha salido! He reconocido el ruido que hace al cerrarse la pared del lago.

»—Señorita —declaré—, el monstruo mismo la ha atado... También será él quien la desate... No tiene más que simular una comedia... ¡No olvide usted que la ama!

»—¡Desgraciada de mí! —oímos—. ¿Cómo podría olvidarlo?

»—Recuérdelo para sonreírle... suplíquele, dígale que esas ataduras le hacen daño.

»Pero Christine Daaé nos dijo:

»—¡Chitón! Oigo algo en la pared del lago... ¡Es él! ¡Váyanse! ¡Váyanse! ¡Váyanse!

»—No nos iríamos aunque pudiéramos —dije para impresionar a la joven—. ¡No podemos irnos! ¡Además, estamos en la cámara de tortura!

»—¡Silencio! —volvió a susurrar Christine. Los tres nos callamos.

»Pasos sordos se arrastraban lentamente detrás de la pared y volvían a hacer crujir el suelo. Luego, hubo un enorme suspiro seguido de un grito de horror de Christine, y oímos la voz de Erik.

»—¡Te pido perdón por mostrarte un rostro como éste! ¡Mira en qué estado me encuentro! ¡Es culpa del otro! ¿Por qué habrá llamado? ¿Acaso les pregunto la hora a los que pasan por aquí? Ése no volverá a preguntar la hora a nadie. Es culpa de la sirena...

»De nuevo un suspiro más profundo, más amplio, salido de lo más hondo del abismo de un alma.

»—¿Por qué has gritado, Christine?

»—Porque sufro, Erik.

»—Creí que te había asustado...

»—Erik, aflójeme estas ataduras... ¿No soy acaso su prisionera?

»—Volverás a desear la muerte...

»—Me ha dado usted tiempo hasta mañana por la noche a las once, Erik...

»Los pasos seguían arrastrándose por el suelo.

»—Después de todo, ya que debemos morir juntos... y que tengo tanta prisa como tú... Sí, yo también estoy cansado de esta vida, ¿entiendes? ¡Espera, no te muevas, voy a desatarte! No tienes más que decir una palabra: "¡no!", y todo se habrá acabado, para todo el mundo... ¡Tienes razón... tienes toda la razón! ¿Para qué esperar hasta mañana a las once de la noche? ¡Ah, sí, porque habría sido mucho más bonito! He tenido siempre la enfermedad del decorado... de lo grandioso... ¡qué infantil! No hay que pensar más que en uno mismo, en la vida, en la propia muerte... el resto es superfluo. ¿Ves lo mojado que estoy? ¡Ah, querida, es que hice mal en salir! Hace un tiempo de perros... Además, Christine, creo que tengo alucinaciones. ¿Sabes?, el que llamaba hace un rato donde la sirena —vete a saber si suena el timbre en el fondo del lago—, pues bien, parecía... Así, vuélvete... ¿Estás contenta? ¡Ya estás libre! ¡Dios mío, tus muñecas, Christine! ¿Les he hecho daño? Dime... Esto sólo merece la muerte... A propósito de muerte, ¡debo cantarle su misa!

»Al oír aquellas frases terribles no pude evitar un horrible presentimiento... También yo había llamado una vez a la puerta del monstruo... ¡y sin saberlo había debido poner en marcha algún timbre de alarma! Me acordaba de los dos brazos que salieron de las aguas negras como la tinta... ¿Quién habría sido ahora el pobre desgraciado perdido en aquellas orillas?

»El recuerdo de aquel desventurado casi me impedía regocijarme por la comedia que representaba Christine y, sin embargo, el vizconde de Chagny murmuraba a mi oído esta palabra maravillosa: "¡Libre!". ¿Quién, pues? ¿Quién era el otro, aquél por el que oíamos ahora la *Misa de difuntos*?

»¡Qué canto más sublime y arrebatado! Toda la mansión del lago retumbaba... Todas las entrañas de la tierra se estremecían... Habíamos pegado la oreja contra la pared de espejo para oír mejor la comedia de Christine Daaé, a la que se entregaba para salvarnos, pero sólo oíamos la *Misa de difuntos*... ¡Era más bien una misa de condenados! Allí, en el fondo de la tierra, parecía una corranda de demonios. Recuerdo que el *Dies irae* que él cantó nos envolvió como una tormenta. Sí, a nuestro alrededor había rayos y centellas...

Sí, le había oído cantar otras muchas veces... Conseguía incluso hacer cantar a las fauces de piedra de mis toros androcéfalos en los muros del palacio de Mazandarán... Pero cantar de esta forma, ¡jamás, jamás! Cantaba como el dios del trueno...

»De repente la voz y el órgano se detuvieron con tanta brusquedad que el señor de Chagny y yo retrocedimos detrás de la pared, asustados... Y la voz de pronto cambiada, transformada, pronunció claramente estas sílabas metálicas, rechinando los dientes:

»—¿Qué has hecho con mi bolsa?»

# CAPÍTULO XXIV

## Empiezan las torturas

### Sigue el relato del Persa

»La voz repitió con furor:

»—¿Qué has hecho con mi bolsa?

»Christine Daaé no debía temblar menos que nosotros.

»—¡Conque querías que te desatara para coger la bolsa, di!

»Se oyeron unos pasos precipitados, la carrera de Christine que volvía a la habitación estilo Luis Felipe como para buscar refugio junto a nuestra pared.

»—¿Por qué huyes? —decía la enfurecida voz, que la había seguido—. ¿Quieres devolverme mi bolsa? ¿No sabes acaso que es la bolsita de la vida y de la muerte?

»—Escúcheme, Erik... —suspiró la joven—. Si a partir de ahora debemos vivir juntos... ¿qué puede importarle? ¡Todo lo que es suyo me pertenece!

»Lo dijo de una forma tan temblorosa que inspiraba compasión. La desgraciada debía emplear toda la energía que le quedaba para superar su terror... Pero no sería con ese tipo de supercherías infantiles, dichas con los dientes castañeteantes, como se podía sorprender al monstruo

»—Sabes bien que la bolsa no contiene más que dos llaves... ¿Qué querías hacer? —preguntó Erik.

»—Quisiera —dijo ella— visitar esa habitación que no conozco y que siempre me ha ocultado... ¡Es una curiosidad de mujer! —añadió ella en un tono que pretendía ser alegre y que por su falsedad sólo sirvió para aumentar la desconfianza del monstruo.

»—¡No me gustan las mujeres curiosas! —replicó Erik—. Deberías desconfiar desde la historia de Barba Azul... ¡Vamos! ¡Devuélveme mi bolsa... devuélveme mi bolsa! ¿Quieres dejar esa llave? ¡Pequeña curiosa!

»Y rio sarcásticamente mientras Christine lanzaba un grito de dolor... Erik acababa de quitarle la bolsa. Fue en aquel momento cuando el vizconde, sin poder contenerse por más tiempo, lanzó un grito de rabia y de impotencia que logré ahogar con mucha dificultad.

»—¡Ah! —exclamó el monstruo—. ¿Qué es eso? ¿No has oído, Christine?

»—¡No... no! No he oído nada —contestó la desgraciada.

»—Me ha parecido oír un grito.

»—¿Un grito? ¿Acaso está usted enloqueciendo, Erik? ¿Quién quiere que grite en el fondo de esta mansión? Yo he gritado porque me hacía daño... Yo no he oído nada...

»—¡Qué manera de decirme esto! ¡Tiemblas... estás muy alterada! ¡Mientes! ¡Han gritado, han gritado! Hay alguien en la cámara de tortura... ¡Ah, ahora comprendo!

»—¡No hay nadie, Erik!

»—¡Ya entiendo!

»—¡Nadie!

»—Quizá... ¡tu prometido!

»—¡Yo no tengo prometido! ¡Lo sabe usted muy bien!

»De nuevo una risa malévola.

»—Por otra parte, ¡es tan fácil averiguarlo! Mi pequeña Christine, amor mío... no es necesario abrir la puerta para saber qué ocurre en la cámara de tortura... ¿Quieres verlo? ¿Quieres verlo? ¡Mira! Si hay alguien... si realmente hay alguien, verás cómo se iluminará allá arriba, al lado del techo, la ventana invisible... Basta con correr la cortina negra y apagar aquí... ¡Ya está! ¡Apaguemos! No debes temer la oscuridad en compañía de tu maridito...

»Entonces se oyó la voz agonizante de Christine.

»—¡No! Tengo miedo... ¡Ya le he dicho que tengo miedo a la oscuridad! ¡Esa cámara no me interesa en lo más mínimo! ¡Es usted quien me da miedo, como a una niña, con esa cámara de tortura! Antes he sido curiosa, es cierto... Pero, ahora, no me interesa nada de nada... ¡nada!

»Y lo que yo más temía se disparó automáticamente... ¡De repente nos vimos inundados de luz! Sí, detrás de nuestra pared se produjo una especie de incendio. El vizconde de Chagny, que no se lo esperaba, quedó tan sorprendido que se tambaleó. Y la voz encolerizada estalló al otro lado.

»—¡Ya te decía que había alguien! ¿Ves ahora la ventana? ¡La ventana luminosa! ¡Allá arriba! El que se encuentra detrás de esa pared no puede verla... Pero tú subirás a la doble escalerilla, ¡está aquí para eso! A menudo me has preguntado para qué servía... Pues bien, ¡ya lo sabes! Sirve para mirar lo que sucede en la cámara de tortura... ¡pequeña curiosa!

»—¿Qué torturas? ¿Qué torturas hay allí dentro? ¡Erik, Erik, dígame que tan sólo quiere atemorizarme! ¡Dígamelo si me ama, Erik! No hay torturas, ¿no es cierto? ¡Son cuentos para niños!

»—Ve a mirar, querida mía, por la ventanita...

»No sé si el vizconde, a mi lado, oía ahora la voz desfallecida de la joven, hasta tal punto estaba absorto en el espectáculo inaudito que acababa de surgir ante su mirada desorbitada... En cuanto a mí, que ya había visto muy a menudo aquel espectáculo a través de la ventanita de las Horas rosas de Mazandarán, sólo me quedaba oír lo que decían al lado mientras buscaba un motivo de acción, una resolución que tomar.

»—¡Ve a ver, ve a mirar por la ventanita! ¡Dime, cuéntame después cómo tiene la nariz!

»Oímos rodar la escalera que apoyaban contra la pared...

»—¡Sube, pues! ¡No, no! ¡Subiré yo, querida!

»—¡Bueno, sí! Iré a mirar... ¡Déjeme!

»—¡Ay, querida! ¡Querida mía! ¡Qué gentil eres! ¡Es muy amable por tu parte ahorrarme semejante trabajo a mi edad! ¡Ya me contarás cómo tiene la nariz! Si la gente se diera cuenta de la felicidad que representa tener una nariz, una nariz propia... no vendría jamás a pasearse por la cámara de tortura...

»En aquel momento oímos claramente, por encima de nuestras cabezas, estas palabras:

»—Amigo mío, aquí no hay nadie...

»—¿Nadie? ¿Estás segura de que no hay nadie?

»—Absolutamente... No hay nadie...

»—¡Tanto mejor, pues! ¿Qué te ocurre, Christine? ¡Vamos! No irás a encontrarte mal... ¡Si no hay nadie! ¡Baja, baja! ¡Tranquilízate, puesto que no hay nadie! Pero ¿qué te ha parecido el panorama?

»—¡Oh, sorprendente!

»—Bueno, te encuentras mejor, ¿no es cierto? Te encuentras mucho mejor... Nada de emociones... Qué casa más curiosa ésta, ¿no?, en la que se pueden encontrar semejantes panoramas.

»—¡Sí, es como estar en el Museo Grévin! Pero, Erik, no hay torturas allí dentro... ¿Sabe que me ha hecho pasar un miedo terrible?

»—¿Por qué, si no hay nadie?

»—¿Fue usted quien construyó esa cámara, Erik? ¿Sabe que es magnífica? ¡Decididamente, es usted un gran artista, Erik!

»—Sí, un gran artista "en mi género".

»—Pero dígame, Erik, ¿por qué ha llamado a esta habitación la cámara de tortura?

»—¡Oh, es muy sencillo! Pero, primero, ¿qué has visto?

»—¡He visto un bosque!

»—¿Y qué había en el bosque?

»—¡Árboles!

»—¿Y qué hay en los árboles?

»—Pájaros...

»—Habrás visto pájaros...

»—No, no he visto pájaros.

»—Entonces, ¿qué has visto? ¡Piénsalo! ¡Has visto ramas! ¿Y qué hay en una rama? —dijo la terrible voz—. ¡Hay una horca! ¡Por eso llamo a mi bosque la cámara de tortura! Ya lo ves, no es más que una forma de hablar... ¡Todo esto no es más que una broma! ¡Yo nunca me expreso como los demás! ¡No hago nada como los demás! Pero estoy muy cansado... muy cansado.

¿Sabes? Ya no puedo soportar tener un bosque en mi casa y una cámara de tortura... estar instalado como un charlatán en el piso de una caja de doble fondo... ¡No puedo más! ¡No puedo más! Quiero tener un piso tranquilo, con puertas y ventanas corrientes y una mujer honrada, como todo el mundo... Deberías entenderlo, Christine, y no debería tener que repetírtelo a cada momento... ¡Una mujer como todo el mundo! Una mujer a la que querría, a la que llevaría a pasear el domingo y a la que haría reír toda la semana... ¡Ah, no te aburrirías conmigo! Tengo más de un truco en la manga, sin contar los de cartas... Mira, ¿quieres que te haga juegos de manos con las cartas? Así mataremos el tiempo mientras esperamos que lleguen las once de la noche de mañana... ¡Mi pequeña Christine! ¡Mi pequeña Christine! ¿Me escuchas? ¡Ya no me rechazas! ¿Dime, me amas? ¡No, no me amas! ¡Pero no importa! ¡Me amarás! Antes no podías mirar mi máscara porque sabías lo que había detrás... ¡Ahora ya no te importa mirarla, te olvidas de lo que hay detrás y ya no quieres rechazarme! Uno se acostumbra a todo cuando se quiere... cuando se tiene buena voluntad... ¡Cuántos jóvenes que no se querían antes de la boda luego llegaron a adorarse! ¡Ah, ya no sé lo que digo! Pero te divertirás mucho conmigo... ¡No hay nadie como yo! Por ejemplo, ¡puedo asegurarte que no existe otro ventrílocuo mejor que yo! ¡Soy el primer ventrílocuo del mundo! ¡Te ríes! ¡Quizá no me creas! ¡Escucha!

»El miserable (que realmente era el mejor ventrílocuo del mundo) aturdía a la pequeña (me daba perfecta cuenta) para alejar su atención de la cámara de tortura... ¡Estúpida maniobra! ¡Christine no pensaba más que en nosotros! Repitió en varias ocasiones, en el tono más suave de que fue capaz, mirándolo con ojos de ardiente súplica:

»—¡Apague la ventanita! ¡Erik! ¡Apague la ventanita!

»Estaba convencida de que aquella luz, que se había encendido repentinamente en la ventanita y de la que el monstruo había hablado de forma tan amenazadora, tenía una razón de ser... Una sola cosa debía tranquilizarla de momento, y era que nos había visto a los dos detrás de la pared, en medio del magnífico incendio, de pie y en perfecto estado... Pero se habría tranquilizado más, sin duda alguna, si se hubiera apagado la luz...

»El otro había empezado ya un número de ventrílocuo. Decía:

»—Mira, levanto un poco mi máscara. Sólo un poco... ¿Ves mis labios? ¿O lo que tengo por labios? ¡No se mueven! Mi boca, o esa especie de boca que tengo... está cerrada. Sin embargo, oyes mi voz... Hablo con el vientre, es muy natural... ¡A esto se llama ser un ventrílocuo! Todo el mundo lo sabe: escucha mi voz, ¿dónde quieres que suene? ¿En tu oído izquierdo o en el derecho? ¿En la mesa? ¿En los cofrecillos de ébano de la chimenea? ¡Ah!, ¿te sorprende? ¡Mi voz está en los cofrecillos de la chimenea! ¿La quieres lejana o próxima? ¿Retumbante? ¿Aguda? ¿Nasal? Mi voz se pasea por todas partes... por todas partes... Escucha, querida... en el cofrecillo a la derecha de la chimenea, escucha lo que dice: "¿Habrá que girar el escorpión?". Y ahora, ¡crac! Escucha lo que dice ahora el cofrecillo de la izquierda: "¿Habrá que girar el saltamontes?". Y ahora, ¡crac! Mírala en la garganta de la Carlotta, en el fondo de la garganta dorada, la garganta de cristal de la Carlotta. ¿Qué dice? Dice: "Soy yo, señor gallo. Soy yo la que canta: escucho esta voz solitaria... ¡quiquiriquí!, ¡que canta en mi quiquiriquí!". Y ahora, ¡crac! Ha llegado a una silla del palco del fantasma y ha dicho: "La señora Carlotta canta esta noche como para hacer caer la araña...". Y ahora, ¡crac! ¡Ja, ja, ja! ¿Dónde está la voz de Erik? Escucha, Christine, querida mía... ¡Escucha! Está detrás de la puerta de la cámara de tortura. ¡Escúchame! Soy yo el que estoy en la cámara de tortura... ¿Y qué digo? Digo: "¡Pobres de aquéllos que tienen la dicha de tener una nariz, una verdadera nariz propiamente suya y que vienen a pasearse por la cámara de tortura! ¡Ja, ja, ja!".

»¡Maldita voz del formidable ventrílocuo! ¡Estaba en todas partes, en todas partes! Se colaba a través de la ventanita invisible, a través de las paredes, corría alrededor de nosotros... ¡Erik estaba allí! ¡Nos hablaba! Hicimos un gesto como para arrojarnos sobre él, pero más rápida, más inasible que la sonora voz del eco, la voz de Erik había vuelto al otro lado de la pared.

»De pronto, dejamos de oír su voz y he aquí lo que ocurrió. Surgió la voz de Christine:

»—¡Erik, Erik! ¡Me cansa usted con su voz! ¡Calle, Erik! ¿No le parece que hace calor aquí?

»—¡Sí, sí! El calor se hace insoportable... —contestó la voz de Erik.

»Y de nuevo la voz, ahogada por la angustia, de Christine:

»—¿Qué es esto? La pared está muy caliente... la pared está ardiendo...

»—Voy a explicártelo, Christine, amor mío, es por culpa de "la selva de al lado"...

»—¿Qué quiere decir? ¿La selva?

»—¿No ha visto que era una selva del Congo?

»Y la risa del monstruo se elevó tanto que ya no distinguimos los clamores suplicantes de Christine. El vizconde de Chagny gritaba y golpeaba contra las paredes como un loco y yo no podía contenerlo. Pero no se oía más que la risa del monstruo, y el monstruo mismo no debía oír más que su risa. Después sonó el rumor de una lucha repentina, de un cuerpo que cae al suelo y que es arrastrado... y el estrépito de una puerta cerrada con furia... y nada más, nada a nuestro alrededor más que el silencio abrasador del mediodía... ¡en el corazón de una selva africana!»

# CAPÍTULO XXV

## «¡TONELES! ¡TONELES! ¿TIENE USTED TONELES PARA VENDER?»

### SIGUE EL RELATO DEL PERSA

«Y a he dicho que aquella cámara en la que nos encontrábamos el señor de Chagny y yo era de planta hexagonal regular y estaba forrada por completo de espejos. Desde entonces, especialmente en ciertas exposiciones, se han hecho cámaras exactamente iguales que ésta, a las que llaman "casas de los milagros" o "palacios de las ilusiones". Pero el primero en inventarlas fue Erik, que construyó ante mis ojos la primera sala de este tipo en tiempos de las Horas rosas de Mazandarán. Bastaba con colocar algún motivo decorativo en los rincones, una columna por ejemplo, para obtener instantáneamente un palacio de mil columnas, ya que, por efecto de los espejos, la sala real aumentaba hasta en seis salas hexagonales, de las que cada una se multiplicaba hasta el infinito. En tiempos, para divertir a la pequeña sultana había dispuesto de este modo un decorado que se convertía en el "templo innumerable"; pero la pequeña sultana se cansó enseguida de una ilusión tan infantil, y entonces Erik transformó su invento en cámara de tortura. En lugar del motivo arquitectónico colocado en los rincones, puso en primer plano un árbol de hierro. ¿Por qué era de hierro aquel árbol, perfecta imitación de la realidad con sus hojas pintadas? Porque debía ser lo suficientemente sólido como para resistir todos los ataques del "paciente" al que se encerraba en la cámara de tortura. Veremos de qué manera el decorado así configurado se transformaba dos veces, instantáneamente, en otros dos decorados sucesivos gracias a la rotación automática de los tambores que se encontraban en las esquinas y que habían sido divididos en tres, uniendo los ángulos de los espejos y sosteniendo cada uno un motivo decorativo que iba turnándose alternativamente.

»Las paredes de esta extraña sala no ofrecían ningún asidero al paciente, pues con excepción del motivo decorativo, de una solidez a prueba de todo, estaban forradas tan sólo de espejos, espejos lo suficientemente sólidos como para aguantar los arrebatos de rabia del miserable al que arrojaran allí, para colmo desnudo de manos y pies.

»No había un solo mueble. El techo era luminoso. Un ingenioso sistema de calefacción eléctrica, que ha sido imitado después, permitía aumentar la temperatura de las paredes a voluntad y de este modo dar a la sala la temperatura deseada.

»Me dedico a enumerar todos los detalles precisos de un invento absolutamente natural que creaba esta ilusión de algo sobrenatural mediante ramas pintadas, de una selva ecuatorial abrasada por el sol del mediodía, para que nadie pueda poner en duda la serenidad de mi espíritu, para que nadie pueda decir: "¡Este hombre se ha vuelto loco!", o bien: "Este hombre miente", o incluso: "Este hombre nos toma por imbéciles".[12] Si me hubiera limitado a contar las cosas así: "Al bajar al sótano nos encontramos con una selva ecuatorial abrasada por el sol del mediodía", habría logrado causar un efecto de estúpida sorpresa, pero no busco ningún efecto, ya que mi intención es explicar qué nos sucedió realmente al vizconde de Chagny y a mí en el curso de una terrible aventura que, por un tiempo, mantuvo en vilo a la justicia de este país.

»Ahora vuelvo a los hechos en el punto en que los he dejado.

»Cuando se hizo la luz en el techo y la selva se iluminó a nuestro alrededor, el estupor del vizconde superó todo lo que pueda imaginarse. La

---

12  En la época en que escribe el Persa, se comprende muy bien que haya tomado tantas precauciones contra el espíritu de incredulidad; hoy, cuando todo el mundo ha podido ver esta clase de salas, serían superfluas.

aparición de aquella selva impenetrable cuyos innumerables troncos y ramas nos enlazaban hasta el infinito lo sumió en una consternación espantosa. Se pasó las manos por la frente como para rechazar la visión de un sueño y sus ojos parpadearon como los de alguien a quien, al despertar, le cuesta recobrar el conocimiento de la realidad de las cosas. ¡Por un instante se olvidó de escuchar!

»He dicho que la aparición de la selva no me sorprendió, por eso pude oír lo que ocurría en la habitación de al lado. Además, me llamaba menos la atención el decorado, del que se desentendía mi pensamiento, que el mismo espejo que lo producía. Aquel espejo estaba roto en algunos puntos. En efecto, tenía grietas. Habían logrado "estrellarlo" a pesar de su solidez y esto me demostraba que, sin duda alguna, la cámara de tortura en la que nos encontrábamos ya se había utilizado.

»Una víctima que llevaría los pies y las manos más protegidos que los de los condenados de las Horas rosas de Mazandarán habría caído en aquella "ilusión mortal" y, loco de rabia, habría golpeado aquellos espejos que, a pesar de sus ligeras grietas, habrían reflejado su agonía. Y la rama del árbol en la que había concluido su tortura estaba dispuesta de tal modo que, antes de morir, habría podido ver cómo se mecían a la vez —supremo consuelo— miles de ahorcados...

»¡Sí, sí, Joseph Buquet había pasado por allí! ¿Íbamos a morir como él? Yo no lo creía, ya que sabía que teníamos aún algunas horas de tiempo y que podría emplearlas en algo más útil de lo que Joseph Buquet había sido capaz de hacer.

»¿Acaso no tenía un profundo conocimiento de la mayoría de los "trucos" de Erik? Ésta era la oportunidad definitiva de aplicarlo.

»Para empezar, no pensaba en lo más mínimo en volver al corredor que nos había conducido hasta la cámara maldita, ni me preocupé por la posibilidad de volver a activar la piedra interior que cerraba el paso. La razón era muy simple: ¡no disponía de los medios! Habíamos saltado desde una altura bastante considerable a la cámara de tortura y ningún mueble nos permitía ahora alcanzar el pasaje, ni siquiera la rama del árbol de hierro, ni los hombros de uno de nosotros empleados a modo de escalera.

»No había más que una salida posible: la que daba a la habitación estilo Luis Felipe en la que se encontraban Erik y Christine Daaé. Pero si aquella salida era una puerta normal y corriente por el lado de Christine, por el nuestro era absolutamente invisible... Por lo tanto, debíamos intentar abrirla sin saber siquiera en qué lugar se encontraba, lo cual no era una tarea muy fácil.

»Cuando estuve bien seguro de que no podíamos esperar nada de Christine Daaé, cuando oí al monstruo llevar, o mejor dicho, arrastrar consigo a la desgraciada muchacha fuera de la habitación estilo Luis Felipe para que no entorpeciera nuestro suplicio, decidí ponerme inmediatamente a trabajar, es decir, a buscar el resorte de la puerta.

»Primero tuve que calmar al señor de Chagny, que ya se paseaba por el claro como un alucinado lanzando gritos incoherentes. Los retazos de conversación que, pese a su emoción, había podido oír entre Christine y el monstruo habían contribuido a ponerlo fuera de sí; si a esto añadimos el efecto de la selva mágica y el ardiente calor que empezaba a hacer correr el sudor por sus sienes, no costará mucho entender que el señor de Chagny comenzara a experimentar cierto tormento. A pesar de mis recomendaciones, mi compañero ya no tomaba ningún tipo de precaución. Iba y venía sin rumbo alguno, precipitándose hacia un espacio inexistente, creyendo entrar en una avenida que le conducía hacia el horizonte y golpeándose la frente, pocos pasos después, con el mismo reflejo de su ilusión de selva. Mientras tanto iba gritando: "¡Christine! ¡Christine!", y agitaba la pistola llamando aún con todas sus fuerzas al monstruo, desafiando a un duelo a muerte al Ángel de la música, maldiciendo la selva ilusoria. El suplicio surtía efecto en aquella mente poco preparada. Yo intentaba combatirlo razonando con el pobre vizconde de la manera más serena del mundo, le hacía tocar con el dedo los espejos y el árbol de hierro, las ramas pintadas en los paneles, y le explicaba, utilizando las leyes de la óptica, todo el utillaje luminoso en el que estábamos envueltos y del que no debíamos ser víctimas como si fuésemos dos vulgares ignorantes.

»—Estamos en una cámara, en una cámara pequeña, esto es lo que debemos repetirnos constantemente... Y saldremos de esta cámara cuando encontremos la puerta. ¡Pues bien, busquémosla!

»Le prometí que, si me dejaba actuar sin aturdirme con sus gritos y sus alocados paseos, encontraría el resorte de la puerta antes de una hora. Entonces se tumbó en el parqué como se hace en los bosques, y declaró que esperaría a que yo encontrara la puerta de la selva puesto que no tenía nada mejor que hacer. Creyó su deber añadir que, desde donde se encontraba, "la vista era espléndida" (a pesar de todo lo que yo había podido decirle, la tortura surtía efecto).

»En cuanto a mí, olvidando la selva elegí un panel de espejos y me puse a tantear por él en todos los sentidos buscando el punto débil sobre el que había que apretar para hacer girar las puertas, según el sistema de puertas y trampillas giratorias de Erik. A veces ese punto débil podía ser una simple mancha del tamaño de un pequeño guisante en el espejo bajo la cual se encontraba el resorte que había que disparar. ¡Busqué y busqué y busqué! Tanteaba todo lo alto que mis manos podían alcanzar. Erik era más o menos de mi estatura y pensaba que no habría colocado el resorte más arriba de lo que alcanzaba su talla; era sólo una hipótesis, pero era mi única esperanza. Por lo tanto, decidí dar la vuelta a los seis paneles de espejos sin descanso y con minuciosidad y después examinar también el parqué con detenimiento. Al mismo tiempo que tanteaba los paneles con sumo cuidado me esforzaba por no perder un solo minuto, ya que el calor me invadía cada vez más y literalmente nos estábamos asando en aquella selva inflamada.

»Trabajaba desde hacía una media hora y había terminado ya con tres paneles, cuando nuestra mala fortuna quiso que me volviese ante una sorda exclamación lanzada por el vizconde.

»—¡Me ahogo! —decía—. Todos estos espejos irradian un calor infernal... ¿Va a encontrar pronto su resorte? ¡Si no lo consigue pronto, nos vamos a cocer aquí!

»No me disgustó nada oírle hablar así. No había dicho una sola palabra con respecto a la selva y confiaba en que la razón de mi compañero todavía podría luchar contra el suplicio. Pero añadió:

»— Lo que me consuela es que el monstruo le ha dado tiempo a Christine hasta mañana a las once de la noche; si no podemos salir de aquí y salvarla,

¡al menos moriremos antes que ella! ¡La misa de Erik podrá servir para todo el mundo!

»Y aspiró una bocanada de aire caliente que casi lo hizo desfallecer.

»Como no tenía los mismos motivos que el vizconde para aceptar la muerte, me volví hacia mi panel tras pronunciar algunas palabras de aliento, pero cometí la estupidez de dar algunos pasos mientras hablaba, de tal modo que, en la confusión de la selva ilusoria, ya no sabía con seguridad cuál era mi panel. Me vi obligado a volver a empezar, al azar... Tampoco pude evitar manifestar mi contrariedad y el vizconde comprendió que tenía que rehacerlo todo. Esto le dio una nueva oportunidad.

»—¡Jamás saldremos de esta selva! —gimió.

»Su desesperación no hizo más que aumentar. Y, al aumentar, le hacía olvidar cada vez más que aquéllos no eran más que espejos y no una verdadera selva.

»Yo me puse a buscar de nuevo... a tantear... La fiebre empezaba también a invadirme... y no encontraba nada... absolutamente nada... En la habitación de al lado seguía el mismo silencio. Nos encontrábamos realmente perdidos en la selva, sin salida, sin brújula, sin guía, sin nada. ¡Oh! Sabía lo que nos esperaba si nadie acudía en nuestra ayuda o si no encontraba el resorte. Pero ¡buscaba el resorte en vano! No encontraba más que ramas... ramas de una belleza admirable que se alzaban rectas ante mí o se curvaban ondeantes por encima de mi cabeza. ¡Pero no daban ninguna sombra! No era de extrañar, ya que estábamos en una selva ecuatorial con el sol justo sobre nuestras cabezas... una selva del Congo...

»En varias ocasiones el señor de Chagny y yo nos habíamos quitado y vuelto a poner el traje, sintiendo a veces que nos daba más calor y a veces que, por el contrario, nos protegía del calor.

»Yo aún resistía moralmente, pero me pareció que el señor de Chagny estaba "ido" por completo. Pretendía que hacía tres días y tres noches que caminaba sin parar por aquella selva en busca de Christine Daaé. De tanto en tanto creía verla tras el tronco de un árbol o deslizándose a través de las ramas, y la llamaba con palabras suplicantes que llenaban mis ojos de lágrimas: "¡Christine, Christine! ¿Pero, por qué huyes de mí? ¿Acaso no me quieres? ¿No estamos prometidos? ¡Christine, detente! ¡Mira, estoy agotado! ¡Christine, ten piedad! ¡Voy a morir en la selva... lejos de ti!".

»—¡Oh, tengo sed! —dijo finalmente en tono delirante.

»También yo tenía sed, mi garganta era puro fuego...

»Sin embargo, agachado entonces en el suelo, no dejaba de buscar... buscar... buscar el resorte de la puerta invisible, ya que la estancia en la selva se hacía peligrosa con la cercanía de la noche. La sombra de la noche ya empezaba a envolvernos. La noche había llegado muy deprisa, como cae en los países ecuatoriales, de repente, sin apenas crepúsculo... Pero la noche en las selvas ecuatoriales es siempre peligrosa, sobre todo cuando, como en nuestro caso, no se tiene con qué hacer fuego para alejar a las fieras.

»Yo, dejando por un instante la búsqueda del resorte, había intentado romper algunas ramas que habría encendido con la llama de mi linterna, pero también me estrellé contra los famosos espejos y eso me había hecho recordar a tiempo que enfrente tan sólo teníamos imágenes de ramas...

»Con la noche no desapareció el calor, al contrario... Ahora hacía más calor bajo el resplandor azul de la luna. Recomendé al vizconde que tuviera las armas dispuestas para disparar y que no se apartara del lugar de nuestro campamento mientras yo seguía buscando el resorte.

»De pronto oímos el rugido de un león a pocos pasos que nos desgarró los oídos.

»—¡Oh! —exclamó el vizconde en voz baja—. ¡No está lejos! ¿No lo ve? Justo allí... a través de los árboles... en aquella espesura... Si vuelve a rugir, ¡disparo!

»El rugido volvió a sonar aún más fuerte. El vizconde disparó, pero no creo que alcanzara al león, tan sólo rompió un espejo; lo comprobé a la mañana siguiente, al alba. Durante la noche debimos hacer un largo camino, ya que nos encontramos repentinamente al borde de un desierto, de un inmenso desierto de arena, piedras y rocas. Realmente no valía la pena salir de la selva para caer en el desierto. Vencido, me tumbé al lado del vizconde, cansado de buscar resortes que no encontraba.

»Estaba realmente extrañado (y se lo dije al vizconde) de que no hubiéramos tenido otros malos encuentros durante la noche. Habitualmente, después del león venía un leopardo y, a veces, el revoloteo de moscas tse-tse. Eran todos efectos sonoros muy fáciles de producir y, mientras descansábamos para atravesar el desierto, le expliqué al señor de Chagny que Erik reproducía el rugido del león con un largo tamboril rematado en piel de asno sólo en uno de sus extremos. Encima de la piel se tensa una cuerda de tripa atada por el centro a otra cuerda del mismo género que atraviesa el tambor de lado a lado. Erik no tiene más que frotar esta cuerda con un guante untado de colofonia. Según la manera de frotar, imita la voz del león o del leopardo hasta el extremo de no poder distinguirlas, o incluso el revoloteo de las moscas tse-tse. La idea de que Erik pudiera estar en la habitación de al lado con sus trucos me movió a tomar la decisión de parlamentar con él, ya que evidentemente había que renunciar a la idea de sorprenderlo. Ahora ya debía saber a qué atenerse con respecto a los que ocupaban la cámara de tortura... Lo llamé: "¡Erik, Erik!". Grité lo más fuerte que pude a través del desierto, pero nadie contestó a mi voz. Por todas partes, a nuestro alrededor, reinaba el silencio y la inmensidad desnuda de aquel desierto pétreo... ¿Qué iba a ser de nosotros en medio de aquella horrible soledad?

»Empezábamos literalmente a morir de calor, de hambre y de sed, sobre todo de sed... De repente vi al señor de Chagny incorporarse sobre un codo y enseñarme un punto en el horizonte... ¡Acababa de descubrir el oasis!

»Sí, allá, muy lejos, en pleno desierto, un oasis... un oasis con agua... agua limpia como el cristal... agua que reflejaba el árbol de hierro... ¡Ah! Aquello era sin duda un efecto de espejismo, lo reconocí enseguida, el más terrible... Nadie había podido resistirlo, nadie... Me esforcé por conservar toda mi razón y por no desear el agua... porque sabía que si deseaba el agua que reflejaba el árbol de hierro y si tras ir en pos del agua tropezaba con el espejo, sólo quedaría una cosa por hacer: colgarme del árbol de hierro... Por eso le grité al señor de Chagny:

»—¡Es un espejismo! ¡Es un espejismo! ¡No crea en el agua! ¡Es otro truco del espejo!

»Entonces me envió llanamente a paseo con mi truco del espejo, mis resortes, mis puertas giratorias y mi palacio de espejismos. Afirmó airado que yo estaba loco o ciego para imaginar que toda aquella agua que corría allá lejos, entre tantos árboles hermosos, no era agua de verdad... ¡El desierto era verdad! ¡Y la selva también! A él no se le engañaba fácilmente... Había viajado demasiado... y por todos los países. Se arrastró diciendo:

»—¡Agua! ¡Agua!

»Llevaba la boca abierta como si bebiera... También yo tenía la boca abierta como si bebiera...

»No sólo la veíamos, sino que ¡la oíamos! La oíamos correr y gotear... ¿Comprenden ustedes la palabra *gotear*? ¡Es una palabra que se oye con la lengua! La lengua se sale de la boca para oírla mejor.

»Por último, ya fue intolerable para nosotros oír la lluvia, aunque no llovía. ¡Aquello era una invención demoniaca! Pensé que sabía cómo lo hacía Erik: llenaba de piedrecitas una caja muy estrecha y muy larga, cortada a intervalos por divisiones de madera y de metal. Las piedrecitas, al caer, topaban con las divisiones y rebotaban unas en otras, produciendo ruidos entrecortados que parecían el repiqueteo de una lluvia de tormenta.

»Había que ver cómo el señor de Chagny y yo estirábamos la lengua, arrastrándonos hacia la orilla... nuestros ojos y nuestros oídos estaban llenos de agua, pero nuestra lengua tan seca como la suela de un zapato...

»Al llegar al espejo, el señor de Chagny lo lamió... yo también lamí el espejo... ¡Estaba ardiendo!

»Entonces rodamos por el suelo presos de una cruel desesperación. El señor de Chagny acercó a su sien la última pistola que quedaba cargada y yo busqué a mis pies el lazo del Punjab.

»Sabía por qué había vuelto a aparecer en aquel tercer decorado el árbol de hierro. ¡El árbol de hierro me esperaba!

»Pero al mirar el lazo del Punjab vi algo que me hizo estremecer de forma tan violenta que el señor de Chagny se detuvo en su movimiento suicida. Ya estaba murmurando un: "Adiós, Christine".

»Yo le había cogido del brazo. Después le quité la pistola y me arrastré de rodillas hacia lo que había visto. Acababa de descubrir en una ranura del parqué, junto al lazo del Punjab, un clavo de cabeza negra cuya finalidad no ignoraba...

»¡Por fin había encontrado el resorte! ¡El resorte que iba a activar la puerta! ¡Que iba a darnos la libertad! ¡Que iba a entregarnos a Erik!

»Palpé el clavo y miré al señor de Chagny con una expresión radiante... El clavo de cabeza negra cedía a mi presión... Y entonces...

»No se abrió una puerta en la pared, sino una trampilla en el suelo.

»Inmediatamente entró aire fresco desde aquel agujero negro. Nos inclinamos sobre el recuadro de sombra como si fuese una fuente límpida. Con el mentón en la sombra fresca, la bebimos.

»Cada vez nos inclinábamos más sobre la trampilla. ¿Qué podía haber en aquel agujero, en aquella fosa que acababa de abrir misteriosamente su puerta? ¿Podría haber agua allí abajo? Agua para beber...

»Alargué los brazos en las tinieblas y encontré una piedra, y otra... una escalera... una escalera negra que bajaba a la cueva.

»¡El vizconde ya se disponía a tirarse por el agujero!

»Allí, aunque no encontráramos agua, podríamos escapar de los deslumbrantes efectos de aquellos espejos horribles. Pero detuve al vizconde, pues temía una nueva treta del monstruo, y con mi linterna sorda encendida bajé el primero...

»La escalera de caracol se sumergía en espesas tinieblas y giraba sobre sí misma. ¡Qué bien se estaba en la escalera y en las tinieblas!

»Aquella frescura provenía no tanto del sistema de ventilación instalado por Erik como de la misma frescura de la tierra, que debía de estar saturada de agua al nivel en el que nos encontrábamos... ¡Además, el lago no podía estar muy lejos!

»Pronto nos encontramos al final de la escalera. Nuestros ojos empezaban a acostumbrarse a las tinieblas y a distinguir a nuestro alrededor formas... formas redondas sobre las cuales dirigía el haz luminoso de mi linterna.

»¡Toneles! ¡Estábamos en la bodega de Erik! Allí debía guardar el vino y quizá el agua potable... Yo sabía que Erik era amante de los buenos vinos... ¡Ah, sí, allí había mucho de donde beber!

»El señor de Chagny acariciaba aquellas las formas redondeadas y repetía incansablemente:

»—¡Toneles! ¡Toneles! ¡Cuántos toneles!

»De hecho, había bastantes de ellos alineados simétricamente en dos filas, entre las cuales nos encontrábamos.

»Se trataba de toneles pequeños y me imaginé que Erik los había escogido de aquel tamaño por su facilidad de transporte hacia la mansión del lago.

»Examinamos uno tras otro, buscando alguno con una espita que diera señales de haber sido utilizado alguna vez. Pero todos los toneles estaban herméticamente cerrados.

»Entonces, tras levantar uno para comprobar si estaba lleno, nos pusimos de rodillas y con la hoja de un cuchillito que llevaba conmigo intenté hacer saltar el tapón.

»En aquel momento, como si viniera de muy lejos, me pareció oír una especie de canto monótono cuyo ritmo me era conocido, ya que lo había oído con frecuencia en las calles de París: "¡Toneles! ¡Toneles! ¿Tiene usted toneles para vender?".

»Mi mano quedó inmóvil sobre el tapón... El señor de Chagny también lo había oído. Me dijo:

»—Es curioso. Es como si el tonel cantara...

»El canto volvió a empezar, más lejano... "¡Toneles! ¡Toneles! ¿Tiene usted toneles para vender?"

»—¡Oh! —exclamó el vizconde—, le aseguro que el canto se pierde en el tonel.

»Nos levantamos y miramos detrás del tonel...

»—¡Es dentro! —exclamó el señor de Chagny—. ¡Es dentro!

»Pero ya no oímos nada... y nos vimos obligados a atribuir aquello a nuestro mal estado y a la alteración de nuestros sentidos. Volvimos al tapón del tonel. El señor de Chagny puso las dos manos juntas encima y, con un último esfuerzo, hice saltar el tapón.

»—¿Qué es esto? ¡No es agua! —exclamó el vizconde.

»El vizconde había acercado sus dos manos llenas a mi linterna... Me incliné sobre las manos del vizconde e inmediatamente lancé la linterna tan lejos de nosotros que se rompió y se apagó... y se perdió para siempre.

»Lo que acababa de ver en las manos del señor de Chagny... ¡era pólvora!»

# CAPÍTULO XXVI

## ¿HABRÁ QUE GIRAR EL ESCORPIÓN? ¿HABRÁ QUE GIRAR EL SALTAMONTES?

### FIN DEL RELATO DEL PERSA

«Así, al bajar al fondo de la fosa, había llegado al final de mi temible pensamiento. ¡El miserable no me había engañado con sus vagas amenazas contra muchos seres humanos! Al margen de la humanidad, se había construido una guarida de fiera subterránea, totalmente decidido a volarlo todo con él y provocar una gran catástrofe si los que vivían a la luz del día venían a molestarle en el antro en el que había refugiado su monstruosa fealdad.

»El descubrimiento que acabábamos de hacer nos sumió en una angustia que nos hizo olvidar todas las penas pasadas y todos nuestros sufrimientos presentes... Nuestra situación actual nos parecía excepcional al recordar que hacía tan sólo unos instantes habíamos estado al borde del suicidio, pero de pronto nos quedamos horrorizados ante lo que podía ocurrir. Comprendíamos ahora todo lo que había querido decir y todo lo que había dicho el monstruo a Christine Daaé, así como lo que significaba aquella abominable frase: "¡Sí o no; si es no, todo el mundo puede darse por muerto y enterrado!". ¡Sí, enterrado entre los escombros de lo que había sido la gran Ópera de París! ¿Podía imaginarse un crimen más espantoso para arrastrar al mundo a una apoteosis de horror?

»Preparada para la seguridad de su refugio, la catástrofe iba a servir para vengar los amores del más horrible monstruo que haya pasado por la faz de la tierra... "¡Mañana por la noche, a las once, último plazo!" ¡Ah, había sabido elegir la hora! ¡Habría mucha gente en la fiesta! ¡Muchas personas allá arriba, en los luminosos pisos del palacio de la música! ¿Acaso podía soñar con un cortejo más hermoso para morir? Bajaría a la tumba junto con los cuerpos más bellos del mundo, adornados con toda suerte de joyas... ¡Mañana por la noche, a las once! Volaríamos por los aires en plena representación si Christine Daaé decía: "¡No!". ¡Mañana por la noche, a las once! ¿Y cómo no iba Christine Daaé a decir: "¡No!"? ¿No preferiría acaso casarse con la misma muerte antes que con aquel cadáver viviente? ¿Ignoraba o no que de su respuesta dependía la suerte de muchos seres humanos? ¡Mañana por la noche, a las once!

»Arrastrándonos en las tinieblas, huyendo de la pólvora, intentando encontrar de nuevo los peldaños de piedra, puesto que allá arriba, por encima de nuestras cabezas, la trampilla que conducía a la habitación de los espejos se había apagado a su vez, nos repetíamos: "¡Mañana por la noche, a las once!".

»Por fin encontré la escalera... pero, de repente, me incorporé de golpe en el primer peldaño porque un pensamiento terrible acaba de acudir a mi mente: "¿Qué hora es?".

»¿Qué hora es? ¿Qué hora? ¡Mañana por la noche a las once puede ser hoy, puede ser ahora mismo! ¿Quién podría decirnos qué hora era? Me parecía que estábamos encerrados en ese infierno desde hacía muchos días... desde hacía años... desde el comienzo del mundo... ¡Podía ser que todo aquello volase en un instante!

»—¡Un ruido! ¡Un crujido! ¿Lo ha oído usted? ¡Allí! ¡Allí, en aquel rincón! ¡Por los dioses! Parece un ruido mecánico... ¡Otra vez! ¡Ah! ¡Luz! Quizá sea el mecanismo que lo haga volar todo. ¡Se lo aseguro, es un crujido! ¿Está usted sordo?

»El señor de Chagny y yo nos pusimos a gritar como locos. El miedo nos avasallaba. Subimos la escalera rodando sobre los peldaños. ¡Puede que la trampilla esté cerrada! ¡Puede que sea esta puerta cerrada la que produce tanta oscuridad! ¡Quién pudiera salir de la oscuridad! ¡Salir de la oscuridad! ¡Volver a encontrar la claridad fatal de la habitación de los espejos!

»Pero ya estábamos en lo alto de la escalera. No, la trampilla no estaba cerrada, pero entonces reinaba la misma oscuridad en la cámara de los espejos que en la bodega que habíamos abandonado... Dejamos la bodega y nos arrastramos por el suelo de la cámara de tortura, el suelo que nos separaba del polvorín... ¿Qué hora era? ¡Gritamos! ¡Llamamos! El señor de Chagny clamaba con todas sus fuerzas que iba recuperando: "¡Christine! ¡Christine!". Y yo llamaba a Erik... le recordaba que le había salvado la vida... ¡Pero nada nos respondía! Tan sólo nuestra propia desesperación... nuestra propia locura... ¿Qué hora es? "Mañana por la noche, a las once." Discutimos, nos esforzamos por calcular el tiempo que habíamos pasado allí, pero éramos incapaces de razonar... Si por lo menos hubiéramos podido ver el cuadrante de un reloj, con agujas que se moviesen. Mi reloj estaba parado desde hacía tiempo, pero el del señor de Chagny funcionaba aún... Me dijo que lo puso en hora mientras se preparaba por la noche antes de venir a la Ópera. Intentamos llegar a la conclusión de que el momento fatal aún no había llegado...

»El ruido más insignificante que llegaba hasta nosotros desde la trampilla, que intenté cerrar en vano, nos volvía a sumergir en la angustia más atroz... ¿Qué hora era? Ya no llevábamos encima más que una cerilla. Sin embargo, deberíamos saber... El señor de Chagny sugirió romper el cristal de su reloj y palpar las agujas... Se produjo un silencio durante el cual palpó e interrogó a las agujas con la punta de los dedos. La anilla del reloj le servía como punto de referencia... Por la separación de las agujas calculó que bien podían ser las once en punto.

»Pero las once horas que nos hacen temblar tal vez habían pasado ya, ¿no es cierto? Puede que fueran las once y diez... y entonces tendríamos al menos doce horas por delante.

»De repente grité:

»—¡Silencio!

»Me había parecido oír pasos en la habitación de al lado. ¡No me equivocaba! Oí ruido de puertas seguido de pasos precipitados. Golpeaban contra la pared. Apareció la voz de Christine Daaé:

»—¡Raoul! ¡Raoul!

»"¡Ah!", exclamamos todos a la vez, a un lado y al otro de la pared. Christine sollozaba. ¡No sabía si iba a encontrar vivo al señor de Chagny!

»Al parecer el monstruo había sido terrible... No había hecho más que delirar mientras esperaba que ella se decidiera a pronunciar el «sí» que le negaba... No obstante, ella le había prometido el "sí" si consentía en llevarla a la cámara de tortura... Pero él se había opuesto obstinadamente con terribles amenazas contra la humanidad... Por fin, tras muchas horas de ese infierno, acababa de salir en aquel momento... dejándola sola para que meditase por última vez... ¡Muchas horas! ¿Qué hora era?

»—¿Qué hora es, Christine?

»—¡Son las once! ¡Las once menos cinco!

»—¿Pero las once de qué?

»—¡Las once que decidirán la vida o la muerte! Acaba de repetírmelo al salir —volvió a decir la trémula voz de Christine—. Es espantoso... ¡Delira y se ha arrancado la máscara y sus ojos dorados lanzan llamas! ¡Y no hace más que reír! Me ha dicho mientras reía como un demonio borracho: "¡Cinco minutos! Te dejo sola por tu conocido pudor. No quiero que te sonrojes ante mí cuando me digas 'sí', como las novias tímidas... ¡Qué diablos! (ya les he dicho que estaba como un demonio borracho). Toma (y buscó la bolsita de la vida y de la muerte), toma —me dijo—, aquí está la llavecita de bronce que abre los cofres de ébano que están encima de la chimenea de la habitación estilo Luis Felipe... En uno de esos cofres encontrarás un escorpión y en el otro un saltamontes, unos animalitos muy bien reproducidos en bronce del Japón. ¡Son animales que dicen 'sí' y 'no'! Es decir, que no tendrás más que girar el escorpión sobre su eje hasta colocarlo en la posición opuesta a la que lo encuentres... Para mí, cuando entre en la habitación, en la habitación de nuestra noche de bodas, eso querrá decir: '¡Sí!'. Si giras el saltamontes, significará: '¡No!'. De ser así, cuando entre en la habitación lo haré en la habitación de la muerte". Y reía como un demonio borracho. Le pedí de rodillas la llave de la cámara de tortura, prometiéndole ser para siempre su esposa si me la concedía... Pero me dijo que ya no necesitaría aquella llave y que iba a arrojarla al lago... Después, siempre riendo como un demonio borracho, me dejó diciendo que no volvería hasta dentro de cinco minutos, porque sabía todo lo que se debe, cuando se es un caballero, al pudor de las mujeres... ¡Ah!, también me gritó: "¡El saltamontes! ¡Ten cuidado con el saltamontes! ¡Un saltamontes no sólo gira, también salta, salta! ¡Salta maravillosamente bien!".

»Intento reproducir aquí mediante frases, palabras entrecortadas y exclamaciones el sentido de las palabras delirantes de Christine. Ella también, durante aquellas veinticuatro horas, debió alcanzar el límite del dolor humano... y quizá padeció más aún que nosotros. A cada momento Christine se interrumpía y nos interrumpía para exclamar: "¿Raoul, te encuentras bien?", y tocaba las paredes que ahora estaban frías y se preguntaba por qué razón habían estado tan calientes... Transcurrieron los cinco minutos y el escorpión y el saltamontes arañaban con todas sus patas mi pobre cerebro... Sin embargo, conservé suficiente lucidez para comprender que, si se giraba el saltamontes, el saltamontes saltaría... y con él muchos seres humanos. ¡No había duda de que el saltamontes ponía en juego alguna corriente eléctrica destinada a volar el polvorín! El señor de Chagny, que desde que había vuelto a oír la voz de Christine parecía haber recobrado toda su fuerza moral, explicaba a toda prisa a la joven la terrible situación en la que nos encontrábamos, nosotros y la Ópera entera... Era necesario girar el escorpión inmediatamente... Ese escorpión, que contestaba el 'sí' tan deseado por Erik, quizá impediría que se produjera la catástrofe...

»—¡Ve! ¡Ánimo, Christine, mi adorada Christine! —le ordenó Raoul.

»Hubo un silencio.

»—¡Christine! —exclamé—. ¿Dónde está usted?

»—Junto al escorpión.

»—¡No lo toque!

»Acababa de ocurrírseme —ya que conocía a Erik— que el monstruo había vuelto a engañar a la joven. Quizá era el escorpión el que iba a volarlo todo. Hacía ya un rato que habían pasado los cinco minutos y él no había vuelto. Sin duda había ido a ponerse a cubierto. Quizá esperaba la formidable explosión. ¡Tan sólo esperaba eso! Realmente no podía esperar jamás que Christine consintiera en ser su presa voluntaria...

»—¿Por qué no ha vuelto? ¡No toque el escorpión!

»—¡Él! ¡Le oigo! ¡Ya está aquí! —exclamó Christine.

»En efecto, llegaba. Oímos cómo sus pasos se acercaban a la habitación estilo Luis Felipe. Se había reunido con Christine. No había pronunciado una sola palabra.

»Entonces alcé la voz:

»—¡Erik! ¡Soy yo! ¿Me reconoces?

»A mi llamada respondió enseguida en un tono extraordinariamente sereno.

»—¿Cómo, no habéis muerto ya ahí dentro? Pues bien, procurad portaros bien.

»Quise interrumpirle, pero me habló con tanta frialdad que me quedé helado detrás de la pared:

»—¡Una palabra más, *daroga,* y lo hago volar todo! —y añadió enseguida—: ¡Le concedo el honor a la señorita! La señorita no ha tocado el escorpión —¡qué tranquilo hablaba!—, la señorita no ha tocado el saltamontes —¡con qué sangre fría!—, pero aún no es demasiado tarde para hacerlo. Mire, abro sin llave porque soy el maestro en trampillas y porque abro y cierro todo lo que quiero y como quiero... Abro los cofrecillos de ébano. Mire, señorita, en los cofrecillos de ébano... esos hermosos animalitos... están bastante bien imitados... ¡qué inofensivos parecen! ¡Pero el hábito no hace al monje! —todo lo decía con una voz neutra, uniforme—. Si se gira el saltamontes, volaremos todos, señorita... Hay suficiente pólvora bajo nuestros pies para hacer saltar un barrio entero de París. Si se gira el escorpión, ¡toda esta pólvora queda anegada! Señorita, con motivo de nuestros esponsales hará usted un precioso regalo a algunos centenares de parisinos que aplauden en este momento una mediocre obra de Meyerbeer... Les regalará la vida... puesto que, con sus hermosas manos —¡qué voz más apagada ahora!—, va a girar el escorpión. ¡Y luego, felices, nos casaremos! —se produjo un silencio, y después—: Si dentro de dos minutos, señorita, no ha girado usted el escorpión... tengo un reloj... —añadió la voz de Erik— un reloj que funciona maravillosamente bien, giraré el saltamontes... y el saltamontes salta maravillosamente bien.

»Se hizo un silencio más espantoso que todos los demás silencios. Yo sabía que cuando Erik adoptaba aquella voz pacífica, serena y cansada, es que estaba dispuesto a todo, era capaz del más titánico crimen o de la más esclavizada devoción, y que una sílaba desagradable a sus oídos podía desencadenar un huracán. El señor de Chagny había comprendido que lo único que podía hacer era rezar y, arrodillado, rezaba... En cuanto a mí, la sangre me golpeaba con tanta fuerza que tuve que llevarme una mano al corazón por miedo a que explotara...

»Presentíamos lo que ocurría en aquellos últimos momentos en el pensamiento enloquecido de Christine Daaé... Comprendíamos su duda en girar el escorpión... ¿Sería el escorpión el que lo haría volar todo? ¿Habría decidido Erik destruirnos a todos con él?

»Por fin se dejó oír la voz de Erik, suave esta vez y de una dulzura angelical.

»—Los dos minutos ya han transcurrido... ¡Adiós, señorita! ¡Salta, saltamontes!

»—¡Erik! —exclamó Christine, que debía haberse precipitado sobre la mano del monstruo—. ¿Me juras, monstruo, me juras por tu infernal amor que es el escorpión el que hay que girar?

»—Sí, para volar en el día de nuestra boda...

»—¡Ah! ¿Ves como pretendes que lo vuele todo? Pues entonces, saltemos.

»—¡Volar de júbilo en nuestra boda, inocente criatura! El escorpión abre el baile... Pero, ¡basta ya! ¿No quieres el escorpión? Pues entonces, ¡el saltamontes!

»—¡Erik!

»—¡Basta!

»Yo había unido mis gritos a los de Christine. El señor de Chagny, aún de rodillas, seguía rezando...

»—¡Erik! ¡He girado el escorpión!

»¡Ah! ¡Qué instante vivimos!

»¡Esperando! Esperando a ser tan sólo despojos en medio del trueno y de las ruinas... A sentir crujir bajo nuestros pies, en el abismo abierto... cosas... cosas que podían ser el principio de la apoteosis de horror... ya que de la trampilla abierta en las tinieblas, boca negra en la noche negra, subía un silbido inquietante, como el primer ruido de un cohete. Al principio fue muy tenue, después más consistente, más fuerte...

»Pero, ¡escuchad!, ¡escuchad! Y sujetad con ambas manos vuestro corazón dispuesto a volar junto con muchos seres humanos.

»No era aquél el silbido del fuego. ¿Acaso no parecía un chorro de agua?

»¡A la trampilla! ¡A la trampilla! ¡Escuchad! ¡Escuchad!

»Entonces empezó a hacer glugú... glugú...

»¡A la trampilla! ¡A la trampilla! ¡A la trampilla! ¡Qué frescor! ¡A ella! ¡A ella! Toda la sed que había desaparecido con el miedo volvió entonces más fuerte aún con el ruido del agua.

»¡El agua! ¡El agua! ¡El agua que sube! que sube en la bodega por encima de los toneles, de todos los toneles de pólvora ("¡Toneles! ¡Toneles! ¿Tiene usted toneles para vender?"), ¡el agua!, ¡el agua hacia la que nos precipitamos con las gargantas abrasadas!, ¡el agua que ya subía hasta nuestras barbillas, hasta nuestras bocas!

»Y bebimos... En el fondo de la bodega, bebimos incluso la misma bodega... Y volvimos a subir, sumidos en la negra noche, la escalera, peldaño a peldaño, la escalera que habíamos bajado al encuentro del agua y que volvimos a subir con el agua.

»Lo cierto es que había allí una cantidad apreciable de pólvora perdida y anegada. ¡Agua en abundancia! ¡No se escatima el agua en la mansión del lago! Si eso seguía así, el lago entero entraría en la bodega. En realidad, entonces nadie sabía dónde se iba a detener.

»Estábamos fuera de la bodega y el agua seguía subiendo...

»Y el agua salió también de la bodega, se extendió por el suelo... Si eso continuaba, toda la mansión del lago iba a quedar inundada. El propio suelo de la habitación de los espejos era un pequeño lago en el que nuestros pies chapoteaban. ¡Ya había suficiente agua! Erik debería cerrar el grifo:

»—¡Erik! ¡Erik! ¡Ya hay suficiente agua para la pólvora! ¡Cierra el grifo! ¡Cierra el escorpión!

»Pero Erik no contestaba... No se oía más que el agua que subía... entonces nos llegaba hasta la mitad de las piernas...

»—¡Christine, Christine! ¡El agua nos llega a las rodillas! —gritó el señor de Chagny.

»Sin embargo, Christine no respondía. Solamente se conseguía oír el agua subiendo.

»¡Nada! Nada en la habitación de al lado... ¡Ya no había nadie! ¡Nadie para girar el grifo! ¡Nadie para cerrar el escorpión! Estábamos completamente solos en la oscuridad, con el agua negra que nos envolvía, que subía, que nos helaba.

»—¡Erik! ¡Erik! ¡Christine! ¡Christine!

»Entonces perdimos pie y giramos en el agua llevados por un movimiento de rotación irresistible, ya que el agua giraba junto con nosotros y chocamos contra los espejos negros que nos rechazaron... y nuestras gargantas, que emergían por encima del torbellino, aullaban...

»¿Acaso íbamos a morir allí? ¿Ahogados en la cámara de tortura? ¡Jamás había visto eso! ¡Erik, en la época de las Horas rosas de Mazandarán, nunca me había enseñado nada parecido por la ventanita invisible!

»—¡Erik! ¡Erik! ¡Te he salvado la vida! ¡Acuérdate! ¡Estabas condenado! ¡Ibas a morir! ¡Te he abierto las puertas de la vida! ¡Erik!

»¡Girábamos en el agua de la misma manera que lo harían los restos de un naufragio!

»Pero, de repente, agarré con mis manos desesperadas el tronco del árbol de hierro y llamé al señor de Chagny. Nos colgamos los dos de la rama del árbol de hierro.

»¡El agua seguía subiendo!

—¡Ah! ¿Recordáis el espacio que había entre la rama del árbol de hierro y la cúpula de la habitación de los espejos? ¡Intentad recordarlo! Después de todo, quizá el agua se detenga... Seguramente encontrará su nivel... ¡Mirad! ¡Parece que se detiene! ¡No, no! ¡Horror! ¡Sigamos nadando! ¡Sigamos nadando!

»Nuestros brazos que nadan se entrelazan: ¡nos ahogamos! Nos debatimos en el agua negra... ya nos cuesta respirar el aire negro encima del agua negra... el aire que escapa, que oímos huir por encima de nuestras cabezas mediante no sé qué sistema de ventilación...

»—¡Ah! ¡Giremos, giremos, giremos hasta que encontremos la entrada de aire! Entonces pegaremos nuestra boca a la boca de aire...

»Pero las fuerzas me abandonan, intento agarrarme a las paredes... ¡Qué escurridizas son las paredes de espejos para mis dedos que tantean! ¡Seguimos girando! ¡Nos hundimos! ¡Un último esfuerzo! ¡Un último grito!: "¡Erik! ¡Christine!". "¡Glu, glu, glu!", resuena en los oídos. "¡Glu, glu, glu!", en el fondo del agua negra nuestros oídos hacen glugú. Y antes de perder el conocimiento me parece aún oír entre dos glugús: "¡Toneles! ¡Toneles! ¿Tiene usted toneles para vender?"»

# CAPÍTULO XXVII

## FIN DE LOS AMORES DEL FANTASMA

Aquí termina la narración escrita que me dejó el Persa.

Pese al horror de una situación que parecía conducirles definitiva-mente a la muerte, el señor de Chagny y su compañero se salvaron gracias a la sublime abnegación de Christine Daaé. El resto de la aventura me lo explicó el propio *daroga*.

Cuando fui a verlo seguía viviendo en su pequeño apartamento de la ca-lle de Rivoli, frente a las Tullerías. Estaba muy enfermo y requerí todo mi entusiasmo de reportero-historiador al servicio de la verdad para decidirle a revivir conmigo el increíble drama. Su viejo y fiel criado Darius seguía a su servicio y me condujo a su lado. El *darogu* me recibió junto a la ventana abierta al jardín, sentado en un gran sillón donde intentaba levantar un tor-so que, en sus tiempos, no debió carecer de belleza. El Persa conservaba sus magníficos ojos, pero su pobre rostro estaba muy cansado. Se había hecho rasurar totalmente la cabeza, que solía cubrir con un gorro de astracán. Iba vestido con una amplia hopalanda muy sencilla dentro de cuyas mangas se entretenía inconscientemente retorciéndose los dedos, pero su espíritu seguía siendo muy lúcido.

No podía recordar las angustias pasadas sin dejarse embargar por cier-to desasosiego y, casi a migajas, le arranqué el sorprendente final de esta extraña historia. A veces se hacía rogar para contestar a mis preguntas; en cambio otras, exaltado por sus recuerdos, evocaba espontáneamente ante mí con una vivacidad estremecedora la espantosa imagen de Erik y las terribles horas que el señor de Chagny y él habían vivido en la mansión del lago.

Tendrían que haberlo visto estremecerse cuando me describía su despertar en la penumbra inquietante de la habitación estilo Luis Felipe tras el drama del agua... He aquí, pues, el final de esta terrible historia, tal como me la contó para que completase el relato escrito que me había confiado:

Al abrir los ojos, el *daroga* se vio tumbado en una cama. El señor de Chagny estaba echado sobre un canapé junto al armario de luna. Un ángel y un demonio velaban sobre ellos al lado del armario...

Después de los espejismos y de las ilusiones de la cámara de tortura, la precisión de los detalles burgueses de aquella pequeña habitación tranquila también parecían haber sido inventados para desorientar aún más al individuo lo bastante temerario como para internarse en esos parajes de pesadilla viviente. Aquella cama-barco, aquellas sillas de caoba encerada, aquella cómoda y aquellos cofres, el cuidado con el que los mantelitos de puntilla estaban colocados en los respaldos de los sillones, el reloj de péndulo y, a cada lado de la chimenea, los cofrecillos de apariencia tan inofensiva... en fin, aquella estantería adornada con conchas, con acericos rojos para los alfileres, con barcos de nácar y con un enorme huevo de avestruz, todo ello discretamente iluminado por una lámpara con tulipa puesta sobre un velador... todo este mobiliario, que era de una conmovedora cursilería hogareña, tan apacible, tan razonable, en el fondo de los sótanos de la Ópera, era una decoración que desconcertaba la imaginación más que todas las fantasmagorías pasadas.

Y la sombra del hombre de la máscara en aquel marco anticuado, preciso y limpio, sorprendía aún más. La sombra se inclinó y dijo en voz baja al Persa:

—¿Estás mejor, *daroga*? ¿Contemplas mi mobiliario? Es todo lo que me queda de mi pobre y miserable madre...

Le dijo aún más cosas de las que ya no se acordaba, pero —y esto le resultaba muy extraño— el Persa conservaba el recuerdo preciso de que, en el transcurso de esa visión trasnochada de la habitación estilo Luis Felipe, sólo hablaba Erik. Christine Daaé no dijo una sola palabra; se desplazaba sin ruido, como una hermanita de la caridad que hubiera hecho voto de silencio. Traía en una taza un cordial o un té humeante. El hombre de la máscara se la quitaba de las manos y la tendía al Persa.

En cuanto al señor de Chagny, dormía.

Erik, mientras echaba un poco de ron en la taza del *daroga,* señalándole al vizconde tendido, dijo:

—Ha vuelto en sí mucho antes de que supiéramos si tú estabas vivo, *daroga.* Se encuentra muy bien. Duerme. No hay que despertarle...

Por un momento Erik abandonó la habitación y el Persa, apoyándose en el codo, miró a su alrededor. Sentada en un rincón de la chimenea vio la silueta blanca de Christine Daaé. Le dirigió la palabra, la llamó, pero aún se sentía demasiado débil y volvió a dejarse caer sobre la almohada. Christine se acercó a él, le puso una mano en la frente y luego se alejó. El Persa recordó que entonces, al alejarse, no tuvo ni una sola mirada para el señor de Chagny quien, a su lado, bien es verdad, dormía tranquilamente, y volvió a sentarse en su sillón, en el rincón de la chimenea, silenciosa como una hermanita de la caridad que hubiera hecho voto de silencio...

Erik regresó con unos frasquitos que dejó encima de la chimenea. En voz baja, para no despertar al señor de Chagny, dijo al Persa después de sentarse a su cabecera y tomarle el pulso:

—Ahora ya estáis ambos fuera de peligro. Pronto os conduciré a la superficie, para complacer a mi mujer.

Dicho lo cual se levantó y, sin dar explicaciones, volvió a desaparecer.

El Persa miró entonces el perfil tranquilo de Christine bajo la lámpara. Leía un libro diminuto con el lomo dorado como los libros religiosos. La *Imitación* tiene ediciones de este tipo. En los oídos del Persa repercutía aún el tono natural con el que el otro había dicho: «Para complacer a mi mujer».

Muy suavemente, el *daroga* volvió a llamar, pero Christine debía estar muy lejos, porque no le oyó...

Erik entró de nuevo e hizo beber al *daroga* una poción tras recomendarle que no dirigiera ni una sola palabra a «su mujer» ni a nadie, porque eso podía perjudicar el bienestar de todo el mundo.

A partir de aquel momento, el Persa se acordaba aún de la sombra negra de Erik y de la silueta blanca de Christine, que se deslizaban en silencio a través de la habitación y se inclinaban sobre el señor de Chagny. El Persa estaba aún muy débil y el menor ruido, como el de la puerta del armario de luna, que chirriaba al abrirse, le daba dolor de cabeza. Luego se durmió como el señor de Chagny.

La vez siguiente se despertó en su casa cuidado por su fiel Darius, quien le informó de que le habían encontrado la noche anterior apoyado en la puerta de su apartamento, al que debió ser transportado por un desconocido que se preocupó de llamar antes de alejarse. Justo después de que el *daroga* hubo recobrado sus fuerzas y su responsabilidad, envió a su criado al domicilio del conde Philippe en busca de noticias del vizconde. Le contestaron que el joven aún no había aparecido y que el conde Philippe había muerto. Habían encontrado su cadáver en la verja del lago de la Ópera, en el lado de la calle Scribe. El Persa recordó la misa fúnebre a la que había asistido tras la pared de la habitación de los espejos y no tuvo dudas sobre el crimen ni sobre el criminal. Conociendo a Erik, no tuvo dificultad en reconstruir el drama, ¡ay!, sin esfuerzo. Tras creer que su hermano había raptado a Christine Daaé, Philippe se había lanzado en su persecución por la carretera de Bruselas, por donde sabía que se había preparado la aventura. Al no encontrar a los jóvenes volvió a la Ópera, recordó las extrañas confidencias de Raoul sobre un fantástico rival, se enteró de que el vizconde lo había intentado todo para penetrar en los sótanos del teatro y que, finalmente, había desaparecido dejando su sombrero en la habitación de la diva, al lado de una caja de pistolas. El conde, que ya no dudaba de la locura de su hermano, se había lanzado a su vez a aquel infernal laberinto subterráneo.

¿Era preciso algo más, a los ojos del Persa, para explicar la presencia del cadáver del conde en la verja del lago, el que vigilaba el canto de la sirena, la sirena de Erik, aquella portera del lago de los muertos?

El Persa no dudó más. Aterrado por esta nueva fechoría, sin poder permanecer en la incertidumbre en la que se encontraba respecto a la suerte definitiva del vizconde y de Christine Daaé, decidió contarlo todo a la justicia.

La instrucción del caso se confió al juez Faure y el Persa no vaciló en hacerle una visita. Podemos imaginar fácilmente de qué modo un espíritu escéptico, atado a las cosas de la tierra, superficial (lo digo como lo pienso) y nada preparado para semejante confidencia, recibió el testimonio del *daroga*. El juez lo trató como si estuviera loco.

Entonces el Persa, desesperando de que alguien le hiciese caso, se puso a escribir. Ya que la justicia no quería su testimonio, quizá a la prensa le interesara. Así que una tarde en que acababa de redactar la última línea del relato que he transcrito fielmente aquí, su criado Darius le anunció a un extranjero que no había dado su nombre, cuyo rostro le había sido imposible ver y que se empeñaba en quedarse allí hasta que el *daroga* lo recibiera. El Persa, presintiendo inmediatamente la identidad de aquel curioso visitante, ordenó que lo hiciera pasar.

El *daroga* no se había equivocado. ¡Era el fantasma! ¡Era Erik!

Por su aspecto, parecía sufrir una debilidad extrema y se apoyaba en la pared como si temiera caerse... Al quitarse el sombrero puso al descubierto una frente pálida como la cera. El resto de su rostro estaba cubierto por la máscara.

El Persa se irguió ante él.

—Asesino del conde Philippe, ¿qué has hecho de su hermano y de Christine Daaé?

Ante esta horrible acusación, Erik vaciló y durante unos breves instantes guardó silencio; luego se arrastró hasta un sillón, en el que se dejó caer lanzando un profundo suspiro. Y allí dijo entre frases sueltas y palabras entrecortadas:

—*Daroga*, no me hables del conde Philippe... Ya estaba muerto... cuando... la sirena cantó. Fue un accidente... un triste... un lamentable accidente... ¡El conde Philippe se había caído al lago por torpeza, de forma simple y natural!

—¡Mientes! —exclamó el Persa.

Entonces Erik inclinó la cabeza y dijo.

—No vengo aquí... para hablarte del conde Philippe... sino para decirte que... voy a morir...

—¿Dónde están Raoul de Chagny y Christine Daaé?

—Voy a morir.

—¿Raoul de Chagny y Christine Daaé?

—De amor... *daroga*... voy a morir de amor... Así es... ¡la amaba tanto! Y la amo aún, *daroga,* puesto que muero por ella. Si supieras qué hermosa estaba cuando me permitió besarla viva, por su salvación eterna... Era la primera vez, *daroga,* la primera vez, ¿me oyes?, que besaba a una mujer... ¡Sí, viva, la besé estando viva y estaba hermosa como una muerta!

El Persa se había levantado y se atrevió a tocar a Erik. Lo sacudió por el brazo.

—¿Me dirás al fin si está viva o muerta?

—¿Por qué me zarandeas así? —contestó Erik con esfuerzo—. Te he dicho que soy yo el que va a morir... Sí, la besé estando viva...

—¿Y ahora está muerta?

—Te digo que la besé así en la frente y ella no apartó su frente de mi boca. ¡Ah, es una joven honesta! En cuanto a si está muerta, no lo creo, aunque ya no es asunto mío. ¡No, no, no está muerta! Y no me gustaría saber que alguien haya tocado un solo pelo de su cabeza. Es una joven valiente y honrada que, además, te salvó la vida, *daroga,* en un momento en el que no hubiera dado dos sueldos por tu piel de persa. En realidad, nadie se ocupaba de ti. ¿Por qué estabas allí con aquel jovencito? Para colmo, tú ibas a morir. Te doy mi palabra, me suplicó por la vida de su jovencito, pero le contesté que, dado que había girado el escorpión, me había convertido por este mismo hecho y por su propia voluntad en su prometido y que no necesitaba dos prometidos, lo cual era bastante justo. En cuanto a ti, tú no existías, ya no existías, te lo repito, ibas a morir junto con el otro prometido. Pero escúchame bien, *daroga,* cuando gritabais como condenados por culpa del agua, Christine se me acercó con sus hermosos ojos azules muy abiertos y me juró, por la salvación de su alma, que consentía en ser mi mujer viva. Hasta entonces, *daroga,* en el fondo de sus ojos había visto siempre a mi mujer muerta. Era la primera vez que veía en ellos a mi mujer viva. Era sincera al jurar por la salvación de su alma. No se mataría. Asunto concluido. Media hora más tarde, todas las aguas habían vuelto al lago y yo estiraba tu lengua, *daroga,* ya que estaba seguro, palabra, de que te quedabas allí mismo... ¡En fin, eso es todo! Acordamos que debíais recobrar el conocimiento bajo tierra y que luego os llevaría a la superficie. Finalmente, cuando me dejasteis libre en el suelo de la habitación estilo Luis Felipe, volví a ella completamente solo.

—¿Qué fue lo que hiciste con el vizconde de Chagny? —lo interrumpió el Persa.

—¡Ah! ¡Entiéndeme! A ése, *daroga,* no iba a llevarlo enseguida así como así al exterior... Era un rehén... Pero tampoco podía conservarlo en la mansión del lago por Christine. Entonces, lo encerré muy confortablemente y lo até (el perfume de Mazandarán lo había vuelto dócil como un trapo) en la bodega de los comuneros, que está en la parte más desierta del sótano más lejano de la Ópera, más abajo aún que el quinto sótano, allí adonde no va nadie y donde es imposible hacerse oír por nadie. Me sentía muy tranquilo y volví al lado de Christine. Ella me aguardaba...

En este punto del relato, parece ser que el fantasma se levantó con tal solemnidad que el Persa, que había vuelto a ocupar su sitio en el sillón, tuvo que levantarse también obedeciendo al mismo movimiento y sintiendo que le era imposible permanecer sentado en un momento tan solemne, e incluso (me confesó el mismo Persa) se quitó su gorro de astracán a pesar de tener la cabeza rapada.

—Sí, ella me aguardaba —continuó Erik, que se puso a temblar como una hoja, a temblar estremecido por una emoción solemne—. Me esperaba de pie, viva, como una verdadera novia viviente, por la salvación de su alma... Y cuando me acerqué, más tímido que un niño pequeño, no escapó... no, no permaneció allí, me esperó. ¡Incluso creo, *daroga,* que un poco, oh, no mucho, pero un poco como una novia viva, adelantó la frente un poco y... y... yo la besé! ¡Yo! ¡Yo! ¡Yo! ¡Y ella no murió! Permaneció tranquilamente a mi lado después de que la besé en la frente... ¡Ah, qué maravilloso es, *daroga,* besar a alguien! Tú no puedes saberlo, pero yo... ¡yo! Mi madre, *daroga,* la pobre desgraciada de mi madre no quiso jamás que la besara... ¡Huía arrojándome mi máscara... ni ninguna otra mujer! ¡Jamás, jamás! ¡Ay, ay, ay! Entonces lloré de pura felicidad. Y caí llorando a sus piececitos...

y besé llorando sus pies, sus piececitos, llorando... Tú también lloras, *daroga*, y ella también lloró... el ángel lloró...

Mientras contaba esto, Erik sollozaba y el Persa, en efecto, no podía contener sus lágrimas ante aquel hombre enmascarado que, con escalofríos, y las manos sobre el pecho, lloraba tanto de dolor como de ternura.

—¡Sentí correr sus lágrimas por mi frente, oh, *daroga*! Eran cálidas... eran dulces... resbalaban por debajo de mi máscara e iban a juntarse con las mías en mis ojos... resbalaban hasta mi boca... ¡Ah, sus lágrimas... por mí! Oye, *daroga*, oye lo que hice... Me arranqué la máscara para no perder ni una sola de sus lágrimas... ¡y ella no huyó! ¡Ni murió! Continuó viva, llorando... sobre mí... conmigo... ¡Lloramos juntos! ¡Señor del cielo, me has concedido toda la felicidad del mundo!

Y Erik se hundió en el sillón sollozando.

—¡Ah, no voy a morir aún... no enseguida... pero déjame llorar! —le dijo al Persa. Al cabo de un instante el hombre de la máscara continuó—: Óyeme, *daroga*, oye bien esto... Mientras me encontraba a sus pies... oí que decía: «Pobre y desventurado Erik», ¡y cogió mi mano! Entonces, ¿comprendes?, no fui nada más que un pobre perro dispuesto a morir por ella... ¡tal como te lo digo, *daroga*! Imagínate que yo llevaba en la mano un anillo, un anillo de oro que le había dado... que ella había perdido... y que yo había encontrado... una alianza... Lo puse en su manita y le dije: «¡Toma, coge esto! Coge esto para ti y para él... Será mi regalo de bodas... ¡el regalo del pobre y desventurado Erik! Sé que amas a ese joven... ¡no llores más!». Ella me preguntó con voz muy dulce qué quería decir; entonces se lo expliqué y ella comprendió enseguida que yo no era para ella más que un pobre perro dispuesto a morir... que ella podría casarse con el joven cuando quisiera, porque había llorado conmigo... Ya puedes imaginarte, ¡ay, *daroga*!, que al decirle esto era como si descuartizara con toda tranquilidad mi corazón, pero ella había llorado conmigo... y había dicho: «¡Pobre y desventurado Erik!».

La emoción de Erik era tal que debió advertir al Persa que no lo mirara, ya que se ahogaba y tenía que quitarse la máscara. El *daroga* me contó que fue hacia la ventana y la abrió lleno de compasión, pero teniendo mucho

cuidado de fijar la vista en la copa de los árboles de las Tullerías para no encontrarse con el rostro del monstruo.

—Entonces fui a liberar al joven —continuó Erik— y le dije que me siguiera al lado de Christine. Se abrazaron ante mí, en la habitación estilo Luis Felipe... Christine llevaba su anillo. Hice jurar a Christine que, cuando estuviera muerto, vendría una noche, pasando por el lago de la calle Scribe, a enterrarme en absoluto secreto con el anillo de oro que llevaría hasta ese momento. Le dije cómo encontraría mi cuerpo y lo que debía hacer. Entonces Christine me besó por primera vez, aquí, en la frente... en mi frente (¡no mires, *daroga*!), y se marcharon los dos... Christine ya no lloraba. Únicamente yo lloraba... *daroga, daroga*... ¡Si Christine cumple su juramento, pronto volverá!

Erik se había callado. El Persa no le hizo más preguntas. Estaba tranquilo respecto a la suerte de Raoul de Chagny y de Christine Daaé, y después de haberlo oído aquella noche, ningún ser humano habría podido poner en duda la palabra de Erik, que lloraba.

El monstruo había vuelto a colocarse la máscara y reunió sus fuerzas para despedirse del *daroga*. Le anunció que, cuando sintiera muy próximo su fin, le enviaría, en agradecimiento por el bien que le había hecho antaño, lo más valioso que tenía en el mundo: todos los papeles que Christine Daaé había escrito en el transcurso de esta aventura para Raoul y que ella había entregado a Erik, así como algunos objetos que provenían de ella: dos pañuelos, un par de guantes y un lazo de zapato. A una pregunta del Persa, Erik le informó que los dos jóvenes, tan pronto se vieron libres, decidieron ir a buscar a un sacerdote en alguna aldea solitaria en la que ocultarían su felicidad, y que, con esta intención, habían elegido «la estación del Norte del mundo». Por último, Erik contaba con el Persa para que, en cuanto recibiera las reliquias y los papeles prometidos, anunciara su muerte a los dos jóvenes. Para ello debía pagar una línea en los anuncios necrológicos del periódico *L'Époque*.

Aquello fue todo.

El Persa acompañó a Erik hasta la puerta de su apartamento, y Darius le acompañó hasta la acera, sosteniéndolo. Un simón aguardaba. Erik subió.

El Persa, que había vuelto a la ventana, oyó que le decía al cochero: «A la ex-planada de la Ópera». El simón se hundió en la noche. El Persa había visto por última vez al pobre y desventurado Erik.

Tres semanas después del encuentro, el periódico publicaba la siguiente nota necrológica:

«Frik ha muerto»

# EPÍLOGO

Ésta es la verdadera historia del fantasma de la Ópera. Como anuncié al principio de esta obra, no puede ahora dudarse de que Erik vivió realmente. Hoy en día hay demasiadas pruebas de esta existencia a disposición de todos como para que puedan seguirse razonablemente los hechos y las gestas de Erik a través del drama de los Chagny.

No es preciso señalar aquí hasta qué punto este asunto apasionó a la capital. ¡Aquella artista raptada, el conde de Chagny muerto en condiciones tan excepcionales, su hermano desaparecido y el triple sueño repentino de los encargados de la iluminación de la Ópera! ¡Qué dramas! ¡Qué pasiones! ¡Qué crímenes se habían desarrollado en torno al idilio de Raoul y de la dulce y encantadora Christine! ¿Qué había sido de la sublime y misteriosa cantante de la que el mundo no debía volver a oír hablar jamás? La supusieron víctima de la rivalidad entre los dos hermanos y nadie imaginó lo que había pasado, nadie comprendió que, puesto que Raoul y Christine habían desaparecido juntos, los dos prometidos se habían retirado lejos del mundo para disfrutar de una felicidad que no habrían querido hacer pública después de la extraña muerte sufrida por el conde Philippe. Un día tomaron un tren en la estación del Norte del mundo... También yo, quizá un día, tomaré el tren en esa estación e iré a buscar alrededor de tus lagos, ¡oh, Noruega!, ¡oh, silenciosa Escandinavia! Las huellas puede que frescas aún de Raoul y de Christine, y también las de la señora Valérius, que desapareció igualmente por aquella misma época. Puede que un día oiga con mis propios oídos al eco solitario del norte del mundo repetir el canto de aquélla que conoció al Ángel de la música.

Mucho después de que se diera por concluido el caso, gracias a los servicios poco inteligentes del juez de instrucción, señor Faure, la prensa, de tanto en tanto, seguía intentando averiguar el misterio... y continuaba preguntándose dónde estaba la mano monstruosa que había preparado y llevado a cabo tantas catástrofes inauditas (crimen y desaparición).

Una publicación de la Ópera, que estaba al corriente de todos los chismorreos entre bastidores, fue la única en escribir: «Esto ha sido obra del fantasma de la Ópera». Aun así, naturalmente, lo hizo con tono irónico.

Sólo el Persa, al que no habían querido escuchar y que después de la visita de Erik no volvió a hacer un nuevo intento de declaración a la justicia, poseía toda la verdad.

Tenía las pruebas principales, que le habían llegado junto con las piadosas reliquias anunciadas por el fantasma...

A mí me correspondía completar esas pruebas con la ayuda del *daroga*. Día a día le ponía al corriente de mis hallazgos y él los guiaba. Hacía años que no había vuelto a la Ópera, pero conservaba un recuerdo muy preciso del monumento y no existía mejor guía para abrirme los rincones más ocultos. Él fue también quien me indicó las fuentes que debía investigar y los personajes a los que tenía que interrogar. Fue él quien me impulsó a llamar a la puerta del señor Poligny en el momento en que el pobre hombre estaba casi agonizante.

No sabía que se encontrara tan mal y no olvidaré jamás el efecto que produjeron mis preguntas sobre el fantasma. Me miró como si viera al diablo y tan sólo me contestó con algunas frases entrecortadas, pero que atestiguaban (eso era lo esencial) hasta qué punto el fantasma de la Ópera había perturbado, en su tiempo, aquella vida ya de por sí demasiado agitada (el señor Poligny era lo que se ha convenido en llamar un vividor).

Cuando comuniqué al Persa el pobre resultado de mi visita a Poligny, el *daroga* sonrió vagamente y me dijo:

—Poligny nunca supo hasta qué punto ese grandísimo crápula de Erik (el Persa hablaba de Erik tanto como de un dios cuanto como de un vil canalla) lo movió a su antojo. Poligny era supersticioso y Erik lo sabía. Erik también sabía muchas cosas de los asuntos públicos y privados de la Ópera.

Cuando el señor Poligny escuchó que una voz misteriosa le contaba en el palco n.º 5 cómo utilizaba su tiempo y la confianza de su socio, no quiso saber nada más. Fulminado al principio por una voz celestial, se creyó condenado y después, dado que aquella voz le pedía dinero, acabó por comprender finalmente que estaba en manos de un maestro cantor del que fue víctima el propio Debienne. Los dos, ya cansados de la dirección por varias razones, se marcharon sin intentar saber más de la personalidad de aquel extraño fantasma de la Ópera que les había hecho llegar un pliego de condiciones tan especial. Legaron todo el misterio a la dirección siguiente lanzando un profundo suspiro de satisfacción, sintiéndose liberados de un asunto que tanto les había intrigado sin hacerles la menor gracia a ninguno de los dos.

Así se expresó el Persa sobre los señores Debienne y Poligny. Le hablé de sus sucesores y me sorprendió que en *Memorias de un director,* del señor Moncharmin, se hablara de forma tan extensa de los hechos y los gestos del fantasma de la Ópera en la primera parte y no se dijera nada, o prácticamente nada, en la segunda. Con respecto a esto el Persa, que conocía esas *Memorias* como si las hubiera escrito, me hizo observar que encontraría la explicación reflexionando sobre las pocas líneas que, en la segunda parte de estas memorias, Moncharmin se molestó en dedicar al fantasma. Éstas son las líneas que nos interesan, pues relatan cómo terminó la famosa historia de los veinte mil francos:

«Con respecto al fantasma de la Ópera —es Moncharmin quien habla— del que aquí mismo, al principio de mis *Memorias,* he contado algunas de sus curiosas fantasías, no quiero añadir más que una cosa, y es que, mediante una buena acción, compensó todas las molestias que había ocasionado a mi querido colaborador y, debo confesarlo, a mí mismo. Sin duda juzgó que hay límites para toda broma, en especial cuando cuesta tan cara y hay un comisario de policía "tras sus pasos". En el mismo momento en que dimos cita en nuestro despacho al señor Mifroid para contarle toda la historia, algunos días después de la desaparición de Christine Daaé, encontramos encima de la mesa de Richard, en un hermoso sobre en el que se leía escrito en tinta roja: "De parte del F. de la Ó.", las considerables sumas que había conseguido sacar, como si de un juego se tratara, de la caja de la dirección. Richard sostuvo enseguida la opinión de que debíamos dejar las cosas como estaban y no seguir con el asunto. Suscribí la opinión de Richard. Por lo tanto, todo ha terminado bien. ¿No es cierto, querido F. de la Ó.?»

Evidentemente Moncharmin, y más aún después de esta restitución, seguía creyendo que por un momento había sido el juguete de la imaginación burlesca de Richard, al igual que por su parte Richard no dejó de creer que Moncharmin se había divertido inventando todo el asunto del fantasma de la Ópera para vengarse de algunas bromas suyas.

Éste fue el momento para pedirle al Persa que me explicara mediante qué artificio el fantasma hizo desaparecer veinte mil francos del bolsillo de Richard, a pesar del imperdible. Me contestó que no había profundizado en aquel detalle, pero que si yo mismo quería «trabajar» en el lugar de los hechos, debía encontrar la clave del enigma en el mismo despacho de los directores, recordándome que a Erik no se le había llamado sin motivo el maestro en trampillas. Prometí al Persa que, cuando dispusiera de tiempo, me entregaría a investigaciones útiles acerca de este particular. Diré inmediatamente al lector que los resultados de estas investigaciones fueron del todo satisfactorios. No creía, en verdad, llegar a descubrir tantas pruebas innegables de la autenticidad de los fenómenos atribuidos al fantasma.

Es interesante saber que los papeles del Persa, los de Christine Daaé, las declaraciones que me fueron hechas por antiguos colaboradores de los señores Richard y Moncharmin, por la pequeña Meg (la espléndida señora Giry, por desgracia, había fallecido) y por la Sorelli, que ahora se encuentra retirada en Louveciennes, es interesante, digo, saber que todo esto, que constituye las pruebas documentales de la existencia del fantasma, pruebas que depositaré en los archivos de la Ópera, está fundamentado en varios descubrimientos importantes de los que puedo sentir, con justicia, cierto orgullo.

Si bien no he podido encontrar la mansión del lago, dado que Erik condenó definitivamente todas sus entradas secretas (con todo, estoy seguro de que sería fácil penetrar en ella si se procediera al desecamiento del lago, como ya he pedido varias veces a la administración de Bellas Artes),[13] encontré, eso sí, el corredor secreto de los comuneros, cuya pared de tablas está en ruinas en algunos puntos. También he dado con la trampilla por la que el Persa y Raoul bajaron a los sótanos del teatro. En el calabozo de los comuneros he descifrado muchas iniciales trazadas en las paredes por los desgraciados que estuvieron encerrados allí, entre ellas una R y una C. ¿R C? ¿No es esto significativo? ¡Raoul de Chagny! Las letras son aún hoy muy visibles. Evidentemente no me detuve allí. En el primer y tercer sótanos hice accionar dos trampillas de sistema giratorio absolutamente desconocidas para los tramoyistas, que no usan más que trampillas de deslizamiento horizontal.

Por último, puedo decirle al lector, con pleno conocimiento del caso: visite un día la Ópera, pida permiso para pasear en paz por ella sin estúpidos cicerones, entre en el palco n.º 5 y golpee la enorme columna que separa este palco de la platea. Golpee con su bastón o con el puño, y escuche... a la altura de su cabeza: ¡la columna suena a hueco! Después de esto, no se extrañe de que la columna pueda estar habitada por la voz del fantasma. En esa columna hay espacio para dos hombres. Si se extrañan de que después de los fenómenos del palco n.º 5 nadie pensara en aquella columna, no olviden que ofrece un aspecto como de mármol macizo, y que la voz que estaba encerrada parecía venir más bien del lado opuesto (ya que la voz del fantasma ventrílocuo venía de donde quería). La columna fue labrada, esculpida, vaciada y vuelta a vaciar por el cincel del artista. No desespero de descubrir un día el trozo de escultura que debía bajarse y levantarse a voluntad para dejar libre un misterioso pasaje para la correspondencia del

---

13  Cuarenta y ocho horas antes de la publicación de este libro todavía hablaba de ello con el señor Dujardin-Beaumetz, nuestro tan simpático subsecretario de Estado de Bellas Artes, que me ha dejado alguna esperanza, y yo le decía que era deber del Estado acabar con la leyenda del fantasma para restablecer sobre bases indiscutibles tan curiosa historia como la de Erik. Para ello es necesario, y éste será el culmen de mis esfuerzos personales, hallar la mansión del lago, dentro de la cual quizá se encuentren aún tesoros del arte musical. Nadie duda de que Erik fue un artista incomparable. ¿Quién nos dice que no encontraremos en la mansión del lago la famosa partitura de su *Don Juan triunfante*?

fantasma con la señora Giry y para sus propinas. En realidad, todo esto que vi, sentí y palpé no es nada comparado con lo que un ser grande y extraordinario como Erik debió crear en el misterio de un monumento como el de la Ópera, pero cambiaría todos estos descubrimientos por el que pude realizar, ante el mismo administrador, en el despacho del director, a pocos centímetros del sillón: una trampilla con la longitud de una baldosa, con la longitud de un antebrazo, no más... Una trampilla que se abate como la tapadera de un cofre, una trampilla por la que veo aparecer una mano que trabaja con destreza en el faldón de un frac... ¡Por allí desaparecieron los cuarenta mil francos! También por allí, y gracias a algún truco, se devolvieron.

Cuando le hablé de eso al Persa, con emoción bien comprensible le dije:

—Entonces, Erik se limitaba a divertirse —ya que los cuarenta mil francos fueron devueltos— haciendo bromitas con su pliego de condiciones...

Él me contestó:

—¡No lo crea usted! Erik tenía necesidad de dinero. Creyéndose fuera de la humanidad, no se veía coaccionado por escrúpulos y se servía de sus extraordinarias dotes de destreza e imaginación, que había recibido de la naturaleza en compensación por su horrible fealdad, para explotar a los humanos, algunas veces de la forma más artística del mundo, ya que el truco valía a menudo su peso en oro. Si devolvió los cuarenta mil francos por su propia voluntad a los señores Richard y Moncharmin, es porque en el momento de la restitución no los necesitaba. Había renunciado a su boda con Christine Daaé. Había renunciado a todas las cosas existentes en la superficie de la tierra.

Según el Persa, Erik era originario de una pequeña ciudad de los alrededores de Ruan. Era hijo de un maestro de obras. Había huido muy pronto del domicilio paterno, donde su fealdad era motivo de horror y de espanto para sus padres. Por algún tiempo se había exhibido entre las ferias, donde su empresario le presentaba como «el muerto viviente». Debió haber atravesado Europa entera, de feria en feria, y completado su extraña educación de artista y de mago en la misma fuente del arte de la magia, entre los gitanos.

Todo un periodo de la existencia de Erik permanece bastante oscuro. Volvemos a encontrarlo en la feria de Nizni Nóvgorod, donde actuaba en toda su espantosa gloria. Ya entonces cantaba como nadie en el mundo ha cantado jamás. Hacía de ventrílocuo y se entregaba a números extraordinarios de los que las caravanas, en su regreso a Asia, hablaban durante todo el camino.

Así atravesó su reputación los muros del palacio de Mazandarán, donde la pequeña sultana, la favorita del sah, se aburría. Un mercader de pieles que iba a Samarcanda y que volvía de Nizni Nóvgorod explicó los milagros que había visto en la tienda de Erik. El mercader fue llamado a palacio y el *daroga* de Mazandarán tuvo que interrogarlo. Después se encargó al *daroga* que buscase a Erik. Lo condujo a Persia, donde durante unos meses hizo y deshizo, como se dice en Europa. Cometió gran cantidad de horrores, ya que parecía no conocer el bien ni el mal, y cooperó en algunos hermosos asesinatos políticos con la misma tranquilidad con la que combatió, aplicando invenciones diabólicas, contra el emir de Afganistán, que estaba en guerra con el imperio.

El sah le cobró afecto. Fue cuando aparecieron las Horas rosas de Mazandarán, de las que el relato del *daroga* nos ha dado una idea. Como Erik tenía ideas absolutamente personales sobre arquitectura y concebía un palacio al igual que un prestidigitador concibe una caja de sorpresas, el sah le encargó un edificio de este tipo, que él proyectó y realizó y que era, al parecer, tan ingenioso que su majestad podía pasearse por todas partes sin que le vieran y desaparecer sin que nadie pudiera decir por medio de qué artificio. Cuando el sah se vio dueño de semejante joya ordenó, como ya había hecho cierto zar con el genial arquitecto de una iglesia de la plaza Roja en Moscú, que le sacaran los ojos a Erik. Pero luego pensó que, incluso ciego, Erik podía construir para otro soberano una mansión tan bella y misteriosa como la suya, y que, a fin de cuentas, mientras Erik viviera alguien conocería siempre el secreto del maravilloso palacio. Decidió, pues, dar muerte a Erik, así como a todos los obreros que habían trabajado a sus órdenes. El *daroga* de Mazandarán fue encargado de la ejecución de esa orden abominable. Erik le había prestado algunos servicios al *daroga* y le había hecho reír mucho en varias ocasiones, así que el *daroga* lo salvó, facilitándole la huida. Pero a punto estuvo de pagar aquella generosa debilidad con su cabeza. Afortunadamente para el *daroga,* en la orilla del mar Caspio fue encontrado un cadáver medio comido por las aves marinas que hizo pasar por el de Erik, ayudado por unos amigos suyos que vistieron el cadáver con ropa que había pertenecido al propio Erik. El *daroga* resultó castigado tan sólo con la pérdida de su cargo y de sus bienes, y con la condena al exilio. Sin embargo, como el *daroga* era de sangre real, el Tesoro persa siguió pasándole una pequeña renta de algunos centenares de francos al mes. Fue entonces cuando vino a refugiarse a París.

En cuanto a Erik, había pasado a Asia Menor de camino a Constantinopla, donde entró al servicio del sultán. Comprenderéis qué tipo de servicios prestó a un soberano que vivía acosado por constantes terrores, sabiendo que Erik fue quien construyó las famosas trampillas y cámaras secretas y misteriosas cajas fuertes que se encontraron en Yildiz Kiosk tras la última revolución turca. También fue él[14] quien tuvo la idea de fabricar unos autómatas idénticos al príncipe y tan parecidos que hacían dudar hasta al propio príncipe, autómatas que hacían creer a los fieles que su jefe se encontraba despierto en un sitio cuando en realidad descansaba en otro lugar. Naturalmente, tuvo que dejar el servicio del sultán por lo mismo que había tenido para huir de Persia. Sabía demasiadas cosas.

Entonces, muy cansado de su aventurera, extraordinaria y monstruosa vida, deseó ser como los demás. Y se hizo maestro de obras como otro cualquiera que construye casas para todo el mundo, con ladrillos normales y corrientes. Realizó ciertos trabajos de cimentación en la Ópera. Cuando se vio en los sótanos de un teatro tan grande, se impuso su naturaleza artística, fantasiosa y mágica. Además, ¿no seguía siendo igual de feo? Soñó con hacerse una mansión desconocida para el resto del mundo que lo ocultara para siempre de las miradas de los hombres.

Lo demás ya se sabe y se adivina. Transcurre a lo largo de esta increíble y, sin embargo, verídica aventura.

---

14  Entrevista con Mohamed Alí Bey al día siguiente de la entrada de las tropas de Salónica, realizada en Constantinopla por el enviado especial del periódico *Matin.*

¡Pobre y desventurado Erik! ¿Hay que compadecerlo? ¿Hay que maldecirlo? No pedía sino ser alguien como los demás. ¡Pero era demasiado feo! Tuvo que ocultar su genio o jugar con él cuando, de haber tenido un rostro normal, habría sido uno de los hombres más nobles de la raza humana. Tenía un corazón en el que habría cabido un imperio, pero tuvo que contentarse con una cueva.

¡En realidad, hay que compadecer al fantasma de la Ópera!

Pese a sus crímenes, he rezado sobre sus restos, ¡y que Dios se haya apiadado de él! ¿Por qué hizo Dios un hombre tan feo?

Estoy seguro, muy seguro, de haber rezado sobre su cadáver cuando el otro día lo sacaron de la tierra en el lugar exacto en donde enterraban a las voces vivas; era su esqueleto. No fue por la fealdad de su cabeza por lo que lo reconocí, ya que cuando ha pasado tanto tiempo todos los muertos son feos, sino por el anillo de oro que llevaba y que Christine Daaé había venido sin duda a colocarle en el dedo antes de sepultarlo, como le había prometido.

El esqueleto se encontraba muy cerca de la fuentecita, en el lugar en el que, por primera vez, cuando la arrastró a los sótanos del teatro, el Ángel de la música había sostenido en sus brazos temblorosos a Christine Daaé desmayada.

¿Y qué harán ahora con ese esqueleto? ¿Lo arrojarán a la fosa común? Yo afirmo que el lugar del esqueleto del fantasma de la Ópera está en los archivos de la Academia Nacional de Música; no es un esqueleto vulgar y corriente.